村上 Murakami Ryu 龍

張致斌・鄭衍偉 譯

コインロッカー・ベイビーズ

寄物櫃的嬰孩

推薦

（按姓氏筆劃排列）

《寄物櫃的嬰孩》絕對是村上龍系列小說的夢幻逸品，他以冷言描寫放浪青春與社會陰暗，讓人的雞皮疙瘩與眼淚快噴出來了。

——**甘耀明**（作家）

兩個被遺棄在寄物櫃裡的孩子，成長後在扭曲、冷漠的城市裡，一個尋找著毀滅這座骯髒城市的毒藥，一個苦苦覓尋著子宮裡母親的心跳聲。最瘋狂的畸形世界，與最純淨、生命源頭的追尋；復仇與自毀；絕望與渴望……一切從蜂窩般的寄物櫃爲起點。村上龍在此書裡，對人性的殘忍與悲哀做了極震撼的展演！

——**宇文正**（聯合報副刊組主任，作家）

村上龍要寫的事件跟人物，是那麼詭譎深刻，他的筆卻輕滑柔順，如同在香草冰淇淋，淋上透明萃煉的大麻，讓人越吃越深，終而上癮。

——**吳鈞堯**（《幼獅文藝》主編，作家）

我們曾經讀過村上龍，《寄物櫃的嬰孩》。奇人，奇書。曾經以爲書中充滿鮮豔惡夢，今日才知夢魘早已逐一成眞。新聞說過眞有母親把嬰孩關進投幣櫃裡，而我們表面大驚小怪，私底下擔心自己也會這樣喋血，甚至比小說新聞說得更凶狠。災變到處發生，四面楚歌，日本傳來的眾生哀嚎好像是早就預料千百次的，動漫說的恐怖故事全部都發生。終究要反求諸己。可是我們的肉體要在承受痛苦的時候才會對自己說實話。而我們怕痛也怕實話。我們私底下好想躲在孤兒院裡，精神病院裡，置物櫃裡，不想面對常規生活，不想佯裝自己正常親切。躲在KTV或夜店，還不如躲在《寄物櫃的嬰孩》裡。

——**紀大偉**（政治大學台灣文學研究所助理教授，作家）

村上龍這本奇險的長篇，是能讓您產生無盡幸福幻覺的痲藥，亦是擺脫現實苦痛的解藥，更是迎接世界末日，一起同歸於盡的毒藥。總之，這是可善可惡的藥，端看您如何看待它，服用它，消化它。

——查拉（假文藝青年俱樂部）

絕望很少在生命中退潮，但是否只有毀滅能交換答案？村上龍的小說總像狂焰，閱讀時感覺到燃燒的危險，讀畢，又忍不住想模仿零雨的詩：「再給我一口箱子吧」。

——孫梓評（自由時報副刊主編．作家）

認識村上龍是從《寄物櫃的嬰孩》開始，受到的震動至今記憶猶新，此後我便成了他的忠實讀者。

——陳雪（作家）

遺留在寄物櫃的嬰孩，像戰爭後的倖存者那樣回到世界，卻發現人生不過是一個更大的寄物櫃，彷彿有所歸屬，實則是棄絕的荒涼。

——楊佳嫻（作家）

一種捱擠在金屬子宮裡永遠的遺棄和漂流。一種對人世的暫時寄放。一種複製年代異端怪物們陰鬱救贖幻術和殘虐安魂曲。我以爲我對村上龍那結構森麗，暴力，腐臭，孤獨如失聰夢遊者的小說世界已非常熟悉，卻仍被這本書震撼到無以名狀。

——駱以軍（作家）

1

女人摁著嬰兒肚子，將下方的性器含入口中。比平日抽的美製涼菸還細，有股生魚味。她之所以要這樣是要測試嬰兒會不會哭，發現手腳一動也不動之後，便剝去貼在嬰兒臉上的薄塑膠袋。她在厚紙箱底部鋪上兩條毛巾，放入嬰兒，用膠帶封箱，再綁上繩子。在箱蓋和側面用大字寫了瞎編的住址和假名。她繼續化好妝，由下把水滴花樣的洋裝拉上，但發脹的乳房又痛起來，就這樣直接站著用右手搓揉緩解。流到地毯上的白濁也沒擦拭，套上涼鞋，抱起裝著嬰兒的紙箱便出門。攔計程車時，女人想起即將完成的蕾絲桌巾，決定鉤好之後要用來墊種天竺葵的花盆。站在太陽下熱得直發暈。計程車上收音機廣播報導，夏日破紀錄的高溫，已經造成六名老人和病人死亡。到了車站，女人立刻走向最內側的投幣式寄物櫃，將紙箱塞入，鑰匙則用衛生棉包著扔在廁所裡。車站污濁的空氣因爲燠熱不斷膨脹，她離開走進百貨公司，在休息區抽菸讓冷氣把汗吹乾。買了褲襪、漂白劑、指甲油，喝柳橙汁。因爲實在是太渴了。然後在洗手間仔細搽上剛買的指甲油。

女人正要搽好左手拇指時，黑暗箱中，呈假死狀態的嬰兒開始全身冒汗。汗水起初由額頭、胸部和腋下淌出逐漸擴及全身，讓嬰兒的身體得以冷卻。指頭抽動了一下，張開嘴巴。接著突然像爆炸一般哭出來。因爲悶熱的緣故，嬰兒關在雙重密閉箱中空氣濕重太不舒服無法安睡。熱使得血液流動速度變成平常的好幾倍，促使他醒來。嬰兒在他最初由女人的股間出來接觸到空氣的七十六小時之後，在這充滿熱氣極其難受的黑暗夏日小箱中再次誕生。嬰兒持續哭號直到被人發現爲止。

透過警察醫院轉送到育幼院的嬰兒一個月後取了名字。關口菊之。關口是女人寫在紙箱上的揑造姓氏。菊之，則是橫濱市北區公所福祉事業課棄嬰命名表上第十八號名字，因爲關口菊之是一九七二年七月十八日被發現的。

關口菊之在圍有鐵柵，隔著馬路可見墓園的育幼院長大。路上的行道樹是櫻花。櫻野聖母育幼院。院生非常多。菊仔，大家都這麼叫關口菊之。自菊仔懂事之後，每天都會聽到眾修女爲自己做相同的祈禱。要相信，天上的父會一直守護我們。掛在教堂牆上的畫中有修女所說的天父，留鬍子的天父在面海的懸崖上將剛出生的羔羊捧向天。菊仔經常提出相同的疑問。這位天父是外國人，自己究竟在畫中什麼地方。修女這麼回答：畫中所繪，是你出生前天父的模樣，除了你之外，天父還讓其他各種東西誕生在這個世上，跟頭髮和眼睛的顏色沒有關係。

櫻野聖母育幼院的院生，長得越可愛就越早爲人領養。禮拜天祈禱結束後，都會有多對夫妻來看在外面玩耍的院生。菊仔長得並不醜。可是最受歡迎的是交通事故孤兒，棄嬰若非特別可愛，否則不會有人看中。菊仔到了會跑的年紀仍無人領養。

這時菊仔還不知道自己出生自寄物櫃。告訴他這件事情的是一個叫橋仔的孩子。溝內橋男也是個無人領養的院生。橋仔在沙坑對菊仔談起此事。嘿，就只有我們兩個喔，其他全都死了。從投幣式寄物櫃活過來的，就只有我跟你兩個人。橋仔個子瘦小而且弱視，水汪汪的眼睛彷彿總是看著遠方，令菊仔聽他說話時覺得自己好像成了透明人。橋仔身上有股藥味。菊仔是在黑暗悶熱的箱中持續哭喊才引起警察的注意，但橋仔不同，獲救的原因是他的體弱多病。遺棄橋仔的女人連澡也沒幫嬰兒洗，就把他全裸裝入紙袋塞進投幣式寄物櫃。蛋白質過敏長濕疹的橋仔，由於全身搽滿痱子粉不斷咳嗽嘔吐。帶病的體味與藥味從寄物櫃的縫隙竄出，結果讓碰巧經過的導盲犬叫了出來這才引起注意。那是一隻很大的黑狗喔，所以我啊，最寶貝狗，最喜歡狗了。

菊仔第一次見識到投幣式寄物櫃，是在遠足時前去的郊外遊樂園。橋仔指著溜冰場入口的寄物櫃告訴他那是什麼。拎著輪鞋的男人打開小門，將外套和背包放進去。只是普通的櫃子嘛，菊仔心裡想。走過去往裡面瞧，累積的灰塵弄髒了手。嘿，是不是很像蜂窩？橋仔這麼說。以前不是在電視上看過嗎？蜜蜂會在一個一個箱子裡面產卵，我和你都不是蜜蜂，所以一定是人類的卵孵化的，蜜蜂不也是一樣嗎？產了很多卵，可是有很大一部分會死掉，不是嗎？

菊仔想像掛在教堂牆壁上那幅畫中留鬍子的天父將黏黏滑滑的人卵放進一格一格的寄

物櫃中。可是他覺得不對。把卵放進去的應該是女人，而天父會將從中誕生的嬰兒捧向天。嘿，快看，橋仔說。一個染了紅髮戴著太陽眼鏡的女人拿著鑰匙正在尋找自己的櫃子。會產卵然後放到寄物櫃的一定是這種屁股大的女人。女人在自己的櫃前站定插入鑰匙。門打開時有紅色球狀物滾落，菊仔和橋仔叫了出來。女人連忙用雙手去擋，淡紅色球狀物仍接二連三滾落，一顆滾到了橋仔腳邊。那並不是卵而是番茄。菊仔朝腳邊那顆用力踩下。紅卵中並沒有弟弟妹妹，只是鞋子被汁液弄髒了而已。

每當橋仔受欺侮時菊仔必定會挺身而出。或許是因爲身體孱弱，橋仔不喜歡接觸菊仔之外的其他人，尤其懼怕成年男性。菊仔覺得橋仔身體裡面好像裝滿了眼淚。來到育幼院的男人只不過拍拍橋仔的肩膀說，你身上怎麼總有股軟膏的味道呀，橋仔就哭了。這種時候，菊仔不會安慰他。只是默默地待在旁邊。橋仔號啕大哭、嚇得直發抖，或是還沒挨罵就直賠不是的時候，菊仔總是不動聲色待在一旁直到橋仔平復。所以即使連上廁所橋仔都要跟，菊仔也不會拒絕。因爲菊仔也需要橋仔。菊仔與橋仔的關係就像是肉體與疾病。遭逢無法解決的危機時，肉體便會躲避到疾病之中。

每年櫻花盛開的時節，橋仔都會咳到喉嚨發出漏氣般的聲音非常痛苦，這一年尤其嚴重。或許是因爲神經性的氣喘引發微微發燒不退而無法出外遊戲，橋仔出現越來越自閉的傾向。橋仔迷上了一種奇妙的家家酒。將塑膠製玩具餐具、玩具鍋子、平底鍋、洗衣機、冰箱，逐一仔細排列在地上。排列方式或許是某種圖形或許是高效率的廚房模型，共同點是，一旦這些迷你家具、餐具的擺設結束，橋仔就絕對不容許有所變動。如果有人移動玩具的位置或是不小心碰壞，橋仔便會氣到發狂。誰也沒有料到橋仔竟然會對同伴和修女動怒。他夜裡睡在模型旁，早上起來若是檢查過無異狀，便會滿意地欣賞好一會兒。最後像是感覺極爲不滿表情爲之一變，突然開始喃喃自語動手破壞廚房。橋仔並不滿足於單單擺設廚房或客廳。他會用碎布、鈕釦、圖釘、腳踏車零件、石頭和沙子、碎玻璃等等來擴大領土。有回一個女生跌跤弄倒了捲線軸塔，橋仔還衝上前想要掐死她。雖然沒有那種力氣，卻因爲太過激動造成當晚咳嗽不止並引發高燒。

橋仔喜歡帶菊仔參觀模型，一邊解說。這是麵包店，這是瓦斯槽，這是墓園。等到解說結束，菊仔會問：寄物櫃在哪裡？橋仔指著腳踏車的方形尾燈說：那個。黃色塑膠格子裡裝著小燈泡。周圍的金屬擦到毫無鏽斑，藍色和紅色電線仔細捲成圓形。那在領土之中發亮格外顯眼。橋仔介紹自己領土的時候變得很活潑，菊仔卻會莫名地感到煩躁。橋仔敏感畏縮動不動就哭的時候，菊仔會覺得自己像是一個看著患部X光片的病人。讓潛藏在自己內心的不安與恐懼穿上掩飾的外衣。菊仔只要等待那替代自己哭泣的傷痊癒。橋仔會睡在模型旁。橋仔會爲與菊仔無關的家家酒玩具畏縮哭泣。因爲傷已經脫離肉體獨立了。人可以將傷禁閉在自己體內，可是一旦失去了傷，身體就必須去尋找新的傷。

某日，修女帶著菊仔去衛生所接種小兒痲痺疫苗，回程時走失，最後他被送到市公車總站。據司機表示，菊仔在橫濱車站西口起站上車，一直到終點根岸市民遊艇碼頭都沒有下車，就這樣來回坐了四趟，問他要去哪裡也不回答，只是一直望著窗外，只好帶回總站留置。這是第一次。三天後的下午，他溜出育幼院獨自攔了計程車，只跟司機說了新宿兩個字。到了新宿車站，又改口澀谷。覺得不對勁的司機於是將菊仔送到澀谷車站前的派出所留置。有一回是跳上酒鋪送貨來的卡車載貨架，但旋即被抓到；也曾說謊，要一對來掃墓的夫婦帶他去鎌倉。雖然有可能因此迷路，但他卻自稱來自鎌倉，在此迷了路。

菊仔自此受到嚴格看管。這工作由一位年輕修女負責。年輕修女努力嘗試了解菊仔，很少責備他。只要時間容許，她會向父親借車載菊仔出去兜風聊天。為什麼喜歡交通工具呢？菊仔，你好像非常喜歡巴士和小汽車喔。因爲地球在旋轉嘛，菊仔回答。地球不是在動嘛，靜靜待著很奇怪吧。其實並不是地球的緣故，而是無法忍受靜止不動，這一點連菊仔自己也搞不懂。在地面上一動也不動就覺得極其難受，好像近在身旁有什麼東西正飛快地轉動。以令人目眩的速度帶著閃光要朝某處飛去。那音爆令地表持續微微震動。相隔一定時間便會升空一次，每次都令菊仔感到失望覺得自己被遺留下來。隨即又開始準備下一次出發。燃料的味道傳來，點火爆炸開始旋轉，空氣與地表隨之震動。有時覺得整片天空都遭覆蓋，有時感覺像是近在耳朵後面隨時就要起飛，有時感到震動從地底深處傳來。無論情況如何，身處其中的自己都無法忍受靜止不動。面向升空，震動與音爆隨之加劇，不快與恐懼也等比例隨之增強。所以菊仔必須採取行動。非得搭上一個巨大的浮游物體不可。

某日，年輕修女開車帶菊仔去遊樂園，他一坐上雲霄飛車之後就不肯下來。他沒有像其他孩子那樣歡呼尖叫，只是面無表情反覆搭乘。服務人員要求年輕修女設法讓菊仔下來。菊仔臉色蒼白全身冒汗起雞皮疙瘩緊抓著座椅。年輕修女只好將菊仔的小指頭一根一根扳開。菊仔的身體是僵硬的。這時年輕修女才明白，菊仔並非單純只是個喜歡交通工具的小孩，而是可能罹患了某種疾病。而橋仔則是在寢室地板擺滿玩具、廢物、瓦礫，一旦有人入侵那模型領域，即使他正在接受治療也會發狂弄斷注射器針頭，於是修女們帶著他們兩個去看精神科醫生。

看著橋仔鋪滿地板築起的模型王國照片，「各位應該很清楚，失去父母的孤兒，由於渴望親情，可能會出現陷入自閉狀態之類的情況。」精神科醫生開始說分明。

「除了遺傳性的精神病之外，幼兒與兒童的精神疾病，主要的問題出自親子關係以及環境因素這兩方面。各位身爲撫育者應該也知道，在某種意義上，所有的小孩子都有精神方面的疾病。兒童的精神發展與肉體的發育相同，會有一定的順序。需要周遭提供一定的刺激、支持與供給，才能夠順利發展。可是要獲得理想的狀況是不可能的，再加上自己的力量有限，所以發育中的孩童才會經常出現問題。

「至於這兩個孩子，是否有兒童精神分裂早期症狀，如果有的話，又是因爲器質缺陷、腦部機能障礙、代謝異常，又或者是來自遺傳，很遺憾目前並不清楚。若是視爲自閉症，那他們兩個就是極其特殊的病例，不過我個人認爲這種可能性非常大，這叫做共生幼兒精神病，爲什麼說他們特殊呢，因爲這種病是因爲無法承受與母親分離才引發的。到了六個月大左右，嬰兒開始有能力區分自我與客體時，就會逐漸失去與母親的一體感。於是，就會想要躲回六個月大之前與母親一體，舒適的全能感幻想之中。無法與外界互動，認爲外界要將自己與母親分開而且充滿敵意，想要加以破壞，並且讓自己躲進幻想的全能感之中，而他們兩個的情況，先說溝內橋男，這孩子幾乎完全拒絕與他人往來，獨自創作了這種有如奇妙盆景的迷你世界。自閉症可分爲『豐富性自閉』（autisme riche）和『貧乏性自閉』（autisme pauvre）兩種。與外界疏離的患者，精神狀況空泛的稱爲『貧乏性自閉』，擁有豐富精神世界的則稱爲『豐富性自閉』。這個溝內橋男自然屬於『豐富性自閉』，因爲他創造出如此充滿想像力的作品。接著來談談關口菊之，儘管這孩子表示害怕靜止，喜歡激烈的空間移動，我認爲這並不代表就是積極地涉入外界，反而像是試圖藉由激烈的運動縮回自己體內。覺得身旁有東西會發出轟隆聲飛走，這種強迫觀念，其實就表示他害怕自己。讓溝內橋男熱中於創造迷你世界的因子，以及令關口菊之恐懼的因子是一樣的，各位認爲那是什麼？是能量。接到各位的電話之後，我覺得很感興趣，於是試著查了一下在寄物櫃中找到新生兒的資料，自一九六九年至一九七五年，全國共有六十八件案例，大部分都是死後才放入的遺棄嬰屍，剩下的要不是在寄物櫃中死去，仍有氣息的例外也都在送醫之後死亡，也就是說，活下來的就只有他們兩個而已，新生兒自然沒有意識現象的記憶，可是他們兩個出生後僅僅幾十個小時便面對死亡，那種無意識之下的恐懼，以及自己的肉體激烈反抗最後終於獲勝的過程，大腦應該都會記得，很可能在腦部某個部位，比方乳狀體、前腦，或者下視丘的某處形成記憶迴路，協助他們兩個人活下來的強大能量則被安置在某處，在特定的時期妨礙大腦的統合。也就是說，那股能量強到他們兩個自己都無法控制，可能要花上許多年，兩人才能夠駕馭這股能量。」

「那該怎麼辦才好？」修女們問。「他們接下來還得去上學，說不定也會被領養，這樣自閉的話會不會沒有辦法正常長大？」

「我認爲有一種治療方法或許行得通。要讓那股力量沉睡，在他們有能力駕馭力量之前的這段時期，必須設法將那股力量埋進大腦的皺褶裡面，將凶暴化的神經細胞與代謝物質凍結起來，這種治療方法是美國研發出來的，用來治療服食迷幻藥所造成的急性精神分裂症，讓患者再次回到母親體內，賜予絕對的平靜與秩序。讓他們聽聲音，電子儀器控制的人類心跳聲，由於胎兒在子宮內聽到的母親心跳聲是由體液這種介質而不是空氣來傳遞，人類心臟的跳動在體內聽來音量非常大，那不是單一的聲音，而是震動各器官、血液、淋巴液等等才傳至胎兒耳邊，甚至可以感受到音階，這音階和音色，去年在美國的精神醫學會上發表時，在麻省理工學院研究神經化學的麥可・葛史密教授提出了很有意思的見解，這位教授業餘嗜好是創作科幻小說，他認爲那種心跳聲，與美國太空總署發射的人造衛星發出的那種嘗試與外星生物接觸的通訊音非常相似，很巧吧。我曾做實驗聽過那心跳聲，可眞是奇妙啊，在半睡半醒狀態下聽，會讓人感覺無比平安、喜樂，或許這麼說對你們各位宗教家有些失禮，可是我認爲，過去耶穌基督賜予人們的至福就是那樣的體驗。」

從第二天開始，菊仔和橋仔便每天去醫院報到，服用適量的睡眠誘導劑之後，就聽一兩個小時那種胎兒所聽的心跳聲。

治療室約五坪大，爲免病患失控衝撞受傷，地板和牆壁都鋪有柔軟的橡膠材質護墊。聲音由嵌在兩面牆與天花板上的揚聲器播出，外覆粗布，所以患者看不到。天花板與牆壁的間隙排有小光源。室內的照明經過設計，亮度可以調整，不論在哪個位置都等亮。室內只設有一張相當大的長椅，面對的牆壁上有片厚玻璃，後面是接有磁帶放影機的七十二吋電視。菊仔和橋仔先喝摻有睡眠誘導劑的芭樂汁，然後由醫生帶著來到長椅坐下。治療室內以不至於察覺的速度緩緩暗下。電視螢光幕播放海浪不斷拍打的南太平洋海岸，自山坡新雪上滑降的滑雪客，成群的長頸鹿在夕陽背景前行走的慢動作鏡頭，破浪前進的白色帆船，成千上萬在珊瑚礁間洄游的熱帶魚，鳥與滑翔機，芭蕾女舞者以及空中飛人等等。影像中的波浪大小、落日的光暈、海底的顏色、帆船的速度，景色或是舞台，都只有些微的變化。當意識逐漸模糊無法分辨那些微變化時，室內也已經暗下來。聲音在兩人進入治療室時便已響起，但起初是以人耳無法聽見的音量播放，而後逐漸增強，到兩人睡著時達到最大。兩人打盹五十分鐘至八十分鐘之後醒來，期間錄影帶持續播放，眼前仍是相同的影像，完全不會感覺時光流逝。治療安排在上午十點半開始。因爲這段時間太陽光線不會有什麼變化，不會感覺到進入治療室和離開之間有時間流逝。舉例來說，假如進入治療室時是晴天而治療過程中下雨的話，就會讓兩人在醒來的前幾分鐘聽到雨聲，並將室內最終亮度調整爲下雨時的狀況。菊仔和橋仔並不知道自己在接受治療。修女與醫生告訴他們只是去醫院看電影而已。

一週之後療程就已經顯現出效果。兩人繼續天天上醫院進診療室，也不必修女陪同了。一個月後，精神科醫生以催眠術取代睡眠誘導劑，調查兩人無意識狀態下那凶暴能量的變化。讓他們聽著心跳聲，問：現在看到了什麼？兩人一定是異口同聲回答：大海。菊仔曾描述眼底所見的狀況：在可以俯瞰大海的懸崖邊，掛在育幼院教堂牆壁上的畫中那留鬍子的耶穌基督捧著我朝向天。好像被非常柔軟的物體包著，有涼風吹來。海面平穩，閃閃發光令人目眩。治療持續了大約一百天。精神科醫生告訴修女：「治療差不多告一段落了，往後重要的是，不能讓他們兩個發覺自己已經改變，也不能告訴他們曾經聽過心跳聲。」

菊仔和橋仔在醫院的走廊等修女出來。窗子的一半透著黃色亮光，其餘則是在風中搖曳的綠色銀杏行道樹。聽到電梯門打開傳來人聲，兩人轉過身。一個胸口纏著繃帶、一邊鼻孔插管的乾瘦老人從兩人面前經過。手捧一大把百合的少女跟推病床的護士講著話。菊仔和橋仔走近乾瘦的老人。血管浮起的皮膚蒼白，只有嘴唇紅而潤濕。腳踝被皮帶固定在病床上，雙手手腕都打著點滴，扎針處微微滲血。老人睜開眼睛。發現菊仔和橋仔正盯著自己，老人一撇嘴角笑了笑。過了一會兒，兩人也露出微笑。修女由走廊盡頭的房間走出來，一路重複著精神科醫生所說的話。「那兩個孩子不會覺得自己有了改變，而是會認為世界變了。」

2

在入小學前一年的夏天，菊仔和橋仔找到了收養的家庭。有一件申請案希望收養雙胞胎，於是修女推薦了菊仔和橋仔。

透過聖母互助會轉介的申請案來自西九州的離島。起初兩個孩子拒絕離開育幼院，可是看到未來養父母的照片之後就同意了，因爲照片中那對夫婦的身後是大海。

出發前一晚，修女及院童們一同舉行了送別會。院童代表將紀念品交到兩人手上，那是繡有櫻花以及全體院童名字的手帕。橋仔哭了。菊仔偷偷溜出會場躲進禮拜堂。裡面飄著霉味和灰塵的氣息。他開燈看著牆上的畫，捧著羊朝向天的耶穌基督。自己快要前去這幅畫中那座可以俯瞰大海的懸崖上。菊仔一直看著那幅畫，直到修女找來、陪他一起禱告爲止。

搭新幹線到博多，隨行的修女將菊仔和橋仔交給一個黑衣男人。男人是長崎縣的民生委員。兩人跟著他去搭火車，在一個小站下車，再換乘公車。公車裡熱得打赤膊都會滴汗，民生委員卻穿著黑西裝，菊仔覺得很奇怪。跟橋仔說這事，橋仔一言不發指了指民生委員的手背。有燒傷的疤痕。那個人有過非常熱的經驗，想必已經習慣了吧。

爬坡到迢迢長路的盡頭就看見海。渡輪船體生了紅鏽、驕陽燒炙著海岬的左側與島嶼、海平線一端有雲朵飄浮，抵達港口後，菊仔和橋仔朝海跑去爬上水泥堤防。太神奇了菊仔，竟然可以看到那麼遠。大海周邊的景色因爲暑氣而朦朧、膨脹。釣客拿了條魚給直盯著魚簍的橋仔。眼睛突出腹部鼓脹的魚沾染塵土跳了一會兒，隨即乾死。菊仔摸摸尖尖的魚尾，覺得有點臭便離開了。

穿黑西裝的民生委員召喚兩人，手上是渡輪的船票和冰淇淋。兩人站起來轉過身時，港邊陡峭的懸崖後方出現了一個金屬筒。銀色圓筒形物體在兩人上空平順地將伸出的輪子摺起收進機翼。兩人眼睛睜得老大看著噴射機。由於飛得非常低，兩人只覺得自己好像也要隨之出動。巨大的影子彷彿生著翅膀霎時覆蓋整座港口，讓兩個蓄積熱能的小小身軀得以冷卻。

渡輪中瀰漫著重油味，讓熱得受不了的兩人呼吸困難。販賣部沒開，果汁自動販賣機、電視，以及牆邊的電扇上都貼上紙條寫著故障兩字。民生委員將開始融化的冰淇淋遞給兩人。客艙座位的塑膠外套破裂露出黃色的海綿，海綿屑散落在沙礫橫陳而沙沙的地板上。民生委員的黑西裝褲被冰淇淋弄髒了。男人一臉不悅掏出手帕來擦，朝地板吐了口口水，問菊仔和橋仔：「喂，你們兩個累了吧？」兩人很不舒服。重油的氣味與船的搖晃令他們想吐。兩人直舔冰淇淋是要除去那把鼻子到喉嚨都堵住的難受空氣。我問你們累不累，不會回話啊。民生委員提高嗓門。橋仔嚇得不敢再舔冰淇淋。橋仔用像在低聲唸書的聲音回答，我們從橫濱的櫻野聖母育幼院來，要去新爸爸、新媽媽那裡。融化的冰淇淋沿著橋仔的右手滴落地面。我不是問這個啦，是問累不累，問你們累不累。橋仔開始微微發抖。原本他就害怕成年男性。阿橋抽抽噎噎又說了一遍。我們從橫濱的櫻野聖母育幼院來，要去新爸爸、新媽媽那裡。民生委員舔舔滴在右手背燙傷疤痕上的冰淇淋，笑了出來。只會說這句啊？你們怎麼跟鸚鵡一樣啊。菊仔把冰淇淋壓在民生委員的西裝上隨即逃開。衝過甲板好像要往海裡跳。黑西裝被弄髒的男人追過去將他拽倒。喂，快道歉。男人在菊仔耳邊喝斥。呼吸有股臭味。味道跟剛才在水泥地上乾死的魚一樣。菊仔看著男人笑了，男人輕捏菊仔的臉。笑什麼笑，快道歉。結果是橋仔代爲道歉。橋仔抓著民生委員的外套，直說對不起。因爲菊仔不太講話，所以修女交代我要代替他說。民生委員放開菊仔脫掉黑色西裝外套去廁所的水龍頭下清洗。菊仔和橋仔在硬邦邦的座位躺下。爲了蓋過重油味，兩人睡著前還聞了好幾次留在手上的甘甜香草味。

島的形狀像隻動物。入港時太陽已經西沉，島嶼輪廓的殘影看起來像是吞沒光束的老虎上半身。

養父母來到棧橋相迎。或許是因爲天色昏暗，橋仔覺得這個媽媽看起來明明就已經有小孩了。新爸爸桑山修一的個子相當矮。民生委員介紹雙方認識時，菊仔觀察過新爸爸之後覺得失望。桑山不只個子矮，白皙的手腳細瘦，胸部、大腿和臀部沒有肉，沒有鬍鬚、頭髮也少，完全不像畫中的耶穌。如果把他推倒將血放乾塞入鋸木屑再將臉上的皺紋拉平，應該可以充作布偶抱枕吧。別光站在這裡，我們上館子去吧。聽到父親尖細的聲音，橋仔手肘一頂菊仔的肚子笑了出來。好像太空船上面負責複雜計算的機器人哪，菊仔。在港內的餐館裡，孩子們點了蛋包飯，雙親與民生委員則點了烏龍麵和酒。

桑山幫忙斟酒時，民生委員講起菊仔弄髒西裝的事情。一定得嚴加管教才行，這兩個被修女寵壞了。新媽媽脖子以上搽了厚厚的白粉，隨汗水流下的白粉積在脖子和胸口交界突出的骨頭上方。菊仔和橋仔的新媽媽桑山和代比修一大六歲，已經四十出頭了。

這座島因爲海底煤礦熱鬧起來時，和代與前夫離異到此投靠叔叔。和代的叔叔也是礦工。當時有超過五千的煤礦工作者住在島上，其中半數是光棍。剛開始學習美容的和代每天都快樂得不得了。因爲，儘管她個頭大眼睛小鼻子也大了些，卻天天有單身礦工來邀約。和代絕對不會上鉤。她並非因爲經歷過一次失敗的婚姻受到教訓，而是因爲求愛的男人實在太多使得她自信過頭，一直認爲總有一天會出現更好的男人。男人都說和代很美。起初她並不相信。打從出生到來到這座島之前，從來沒人這麼說過。美容院下班後，和代會挑一個男人共餐，然後去打小鋼珠、跳舞，或是看電影然後回家，入睡前，再用很長的時間照鏡子。回想男人所說的每一句話，試著找出鏡中的自己究竟美在何處。實在很難找到。最後，她認爲應該是唇。還有就是白皙細緻的肌膚。和代之所以沒有和特定的情人定下來，是因爲她根據來這座島之前的感覺判斷說自己身邊總是會包圍三個感覺還不錯的男人。

離婚之後和代第一個上床的對象不是礦工，而是一個已婚的鑽井技師。是她跟兩個年輕礦工上舞廳的時候認識的。技師有車，兩人曾一同搭渡輪去本土的長崎及佐世保玩。關係被技師妻子揭露時，和代因爲對方一句「這種長相也敢勾引我家男人」感到震驚。技師的妻子確實比和代漂亮，可是「這種長相」的說法讓她久久無法釋懷。自那天起，她就養成了每天長時間照鏡子的習慣。

和代辭掉做了兩年的美容院工作，轉往鬧區的酒吧上班。用白粉將肌膚抹得更白，搽上厚厚的唇膏。和代記得跟技師上過幾次床。十八次。也記得第幾次之後開始愛上他。是第四次。地點是在天花板裝有鏡子配有圓床的長崎某飯店。技師教和代品嚐咖啡風味的雞尾酒——可可費士（Cacao Fizz）。到酒吧上班的第四天，一個礦工請和代喝可可費士。她因太過感傷在店裡哭出來，而後就跟那礦工在島上的旅館上床。一個月之後，和代開始每天跟不同的男人上床。不再需要可可費士了。

每晚聽男人稱讚自己美麗、做愛、然後長時間照鏡子的幸福之夜，隨著煤礦收坑告終。收坑之後的勞資爭議持續了三個月，上酒吧消費的男人幾乎全不見蹤影，不久之後年輕男子陸續消失，人口只剩原來的十分之一。和代剛滿三十歲。叔叔改行轉至四國的造船廠工作，隨行的和代也到新居濱的酒吧上班。可是那裡可不是搭船要兩個小時才能抵達的島嶼，幾乎沒有男人再稱讚她美麗。和代一邊回憶在島上睡過眾男人的長相與性器一邊照鏡子，某一晚，在曾經光滑白皙的肌膚上發現了斑點。眼睛下面、臉頰、胸脯，數斑點數著數著發覺嘴唇乾燥，也發現皺紋和肌肉變得鬆弛。叔叔一家忙於適應新生活，沒時間與出浴後仍帶著脂粉味的和代談一談。

和代離開新居濱到大阪工作兩年，又去福岡做了一年，筋疲力竭之後又回島上。她在島上唯一殘存的旅館當服務生的時候認識了桑山。桑山是以前請過可可費士的男人之一。他說自己辭去採礦的工作前往佐世保，在鐵工廠攢了點錢回島上開一家小工廠，並且帶和代去那只有水泥地板與一部機器的鐵皮屋頂小屋。和代決定跟他一起生活。因爲那一夜，桑山用顫抖的唇稱讚她很美。桑山的工廠作的是用成形機製造保麗龍便當盒。後來因應需求桑山又添購機具生產多種便當盒，並貸款爲和代開了一家美容院。貸款還至一半時，夫婦倆決定收養小孩。

菊仔和橋仔換上印有火車頭圖案的睡衣。上床之後，可能是因爲太累，橋仔隨即發燒。和代爲他弄了冰枕躺在一旁替他搖扇子。民生委員剛走，桑山立刻開始工作。一隻菊仔從未見過的肉色飛蛾從窗子闖入。菊仔望著什麼也看不見的窗外。育幼院的窗外可以看到街燈及來來往往的車燈，很漂亮。雖然一片漆黑，但仔細看的話，還是可以看到微溫的風中搖晃的大樹葉。桑山打開成形機的電源，蟲鳴隨之消失。雖然很吵，可是他那個人不做完會睡不著喔，和代說。菊仔踩死一隻飛落腳邊的甲蟲。不可以隨便殺生呀。菊仔發現遠方有個小光點。以爲是星星，可是不對。那是燈塔喔，爲夜間行駛的船隻照明，以免他們觸礁喔。燈光旋轉著，每當照向這邊，起伏不定的海面便霎時出現。該睡囉，你應該也累了吧，快去睡覺。菊仔突然很想大叫。想化身成巨大的噴射機以音爆將昆蟲、葉子、這扇窗子、桑山的機具，以及燈塔都颳走。豔陽烘烤的樹木逐漸冷卻散發出夏夜的氣息令人難受。菊仔喉頭發抖鼓起勇氣小聲說；我的名字是菊之（Kikuyuki），橋仔和修女都叫我菊仔（Kiku）。說完淚水便奪眶而出。儘管自己也覺得奇怪，可就是控制不住。和代繼續搖扇子什麼也沒說。菊仔獨自上了床。汗水隨即弄濕了新床單。

第二天兩人起床時，桑山已經開機在工作了。和代拿出新的短褲、襯衫和運動鞋給兩人後便出門去美容院。我和那個人中午都會回來，你們在家可以看看電視。菊仔和橋仔用生雞蛋和味噌湯拌飯來吃，數印在襯衫上的遊艇，開電視看到是烹飪節目隨即關機，在榻榻米上打鬧了一下，拿起桌上的錐子射紙拉門，最後跑到外面去。小院子裡種有番茄和茄子。可以看見一旁工廠小屋裡桑山的背影，弓著背只穿著一件內衣滿身大汗操作上上下下的粗鐵棒。菊仔，他眞的好像機器人喔，對不對？

小坡道從門口延伸向外，途中與南北貫通全島的大馬路交會，而後直接通往海邊。坡道兩旁滿是美人蕉。有三個曬得黝黑的孩子在抓蟬。菊仔和橋仔一靠近，孩子們都瞇起眼睛看著兩人的新襯衫和短褲。你們在幹嘛呀？橋仔問。一個孩子提起裝滿蟬的籠子。接過吵得像是故障收音機一樣的籠子，橋仔開始數裡面有幾隻。孩子們俐落地將裝在貝殼裡的捕鳥膠黏在竹竿前端。菊仔和橋仔望向孩子們所指的樹幹，可是枝葉空隙的陽光刺眼，菊仔和橋仔根本分辨不出蟬在哪兒。所以直到竹竿前端悄悄靠近樹幹鳴聲突然拉高抓到像玩具鳥一樣猛拍翅膀的蟬，這才像是看到魔術師的戲法般大爲興奮。高處樹枝上好像有隻很大的油蟬。一個孩子將竹竿遞給個子最高的菊仔。看不到啊，菊仔說。小男孩繞到身旁指給他看。那髒兮兮的泥巴手指指向一隻看起來像是枝上樹瘤的大油蟬。菊仔屏氣凝神將竹竿慢慢靠過去。蟬在手臂完全伸直才能勉強搆到的高處叫著。菊仔站到一個破磚塊上面。孩子傳授了技巧，要從蟬的複眼死角靠過去。破磚塊忽然一歪，菊仔隨之跌倒。橋仔一聲驚呼。菊仔好像要捅蟬屁股一般擲出竹竿。翅膀被竿頭碰到的蟬奮力想飛走，於是竹竿在菊仔跌倒後呈拋物線緩緩自空中落下。歡呼聲響起。小男孩撿起竹竿輕輕抓下不住掙扎的油蟬擦去捕鳥膠後給菊仔看。橋仔問小男孩，沿著這坡道是否可以去海邊。小男孩說前面是懸崖，沒辦法到海邊，要從那邊公車行駛的馬路走一會兒，從第二條岔路下去就可以到海邊了。

沿著大馬路走去，和代的美容院就在公車站的上方。和代看到兩人竟然出門，氣呼呼地問他們要去哪裡。菊仔指著大海，沒有說話。你們不可以去廢棄的煤礦場喔。可是菊仔和橋仔都不知道煤礦場是什麼意思。

來到小男孩所說的第二條岔路，儘管雜草叢生，菊仔和橋仔還是走了過去。原本認爲不會弄錯，沒想到小路中途有如迷宮般一再分岔，兩人數度走進死路回不到原本的大馬路。被蚊子叮咬被雜草割傷腿感覺越來越害怕。想大聲呼叫，可是覺得叫了也不會有人來。又遇到了岔路。右邊是一條陰暗的隧道，於是往左邊走，不料前面有條蛇溜過。兩人驚聲尖叫朝隧道跑去。隧道微微彎曲，對向的出口看起來像是細長的光柱。隧道內陰冷而且地面潮濕。上方的水滴落在橋仔的脖子，嚇得他以爲隧道崩塌拔腿就跑，不料失足跌倒。眼看跌倒在地的橋仔就要哭出來，菊仔怒斥要他別哭。橋仔，站起來，出口就快到啦，菊仔說著避開積水朝出口移動。積水已經發臭。渾身是泥出了隧道，卻見路被鐵絲網和野草阻絕。不過右側角落開了一個可供五歲孩童鑽過的洞，兩人都不願再走回隧道。生鏽的鐵絲網勾破了襯衫上的帆船。菊仔嚇唬不走的橋仔，說後面有蛇。兩人趴在地上匍匐前進。好不容易穿過草叢，手肘觸及水泥地。站起來一看，眼前的景色很像是橋仔一年前排列的模型小鎮。

那座廢棄物、玩具、與瓦礫的王國等比例放大出現在眼前。廢墟，以及無人的街道。假使忽略那些從破窗探出的雜草，這群井然有序排列的礦區住宅不免令人陷入錯覺，似乎警報響起，所有的人都已經去避難，只有自己被丟下坐以待斃。公佈欄上仍貼有海報。海上自衛隊銅管樂隊九州公演，「桂河大橋」、「起錨」、「永恆的星條旗」。呆立不動的兩人確定聽不到人聲之後向前跑去。在房舍間奔跑。只聽得到自己的腳步聲。兩人在一輛三輪車前停下。雖然褪色的塑膠座墊已經冒出草芽，菊仔和橋仔卻覺得剛才那些抓蟬的孩子好像會突然從哪裡冒出來似的。橋仔摸了摸車龍頭。車架發出像是腦袋被敲進釘子的豬發出的叫聲一般的聲音隨之斷裂。混有鐵鏽和油的水從斷裂口滴落。前傾的三輪車嚇著兩人。穿過住宅區。水泥地消失雜草再次出現，登上木頭與石子構築的台階。視野染成了紅色。一堵紅磚牆，陽光從縫隙透過來。磚牆無盡延伸，由縫隙窺探，那側有一群以前從未見過的錯落建築。漏斗形的塔，縱橫規則分隔的水泥池，連結那池子與塔的圓底溝槽，裸露的鋼骨，磚造圓筒，緊緊貼附在這些建物上的爬牆虎，橋仔覺得這些很像什麼東西，原本想跟菊仔說，想想又把話吞了回去。因爲他已經臉色發白。這是去做胎音治療時貼在醫院候診室的人體消化器官示意圖。菊仔渾身起雞皮疙瘩。他心想，這片渺無人煙、單由影子與溫度支配的遺跡，正是自己一天到晚害怕的巨大迴轉體升空之後所造就的景象。

穿過水泥內臟後有一所半毀的學校。厚肉植物由乾涸噴水池的龜裂處冒出葉尖。尖尖的葉子並非生物而是機械。像是要挖掘海底隧道。噴水池周圍的花壇仍在，但是遭人遺忘的種子卻隨風落在傾倒的便器底部在一層薄土中開了花。有一半的校舍被防水布覆蓋。固定的鋼索斷了好幾根，一起風就隨著破爛的防水布啪啪作響。幾百隻停在屋頂上的烏鴉每次一聽到這聲音就飛起，看起來好像建築物的一部分破裂了一樣。

橋仔一直在思考這是什麼地方。橋仔還記得之前在隧道內跌倒過。泥水乾了之後身上髒得分不出是襯衫還是皮膚，汙泥還散發出油味和臭水味，所以才會只記得鑽過隧道。菊仔發現太陽逐漸西沉。天色漸暗之後廢墟就不再是遊樂園了吧。得找到出口回到抓蟬孩子那邊才行。

兩人穿越運動場。彎曲的單槓插在地上。沙坑長滿仙人掌，游泳池內的水已經泛綠，水面上滿是仙人掌的刺。三根電線桿攔腰折斷，白蟻由斷裂處擴張巢穴，數以萬計透光的翅膀幻化出各式各樣的海市蜃樓。在那半透明的簾幕彼端是市區，商店區與娛樂區隔著鋪石剝落的街道對立。

你看，好漂亮喔。橋仔喊著。酒吧、餐廳招牌彎彎曲曲的霓虹燈管碎片被集中在一個洞中，起風時就化爲發光的地毯。反射陽光的小碎片種類與位置會隨著風向與強度而改變，使得各色的光互相融合，整個坑洞像是變成一塊精緻的霓虹板。菊仔上前拾起一塊曲面和緩的碎片。輕、兩面質感不同。粉紅色的表面光滑，黃色的內面摸起來感覺沙沙的。隨手一扔。碎片落在泥土地上而不是坑裡。看著落點的地面，菊仔臉色一變。望著地面跪下爬了過去。你怎麼啦？菊仔。橋仔拿著幾乎沒有破損的S形霓虹燈管跟了過去。有輪胎的痕跡。地面軟而乾，應該是最近留下的。只看到一道，八成是摩托車吧。有人從這裡經過。難道這個街區還有人？輪胎痕在電影院前中斷。電影院位於鬧區的邊緣，標示皮卡迪利（PiccaDilly）字樣的招牌已經傾倒。菊仔察看一下周圍。其他地方都沒有輪胎痕。也沒有迴轉離開的跡象。橋仔看著「下週上映」四個字下面只剩下半張的海報，以及落在牆板縫隙中的一疊照片。海報上的女人，眼睛部分破掉，但還看得到鼻子、舌頭、下巴，以及不知何故獨立於下方的乳房。照片則有持手槍的外國男子、淌血倒地的金髮美女、接吻的特寫、以夕陽爲背景駕馭兩匹馬的貴婦……橋仔仔細除去黏在上面的沙子。如果不用襯衫的下襬輕輕擦的話一定會弄破。不知翻到第幾張時出現了裸女，想塞進口袋卻弄破了。菊仔逐一檢查電影院的窗戶。全部都釘上木板封了起來。

橋仔不經意抬頭一看，嚇得差點昏過去。想大喊，卻喉嚨緊縮發不出聲音。因爲電影院的二樓有個活生生的人正往下瞧。一個年輕人。打赤膊，穿著一條皮褲。菊仔也注意到了。年輕男子看看兩人，一揚下巴要他們快滾。橋仔二人渾身發抖雙腳不聽使喚，年輕人低聲要他們快回去。橋仔跑開想躲得遠遠的，卻發現菊仔仍然動也沒動，不知如何是好，於是大聲喊他。終於找到啦，菊仔直盯著那瘦削、留著長鬚的年輕人，低聲這麼說。原來在這裡啊，捧著我舉向天的男人，原來就住在這被巨大迴轉體破壞的城市裡啊。男子退回屋裡，傳來關門聲。菊仔用盡全力大喊。

「摩托車哪去啦？」

沒有回應。橋仔含淚走過去，拉菊仔的袖子說，我們回去吧。菊仔只得無奈邁出步子。來到電影院轉角時，傳來鐵板與木材的摩擦聲。菊仔和橋仔回頭望去，原來是一片鐵皮波浪板自電影院二樓滑落地面。在轟隆聲響起的同時一輛銀色車體出現以驚人的速度衝下鐵皮揚起沙塵轉眼之間從兩人身旁駛過。菊仔覺得年輕人經過的那一瞬間似乎對自己笑了笑。摩托車的聲音逐漸遠去。

被責問為何襯衫上都是泥巴，橋仔招認是去了煤礦的廢墟。兩人挨了一頓臭罵。你們知道尚未完全拆除、清理的廢墟有多危險嗎？曾經有兩個當過礦工的流浪漢進去偷空屋的自來水管結果被蝮蛇咬了，也曾有小孩子去玩而跌落坑道；填塞坑道的木材幾乎都已經腐朽，坑裡充滿瓦斯，萬一失足就會直落三千公尺的海底成為噁心蟲虺的食物；地下的物資儲藏所還留有劇烈的藥劑，碰到的話馬上就連骨頭都會融化掉；空屋裡現在都會有流浪漢，曾經有女孩子被侵犯過；萬一出了事情沒有人會去救你們，再怎樣大叫也不會有人聽到，和代說完之後要兩人保證不會再靠近那裡。

桑山與和代商量過之後決定關掉美容院，直到菊仔和橋仔適應島上生活為止。和代領著兩人到附近挨家挨戶打招呼，介紹給鄰居認識。買了泳衣，帶他們去海邊。

一聞到草叢間傳來的海潮氣味，兩人不禁歡呼，立刻朝拍岸的浪花跑去。赤腳踏上灼熱沙灘的瞬間，浪花激起的飛沫迎向兩人。潮濕沙地上的小洞裡藏著螃蟹。退潮後的岩石間出現好幾處水池，裡面躲著沒能回歸大海的魚。比自己手指還小的魚，怎麼也抓不到。兩人試著戳戳海葵觸手的中心，收縮起來的海葵吸附著自己的手指感覺很舒服。一根根的觸手顏色和模樣各異。捕捉為剩下的午餐群集而來的寄居蟹，讓牠們朝海的方向競走。捕蟬的孩子也來了，橋仔揮揮手。孩子們戴上蛙鏡手持魚叉潛入海中。一會兒之後魚叉衝出海面前端掛著像是一塊塑膠布的物體。抓到章魚啦，孩子喊了一聲之後上岸來。菊仔和橋仔連忙過去瞧個究竟。和在育幼院時遠足所去的水族館裡看到的章魚不太一樣。與岩石難以分辨的褐色，纏住魚叉淌著黑色的液體。水族館裡的章魚顏色比較紅，可以清楚辨識出頭、腳和眼睛。而這簡直就像一塊濕答答的破布。從魚叉上拔下來時，孩子失手，破布立刻逃向大海。往菊仔和橋仔的方向逃。有如滑行般貼著岩石移動。快抓住牠，孩子對兩人大喊。橋仔伸手一抓，破布便纏上他的手腕。泛著亮光黏答答形狀不定的破布從手臂朝臉爬來，橋仔嚇得發不出聲。用另一隻手去扯，章魚卻爬到這隻手上。纏住手臂，一隻觸手伸向肩膀。從遠處看，慌亂掙扎的橋仔好像是在跳舞。和代聽橋仔慘叫趕過去時，章魚正要爬到倒地的橋仔臉上。菊仔和孩子們努力試著除掉章魚，可是章魚卻像是化爲皮膚的一部分那般緊吸不放。和代扯開鈕子脫下襯衣。將汗濕的部分撕掉，手裏著乾布將章魚的腳一一剝離。抓著章魚，連同布一起往岩石上砸了好幾回。橋仔的肩膀和脖子都紅腫起來，還留有吸盤的痕跡。橋仔爬起來看看動也不動的章魚又看看和代，然後哭了出來。和代抱起他。和代的乳房觸及橋仔的側腹，搔得他發癢。臉埋入和代肩頭，嘴唇嚐到了和代帶著鹹味的肌膚。

美人蕉散落在坡道旁。花瓣化爲土色而且龜裂，一踩就粉碎。颱風將垂掛在莖頂端的夏季花朵、過熟的夏季果實全部吹落之後，和代在開始枯黃的山上教菊仔和橋仔取出栗實的方法。踩破帶刺的殼，裡面有三個大小不一的栗實。夾在中間那顆最大，有時甚至還會出現獨佔所有養分長得特別巨大造成其餘兩顆死亡的情形。和代找了一個那樣的給菊仔和橋仔看，說道：壓迫兩個同伴只有自己長大，孤零零的好寂寞啊。菊仔找到一個裡面有兩顆的栗子。在殼中背靠背貼在一起，大小長得一樣。眞是難得一見哪，這個栗子一定就是你們兩個。一般來說殼內會出現空洞最後導致腐爛。兩人各分了一顆栗子放進口袋裡。

桑山每個月會租兩次小船去釣魚。一定都選在黎明前出發。即使菊仔和橋仔因爲天冷不願同行還是會被帶著一起去。去船屋喝加鹽的熱茶，欣賞第一道曙光照下時海面的顏色，感受緩緩暖和起來的空氣、活蹦亂跳的魚藍色背鰭的尖銳、漸漸變濃泛著透明深藍色的魚血、乾掉魚鱗的氣味、染成金黃色拍來的波浪，以及雪花觸及海面融化時發出的微音。

當數千隻白粉蝶在高麗菜田中羽化時，和代將一個綁著緞帶的盒子放在菊仔和橋仔面前。裡面是書包。

3

一個老乞婆穿過運動場。她是個遊民，夜宿煤礦住宅空屋，拿點漁夫曬的魚乾挨家挨戶討些米，偶爾會到田裡偷幾個芋頭度日。原本就是島上住民的她膝下無子，礦工丈夫在收坑之前意外去世。後來她從收容機構開溜回到煤礦住宅不願離開。由於是個無害的人物，大家也就沒說什麼，任她自生自滅。

橋仔每次看到這老太婆都覺得很難過。經常會跟菊仔說，每次看到女乞丐或是女遊民的時候我都會心頭一驚，懷疑是否就是生下我的女人，看到髒兮兮、眼神畏畏縮縮、孤零零一個人不住打躬作揖向人討剩飯的女人，我都不免這麼想而且會打個寒顫，總之，生我的女人一定會遭遇不幸，因爲她遺棄我，不可能會幸福，她是有罪的人，只要看到可憐的女人，我都會想要抱住她喊一聲媽媽，可是如果眞是我的生母，搞不好我不會緊緊抱住而是殺了她。所以，小學入學沒多久被同學嘲笑時橋仔立刻勃然大怒。和現在一樣，老乞婆當時正穿過校園。喂，桑山，那個老乞婆是你眞正的媽媽吧。橋仔漲紅了臉，逼那個同學道歉。那同學得意忘形又開了一次玩笑。喂老太婆，對不起啦，把妳誤認成桑山的媽媽了。菊仔把那個同學打了個半死。菊仔的暴力因子這時覺醒了。不論是桑山、和代，或者是修女都不曾打過兩人，橋仔和菊仔自然也都不習慣暴力。菊仔有生以來第一次握緊拳頭打了別人的下巴。一拳就把對方打倒還斷了兩顆牙。由於太過沒勁，菊仔的情緒無法平復，又上前踹肚子把對方踹到昏倒，就連兩人被嘲弄時圍觀笑鬧的人也一起揍了，令全班非常害怕。由於橋仔平日個性文靜，大家看到他這樣做反而覺得更恐怖。雖然慢慢沒有人敢再找他們倆的麻煩，但是橋仔仍然會因為女乞丐而感到難過。老太婆從垃圾箱中翻出一塊紫色的布。在肩膀和腰間比了比發現無法纏在身上，就隨手一放讓風吹走。

菊仔和橋仔並未遵守與和代的約定，數度前往廢墟探險。在升上小學四年級的那年，一如往常將書包從窗口扔進家裡之後便直接前往廢墟。兩人畫了一張簡略的地圖，將廢墟分為煤礦住宅、坑道與選洗煤場、學校周邊，以及無人街等四個區域並各取了名字。茲魯、梅加德、普頓，還有賈賽爾。全都是兩人心愛的漫畫書中出現的專有名詞。茲魯是邪惡的宇宙海盜頭目，梅加德是金星的太空船基地，普頓是隸屬於天鵝座第三星防衛軍的機器人，賈賽爾則是超人與中國女子生下的正義使者。煤礦住宅，茲魯地區，三面為山丘所包圍。山丘上蔓草叢生，相信裡面會有很多蝮蛇，兩人只得死心探險到此為止。山丘那頭因為有大型建築物，風一颳過就會發出聲響。

慢慢割除蔓草，菊仔在一個星期之前發現了水泥階梯。若是登上階梯頂端，應該可以看到以前未曾發現的建築和海，而且地圖也可以完成。階梯斜跨山丘，上方的蔓草也垂到水泥上。菊仔和橋仔用鐮刀輕輕挑起藤蔓確定下面沒有蛇之後割除。必須除草露出水泥階梯之後再小心前進。蝮蛇可能察覺聲音或動靜而竄出來攻擊。朝大海的方向俯瞰，遺跡現出了全貌，那是鋼筋混凝土的公寓大樓。有十二棟八層的樓房面海排列著。

側面外牆上貼有英文字母從A到S的牌子。有條相當寬的路沿著兩人爬上來的山丘稜線蜿蜒向下通往公寓。蔓草甚至已經攻佔了幾棟公寓的二樓。仍可看到幾扇窗戶的玻璃完全沒有破。與煤礦住宅和無人街的建築不同的是，出入口並沒有封住。公寓群的前庭，有鞦韆、溜滑梯、爬梯格佇立在草叢中。B棟七樓陽台上的厚肉賞葉植物長得過於茂盛，向外垂了下來。遠遠望去就像曬了一條淺綠色的棉被，可是蓋住陽台護欄的灰色莖與長有綠色絨毛的葉子，卻像是將公寓住戶溶噬的怪物，令人不寒而慄。破損的餐具、牆壁上孩童的塗鴉、掀翻的榻榻米，搞不好屋內還留有什麼仍堪使用的物品。這麼大的建築物，竟然之前都沒有發現。

菊仔和橋仔已經自遺跡的其他地方蒐集了各式各樣的物品。用鋼鐵打磨的自製匕首、古董唱盤、照片、釣竿、潛水氣瓶、防毒面具、頭燈、皮繩和安全帽、護目鏡、裝在金屬工具箱中的十八瓶硫酸銨、地球儀、人體模型、國旗。兩人將這些物品藏在選洗煤場的地下紅磚倉庫裡。菊仔心想，如能撿到腳踏車就好了。

橋仔忽然停下腳步。菊仔，那裡好像有什麼東西。橋仔敏感地察覺到動靜。藏蛇的草叢、蝙蝠目光閃爍的坑道、章魚棲息的巖穴，或是躲藏著水母的水藻，他都會察覺危險並提醒菊仔。有什麼動物在呼吸。菊仔握穩鐮刀窺探草叢，接著露出微笑。橋仔，快過來看。橋仔不敢靠近。以前曾經發生過菊仔叫他過去，結果看到坑道頂掛滿蝙蝠的事情。

「小狗啦，橋仔，有一隻小狗喔。」

如果我說謊，就把蛙鏡送給你。聽菊仔這麼說，橋仔才上前。有一隻小白狗在B棟入口附近挖洞追蟲自顧嬉耍著。欸，我們去抓來養吧。橋仔話還沒說完菊仔就已經衝了過去。小狗一發現兩人拔腿就跑。腳步還不太穩，應該很容易就可以抓到吧。兩人來到C棟出入口時，傳來低吼聲。兩人嚇得停下腳步。聽起來就像是從整棟公寓發出來似的。彷彿是水泥的空洞在咆哮。建築物的陰影中有個隔成正方形的洞窟，黑暗中出現了閃閃發亮的眼睛。齜牙咧嘴拱起身子發出低吼。有一隻緩緩走出來在陽光下吠了一聲，接著有好幾十隻也隨之呼應跟著叫起來。菊仔想跑但被橋仔抱住停下不動。如果背對牠們逃跑的話會被攻擊喔，介紹猛獸狩獵的書上這麼講的，得倒退著拉開距離視線不能夠避開。野狗從裡面的建築物陸續現身。曾經有腹部、臀部，以及內臟遭啃食的流浪漢屍體被沖上岸。警方研判那並非魚所為。因爲魚一定會先啄食眼珠。雖然野狗也會攻擊豬或是雞，但也沒辦法捕捉牠們，因爲野狗往往與蝮蛇共存。

你說不能避開視線，可是野狗那麼多，要瞪也只能選一隻而已啊，如果牠們繞到後面的話我們就完啦，橋仔，快想個更好的辦法啊。橋仔提議兩人一齊大叫。失敗。這個主意造成了反效果。因爲兩人的聲音太尖，聽起來像是慘叫，引來四面八方更大的咆哮。兩人被完全包圍了。牠們只會汪汪叫，不會攻擊我們的啦，這些傢伙應該只吃死人肉吧，就在菊仔剛說完的瞬間，一隻紅色小型犬朝橋仔的腳衝去。菊仔持鐮刀用力往下砍，被砍中耳根的紅狗噴血倒地。從後面攻擊的狗撲倒橋仔咬住領子扯破了襯衫。本想以狗頭爲目標的菊仔怕誤傷橋仔，持鐮刀朝狗的臀部揮去。那隻狗很肥，鐮刀插在屁股上仍然跳起來。由於力量太大，菊仔的鐮刀脫手。包圍圈不斷縮小。一隻狗朝菊仔的喉頭撲過去，橋仔拾起鐮刀用刀背去打狗的臉，不料那狗毫不退縮站穩身子一口咬住仍倒在地上的橋仔的手臂。橋仔，快起來！菊仔再次用鐮刀刀背打狗屁股，卻更刺激了狗，咬著橋仔的手臂開始甩頭，牙齒陷入肉裡更深了。正當菊仔舉起鐮刀要打碎狗下顎時，一隻毛色黑亮的大型犬咬住了他的大腿。菊仔因撞擊與疼痛而倒地，並且撞到臉色蒼白的橋仔。菊仔拚命用雙手保護喉嚨，因應狗的動作轉動身子。菊仔感覺到地面震動並聽到高分貝的轟隆聲。塵土飛揚隨風飄來。看到了。看到了銀色車體。是摩托車。來到了野狗包圍圈之外。留著鬍子，是菊仔二人的賈賽爾，正看著自己這邊。脫下安全帽用手背擦擦汗，然後扔了個什麼東西。野狗包圍圈頓時缺了一塊。男子發出類似牧童持鞭趕牛時的聲音，繼續扔出白色物體。野狗紛紛朝他扔出的麵包塊移動。咬著菊仔的狗也爲了落在旁邊的麵包而鬆了口。橋仔差點昏過去。摩托車緩緩靠近，男子比了個上車的手勢，菊仔扶著橋仔上車然後跟著坐在後面並抓住賈賽爾的皮帶。賈賽爾戴上安全帽，確認兩人坐穩之後發車前進，一路塵土飛揚。

蔓草被車輪捲入彈起來，腳上的靴子踢走幾隻追來的野狗，摩托車朝海的方向前進。穿過公寓大樓，輾斷小樹枝穿過草叢來到馬路，賈賽爾猛地加快速度。菊仔和橋仔都睜不開眼睛。風撕扯兩人的傷口，讓傷口冷卻變乾。菊仔大腿流出的血弄髒了座墊。睜開眼睛，只覺景色發白什麼也看不見。眨眨眼，映入眼簾的是瞬間靜止的粼粼大海。而後景色又開始流動。摩托車將景色攪拌溶解混合在自己的眼底。菊仔蹭了蹭發黏的大腿，覺得自己好像被扔進了長久以來的夢境之中。鬍鬚男，在可以俯瞰大海的懸崖手捧剛出生的自己舉向天。終於，自己在育幼院禮拜堂掛的那幅畫中登場了。菊仔總算獲得了誕生的祝福。

「請問，你是不是，住在那個電影院裡面？」

賈賽爾點點頭。

「那個電影院，以後，我們可以去玩嗎？」

「我曾經看過一次狂犬病發作的人。那傢伙把手探進喉嚨，想去抓撓自己的肺。要是有人說你們得了狂犬病，就到電影院來，我替你們抓抓肺。」

賈賽爾只讓兩人進去電影院裡一次。無人街的屋子已經沒有自來水，於是賈賽爾瞞著自來水公司偷挖了井。井位於學校中庭，用木材和草隱藏起來。爲了讓二樓樓中樓能夠承受摩托車的重量，重新用鋼骨補強過。

電影院裡，除了座椅大部分毀損銀幕掛著床單之外，其他沒什麼兩樣。賈賽爾從變壓器偷接了電，但也只用來啓動放映機而已。放映機除了鏡頭之外全壞了，聽賈賽爾說花了兩年才修好。菊仔在二樓放床的樓中樓放映室裡發現一張賈賽爾與女子的合照。兩人挽著手站在坡道上。兩人後方，是聳立的峭壁以及白色緞帶般的霧氣。女子面帶微笑，可是並不是很美。當時沒留鬍子的賈賽爾左手提著像是機關槍的八釐米還是十六釐米的攝影機。放映室裡只有兩捲影片。賈賽爾沒問什麼，逕自播放了那兩部短片。一部是名爲「佔領下小笠原群島自然風情」，主要是介紹亞熱帶海底景觀的水底攝影。當畫面中盡是熱帶魚時，下方角落出現「海底洞窟」幾個字。賈賽爾停止轉動放映機。直盯著畫面。沒有配音，只聽得到放映機風扇的馬達聲。賈賽爾用幾乎聽不見的聲音喃喃自語：

「Datura」。

發覺菊仔和橋仔正望著自己，賈賽爾再度讓放映機開始轉動。視線由畫面移開，苦著臉，又喃喃唸了一聲「Datura」。

另外一部短片是紀錄片，內容是東京奧運時在國立競技場擔任警衛的保全員日常生活與工作狀況。影片中夾有男子一百公尺及撐竿跳的決賽鏡頭佔了相當長時間。菊仔第一次看到撐竿跳。看著漢森（Fred Hansen）以玻璃纖維撐竿彈向空中的慢動作鏡頭，菊仔有種莫名的感動，彷彿自己也正躍向空中。菊仔已經十二歲，但跑步速度並不快。那是因爲菊仔還沒有發覺因爲菊仔可怕的筋肉仍在沉睡。離開賈賽爾的電影院，菊仔在歸途中撿了根竿子學起撐竿跳。

那是暑假裡最熱的一天。菊仔和橋仔選擇製作貝殼標本作暑假作業，幾乎每天下午都在海邊度過。

已經學會浮潛的菊仔下海去找鮑魚。覺得不大舒服的橋仔一直坐在沙灘上。來海灘前睡了一下午覺，卻夢見有人用本生燈燒他的雙腳。菊仔，那是因爲你睡覺的時候兩條腿彎得太奇怪啦，而且膝蓋以下還曬著太陽，橋仔如此分析膝蓋以下仍然沒有感覺。菊仔用曬熱的砂和海水輪流敷腳，仔細按摩。

橋仔潛水處附近的岩石上有一對年輕男女鋪了藍色毛巾坐在那裡。每天都會有好幾對男女或是攜家帶眷的家庭，帶著同樣的藍毛巾來到這海邊。藍色毛巾上印有位於島後側一處國民宿舍的名字。身上搽了防曬油的女人皮膚白皙，手、腳和腹部都有明顯的紅色斑點，像是蚊蟲叮咬的痕跡。採了一整桶蠑螺和海膽的橋仔，嘆氣自己沒找到鮑魚，然後看看女人，說她一定有養貓。

菊仔開始用竹竿練習撐竿跳。將竹竿往水邊一插騰空入海。每天反覆練習之後他發現，一定要有足夠的助跑速度。跑得越快就跳得越高。菊仔開始思考要怎樣才能夠跑得快，認爲問題應該並不在於姿勢。菊仔想起東京奧運百公尺決賽時鮑柏・海斯（Bob Hayes）起跑前的做法。併攏雙腿，伸直脊背，繃緊全身。感覺就像把身體變成一根棒子。然後就這麼向前傾。到了無法支撐的程度再一腳往前跨出。鮑柏・海斯反覆確認這個姿勢許多次。那個姿勢是人類全力奔跑時最理想的體態。感覺就要跌倒於是接連跨出步子，這就是所謂的跑。最早從四肢爬行站立起來的猿猴想必也曾用盡全力奔跑吧。菊仔牢記那前傾的姿勢在海邊奔跑。直到汗流浹背手腳沉重渾身無力才終於覺得夠了。

橋仔喝著裝在保溫瓶的柳橙汁，一個年輕人走向他問有沒有看到毒水母。水還很暖，毒水母要到中元節之後才會出現，橋仔這麼回答。年輕人以五百圓買下橋仔所採的蠑螺和海膽。這下有錢買新蛙鏡了，橋仔非常高興。

年輕人回到女子等待的岩石後打開海膽殼。邊喝啤酒邊拿著一把寬刃刀戳進殼內。遇水需要補妝的女人停下手邊的動作，一臉期待看著海膽刺喀啦喀啦折斷。男子用刀挑起黃色的海膽卵，送到女子的舌上。女子仰頭靈巧地用舌尖接入口。菊仔和橋仔直盯著那模樣。那傢伙好像要把女的殺了一樣，橋仔說。可以想見柔軟的海膽卵將在女人舌頭的熱度之下融入喉嚨。菊仔覺得很噁心。

女子的腳底似乎被海膽刺傷。彎著身子向男子求救。男子抬起女子的腿，試著用牙齒將僅僅露出一點的刺咬出來。不知是否搔到癢處，女子高聲笑出來。那笑聲觸怒了菊仔。那女人是個麻煩貨，他心裡想。忽然間，他對女性產生了厭惡感。男人捧著的女人的腳，在景色中顯得特別蒼白，正不住扭動。菊仔朝沙灘吐了口口水，喃喃說道；我要宰了妳。如此喃喃自語後，堵塞腦袋令他不舒服的熱一點一點散至全身。菊仔閉上眼睛不住喃喃自語。妳是個麻煩貨，蒼白的傢伙沒資格來海邊，噁心，妳是個麻煩貨，我要宰了妳。此時他漸漸忘了那女人。充塞在腦袋裡的熱已經完全循環至全身。身體發熱。菊仔走到浪花拍岸處，用腳跟踩踏濕而硬的沙子。起初只是輕輕踩，而後逐漸加強力道，半截腳跟都沒入沙中。菊仔蹲下身子。伸開雙臂擺出起跑姿勢。抬臀，屏息。望著眼前的沙灘。海浪被吸進細沙的縫隙間。有種奇妙的預感。令他目眩的預感，可以預視正跑著的自己。感覺好像蘊含著熱力，撕裂空氣疾馳的自己就在數步之前似的。「砰！」橋仔喊出起跑槍聲。菊仔衝出。想著要追過預感中領先數步的那個自己。就在右腳第三次踏在硬沙上時。身體突然變輕。與蘊含熱力的預感融合。彷彿自己並不是在奔跑，而是被運過去的。感覺得到肌肉在皮膚之下躍動。菊仔的肌肉衝破了帶刺的外殼，突然覺醒。全身遊走的熱力不但無處可去，腳尖還不斷有新的熱力往上湧。菊仔邊跑邊大喊。彷彿就要這麼飛上天一樣。我找到啦，菊仔心想。一直在身旁令我畏懼的巨大金屬迴轉體，終於被我收爲己有了。

4

和代帶著升上國中之後衣服都變得太小的兩人去佐世保。之前曾去過佐世保這個城市多次，但不知爲什麼，每次去都是陰天。菊仔和橋仔非常期待去百貨公司頂樓看海狗。

那天百貨公司裡可說是人山人海。買了衣服，去餐廳吃過蛋包飯之後上頂樓，發現平日設置旋轉咖啡杯的地方搭起了臨時舞台。舞台上，有個戴著蝶形大墨鏡，身穿銀色西裝還化了妝的男主持人，以及一個染了紅髮的女人，身穿綴滿人造玫瑰花的洋裝。以各色氣球裝飾的舞台上，排排站著五個持樂器的中年人。可以看見那一頭的籠子，菊仔和橋仔最愛的海狗不時發出想吃沙丁魚的叫聲，但舞台的圍觀群眾太多無法靠近。紅髮女子開始載歌載舞。由於揚聲器就在身旁，得貼近耳邊大吼才能夠讓人聽到自己在說什麼。菊仔覺得聲音刺耳，想下一層樓去寵物賣場。跟橋仔約好要一起存零用錢來買的狼狗寶寶不知道還在不在。想朝出口走，可是動彈不得。三人背後也塞滿觀眾，都已經擠到出口了。三人被後面硬推著往前。靠近一看，紅髮女全身都搽了白粉。紅色絲襪滲出了白色的汗水。一曲結束後銀色西裝男拍著手走出來。嗓音聽起來像是壞掉的收音機，講話卻流利到令人覺得不快。歌手的名字好像叫夏苗。臉上搽的粉有少許脫落，露出粗糙的皮膚。她邊將人造玫瑰花拋向觀眾邊唱起下一首歌。人造花下面是帶有光澤的黑色衣料。菊仔呼吸困難。提著的採買物品被人潮拉扯，使得雙手手指發疼。和代也想找個地方歇歇腳。唯獨橋仔興奮不已。因爲橋仔非常喜歡唱歌。將自己的提袋交給菊仔，擠到最前面去看。紅髮女穿著一雙蛇皮高跟鞋又扭又跳，唱完時一踢腿身體像芭蕾舞者一樣旋轉。中年樂手個個面無表情翻著樂譜。銀色西裝男出場，對著歌手吹肥皀泡，並說道：「接下來，夏苗小姐要爲大家帶來她過去的看家本領。」有人將分成紅、綠兩色的球送上舞台，歌手脫掉高跟鞋換穿膠底鞋跳到球上。「是的，夏苗小姐以前待過馬戲團，不過走球可不是她最拿手的，難道會是騎大象或是獅子鑽火圈嗎？」歌手下了球抓住麥克風。

「不，我最拿手的是催眠術。」

「耶？現在還會催眠嗎？」

「可能有些生疏了。」

「怎麼樣各位，有沒有人要試試夏苗小姐的催眠術呢？」

許多人一齊舉手。

「哇，好多人哪，可是夏苗，催眠術會不會很可怕呢？我可不敢嘗試，大家都好勇敢啊，好的，該請哪一位上台才好呢？」

「這樣吧，我四年前出過一張唱片，賣不好，也唱得不太好啦，呃，現在也還唱不好啦，請問，我四年前發行的專輯名稱叫做什麼，哪位知道的，請舉手。」

台下鴉雀無聲。沒有人舉手。銀色西裝男一臉為難與歌手商量，看看是否要提示，這時卻有人沒有舉手低聲回答。咦？剛才是哪位說的？請大聲一點。

「哀愁的花瓣。」

「標準答案，謝謝！」

紅髮女朝聲音來源的方向伸出手。竟然是橋仔。

為了集中精神，歌手拜託觀眾配合不要發出任何聲音。橋仔緊張兮兮站在舞台上。望見菊仔與和代，他揮揮手。主持人小聲問有沒有看過精神科醫生。橋仔回答沒有。因為橋仔二人並不知道接受聲音治療就是去看精神科醫生。一個黑色大箱子送上了舞台。橋仔與紅髮女進入其中。十分鐘後兩人出來時，橋仔閉著眼睛。台下一陣騷動，女人在唇前豎起食指示意要大家安靜。

「請告訴大家，你的名字和年紀。」

「桑山橋男，十三歲。」

「嗯，剛才講過的，橋男君，你現在在哪裡？」

「夏威夷。」

「夏威夷的哪裡？」

「海邊的，附近，在海上。」

「覺得夏威夷怎麼樣？」

「好熱喔。」

觀眾同聲大笑。那天大家都穿著外套，橋仔眞的開始冒汗並脫掉外套。和代怕他會因此感冒。

「橋男君，你在夏威夷做什麼呢？」

「睡午覺。」

「睡醒了吧？」

「嗯，醒了，去釣魚。」

「自己一個人嗎？」

「還有菊仔。」

「菊仔是誰？」

「哥哥，但其實是朋友。」

「還有呢？」

「桑山先生。」

「桑山先生？」

「哦，是爸爸。」

和代一臉不安。菊仔不知該如何阻止，只好先往前擠。橋仔一臉痛苦的模樣。臉色發白，直搔著喉嚨那一帶。

「可以了，橋男君，夏威夷太熱不舒服，我們走吧？怎麼樣？回來吧。」

「回哪裡？要回去哪裡呢？」

「對喔，橋男君，現在你回到了小時候，回到還是小嬰兒的時候，變成小寶寶囉，注意看，時鐘正在倒轉，橋男君，你現在是個不到一歲的小寶寶喔，嗯，有什麼感覺？」

「好熱。」

「咦？我們已經從夏威夷回來囉，你現在在哪裡呢？」

「快熱死了。」

「橋男君，我們已經從夏威夷回來啦，你現在是個小寶寶喔，剛從媽媽肚子裡出來——」

菊仔上前制止大聲喊停。紅髮女望向菊仔，叫他別出聲。這時，全身發抖的橋仔仰頭朝著陰霾的天空放聲大叫，那聲音令聽到的人都覺得脊背發涼。女人大驚，連忙在橋仔耳邊拍手三聲。橋仔睜開眼睛，卻仍在發抖，搖搖晃晃在舞台上走來走去。菊仔推開人群衝上舞台抱住橋仔。紅髮女、銀色西裝男，以及觀眾，個個目瞪口呆看著兩人。菊仔非常生氣，揍了銀色西裝男，又踹了紅髮女的肚子。台上台下驚呼連連，樂手們連忙制住菊仔。原本眼帶哀傷看著這一切的橋仔跳下舞台，推開正準備讓路的觀眾，衝向出口。試圖攔住橋仔的只有和代，無奈因爲人群阻隔無法靠近，喊話也聽不到。橋仔自入口消失了。被壓制住的菊仔，只能無奈地聽著措手不及的工作人員討論是否要叫警察的談話聲，以及海狗吵著討食物的叫聲。

橋仔不再去上學，也不講話。菊仔曾在育幼院見過橋仔這種模樣，就是他將自己封閉在模型王國的那段期間。橋仔跑出百貨公司之後，整晚不知去向。第二天因倒在佐世保川旁的一間公廁裡，被帶去警察局。下身衣物已經被人剝掉。老師來家庭訪問，橋仔也避不見面。

電視，是橋仔所選擇的模型王國替代品。一早起床就打開電視，直到半夜收播都不肯離開電視前面一步。也完全不出門。只要桑山與和代關掉電視他就大吵大鬧。單獨與菊仔相處時才開口講話。我是個惹人厭的孩子，橋仔說。桑山打算送他去醫院。和代相當自責，甚至還去求神問卜，但橋仔不開口就是不開口。橋仔只對菊仔吐露過祕密。菊仔，我啊，其實並沒有錯亂，只是在尋找一樣東西而已，記得嗎？我們不是去醫院看過電影嗎？那部有海浪、滑翔機、熱帶魚的電影啊，在接受催眠的時候，我想起當時的事情，就是那個啊，那個聲音，我們在那裡聽過一種聲音，我在接受催眠的時候又清楚聽到了那種聲音，眞是意外，菊仔，那聲音好美啊，美到讓人願意付出生命，所以呢，我想靠電視找出那種聲音，想要把所有的聲音都聽過，在美食節目裡，玻璃器皿互相碰撞，用平底鍋煎蛋，還有這些聲音，手槍和炸彈，飛機聲與風聲，手風琴、大提琴等等樂器的聲音，全都裝進腦袋裡，連續劇裡女人裙子擺動的聲音、接吻、高跟鞋踏在鐵製樓梯的聲音，對，我看著電視，不時閉上眼睛，要把全世界的聲音全部都記起來，一旦找出我們在醫院聽過的聲音究竟是什麼，我就去上學。

菊仔認爲橋仔根本就是瘋了。因爲橋仔的表情又變得與早年在育幼院相識時一樣。又變得眼睛濕潤視線飄忽，與他談話之間，會覺得自己成了透明人。橋仔總有一天會進醫院吧。菊仔憶起當年橋仔躲進模型王國，落單的自己開始畏懼那巨型迴轉體時的事情。先是眼睛發疼，感覺眼球表面變乾。左、右兩眼的視野沒有重疊的部分出現色彩。是低彩度的綠色。那顏色不斷擴大終至覆蓋一切。景色靜止了。左右視野錯開的部分徐徐凝固變得又沉又硬。最後變成一個泛著微光的金屬圈，開始迴轉。還聽得到轟隆聲。越轉越快的金屬圈不斷增大。那個形狀模糊不清的巨型金屬迴轉體，究竟是什麼？菊仔如今已不再懼怕。一旦覺得眼睛有點疼，他就去海灘跑步。只要讓身體加速，就可以消除左右視野的錯動。體內充滿力量時，巨型金屬迴轉體就絕不會出現。

那一天，菊仔在海灘上享受過跑步和撐竿跳之樂後，又去了廢墟。選洗煤場崩落磚塊的銳利斷口，水泥地上遊走的綠蛇，菊仔的影子單單紋風不動。已經很久沒有獨自一人散步了。每次沐浴在這耀眼的陽光下，總會覺得自己身在夏天。什麼時候開始這樣的？自出生以來一直就這麼覺得。汗水從髮際流進眼睛裡，在黑暗的箱子裡出現脫水現象的我哭個不停，雖然自己並不記得這一切，但應該是很熱吧，據說被發現時呈假死狀態的嬰兒，除了我與橋仔之外另有九人，但全都夭折了，只有我和橋仔在盛夏中冒著汗水恢復呼吸，那是夏天，所以其他季節在我眼裡都顯得模糊，夏季，影子的輪廓最爲清晰，送去育幼院的那個紙袋應該還在吧，生我的女人留下的唯一物品，十本蕾絲編織教學的書，警方好像曾經採集指紋比對但是並沒有找到人，她沒有前科，大概是喜歡編織蕾絲吧？直到今天當我看到白色手織的桌巾都還是會心頭一震，橋仔的紀念品是花，據說寄物櫃裡撒了剛摘下的九重葛，橋仔製作了九重葛押花，小心保存著。

風在無人街上呼嘯。油漆剝落的招牌上寫著白山肉鋪、港灣夜景舞廳、神島自行車、尼加拉酒吧、花房餐廳。

「喲，你一個人哪。」

過了轉角遇見賈賽爾。正在修理摩托車的他抬起頭來。賈賽爾染了頭髮，看起來很硬的金髮沾了灰塵，出油的額頭上冒著汗。故障啦，菊仔，化油器故障啦。

「能不能給點麵包？」

「肚子餓啊？」

「一點點就好。」

「我有涼麵，你吃吧。」

「麵包比較好。」

「你要吃的嗎？」

「不，不是。」

「餵狗啊？」

菊仔點頭。賈賽爾取來約十五公分長帶糖粉的法國麵包。狗最喜歡法國麵包啦。

「可別爲了好玩就把狗殺啦，知道嗎？中元節到啦。」

菊仔將法國麵包一分爲二塞進左、右口袋。賈賽爾，謝謝。

「菊仔等一等，你是棄嬰啊？」

「是啊。」

「恨你老媽嗎？」

「老媽是指扔下我的那個女人嗎？」

「是啊，你恨她嗎？」

「嗯，這個嘛，恨吧。」

「會不會想殺了她？是說生你的那個女人。」

「又不知道她是誰。」

「就一個一個殺，總有一天會宰到她啊。」

「不相干的人豈不是太可憐了。」

「你有這個權力啊，把人一個個都殺掉的權力，我教你一個咒語吧。」

「咒語？什麼咒語？」

「當你想要把人一個個殺掉的時候就唸這個咒語，很有效的，記好喔，『Datura』，就是『Datura』。」

「拉秋拉？」

「是『Datura』。」

「『Datura』。」

「不要忘了喔，保證有效。」

八層樓的公寓遮住了太陽。野狗幾乎都在睡午覺。菊仔來此尋找幼犬。想找一隻長毛的白色幼犬送給橋仔當禮物。橋仔一直想養狗。最好是能找到一隻剛出生的。發現菊仔靠近，野狗開始低吼。公寓出入口有七隻，前面草地上四隻，二樓陽台三隻，傳來低吼聲的D棟又出來兩隻。雖然體型都不是很大，卻全都齜牙咧嘴弓起身子。狗越聚越多。一隻四肢粗壯毛色油亮的黑狗從C棟的樓梯下來，附近的幾隻狗連忙讓路。那隻大狗叼著什麼東西。起初以爲是塊破布，仔細看才知道是烏鴉。一隻無頭的烏鴉。菊仔決定緊盯著黑狗。黑狗望著入侵者好一會兒之後，由通道走到C棟後面去了。看到幼犬了。一隻白色幼犬。跟在一隻耳朵下垂、漂亮的長毛狗後面，咬著腳踏車內胎玩耍。大白狗應該是母親吧。小狗長大以後想必也很漂亮。菊仔決定先觀察一下狀況。取出纏有皮繩的短鐵棍作爲武器，還有法國麵包。小白狗玩膩了內胎，想鑽進母親肚子下面。母狗拒絕，於是牠只好鼻尖抵著母狗肚子開始打盹。非常舒服地搖著尾巴。菊仔將麵包朝母狗旁邊扔去。落點非常好。有隻一直留意菊仔舉動長得像貓的小花狗，立刻衝向麵包，叼著就逃。母狗見麵包自眼前消失，叫了一聲隨後追去。菊仔立刻趁機衝上前，將正要追趕母親的幼犬抓起來搋進襯衫裡。公寓出入口還有三隻小狗的兄弟，於是菊仔將剩下的麵包都扔過去，拔腿就跑。狗兒忙著爭食麵包。胸口的小狗又踢又抓，可是菊仔一點也不疼。好像沒有狗追來的樣子。跳過蔓草繼續跑。這個速度，大概連蝮蛇也追不上吧。回過頭去，公寓看起來變得只有箱子大小，周遭也沒有狗。即使如此還是得全速向前衝。小狗仍然叫個不停。

突然間，脖子受到了攻擊。什麼也沒看到就跌倒的菊仔用手肘撐著以免壓傷小狗。有什麼東西壓在背上嘶吼著。菊仔還搞不清楚發生了什麼事。當插入肩頭和脖子的牙齒拉扯時，劇痛讓他明白自己被咬了。黏答答的血不斷滴到眼前的水泥地上。脖子不能轉，只能看著水泥地。陽光刺入狗咬出的口子。傷口發熱。想爬起來，不料牙齒卻咬得更深。菊仔打了個寒顫。傷口如同灼傷般發熱，身體卻發冷還起雞皮疙瘩，噁心想吐，呼吸困難。正要嘔吐時，有人朝狗和菊仔潑水。可以感覺到狗鬆開了嘴。傳來鐵棍打在柔軟肉體的聲音，抬頭一看，原來是賈賽爾。長毛母狗在菊仔身旁曲著前腿口吐有色液體。賈賽爾不懷好意地笑了笑，再次揚起鐵棍。菊仔閉上眼睛大喊：

「不要殺了母狗！」

橋仔為小白狗取了名字，叫Miluku（牛奶）。因為菊仔脖子的傷是被狗牙撕裂的，所以花了很長時間才痊癒。傷口不容易乾，經常化膿，得一直貼著脫脂棉。在等待撕咬傷長出新肉的期間，橋仔也逐漸復元。橋仔似乎已經記住電視裡所有的聲音。只不過，好像並沒有找到鎖定的那種聲音。菊仔，我覺得啊，之前聽到的那個並不是電視出來的聲音，電視的聲音不對，如果是電視，比方說，北愛爾蘭的風和波里尼西亞波拉波拉島的風，聽起來都一樣，不是直接震動空氣傳來的聲音都不對，空氣波經過麥克風轉成錄音帶，再由錄音帶化為電波，在這過程之中就死了，所以找不到，當時讓我們聽的聲音啊，雖然應該是播放再生，不過我認為那是經過精密計算所製作出來的美妙聲音，我的感覺啦，那是幾種自然音，經電子設備處理的自然音，以及電子樂器的聲音，經過複雜的混音過程所產生的，那種聲音電視聽不到，電視上的聲音全都跟豬叫一樣。

由於橋仔三個月以來全神貫注在聲音上，聽覺變得很敏銳。橋仔邊看電視邊留意聲音。風中的公園與搖晃的樹木，金屬、玻璃、動物、樂器，以及形形色色人的相貌。事物的形狀與聲音，以及由聲音所產生的印象，其間的些微關係，橋仔都已經能夠掌握。他以回去上學作交換條件央著父母買一台可以雙軌錄音的錄音機，搭配混和各種聲音拿菊仔來做實驗。橋仔發現兩個重點。能夠讓人心安的聲音都是經過折射與透射所發出來的聲音，並且讓人預感、期待這個聲音會永恆不絕地持續下去。舉例來說，菊仔認爲最能夠讓他覺得平靜的聲音是，不知從哪邊的教室傳來的微弱鋼琴練習聲，還有持續降雨時的雨聲與屋簷滴水交織而成的聲音。

回去上學之後，橋仔依然經常豎起耳朵，仔細聽取各種聲響與音樂，並開始接觸初級的音階、旋律、和聲課程。有一天，橋仔發現一首曲子效果和在醫院聽過的那個聲音很類似。原本聽唱片還沒有什麼感覺，可是他在廢墟撿到一個收錄那首曲子的音樂盒，由於發條斷掉，他是用手指去轉動突起的轉輪變換速度的時候才發現。甚至連小狗Miluku聽到音樂盒的樂聲都閉嘴乖乖坐下搖著尾巴，似乎很享受。橋仔根據那音樂盒收錄的曲子，將他發誓就算花一輩子也要找出來的那個聲音密碼取了一個名字——「Trumerei（夢幻曲）」。

菊仔和橋仔十五歲那年夏天。兩人每天都帶著Miluku去海邊。Miluku很喜歡水。小時候就會一副開心的模樣將前腳探進盛水的盆子裡，追著的皮球落入水溝時也會跟著躍入積水中嬉鬧，怎麼叫也不肯上來。Miluku比較喜歡礁岩而不是沙灘。爲了怕牡蠣殼刺傷牠柔軟的腳底，兩人還用破皮革做了鞋子。只要幫Miluku穿上那鞋子，Miluku就會高興地汪汪叫，因爲知道又要去海邊了。Miluku游泳的技術已經超越了橋仔。遺傳自母親的白色長毛總是弄得濕漉漉。兩人在太陽西下的海邊爲牠梳毛時，梳齒間都會殘留著海鹽的結晶。

有一件事，菊仔和橋仔很羨慕Miluku。Miluku曾遇見牠的母親。他們在海邊回家的路上遇到母狗，被賈賽爾打傷的肩膀並未復元，跛著一條腿，美麗的毛也脫落了。眼睛渾濁，直淌著口水。右前腿曲著拖在地上，和幾隻瘦弱的老狗一起翻著垃圾桶。Miluku不識母親，先是發出低吼，繼而無視其存在逕自離去。母狗一眼也沒看Miluku。走遠之後，Miluku站在太陽即將落下的山丘上，一抖白色長毛高聲長吠。

5

秋牡丹過了中午才醒過來，就這樣在床上又賴了兩個小時左右。習慣性叼了根菸但沒點火，心想：昨晚竟然沒有作噩夢，到底是爲什麼呢？是因爲氣溫升高的緣故，還是因爲窗邊新葉長大的觀葉植物的呼吸？不過，搞不好是因爲新買的羽毛被柔軟舒適的緣故也不一定，總之是其中之一吧。

她從床邊的冰箱取出蔬菜汁、芒果汁、乳酸飲料、以及蘇打水排在一起。伸手取來梳妝台上的電子血壓計與體溫計，小心量測。因爲體溫正常，血壓略低的關係，在床上做了十分鐘瑜伽，然後喝乾蔬菜汁和芒果汁。剩下的飲料收回冰箱。蔬菜的酸味與芒果的甜味弄得嘴巴味覺遲鈍，她點菸之後，菸在口中打轉，心想：果汁和添加薄荷的菸草混在一起是全世界最噁的味道。她想起那個胖女人在週刊雜誌上推薦這是最佳通便法，這才接受幾天前在土耳其餐館聊天時朋友的看法。由於胖子重心在下腹而不是腰部，前額葉經常會受到壓迫，再加上背部肉多鬆垮肩膀僵硬，以至於無法做出正確判斷，所以胖女人大多慣於說謊。秋牡丹望著吊在天花板下的造型月曆，發現這禮拜都不必上工。想去打網球，但是兩支球拍的拍線三個月前就都斷了。使用的是羊腸線，店員表示必須從紐西蘭叫貨，但後來卻一直沒連絡。有點擔心那個看來腦袋不太靈光的店員，會不會調了一頭渾身毛茸茸的羊來而不是羊腸線。

除了網球之外該做什麼來打發這一個禮拜才好呢，秋牡丹想著想著就覺得累，隨即作罷。

父親經營藥廠，製造販售塑膠瓶裝的感冒鼻塞噴劑，母親兒時是童謠歌手，動過聲帶手術，到了四十歲嗓音都沒變，兩人在十七年前生下秋牡丹。是家中的獨生女。小時候，她學會的第一句話是，好可愛呀。幾乎所有新生兒最早學會並使用的語彙，都是兼具食物與母親雙重意義的「mama」或者「mannma（飯飯）」，可是秋牡丹的情況卻是「好可愛」、「好可愛」。因爲每天都有太多人不斷誇她可愛了。

秋牡丹的母親是個九歲接受聲帶手術的童謠歌手，到了十八歲完全沒有銷路於是又動整形手術讓自己變美。幼時那雙討喜的鳳眼被周遭皮膚擠壓變成浮腫的瞇瞇眼，動刀把它變得又大又圓，改造出一張就算是年過三十都還能唱童謠的臉。秋牡丹的父親就是被那張臉騙才會娶了她。秋牡丹快要出生時，母親擔心得不得了。擔心萬一生下一個醜孩子，自己做過整形手術，甚至處女膜重建與聲帶手術的事都會敗露而被迫離婚，到時就不得不再回夜總會應付那些滿身酒臭的男人，唱〈雨夜月娘〉、〈青鱂魚學校〉那種歌了。所以，當可愛的秋牡丹出世時，母親欣喜若狂，甚至還強迫女傭和司機都得經常讚美小姐好可愛。不過秋牡丹長大之後越來越漂亮，成了人見人誇的美少女，不須母親強迫別人來讚美。於是她不禁懷疑，搞不好是當年動手術的醫生把鑷子和手術刀遺忘在自己體內，黏在子宮壁上溶解化爲器官的一部分，懷這孩子的時候，就自動在肚子裡悄悄進行了完美的整形手術。

國二時，秋牡丹爲父親公司的新產品拍攝電視廣告因而受到矚目，自此展開了模特兒生涯。去年自高中辦理了休學。由於身高略嫌不足接不到流行服飾方面的工作，接案是以拍攝電視廣告和海報爲主。透過模特兒經紀公司與幾家廠商簽了約。一度還有登上大銀幕的機會，卻因爲合作的男星患有齒槽膿漏，口臭令秋牡丹難耐，第一天的拍攝工作還沒結束便辭演了。對模特兒這份工作完全沒有熱情。

去年她利用高中休學的機會離家，搬來這間高級公寓。離家的原因有二。其一是，父母在彼此認可的情況下各自結交了年輕情人，在家卻仍然表現出一副恩愛的模樣。不是只在秋牡丹的面前如此，而是眞的感情好到令人看了都覺得肉麻想吐。雙親也曾各帶著小情人與她，五人一起吃飯。飯後玩撲克牌時，秋牡丹突然哭出來。別這樣哭嘛，父親說。不要哭、不要擔心，也不要覺得自己孤零零一個人而難過，秋牡丹，爸爸和媽媽都很能容忍，我們只是忠於自己的慾望，但同時也相愛啊，妳還年輕所以不懂吧，爸爸和媽媽一點也不會不幸，人生在世都是孤獨的，也不可能事事都如意，爸爸和媽媽在痛苦多年之後把話好好談開，我們發現彼此是眞的相愛，才會決定互相將情人介紹給對方認識，過一種開放的人生，秋牡丹，爸爸和媽媽都是大人，而妳還是個孩子，總有一天妳會懂的，與其辛苦隱瞞在外面另結新歡，選擇開誠布公的方式才是誠實的人生，如果妳還是忍不住要哭的話就想想我說的吧，要知道，活著並不是件輕鬆的事情，可不能這樣撒嬌。

第二個原因是為了秋牡丹飼養了六年的寵物。秋牡丹養的是一條鱷魚。父母親六年前在都內的百貨公司買給她的。店員當時保證只會長到一公尺左右。餵生肉、生魚，每個禮拜換一次水，只要在旁邊放棵橡膠樹就有亞馬遜的氣氛啦。秋牡丹原本相當猶豫，不知是否該買食人魚。可是考慮到壽命，她選擇了鱷魚。在一公尺見方的水槽中鋪了沙，營造出亞馬遜的氣氛，不料半年後的一個夜裡，秋牡丹被玻璃碎裂聲吵醒。原來每天一點點長大以至於沒有發覺，鱷魚的體長已經遠超過水槽的對角線。秋牡丹的父母去百貨公司的寵物店一問究竟。「我們販售的品種來自斯里蘭卡，是以西非東北部的侏儒鱷改良的更迷你種，體長絕對不會超過五十公分，我懷疑，因為是經由新加坡進口的，很可能是混入了其他種類的鱷魚，您應該也知道，新加坡有個非常出名的國家動物園，裡面就有佔地很大的鱷魚館。

秋牡丹的鱷魚每天繼續長大，一年後已達兩公尺長。請上過報的爬蟲類研究所派人來鑑識，確定那是產於印度的長吻鱷。爬蟲綱鱷目之下又可分為三科，分別是鼉科、鱷科，以及長吻鱷科。長吻鱷的特徵是吻部細長，長度可達寬度的三倍以上，前端呈扁平的八角形。由於嘴巴細長圓圓的眼球突出長相有些滑稽，過去美國某一地方都市的小孩子曾經非常流行飼養這種長吻鱷的幼體。雖然很受小孩子喜愛，可是家長們卻覺得噁心，往往直接就扔進馬桶沖走。小指大小的長吻鱷被沖進下水道之後存活下來繼續成長，甚至還攻擊前來檢查排水孔的工作人員鬧出人命。有關當局不知道如何處理數十隻巨大長吻鱷，只好請求軍方出動封鎖下水道，再灌入汽油放火燒死牠們。秋牡丹替鱷魚取名爲格列佛。原本都只是直呼「鱷魚」、「鱷魚」而已。可是一想到格列佛遠自熱帶河流來此的歷程，而自己竟然身爲飼主，就覺得很興奮。這條格列佛在東京都目黑區的一個琺瑯浴缸中生活的可能性，大概只有幾億分之一吧。格列佛每天要消耗十公斤生肉，無法入浴的母親終於忍無可忍。父親說服秋牡丹說都和動物園談好了，秋牡丹雖然落淚但是完全沒聽進去。

格列佛只讓秋牡丹碰觸牠的身體。秋牡丹總是趴下身子爬進格列佛的房間。因爲格列佛在地上爬，總是被其他動物或是人俯視。秋牡丹認爲，若是遭人俯視，即便人都會覺得不舒服，因此以與鱷魚同高度的姿勢爬，或許可以讓牠認爲自己是同伴。格列佛很喜歡音樂。秋牡丹用螺絲起子幫牠剔除牙縫間的肉屑時，會放各種音樂給牠聽。格列佛最喜歡的是，大衛·鮑伊的抒情歌〈天王星〉。

有一天，動物園派人來了。秋牡丹大吵大鬧嚷著要自殺，格列佛更鬧得兇。試圖上前注射強力麻醉劑的人員被牠用鋼鐵般的尾巴打斷了腿骨。因爲地點是在狹小的浴室而非叢林河流，作業相當困難。試圖用鋼索將嘴綁住的人員被咬斷了兩根手指。格列佛從便於作業敲掉加寬的浴室門爬到客廳，秋牡丹指示尖叫逃竄的母親等人趕快趴在地上。格列佛扯破地毯撞倒、破壞家具一面朝母親接近。母親扯著昔日手術的疤痕放聲大叫。

「媽，快唱歌，格列佛最喜歡聽歌了。只要大聲唱歌，牠就不會咬妳。」

既然女兒這麼說，母親便在格列佛一腳踏到背上自己昏倒之前趴著奮力振動那動過手術的聲帶，唱起〈藍眼珠的洋娃娃〉。

搬離家時，秋牡丹十七歲，格列佛長到了三公尺長。將五ＬＤＫ豪華大房的隔間打通，秋牡丹爲格列佛準備了居所。以暖氣和加濕器將屋內的狀況調節到與格列佛的故鄉，緬甸的伊洛瓦底江口幾乎一樣。秋牡丹打算未來還要在天花板加裝至少兩打的紫外線燈。她並且爲格列佛的房間取了名字，Uranus，也就是天王星。據說這繞行太陽一周需八十四年的行星上大氣非常重，如果有生物的話，植物會是如同羊齒般貼附地表，動物的體型則全都近似鱷魚。風聲低吟有如抒情歌曲。秋牡丹夢想著，要將鱷魚房佈置得有如熱帶庭園，而這由水泥、玻璃，與塑膠所包圍的世界將由格列佛來統治，若是這原色王國得以完成，自己就是其中的女神，叢林女神，各色花卉、水果的濃郁氣味撲鼻而來，坐擁珊瑚礁、海藻、海龜、椰子葉，以及淡啤酒。

「又下啦。」

司機的話眞多。由後視鏡對著秋牡丹找話題。秋牡丹望向窗外的馬路。開始塞車了。

「下雨啦，又下雨了，昨天的氣象預報明明說梅雨已經結束了，濕度一變大玻璃上就起霧，實在是沒辦法，從小奶奶就告訴我，只有ＮＨＫ的氣象預報和三省堂的英和辭典可以相信，啊，還有上野動物園籠子前面的動物解說牌，還有夏季高中棒球的壘審，我奶奶是大正末年自大學畢業的喔，那個年頭，村子裡大概十年才會出一個大學生吧，喂，這混蛋竟然硬插進來！我奶奶可眞是了不起呀，玻璃上怎麼全是霧啊，小姐不好意思，請問您念哪一所大學？看起來像是音樂大學的。」

秋牡丹沒有回話。司機自顧笑了笑不時發出嘖嘖聲或咒罵硬插到前面的車輛。秋牡丹去肉品批發商那兒買了鱷魚的飼料。這輛計程車正好經過，司機願意幫忙運送沉甸甸的冷凍肉塊。非常親切的司機。

「知不知道爲什麼我會猜是音樂大學呢？肩膀肌肉結實的是鋼琴科，脖子粗的是聲樂科，下巴有傷的是小提琴科，O形腿的是大提琴科，我很瞭對吧？好像不是計程車司機對吧？那是因爲我天生就有一雙觀察眼，不過這也讓我相當困擾啊，因爲經常有人會說，我開計程車太可惜了，應該去當作家或是船長才對，因爲船長一定要有能力掌握船員的性格，沒有觀察眼可不行，應該不行吧，是不是？小姐，您累了嗎？」

愛講話的人越來越多了，秋牡丹心裡想。路上、電車、計程車招呼站、公園、電影院、咖啡廳、醫院，或是超級市場裡，突然過來搭訕，只要稍微回應兩句，就說個沒完沒了的人實在太多。臉上掛著做作的微笑表現得非常親切，自告奮勇要幫忙提行李、付咖啡錢或者表示想交個朋友。就曾經有人回應之後覺得不對勁而想走竟遭對方持刀刺傷。

「沒錯吧，累了喔，這可不太好，真是令人生氣，這種細雨啊，是雨刷和人類的大敵！妳瞧，對向車一來就整個都花了不是？完全看不清楚，全花了，小姐妳好安靜哪，之前說是要上哪兒的？太過安靜的話搞不好會忘了目的地喔，我是開玩笑的，開玩笑的啦，不過說真的，您是要去哪兒來著？」司機由後視鏡看看秋牡丹。他滿頭大汗。不知是否方向盤濕滑，手掌在褲子上擦了擦。秋牡丹稍稍打開窗戶呼吸外面的空氣。可以聞到曬熱的混凝土遇雨冷卻下來的味道。「要去哪裡啊？我真的忘啦，真的不知道該開到什麼地方才好了。」

司機把計程車停在路中央，打開停車的閃燈，被堵住的車陣傳來激烈的喇叭聲。哦，代官山，秋牡丹小聲說。司機的表情瞬時緩和下來。「啊啊啊沒錯沒錯，是代官山，山手通嘛，我真是糊塗，小姐，妳和一般的女孩子很不一樣喔，我看得出來，沒錯吧？好歹每天至少都會接觸五十個客人，我的經驗可豐富啦，妳很不一樣喔，我這麼說可是好意啊，一般的女孩子都會寒暄幾句，妳知道吧？說得誇張一點那叫做有禮貌，剛才我不是說下雨了嗎？在陸橋下，里程表顯示七〇〇九二．三公里的時候，車資跳到一七八〇圓的時候，一般的女孩子這時都會回應一下，比方說是啊、真的好悶啊，或者說明明都已經七月中了，聊天氣可是最自然的話頭啦，聊聊天氣可以調劑我們的日常生活，讓人變得比較好相處，我啊，有時也會對自己感到不耐煩，總之就是要敞開心胸，怎麼還是不講話啊，媽的，搞什麼啊塞得這麼嚴重，簡直慢得跟烏龜一樣，還有這什麼雨啊，又遇到個沉默冷淡的客人，真是的，我也不是天生就心胸開朗啊。」

車幾乎一直沒有前進。映在潮濕路面的紅色煞車燈就一直定在那裡。司機從後視鏡看著秋牡丹的側臉。對向來車的大燈照透秋牡丹薄薄的皮膚忽明忽滅。眼瞼和臉頰出現有色的影子而後又消失。此處是一段和緩的下坡路。

可以望見坡道下俗稱藥島的那一區。藥島是一處遭受有毒物質汙染的區域。五年前該區的小動物和鳥類突然間開始紛紛死去。經過調查，在土壤中驗出了劇毒的氯化物。公佈的資料指出，這種有毒物質若是附著在皮膚上就會長出膿瘡，進入體內的話則會對肝臟與神經造成影響，孕婦則有流產或產下畸形兒之虞。至於爲何會混在土壤中，原因則並未查出。由於附近並沒有化學工廠，因此不外乎幾種可能：車輛運送途中外漏、非法棄置、建築工程的震動或地熱所引起的特殊化學變化。這種特殊的有毒物質不溶於水，無法熱處理，也不能靠微生物來分解。衛生局以高額補助令當地居民搬遷，將汙染地區封鎖。澆灌混凝土、四周拉上鐵刺網、並由陸上自衛隊負責警備。藥島這名字的由來有兩種說法。一是受到化學物質汙染這個實際的狀況，另一則是封鎖區成了犯罪，尤其是毒品犯罪的溫床。警備員著化學防護裝持火焰噴射器來回巡邏。除不准進入之外，也嚴厲禁止將汙染區域內的物品攜出。甚至還發出通告，凡經鑑定附著有毒物質的住宅與家具都必須保持原狀，企圖盜竊者將與汙染物一同以火焰噴射器高溫銷毀。只不過，警力無法顧及之處，犯罪者自然會率先加以利用。其次是全國各地的遊民紛紛來此聚集。一些有精神障礙的人也被棄置在此。接下來，低級的賣春婦、男娼、通緝犯、性變態、殘障者、離家出走的人等等群聚而來，逐漸形成了一個特殊的社會。諷刺的是，由於將這些人隔離，卻收到了其他地區犯罪率下降的效果。自從這個以鐵刺網圈起的貧民窟誕生之後，性變態所犯的性犯罪件數更是驟減。有十三幢摩天樓緊鄰藥島而建。看起來像是自那爲鐵刺網圈起的陰暗靜謐區域突起的十三座巨塔。

「簡單說就是常識、常識啦，所以我總是強調要符合基本常識，連基本常識都沒有的傢伙乾脆直接槍斃算了，這種傍晚的尖峰時刻，大家上路全往同一個方向走，不塞車才怪，稍微動動腦子啊，不論飛天或者遁地方法還很多不是，加上又下這種毛毛雨，咦？咦？小姐妳不就是那個嗎？拍過電視廣告對不對？洗髮精弄到眼睛裡眼睛發紅變成兔寶寶的那個廣告對吧？媽的！眞是夠了，原來是模特兒啊。」

雨勢稍微增強。藥島出現在左側。警備人員的崗哨、裝甲卡車與探照車、寫有「毒物汙染區域禁止進入」的告示牌，藥島內滿是微弱的燈光。令人有種錯覺，彷彿彼方摩天大樓明亮的外牆降低光度橫躺下來。鐵刺網切割出一個菱形街區。司機發現秋牡丹拍過電視廣告之後，興奮地說個不停。妳好像以前好萊塢電影裡那個潛入水中還可以眨眼睛那個了不起的女明星啊，眼睛又大又漂亮，嗚哇，嗚哇今天就是星期五嘛！星期五啊，司機突然拉高了嗓門。「上個星期啊，我去找人姓名論命，命理師說的，說下個星期會遇到讓我的一生有重大改變的人，會轉運，不就是指今天嘛，說的就是妳嘛，是啊，該怎麼說呢，妳看起來就是能夠改變別人的命運，對了，是眼睛，眼睛啦，簡直就跟我妹玩打針餵牛奶的洋娃娃一樣嘛，眼皮上面，還有彩虹，好美啊，眼皮上有色彩喔，啊，啊，不好意思，說了這些莫名其妙的話，不過，一定有人也這麼說過吧？說妳有一張令人發狂的臉，有人說過，沒錯吧？」

後方傳來長長的喇叭聲，長到令人懷疑是不是機器故障了。其他駕駛紛紛開窗探出頭。有好幾人受不了持續的喇叭聲而氣得大罵，吵死人了混帳別摁啦。接著又有另外兩處喇叭聲響起。傳來猛踩油門引擎空轉的聲音。由於車窗緊閉，玻璃內側全起了白霧。不知是被噪音惹毛還是找樂子，路邊有行人扔石頭，反彈擊中保險桿發出聲響。秋牡丹開始有些坐立不安。路面浮現數百支光柱發出呻吟微微震動。秋牡丹這車的司機搖下車窗，用盡全力大喊了十一次「吵死人啦」。聲音被噪音所掩蓋幾乎聽不見，雨淋濕了司機，水沿著下巴滴落，聳肩喘了口氣。糟透了，他搖搖頭喃喃自語。糟透啦，小姐，吵死人了，我的人生全得耗在這要命的車陣裡了。聲調變了。不再是高亢的連珠砲，變得斷斷續續有氣無力。

「對了，不然這樣吧，要不要跟我一起逃離這裡？我們公司在千葉的勝浦有個小別墅，我已經受夠了這種塞車，講話也講累了，好想跟妳一起逃離這一切，不過沒錢可不行，妳一定很討厭窮光蛋吧，那個別墅裡只有燒酒，妳應該只喝紅酒吧，那個別墅裡的棉被濕濕的，床單也得換，反正有錢才有辦法逃，咦？等等，這裡是山手通了嘛，等我一下，我認識一個搞馬票的在前面那棟大樓有事務所，一個討厭的傢伙，總是瞧不起我，我這就過去弄點錢順便宰了他，馬上就回來。」

司機將計程車駛向左側車道，秋牡丹以爲他是要去買香菸。這麼悶熱，要是不快點將馬肉和雞頭送進冷凍庫，馬上就要臭啦。雖說駛到左側，但仍是佔據了一線車道，被迫從旁繞過的駕駛咒罵連連。五分鐘過去。秋牡丹越來越焦急。用手掌擦擦起霧的窗玻璃望向外面。一旁站著揹槍的自衛隊員。身穿透明雨衣，右腳尖很有節奏地輕輕點著，不知是否正用耳機聽音樂。

「唉呀，不好意思，這麼久才回來。」

看著回來的司機，秋牡丹差點叫出來。臉上、襯衫上都是血。

「眞沒想到竟然這麼簡單，人的肉體可眞軟啊，實在是令我感到意外，有錢啦，我們快閃吧。」

司機用顫抖的聲音說。他將車駛上人行道強行迴轉試圖脫離車陣。秋牡丹想叫卻叫不出來，不知如何是好。全身發冷起了雞皮疙瘩，只有腦袋發熱。這樣搞下去馬肉就要臭了，她越想越生氣。計程車卡在車陣中動彈不得。後方遭擦撞的車下來一個男人，臉貼近緊閉的窗玻璃大罵要找司機理論。滿身是血的司機只是一個勁地發抖。對方開始猛踹計程車身。遭擦撞的車又下來一個人，持金屬球棒走過來打破了擋風玻璃。秋牡丹趴倒在座椅上。司機再次倒車，衝上人行道。圍住藥島的鐵刺網有一根支柱傾倒，於是司機駕車朝那裡衝撞。鐵刺網纏住輪胎，車子熄火停下。探照燈在發電機的轟隆中發出巨大光柱照亮計程車。哨音響起，自衛隊員將耳機扔進崗哨後跑過來。手上端著槍。司機發動引擎再次倒車。兩個身著白色化學防護裝的人從裝甲車下來。兩人手中的火焰噴射器對準目標，隨時準備將企圖從藥島攜出物品者當場以高溫焚毀。司機將油門踩到底向前衝，計程車在扯破鐵刺網的聲音中闖入了藥島。前進片刻之後大燈照亮了一群遊民的身影。司機身上傳來一股油脂味。仔細一看，他的襯衫上黏著混有血跡的麵條。額頭冒出青筋濕黏發抖的手彷彿隨時會自方向盤上滑落。

「早上，我們一起醒來，海面開始閃現波光，我爲妳準備了麵包和半熟的蛋，妳說吃不下，昨天晚上太過激烈現在只想睡覺不想吃東西，我說這樣對身體不好，將早餐送到床邊，咦，別墅那裡有床嗎？算了，這不重要，妳就那麼裸身睡著，閉著那彩虹般的眼皮。」

司機拍掉黏在臉頰上長約三公分的麵條。就在這時，秋牡丹探出身子使勁拉起手煞車。車子打滑後停下輪胎發出焦味。計程車完全停止後司機抬起頭一把抓住正想逃的秋牡丹的手腕。他的手掌因爲血和壓爛的麵條而黏糊糊的。

「想上哪去呀，妳要跟我一起逃的啊。」

司機的雙眼充血，秋牡丹怕得要命避開他的視線大叫。

「不要用你的髒手碰我！」

「妳要跟我一起去海邊的呀，只要用海水洗一下馬上就乾淨啦。」

「這樣馬肉都要臭啦。」

司機興奮地更用力握住秋牡丹的手腕試圖親吻她。

「妳有一張天使般的臉孔，求求妳，求求妳。」

「你噁心死了，放開我！」

秋牡丹生平第一次發出這麼大的聲音。高亢的嗓音來自母親的遺傳，不過這並非由喉嚨發出，而是有如自腹內穿透內臟擠出來的。司機右手抓住秋牡丹的手腕，左手取出插在腰間的菜刀。未乾的血緩緩順刀刃流下。

「是喔，既然妳討厭我，那就沒辦法了，我放棄，不去海邊了，雖然我想過要是能跟妳這麼美的女孩子一起去海邊不知有多好，可是我死心了。」

秋牡丹不太害怕了。這會兒她覺得一切都是在作夢。雖然也想過可能會被殺，可是這種夢每晚都會有。只不過在夢中總是在沉默中遇害，所以想將胸中這股積怨吐出來。這樣下去馬肉就要完全腐敗了，秋牡丹一想到這個就氣得發抖。連一根根頭髮都開始急躁，想吐。全是爲了馬肉才一直忍耐聽了那麼多廢話。秋牡丹用足以傳遍整個靜謐藥島的音量，揪心大喊。

「開什麼玩笑！你以爲自己是誰啊！」

因為過於憤怒舌頭有些打結，但她仍繼續擠出所有力氣。

「去照照鏡子啊，噁心，也不看看自己那副德行，齷齪，上面還黏著麵條，你呀，髒死啦，醜死啦，臭死啦，是全世界的頭號大變態！」

在叫罵之中，她發現堵塞在腦袋裡的熱緩緩下降。我很臭嗎，司機噙著眼淚低下頭，用微微顫抖的聲音喃喃自語。殘忍的力量再次由秋牡丹的腳尖湧向體內。秋牡丹沉浸在興奮之中。眞希望司機快快用刀捅我的肚子，她心裡想。即便刀捅進肚子裡攪動，我也要繼續大喊。

「我還是第一次看到像你這麼髒這麼臭的人！」

「我進去屋裡的時候，那傢伙正在吃麵，見我手裡有刀，立刻就整碗麵砸了過來，沒辦法，他也不想死吧。」

司機放開秋牡丹扔下菜刀，下車哭了起來。正要自大燈前離開時，他突然間發出慘叫屈膝倒地。秋牡丹這才發現周遭暗處潛藏著人影。其中之一緩緩移動出現在亮光之中時，秋牡丹嚇得用雙手遮住眼睛。

看身材應該是個十幾歲的少年，可是臉上坑坑洞洞的。坑洞周遭皮膚看起來也不像是人類的皮膚。好像貼了一塊大象的皮任其腐爛似的。那紅黑色的坑洞流著膿，在計程車大燈的光線下看起來像是沸騰的燉鍋中爛熟的肉片。有個洞甚至可以看到顴骨。那是含氯毒物造成的膿瘡。少年在車燈光亮中走近，探頭往車裡瞧。不住發抖的秋牡丹還是鼓起勇氣看著少年的臉。想說些什麼，可是牙齒直打顫。少年將手由車窗伸入。秋牡丹心念一轉，掏了張五千圓紙鈔放到他手上。少年瞧了那五千圓半晌，捏起來塞進口袋，隨後再度伸手，這回指著秋牡丹的胸口。那兒別著一個飛機造型，嵌有極細霓虹燈管的胸針。秋牡丹遞出胸針，待少年一離開計程車，立刻跳到前座發動引擎。正打算離開時，少年搖搖手。秋牡丹從車窗探出頭問有什麼事。少年走上前，歪嘴舔著唇擠出聲音說道：

「會被燒死，如果開車出去的話，會被燒死喔。」

想到手持火焰噴射器的自衛隊員，秋牡丹下了車。打開行李廂取出裝有馬肉的紙箱。二十公斤裝的箱子五口，對秋牡丹來說過重，一失手摔落地面。紙箱摔破，血染地面，肉塊滾了出來。遊民一擁而上，馬肉和雞頭轉眼間全數消失。臉上滿是爛瘡的少年招招手。走了幾步，又回頭招招手。秋牡丹跟了過去。巷子裡整排的住家牆壁上到處可見畫了紅色×記號。其下寫有「小動物死亡確認地點」，屋簷下掛有裝飾聖誕樹用的電燈泡。路面的柏油幾乎完全被刮除堆在兩側以鋁箔覆蓋，裸露的黏土地面遇雨就變得很難走。走出住宅區穿過大馬路來到一處公園。十三座摩天樓出現在枯樹的彼方。走在前面的少年停下腳步，手指階梯。階梯上的鐵刺網開了個可容一人鑽出去的洞。秋牡丹向少年道謝後便要朝階梯走去，結果又被叫住。

「要等天再黑一點才可以出去，不然會被發現喔。」

秋牡丹在唯一沒壞掉的鞦韆坐下，眺望彷彿隨時會朝自己這邊倒下的十三座高塔。如果金剛出現在東京的話，她心裡想著。如果金剛出現，在那摩天樓頂跳來跳去的話，根本就不需要出動直升機、機關槍、噴射戰鬥機什麼的，只要把牠誘來此地就好啦，讓牠鬧個夠，將一切有毒物質都黏附到牠身上，再用燒夷彈連同整個街區一起轟掉就好啦。

不知來自何處的光亮，公園裡還只是昏暗而已。那少年說要等到天黑，可是真正的黑暗是不會降臨這座城市的，也包括這個街區。十三座高塔之間任何時刻都洩漏出微光。從上空鳥瞰，自這整座城市到用混凝土或木板區隔出的小屋，到小鳥或昆蟲的巢，都無法完全遮蔽光線。光穿透厚玻璃與大氣中半透明的膜照向每一個角落，企圖逃走的人或動物在那微明中，很難隱藏身影而不被發現。公園中央有個水池。池水白濁，一起風就飄來強烈的腐臭味。

一個赤腳的肥胖男人走向水池。一路不斷重複相同的動作。與其說是動作，不如說像是肌肉痙攣。看起來就像是有機槍朝他的腳邊掃射一樣。可能是舞蹈症吧。滿臉汗水的他看著秋牡丹。一副想說什麼的表情，卻說不出話來。配合著舞步，以一定的間隔發出近似慘叫的怪聲。有如大鳥呼朋引伴時的啼聲，一口氣所能發出的極限拉出介於「咕」和「嘰」之間的長音，在快要消失的時候像在刮什麼東西拉高了八度的叫聲。肥胖男子離水池越來越近，好像想用那臭水洗澡似的。一個瘦小的年輕女子自西側尚未乾枯的樹下出現，走向跳舞的肥胖男子。巧妙避開男子舞踏的腳，在他耳邊低聲不知說些什麼。那聲音在跳舞男怪叫停頓的間隙傳到秋牡丹耳裡。那微微震動的聲音帶有旋律。肥胖男子的叫聲逐漸減弱，那奇妙的旋律相對聽起來就變強了。秋牡丹覺得在哪裡聽過那旋律。閉起眼睛試著回憶。覺得馬上就可以想起來。與這旋律相關的記憶就埋在最靠近頭皮的部位，聽到的地點與演奏這旋律的人好像也都可以簡單想起來。傍晚，太陽即將西沉的時候，就是這樣沒錯，僅剩下微弱的天光，海岸？不對，輪廓，那建築物與群山只剩下天光所描出的輪廓線，是在那種時刻。不知不覺之間，秋牡丹連自己正試著回想起旋律這件事情都忘了。

閉上眼睛沉浸在旋律所發掘的記憶畫面之中，自己就無法再操控那個畫面了。並不是因爲睡著。秋牡丹看著映在眼底的落日港灣。倚著群山的港灣，中央處正在進行打撈巨大沉船的作業。潛水夫帶著胳臂粗的鋼纜潛入海中。全城的起重機、捲揚機、錨機全都集中在一處。拖船拉著鋼纜的一頭航向陸地，要繞在這城鎮最堅固的大樓上。許多人爬上山去看，並且打賭看是船被拉上來還是大樓會倒塌。在山頂的小餐館一邊吃鹽蒸小蝦一邊熱烈下注。掛在餐館牆上的喇叭流洩出那旋律。巨大的船頭自染著微弱朱光的海面冒出來。異常緊綳的鋼纜在大樓上繞了兩圈，延伸至海中。單單船頭冒出來就比港內任何一艘船都來得大。建築物被鋼纜一點一點刮削，塵煙飛揚。船體附著了密密麻麻的貝類呈現銀色，夕陽下的反光令人目眩。船體每拉起數公分，都會造成大浪湧至棧橋。山頂餐館裡的人都擱下了筷子，眾人屏息以待最後那一刻。喇叭依然流洩出那旋律，大樓僅微微傾斜，那旋律支配著整個港灣，亦即秋牡丹的視覺皮質。坐在鞦韆上的秋牡丹忽而笑忽而緊張忽而發抖忽而因為放心而想哭。歌聲停止了。旋律消失。秋牡丹突然睜開眼睛看著面前有隻髒雨鞋的昏暗地面，一瞬間有些搞不清楚發生了什麼事。告訴自己只是打盹做了個夢。

「不覺得他很可憐嗎？要一直那樣跳到筋疲力竭倒下，跳到睡著為止。好可憐啊。」

原本以為說話者是女性，原來是一個嬌小、纖瘦的年輕男子。他來到秋牡丹身旁，主動打開話匣子。他身穿女用襯衫和長褲，化了淡妝。雖然額頭頗寬的臉面向秋牡丹，卻無法分辨他的眼睛看向哪裡。起初秋牡丹懷疑是不是他的視力有問題。接下來前來攀談的年輕人眼中映出遠方車頭燈的光，她感覺自己彷彿變成一個透明人。

6

賈賽爾死了。騎摩托車墜落懸崖。那是前年夏天的事。一九八七年的夏天。出事情之後，全力衝刺時漸漸變得不會再想起賈賽爾的臉。隨著肌力增強，菊仔已不再將育幼院禮拜堂那幅畫中的天父與賈賽爾混爲一談。

國三那年菊仔在全國轉播的田徑賽參加短跑項目，跑出令人矚目的成績。一百公尺十秒九，二百公尺二十二秒二。全國各地的私立高中紛紛來搶人。菊仔全部回絕。理由菊仔自己也不清楚。他有想過在設備完善的大型高中盡情練習撐竿跳。橋仔既沒有表示贊成也沒有反對。只是這麼說：我查了一下，菊仔，想挖你去的那些學校都不靠海喔。菊仔也曾想過，或許是因爲自己不願意離開橋仔。菊仔沉默寡言，但橋仔不同，在國中和高中都很受歡迎。容易交上朋友，對任何人都很親切。菊仔經常後悔選擇了田徑這條路。因爲總是孤獨一個人。即使明白自己適合孤獨，但偶爾還是想要有伴。只不過球類運動並不適合菊仔。因爲根本無法與他人合作進行比賽。體育課打籃球的時候，只要他拿到球，就絕對不會傳給隊友。這樣自然會受到排擠。比賽的時候還要顧慮這一點實在是很累人。因爲菊仔的肌肉無法與他人協調。當他集中力量時，眼裡就會看不到任何人。最適合練田徑了。

進高中之後不久便開始練習撐竿跳。許久以前就下定決心要練撐竿跳。理由很單純。

只是因爲這樣可以跳得最高，如此單純的理由。賈賽爾播放的古老紀錄片，讓他見識到乘著玻璃纖維的彈力躍向空中的魅力。就如同橋仔想從聲音中尋求至高的幸福感，東京奧運中漢森與萊因哈特（Wolfgang Reinhardt）的殊死戰，也讓菊仔想像自己要超越某一高度而與某種東西融合。閉上眼睛之後浮現出來的畫面是一根棒子。延伸至遠處的地面上某一點，有個令自己怦然心動的障礙物。想要朝那裡全力衝刺，跳躍飛越那面牆。想像著那一瞬間。菊仔認爲那與自己心中失落的部分完全吻合。在某一地點，某一瞬間，會出現與自己對峙，必須動員全身肌肉去跳越的某種東西，那個時刻絕對會來臨，菊仔常陶醉於這種想像。菊仔在缺乏專業教練指導的情形下持續練習。讀解說手冊，一開始先以竹竿來練習。培養基本體力，著手整理沙坑。雖然沒有完善的設備，他卻沒有怨言。他向和代討了碎海綿，自行製作落地用的墊子。雖然很想擁有玻璃纖維撐竿可是一直沒有買。他將對玻璃纖維彈力的渴望轉爲強化自己的肌力。菊仔離開團體一個人獨處的情形越來越多。可是因爲練習而晚歸時，橋仔還是都會等他，也會在教室的窗口長時間看著他進行單調的練習。那是我哥喔，橋仔會驕傲地指著菊仔對班上同學這麼說，當菊仔持竹竿越過橫竿時也會在窗口鼓掌。

夏季，那天橋仔在校門口等菊仔。兩人並肩走著，但鮮少交談。搭乘公車，在美人蕉叢生的上坡道路口下車。我們班上有個女孩子說你很帥喔，橋仔笑著這麼對菊仔說。菊仔有些難爲情。比較受歡迎的應該是你吧。才沒那種事呢，橋仔說著撕碎一朵美人蕉的花將花粉吹散。我只是比較會講話而已，腦子裡總是想著要講些什麼才能讓哪個人開心，很累啊，以前不也是這樣嗎？小時候在育幼院，我不是跟一個送牛奶的年輕人比較親嗎？菊仔你因爲頂撞還被打過不是？還記得吧？菊仔點點頭。橋仔在褲子上擦去沾在手指上的美人蕉花粉。我不太知道爲什麼，可能是覺得菊仔跟那傢伙的交情比我和他的交情好，就很想揍他。菊仔笑了。橋仔問他爲什麼笑。我也好想跟你一樣又會講話又容易交到朋友，菊仔說，可是我就是做不到才會想動手打人。上坡途中，有蟬停在樹上。是寒蟬。坡道在斜陽下染成橙色，寒蟬形成流線型的影子鳴唱著。很難啊，橋仔說著一腳踢起地上的空罐。空罐落到坡道下方一處雞舍的鐵皮屋頂又彈起。傳來清脆的聲響。

菊仔注視著前方。手中緊握的是柔韌的玻璃纖維撐竿。那一年在長崎市所舉辦的高中聯合運動會中，菊仔闖進了決賽。對手一共有八人。除了菊仔，其他都是高三的學生。菊仔並沒有把八人放在心上。並非認爲自己會比他們跳得都高。他想像自己躍過橫跨空中那道黑白相間的線，跳高是爲了讓自己的身體和那個想像畫面重合。他描繪自己違抗重力飛向空中的形象，腦中出現這樣的畫面。實際起跳時，影像瞬間釋放包覆自己飄在空中的軀體貼附表面，與自己合而爲一。他就這樣跳。一回神，八名對手只剩下三人。橫竿高度四米七十，菊仔不曾跳過的高度。剩下的三名選手，有一人戴眼鏡。是奪金呼聲最高的一個。另一位是個高個子的短跑選手，在四百公尺也擁有出色的成績，第三人則是經資優體系栽培的大學附屬高中田徑隊菁英。

菊仔第一個試跳。撐竿跳的助跑道在運動場一端。其他項目的賽事幾乎都已經結束，觀眾紛紛朝這邊移動。雖然菊仔說不去也沒關係，和代仍然準備了飯糰，美容院臨時歇業，前來場邊加油。菊仔的表現似乎令和代非常得意。她指著菊仔大聲叫喚名字，並告訴周遭的人那是自己的兒子。橋仔可能是覺得很丟臉，在隔了些距離的位子坐下。菊仔正在確認橫竿的位置。玻璃纖維撐竿的前端插入插斗，站直，調整橫竿位置隔出適當的距離。仰望撐竿頂點，想像自己的跳躍姿勢，一定得掌握好與橫竿的間隙才行。量測助跑距離。由於是過去未曾跳過的高度，他稍微拉長助跑距離。在起跳點向右轉，走向助跑出發點。由非起跳腳起步，算到偶數步停止，而後要從起跳腳起跑。菊仔凝視著前方，想像越過目標的自己、自空中落至跳墊，抬頭仰望留在原位的橫竿的自己。菊仔起跑了。安撫準備就位可以立刻全力衝刺的肌肉。不可慌張，要在起跳點達到最高速。菊仔用一種比短跑選手更前傾的姿勢向前跑。釘鞋翻起泥土。場內鴉雀無聲。撐竿前端俐落地插入插斗。撐竿彎曲。屈腰。雙腿垂直往上提。玻璃纖維撓屈。可以感覺到彈力傳來。收臂，菊仔的身體被拋向空中。就是現在，菊仔心裡想。巧妙利用玻璃纖維撐竿反彈的那一瞬，天空大幅搖晃，緊繃的天空表面變得柔軟而變形。掌聲響起。落在跳墊上的菊仔抬頭望著留在托架上一動也不動的橫竿。完美的一跳。

對手們開始緊張了。那位戴眼鏡的準金牌得主依然沉著，但另外兩人卻都因不想輸給一年級生而想要有所表現。短跑選手數度量測助跑距離，田徑菁英則專心不斷做著柔軟操，但兩人試跳都失敗。肩膀太過用力。或許是感受到一次失敗之後便無退路的壓力，連跳躍姿勢都走樣。菊仔相當冷靜。觀察別人試跳找出缺點，口中喃喃數落著。竿頭太早下壓，助跑沒有掌握節奏，上臂彎了，太晚扭腰。你，才高一啊？戴眼鏡的準金牌得主過來打招呼。菊仔直視對方的眼睛，點點頭。「了不起啊，教練是哪一位呢？」他問。菊仔搖搖頭。他非常不喜歡有人過來搭訕。你太依賴感覺了，雖然利用撐竿彈力的時間掌握得很不錯，只不過呢，不知道逆風的時候怎麼樣，你遇到逆風的時候，不知道會怎麼樣。

最後剩下眼鏡和菊仔兩人對決。眼鏡在四米七五時請求免跳，菊仔幾乎都沒有請求免跳，因爲根本沒有考慮對手情況如何。菊仔在四米七五兩次試跳失敗。第三次，菊仔抓了把草扔向風中。隨著太陽逐漸西移，風向起了變化。些微的逆風。眼睛望向看台，有種不好的預感。因爲不見橋仔。他想了想這種討厭的感覺是怎麼回事。跟風向無關，莫非是因爲橋仔不在？橋仔跟我的撐竿跳有什麼關係呢，難道我是爲了給橋仔看才跳的？怎麼可能會有這種事情，菊仔決定將精神集中在前方的橫竿上。想像過竿時的自己，可是並不順利。並非影像無法對焦，而是好像放映機的電源被切掉了。之前不是一直一個人獨自練習的嘛，他這麼告訴自己。只是看不到橋仔而已，怎麼就沒有辦法集中精神了。菊仔量測助跑距離，調整橫竿的位置。覺得身體很沉重。他氣自己，起跳前竟然還想著橋仔八成是去買冰淇淋了這種事情。走向其他項目都已經結束的跑道，玻璃纖維撐竿擱在一旁，菊仔開始跑步。穿越正在收拾整理場地的工作人員全力快跑。看台上一時譁然。因爲跑得實在太快了。菊仔乘著風。他抓到了風的核心。爲的是強迫自己忘掉橋仔。想要將循環至頭部的血液抽出供給肌肉。汗水直冒，跳越空中拉出那道線的影像逐漸甦醒。影像開始閃爍。繞跑道跑了一圈。已經不會再注意看台。跟那小子沒關係，就只有我一個人。其他誰也不在，只有浮現在前方那道必須跨越的線，周圍沒有任何人，就只有要衝出去跳起來的我而已。舉起手，喊一聲準備試跳。握穩撐竿。一蹬地面。鞋釘接受的衝擊一口氣經過血管湧上腦袋。蹬地的力量和持續蹬地以免倒下的意志，與速度重疊、結晶產生影像。自己越過空中那道線的影像。撐竿插入。起跳。身體僅微微下沉，而後有如爆發般彈起。影像在這一瞬間破裂由汗腺滲出散入大氣之中。試跳失敗。菊仔的膝蓋觸及橫竿。周圍傳來惋惜聲。墜落跳墊，菊仔滿臉狐疑。並非在思考失敗的原因，而是因爲有一個過去未曾體驗的影像出現而且仍未消失。在騰空的刹那之間，他看到了正要跳越橫竿遙遠彼方一個完全不同障礙的自己，正要跳越一個輕柔的紅色物體。那紅色濕潤微微晃動著的物體，究竟是什麼呢？菊仔想了好一會兒，但是一望見笑著拍手的橋仔之後便忘了此事。橋仔正舔著冰淇淋。

和代帶著紙條趕到運動場。顫抖的她將紙條遞給菊仔。

「菊仔，Miluku就拜託你照顧了，記得別餵牠吃鹹的東西，我去東京了，相信你會在國體上拿下金牌，請告訴大家不要來找我，我們很快就會再見面的。」

這是怎麼回事這是怎麼回事啊，我怎麼什麼都不知道，菊仔你一定知道些什麼吧。和代急得都快哭了。菊仔知道橋仔離家的原因。他要去尋找生母。

三天前，有一個小說家接受了電視台的專訪。七十二歲的女性作家，自幼就有偷竊癖，曾四度因爲偷竊而入獄。她以自身經歷爲題材創作了中篇小說《蘋果與熱水》。作品不但得了獎，銷量據說也很不錯。節目中，主持人向她請教寫作的動機。年老的小說家表示並沒有什麼特別的動機，接著開始娓娓道來。我小時候很喜歡作文，可是興趣卻在不知不覺間轉移到竊取別人的物品上，或許是因爲老了之後也沒有力氣再去行竊，又想不出該做什麼好，於是就拿起了筆吧，另外就是我認識好幾百個不幸的女人，一群只能夠以犯罪來表達自我、不幸的女人，有個女人在刺殺丈夫之後因爲過於恐懼而嘔吐，爲了消除那氣味，她將所有的香水全灑在屋裡，是不是有種叫做「夜間飛行」的香水？眞有啊，聽說就是那種香水；還有個在銀行工作的女人，爲了男人侵佔上億的公款，卻只有三百五十圓用在自己身上，說是在沒有準備的時候生理期突然開始，無可奈何之下才拿去買了生理用品；另外，還有一個女人，在丟棄自己小孩的地方撒了九重葛的花瓣，說是花店裡最貴的花就是九重葛了，這一類女性犯罪，在細節之中充滿了日常的悲喜，那也就是我——

九重葛的花瓣，也就是橋仔做成押花小心保存著的花。當時橋仔臉色發白。他停止咀嚼將嘴裡的煎蛋吐出來。不得了啦，菊仔不得了啦，他說著拉開抽屜取出押花，翻字典查出九重葛，確認花的顏色和形狀。怎麼辦怎麼辦，橋仔顫抖著。菊仔，那個人認識拋棄我的女人，怎麼辦啊。翌日，他去買了老小說家的作品回來讀。書中似乎並沒有出現九重葛。橋仔只跟菊仔商量。因爲那段專訪只有他們倆看到，而且桑山與和代都不知道押花的由來。菊仔什麼也沒說。看著坐立不安驚惶失措到令人同情的橋仔，菊仔不禁怒從中來。爲什麼要在這時候讓橋仔聽到這種事情呢。

橋仔向菊仔借了錢。如果見到拋棄你的女人，你打算怎麼樣？菊仔問。橋仔搖搖頭說他也不知道。只是想至少見上一面，他說。見不到也沒關係，仔細想想，眞要相認我也會害怕，只是想躲在一旁偷偷看看那個女人說話、走路的樣子，只要這樣就好。

橋仔寄過一張明信片回來，上面寫著一切平安。蓋的是東京的郵戳，沒有寫地址。和代拿著明信片聞味道，又透過燈光察看。已經報警協尋。橋仔還在報紙的尋人啓事欄出現過幾回。可是完全打聽不到行蹤。菊仔拿著橋仔的明信片，心中浮現一個奇妙的念頭。如果去了很遠的地方，會想寄明信片給誰，他心裡想。他盡可能不讓自己去想起橋仔，可是練習時卻無法集中精神。這並不是因爲惦記著橋仔，只是沒來由地突然覺得任何事情都不順眼。島上的景色、海面的波光、魚乾的氣味、坡道上盛開的美人蕉、狗的叫聲和動作，以及撐竿跳，全都看不順眼。自己已經膩了，他想。尤其是，再也無法忍受從海面吹向運動場那溫涼的風了。

7

菊仔在新幹線列車上讀著小說。橋仔離家出走半年後的夏天，和代決定親自去東京尋人，帶著菊仔同行。和代愁眉苦臉吃著火車便當，菊仔卻樂得想要唱歌。窗外的景色對他來說都很新鮮。不禁有種感覺，這樣一路抵達東京，橋仔會笑瞇瞇地出現在月台等著他們。這或許是因爲老小說家那本《蘋果與熱水》的緣故吧，菊仔心裡想。

小說內容是一個與火爆行腳商同居的女人的回憶。一個有偷竊癖的女人。由於出生在貧窮家庭而被送給一戶蒟蒻店家當養女。她在那裡遭到虐待，每日三餐就只有蒟蒻可吃，因爲飢餓難耐而逃回家，生父大發雷霆罵她吃不了苦，之後每次見到都會沒來由地揍她一頓，後來又被送去嬸嬸家當養女，嬸嬸第一天晚上就明講，養女和親生的可不一樣，不過嬸嬸家的孩子才三歲，因此屈辱感尚少，只是得當女傭才獲准去上學，某日幫家中三歲幼兒洗澡時，因爲被認爲嘲笑幼兒下腹的紫色胎記而被潑高熱的水，於是她自嬸嬸家出走，無處可去，只好沿著鐵軌走，走累了休息時，一個喝醉的殘障者給她一顆蘋果，在了解情況之後表示願意收她當養女。殘障者是個好人，卻因爲未獲徵召入伍參戰而感到非常羞恥。女人開始偷竊，在與殘障者一起的平穩生活中不斷偷竊，她自己也不知道爲什麼要偷東西，後來被送進感化院，半年後重獲自由那一天，殘障者去接她，同時表示想娶她爲妻而不是只當養女，她笑著拒絕，之後與一個年過半百脾氣火爆的跑江湖行腳商同居，由於偷了行腳商的帶扣而被斬斷小指，小說至此變成現在式，與行腳商分手，之後因不斷偷竊而入獄，在獄中聽到遠方造船廠遭到轟炸的聲音，她暗自期望全日本都燒成灰燼，滾燙熱水帶來的痛是她終生的朋友，蘋果的酸味則是她應該唾棄的安穩。

讀完之後，菊仔覺得神清氣爽。令他相當意外。因爲原以爲故事晦暗，閱讀時曾數度中斷。由於過去從不曾滿足地讀完一本書，這一定是讀到最後所謂的解脫感吧，菊仔這麼認爲。不知道橋仔讀這本書的時候有什麼感想，不過那小子好像只是口中喃喃唸著九、九、九，眼睛逐著字而已啊，如果見到橋仔的話，就跟他聊聊《蘋果與熱水》吧，菊仔心裡想。

廣播一再重複「下一站是新橫濱」。重複的次數實在太多，菊仔覺得很煩。好像那機器硬吵著要人憶起橫濱似的。「橫濱」的語感牽繫著投幣式寄物櫃的記憶。由於沒有其他任何與橫濱有關的回憶，情況更是如此。

高中田徑聯會的辦事員來到東京車站接人。那是高中田徑隊的老師知道和代他們人生地不熟，事先幫忙安排的。一個身著綠色西裝的小個子男人站在月台的樓梯旁大喊菊仔的名字。聲音就跟車廂內廣播一樣。面無表情嘴巴一張一闔，令菊仔懷疑他莫非是人偶。手臂抱在胸前如機械般大喊。桑山，菊之君，桑山，菊之君。和代看到綠衣小個子男人，從手提包取出鏡子補妝。跑到對方身旁，行了個禮。講沒兩句話就鞠個躬。不斷鞠躬的和代令菊仔不太高興。他好像很喜歡音樂，和代說。於是綠小個子告訴她一個離家年輕人聚集的場所——新宿。

飯店是和代查旅遊雜誌預約的，在東中野一家小鋼珠店的後方。霓虹招牌「春陽館HOTEL」上缺了T字。外觀跟旅遊雜誌所刊載的照片有顯著的差異。照片上有錦鯉悠游的水池、紅葉漂流的瀑布、幾輛進口轎車、挽著手走出玄關的盛裝外國男女，以及自屋頂垂掛下來的各國國旗。水泥龜裂的瀑布上貼了電影海報。乾涸的水池中堆著紙箱。玄關有個染了髮的清潔婦。吸著菸用抹布擦地板，可是眼睛卻看著大廳的電視。電視的音量開得非常大。噴射戰鬥機出現在螢光幕上。清潔婦用銀牙叼菸，菸灰彈進水桶裡。櫃台有兩個打領結的男人。和代先開口，正在下棋的兩人才停手，說了聲歡迎光臨。和代接過登記卡仔細填寫。在職業欄寫下大大的「美容師」三個字。領了鑰匙。打領結的男人接過菊仔的行李。電梯門打開，走出兩個黑皮膚體味很重的女人。兩人回頭看著和代與菊仔用外語不知說了些什麼。電梯門將關上時還指指和代，互拍肩膀笑了起來。和代在電梯裡檢查化妝、洋裝和襪子，紅著臉尋找被嘲笑的原因。領結男看著菊仔。菊仔瞪了回去。領結男歪嘴笑了笑把臉別開。由房間窗戶可看到拆除中的大樓、工寮，以及洗濯物。有任何需要請吩咐，領結男說完離開後，菊仔指指和代的胸口。粉搽太厚啦，一道被汗水溶化的白粉自脖子流到胸口。兩人坐在床沿好半晌都沒說話。冷氣機帶著汽油味的風，吹乾了和代的汗。橋仔會在這種地方做什麼呢？

巨大鐵球拆除混凝土的聲音令窗戶為之震動。

新宿，圍繞著噴水池的電影街，醉漢與遊民幾乎一樣多。鋪著報紙和紙箱，或蹲在地上喝酒或默默盯著馬路上的塵土，或戴著賽璐珞面具拿魚乾餵狗或假扮盲人，或用牙齒咬著弓拉小提琴。看到一對頭戴假髮身穿劍道服的父子跪地乞討，菊仔不禁想吐。每當有路人丟錢給他們時，就用攜帶式的擴音機播放一段說書並配合表演武打戲。總是父親那一邊倒下。「殺母的仇人，你覺悟吧！」兒子大喊。被砍的父親背部藏有暗管，會有紅色顏料流出滴落地上。

菊仔與和代來到每一家傳出音樂的店門前張望。店家通常都是先喊歡迎光臨，可是一旦出示照片說明原委，對方就會下逐客令要兩人去報警。菊仔心想，一棟大樓有幾十家酒館，這麼跑下去大概得花一百年吧。香菸、閃爍的霓虹、半裸女郎、醉漢的視線，以及談話聲匯集而成的轟鳴，令人神經衰弱。在一棟沒有電梯的大樓走樓梯時，和代踩到蓋住嘔吐穢物的報紙而跌了一屁股。洋裝下襬染上了黃色污漬。

兩人來到一家小酒吧休息。昏暗中坐著三個女人，三人的化妝都比和代還要濃。菊仔一口氣喝乾了可樂，和代點的是可可費士，但是並未沾唇。因為她為了橋仔戒菸戒酒，連茶也戒了。和代將杯子湊近鼻子嗅了嗅可可的香氣。妳喝沒關係啊，菊仔說。和代搖搖頭。很好聞吧，和代將杯子湊到菊仔面前。那茶色的渾濁液體，散發出甘甜的香氣。簡直就像是泥水嘛，菊仔心裡想。三個女人正在談論上幼稚園的孩子。小孩子的皮膚不好，蚊子叮一下就全身起紅疹耶。走出店外，一個年輕男子叫住兩人。他是之前問過不知第幾家店的服務生，那裡的音量開得特別大，還有半裸女郎在巨型光輪中跳舞。

「不好意思，請問兩位是從九州來的嗎？」

見和代點頭，他便表示自己也是來自福岡。因爲剛才當班不方便說話，不過我很願意幫助你們。又看了一次菊仔帶來的照片後想了想，表示好像在哪裡見過。年輕男子將兩人帶到店裡的辦公室，拿了濕毛巾給和代擦拭洋裝上的髒污，並問菊仔照片是否可以先放在他那裡。我心裡已經有個底，今晚下班後就去找找看，這一帶我很熟，你們得繞上一年的區域，我半小時就可以跑完，畢竟離家出走的人會聚集的店就那麼幾家而已，明天你們再來一趟，我保證一定會有眉目，服務生這麼說。和代從皮包掏出一萬圓紙鈔，可是他沒有收。其實我也是四年前蹺家跑來這裡的，家裡很可能也一樣來找過，我媽去年過世了，總之我一定會幫妳找到小孩，不能拿妳的錢。

兩人筋疲力竭回到飯店。好熱呀，搭電梯時，擦拭廂壁的清潔婦這麼對和代說。上了年紀的清潔婦。染了頭髮，畫了眼線，豔紅的口紅厚到連唇紋都填滿。眞的好悶啊，和代回答。清潔婦朝塞著抹布的水桶吐了口口水。嘿，你們房裡的馬桶有沒有人丟了什麼東西？最近那些賓妹，我是說那些菲律賓賣春女，經常把一些怪東西往裡面扔，煩都煩死了，如果只是保險套就算了。和代與菊仔來到五樓出電梯時，清潔婦將水桶和抹布留在電梯裡跟了出來。我們很累了，不好意思，晚安，即便和代這麼說打算回房，對方卻仍拉住她的手繼續嘮叨。那些女人會將剃掉的腋毛和陰毛扔進馬桶喔，想也知道，結果就堵住啦，沒辦法排水，我只好用手去掏，之前還把蛋丟進去哩，不是鵪鶉蛋或雞蛋，是青蛙啊，那種體型很大的黑斑蛙的蛋，我還問過那要幹什麼用。她們竟然說，幹什麼用，放進裡面啊，放進陰部，黏黏滑滑的，會很舒服。爲什麼我非得幫忙收拾那些東西不可，非得幫那些賓妹清除青蛙蛋不可啊，她們是來賣春的賓妹啊。清潔婦抓著和代的手哭了出來。溶了眼線的黑色淚水順著皺紋往下流。和代甩開清潔老婦的手快步走回房間。菊仔心中浮現負面的想法，望著跪地哭泣的老婦好一會兒。菊仔想著的是，莫非這醜陋的老婦，就是拋棄了自己的母親。自己這黏附著半裸女郎們的汗、有如泥水的可可費士的甘甜氣味、乞丐、嘔吐物和噪音的身體，肯定是產自那痛哭的老清潔婦下腹的龜裂處，他的心裡這麼想。夜裡，隔壁房間女人的竊笑與呻吟不曾停歇，菊仔提議要換地方住。這裡盡是些討厭的傢伙。是啊，就這麼決定吧，翻來覆去睡不好的和代說著用雙手摀住耳朵。

翌日上午，兩人前往警局。沒有任何新消息。只是確認一下協尋申請而已。與年輕服務生約定在晚上碰面，還有很長一段時間。我們就去看個電影，然後吃一頓以前從沒見識過的大餐吧，走在滿是塵土的林蔭道，和代這麼說。我說菊仔，仔細想想，就算我們大哭大叫，找得到的話就找得到，找不到的話那也沒辦法呀，這是我第一次跟你走在東京街頭，搞不好也是最後一次了。

來到豪華的電影院，看一部流亡美國的蘇聯舞者的悲傷愛情故事。演出天鵝湖時主角心裡卻在苦惱，不知該選擇愛情，還是芭蕾與祖國。菊仔覺得主角是個笨蛋。連自己最想要的是什麼都不知道的傢伙，絕對無法獲得想要的東西，這是菊仔一直以來的想法。最後一幕是主角躺在戀人的懷中斷氣。和代放聲大哭。散場後兩人轉往遊樂園，玩了旋轉咖啡杯和雲霄飛車。因爲和代吵著說這輩子一定要坐一次。

傍晚，兩人來到皇居旁的公園，買了冰淇淋，手牽手散步。扔爆米花餵鴿子。躺在草地上。草皮散發出與廢礦島後山相同的氣味。和代望著遠方談起小時候的事情。在朝鮮時的事情。放學回家把書包一扔就下田去。現在這個季節的野草莓很好吃，因爲沒有什麼糖果點心，有野草莓可以吃就很高興了，自己是長女，放學時間最晚，成熟的紅色果實都被弟妹搶先採走，所以經常因爲吃還是綠色的野草莓而肚子疼，眞想再回朝鮮看看，想等菊仔和橋仔長大成人，帶你們一起去。和代第一次提起這些事。可是我不會想回育幼院看一看啊，菊仔對和代說。那是因爲你還年輕，和代依然望著遠方這麼說。等你有了年紀之後，就會想回小時候住的地方看一看了。自己竟然對和代的事情一無所知，菊仔心裡想。我帶妳回去吧，正想這麼說時，和代已經起身拍掉洋裝上的草屑指著護城河。有幾個小孩子在釣魚。只用簡單的魚鉤和釣線，想要釣起護城河裡的鯉魚。一會兒之後，釣起一條比孩子們脖子還粗的錦鯉。魚在孩子的懷中掙扎，那裡應該是禁止垂釣的。原本沒想到會眞釣起魚的孩子抱著活蹦亂跳的大鯉魚不知如何是好，哭喪著臉向圍觀的人求助。那模樣相當可愛，和代拍手笑彎了腰。

晚上，兩人來到牆壁雪白鋪有厚地毯的餐廳，享用從未見識過的料理。中央有個盲眼老人在彈鋼琴，依序演奏客人所點的歌曲。有點難爲情的和代小聲點了首〈牧場之晨〉。擱在殼上的奶油烤扇貝，裝在去籽的哈密瓜中的果凍狀冷湯，以葡萄乾包覆去蒸的竹雞，和代數度問好不好吃，菊仔說還是家裡的蛋包飯比較好吃。和代笑了。你們還眞喜歡吃蛋包飯哪。鋼琴師開始演奏〈牧場之晨〉時，和代的叉子不小心掉到地上。她彎腰要去撿。銀製餐具上沾了毛屑。服務生送來新的叉子和濕毛巾擱在桌上。突然間，和代肩頭開始抽動，接著拿起濕巾按著眼睛，好不容易擠出聲音。菊仔，你會不會有恨？被我們收養到現在，有什麼不滿就都說出來吧，連橋仔那部分也告訴我，我願意道歉。菊仔苦思回答的話語。想從《蘋果與熱水》那小說中找出可以套用的台詞。嚼著的扇貝擠出一塊黏糊糊的奶油，在口中擴散開來。

路邊有一排命相攤子。和代想問橋仔的行蹤，找了人多的一列排在後面。隊伍前進約一半時，一群穿著輪鞋的人溜過來。還有個女人抓著綁在保險桿的鋼索讓車拉著。放著音樂一路鳴喇叭駛來。其中一人撞到了一個剛下計程車，穿著豎領學生服的男子。學生服男子跌坐在地，輪鞋客也摔倒。搞什麼啊，你這國賊，學生服男子說著一腳朝正要爬起的輪鞋客臉部踹過去。開始上演全武行。等候算命的隊伍大亂。和代隔著馬路幫學生服男子加油。因爲學生服那邊的人比較少。一個輪鞋客被圍毆，朝馬路這邊逃。倉皇逃命的他猛力衝了過來，手臂撞到和代的肩膀。和代滴溜打轉之後裙子纏住腳，朝黑暗中倒下。傳來一聲悶響。菊仔抓住那個闖禍的輪鞋客揍了一拳，而後抱起和代。腦袋似乎撞到了行道樹的根。她搖搖頭站起來。沒有流血。實在夠受的了。見和代笑著拍掉洋裝上的髒污，菊仔才放心。

警車抵達，現場的騷亂才平息。三十分鐘後和代說覺得很冷，額頭直冒冷汗臉色發白，連站都站不穩。菊仔說先回飯店，和代搖頭。別算命了，可是不能不去會昨晚那個服務生。菊仔揹著和代，走向約定的地點。

服務生正在刮鬍子。電動刮鬍刀的聲音與幾道門外的噪音混在一起。刮好後，從置物櫃中取出一個黃色瓶子，將抽著的菸頭直接熄在沒喝完的麥茶裡。和代用濕毛巾敷著額頭躺在沙發上。用這種便宜刮鬍水還眞扎啊，對了，我找到你弟弟啦。和代聞言急著想爬起來。唉呀，伯母您還是躺著吧，讓令郎一個人去比較好。可是總得跟對方道謝或打聲招呼啊，說著又要起來。服務生制止了她。不不，眞的是讓令郎一個人去比較好，嗯，那個地方有點吵。服務生的襯衫上有金線繡的竹子和老虎。我現在就畫地圖給你，在西武新宿車站後面，有一家很大的日本料理店，店名叫雙人屋，從外面就可以看到店裡放養活魚的水槽，很容易找，那家雙人屋對面的大樓，一樓是家打珠子檯的店，這個時間應該已經打烊了，旁邊有個像是逃生梯的鐵製樓梯，上去之後會看到一扇綠門，應該有塊寫有「鼴鼠」的招牌，「鼴鼠」裡有個這裡長了個瘤的中年人，只要跟他說，「我想聽李・康尼茲（Lee Konitz，美國著名爵士樂中音薩克斯風手）的唱片」就好，這句暗號我也寫給你，「我想聽李・康尼茲的唱片」，只要這麼做，那人應該就會跟你講弟弟在哪裡了，那是家聽音樂的店，小心一點，裡面的人比較沉默寡言，不好伺候。

串起的蝦擱在炭火上烤著。水槽裡全是竹筴魚，或許是照明的影響，雖然仍在游動，但是鱗片看起來卻像是釣起來曬了半天太陽似的。找到鐵製樓梯後，菊仔望著那渾濁的水槽好一會兒。有兩條竹筴魚好像快死了。一條脊骨歪曲，看來應該是天生畸形。魚鰓隨著成長而日漸受到壓迫，沒有什麼力氣游動。另一條可能是被其他竹筴魚攻擊，腹部與胸鰭都被咬掉一塊，拖著露出的內臟在水槽小角落來回游著。腹部微微出血，魚血在海水中看起來呈灰色。由於水色渾濁，看起來就跟灰塵沒有兩樣。「鼴鼠」兩字並不是做成一面招牌，而是直接刻在木門上。裡面一個客人也沒有。牆上盡是唱片。看到排列在架子上的錄放音機，菊仔不由得相信橋仔確實會來此地。

吧台內有個男人。戴眼鏡，喉部有個拳頭大的瘤。瞇瞇眼，臉上毛孔粗大。如果要賣劇團門票的話就不必了，他看著菊仔說。菊仔打開服務生給的紙條，唸出暗號。唔，我想聽李・康尼茲，聽唱片。長瘤男先是錯愕，但隨即以笑臉相迎。

咦？李・康尼茲啊，你這麼年輕，可眞令人佩服，我對爵士樂算是頗有研究，最近舊西海岸樂派不再受歡迎，根本沒人點哩，既然如此就讓你聽我珍藏的貴重版本，就是這張，與邁爾士・戴維斯合作的，在美國早已絕版，在日本則是根本沒有發行，這可是我去紐約的時候買回來的，會熱嗎？冷氣壞了，不過呢，冷氣壞了正好可以營造出紐約夏天的氣氛，不錯，夠正點，我說，你該不會是來找人的吧？男人說著擦了擦起霧的眼鏡。汗涔涔的菊仔正要開口時，對方又以手勢制止。沒關係沒關係，可以不用告訴我，這種事情也沒什麼好難爲情的，事情我都聽說了，你眞的是個撐竿跳選手啊？菊仔拉了椅子坐下，用手背擦汗，而後點了點頭，問對方人在哪裡。什麼人？長瘤男子拉尖了嗓子。呃，是我要找的那小子啊。喉嚨長瘤的男人邊吹口哨邊鑿冰。別什麼小子小子的，不用擔心，我現在就打電話，半小時左右就到，知道你現在人在這裡，他一定很高興，那麼久沒見了，一定很高興，只不過他也有苦衷，沒法說得太詳細，你應該能理解吧。長瘤男人小聲打了通電話之後對菊仔一擠眼。我說你啊，品味還眞不錯，給人的感覺很好，等候的這段時間，我先過去坐在你旁邊好吧。喉部那顆瘤的皮膚緊繃，可以透見好幾條青色血管。令人聯想到滿是卵的魚腹。以前寒冷的日子去垂釣時，會將釣起的魚立刻剖腹取卵，用鹽水燙過來吃，可以讓身體暖和起來。

男人的手掌搭上了菊仔的肩。由於店門緊閉，待在裡面令人不停冒汗。男人的指頭發熱微微顫抖。對啦，是都會感，你給人的感覺就是相當都會，年紀輕輕的，怎麼會這麼有品味呢，我想，一定是辛苦過來的，是吧，苦過的，不過並不是那種在到處是牛糞氣味的鄉間下田除草，草尖扎著胸口的辛苦，也不是在瀰漫著令人作嘔腥羶有如女陰，哦不，是女體氣味的破落漁港，爲了救治生病的母親而操舟的那種辛苦，你和我一樣，天生就具有都會性的、早熟的煩惱，是這種苦，對吧。男人開始撥撩菊仔的頭髮。菊仔的臉和脖子上都是汗水，每次男人的手指一動，耳邊就響起啪唧啪唧的聲音。

如果不是這樣，是不可能了解李・康尼茲的，完全跟我一樣，在溫柔的人和噪音的包圍下計算著面前三分熟帶血牛排的卡路里，還得克制激烈的性愛，靠跳繩千次來消耗多餘的熱量，嗯，無法理解吧，隨著自己的腦力和體力日漸衰退，持續被這種大都會的能量，一種驚人的能量，被這種能量侵犯，沒錯，用侵犯來形容最貼切了，在不知不覺間體會了慵懶的快樂，你一定也能理解吧，過著那種無解決對策的，嬌嫋不勝的，請讓我使用嬌嫋不勝這有來由的形容，過著那種嬌嫋不勝的生活的，那就是我，是整個東京，是你，是西海岸，是李・康尼茲，年少故輕狂，豪氣故垂首乞求救贖，這矛盾而可悲的器官。男人說著左手用力探向菊仔的大腿，呼吸轉爲粗重。喉部那顆瘤充血發紅，每當男人吞口水便隨之晃動。踏進這家店的那一瞬間菊仔就有種不祥的預感，這預感似乎成眞了。每當不祥的預感成眞時，菊仔總會想到磁鐵。不祥的預感有如強力磁鐵吸引周遭物體開始形成實體。不住冒汗，令人心煩的中音薩克斯風，男人緊繃的喉嚨與貼在大腿上的手，菊仔決定只再忍耐十秒。

啊，你可眞俊哪，實在太俊啦，別擔心呦，看來你是第一次吧，一定比撐竿跳簡單的啦，一個文具店的老爹，今晚的客人是個文具店的老爹，可別笑人家啊，那裡很小，比鋼筆還小，不過我猜他應該不會挖，喜歡舔，八成會用很長時間來舔吧。菊仔慢慢數到十後將對方推開，抓起眼前的鑿冰錐。男人撿起掉落地面的眼鏡打算起身，菊仔揪住對方因爲汗和油脂而發黏的衣領一扯，用鑿冰錐朝喉嚨刺去。菊仔的手因亢奮而顫抖，鑿冰錐刺中了那顆瘤。瘤上開了個小洞。起初流出了幾滴暗紅色的血，接著開始淌出透明的黏液。別這樣，我道歉，對不起，我不該這麼做的，對不起，請原諒我，啊啊，這是天譴，我活該，很可能是老天在懲罰我吧，別生氣啦。吧台裡有個身穿睡衣抱著烏龜布偶的大眼睛小女孩望著菊仔。自瘤淌出的黏液越來越多。菊仔的右手沾到了那液體而濕濕黏黏的。小女孩的表情一直沒變，露出了口中小小的牙齒。

菊仔回到電影街在噴水池洗手。那黏液不溶於水，形成白色的塊狀沉到池底。抱著酒瓶躺在一旁的遊民抓住菊仔的褲管。原來是要討菸。不准碰我，菊仔怒罵。聲音大到路人都爲之側目，可是遊民卻死皮賴臉不放手。別碰我，菊仔低聲又說了一遍。遊民拉著菊仔的褲管像蟲一樣在鋪磚上爬。我要宰了你，菊仔心裡想。舉腳便要朝遊民的眼睛踢去，但隨即又放下腳。因爲想到了「鼴鼠」那個長瘤的男人。這些傢伙，就算挨揍被踹也不會有反應，不會因爲挨揍的疼痛而出自本能反擊或是感到恐懼，搞不好根本就不會感覺到痛，因爲黏液、酒精，以及帶著汽油味的髒空氣會將傷口包紮起來吧，就算踹這傢伙，也只會讓自己不快而已，他大概會帶著腫起來的眼睛繼續傻笑吧，於是菊仔扔了三個百圓硬幣在遊民的腳邊。

服務生已經不知去向。和代臉色蒼白躺在沙發上發抖。好像是菊仔前腳剛走，服務生便收了和代的錢開溜了。菊仔原本打算去找他算帳，可是看到和代的模樣便打消了念頭。狀況似乎很不好。說想回飯店房間躺著。菊仔攙扶著和代來到大馬路，一直攔不到計程車。和代閉著眼睛倚著菊仔。橋仔呢？見著他了沒有？和代之前還小聲這麼問過。人不在那裡，菊仔回答。今天好開心哪，電影也很好看，和代倚在菊仔肩上點頭喃喃這麼說之後便沒再開口。「妳還好嗎？」菊仔問，可是只聽到痛苦的鼻息。亮著「空車」燈的計程車一輛接一輛駛過，令菊仔摸不著頭腦。爲什麼都不停下來載客呢？招手都相應不理，這燦爛城市所依循的究竟是什麼樣的法則呢？該怎麼做才能與他人適當往來？應該不是金錢或者暴力。菊仔張開雙手攔住一輛計程車威脅要砸車窗玻璃，司機也是笑笑搖搖頭而已。即使對著車窗亮出鈔票大吼願意出三倍的車資，對方也不開門。菊仔發覺體內的力量正逐漸消失。彷彿血液正緩緩被抽掉。這種無力感還是有生以來第一次。半小時後好不容易有一輛計程車讓他們搭乘。菊仔明白了這燦爛城市的法則之一。那就是等待。不吵不鬧不訴諸暴力，不跑不踱來踱去，表情不變只是等待而已。等到自己的能量歸零爲止。

和代和衣躺上床。可能是感冒了吧，菊仔心裡想。只幫忙脫掉襪子，拉了毯子蓋住肚子。弄了濕毛巾冰敷額頭，和代隨即開始打鼾。張著嘴睡著了。聽到鼾聲，菊仔認爲和代應該是好多了。沖了個澡，熱水從開了小孔的金屬噴出，究竟是如何將熱水送到這五樓來的呢？盡是些令人匪夷所思的事物，都市人個個都很能忍，但是我可沒那種耐性，菊仔心裡想。以前賈賽爾曾經說過。你知道，人類爲什麼要製作工具嗎？知道爲什麼要堆積石頭嗎？是爲了要破壞，是破壞的衝動讓人創造物品，只有被選上的人才能夠進行破壞，菊仔，你就是那種人，有那個權力，想要破壞的時候就唸咒語，「Datura」，想要將人一個一個宰掉的時候，就唸「Datura」。可是，如果住在這個城市，不就得一直唸這個咒語了嘛，想到這裡菊仔只能苦笑。對「鼴鼠」那個瘤男要唸「Datura」，對父子檔乞丐要唸「Datura」，對爛醉的遊民對計程車司機、濃妝的清潔婦都要唸「Datura」，所有的事情只靠「Datura」就都可以解決，根本不需要講話。

菊仔關了熱水。有人敲門。沒錯，是有人敲門。和代會起來應門嗎？菊仔連忙擦拭身子用浴巾裹在腰間走出浴室。和代仍然睡著。沒有鼾聲。敲門聲每兩聲停一下持續著。稍微開了一道門縫。是女人，這麼熱的天氣卻披著大衣。不是日本人。外套前面敞開露出黑色的乳房。上一次一萬。菊仔喃喃唸了聲「Datura」，手指睡著的和代。表示母親也在房裡。這時菊仔才發現和代的樣子不太對勁。毯子動也沒動。不只是沒有打鼾，連呼吸聲都聽不見。菊仔走到床邊摸和代的大腿想搖醒她，卻嚇得立刻縮手。黑女人赤裸的腳自門縫探進來，不住扭動。黑女人每次將外套前面打開秀出胴體，就會有股酸味自腋下和外套間傳來。那強烈的氣味令菊仔忍不住抓起菸灰缸轉身砸去。陶器菸灰缸砸得粉碎，黑女人用菊仔聽不懂的語言開罵，並把腳縮了回去。菊仔鼓起勇氣再度觸摸和代的大腿。像木頭一樣。試著撫觸摁壓身體其他部位。各處都一樣。因爲和代已經死了。

菊仔又試著撥開和代的眼睛。他認爲身體之所以突然變硬是因爲眼睛緊閉的緣故。捏著眼皮用力往上拉。用指甲摳眼皮的皮膚。隨著啪嚓一聲，眼珠露出來了。整個眼球漸漸乾掉。和代的臉自枕頭滑落，垂在床邊。張著的眼睛令菊仔覺得很不舒服。顯然和代已死，於是菊仔又想讓她眼睛閉上。左手托著和代的下巴和臉頰，要將捲起的眼皮蓋上。化妝已經開始自皮膚脫落，又溶於汗水，弄得菊仔左手黏糊糊的。和代的眼球越來越乾。我正在玩弄一具屍體啊，菊仔突然意識到這一點。奇怪的是，自己竟然能如此平靜。怎麼也無法讓眼皮闔上，反而是越來越張開了。菊仔擔心整張臉都變得像乾掉的眼睛一樣，而那是自己所不願見到的，於是除下床單將和代的屍體裹起，用浴衣的細帶子將腳踝處與腹部綁起來。在除去床單的床上躺下。想起和代常說的話。菊仔夜裡起來，曾見季節變換時一定會失眠的和代，手擱在膝頭靜靜坐在棉被上。在做什麼呀？菊仔問。想事情，想著想著就睡不著了，和代回答。不知道自己會死在何處，又是怎麼死的，想這種事情想到失眠。和代說著覺得有些難爲情。菊仔憶起的是這件事。裹著和代的白床單令他目眩，於是熄了房裡的燈。筋疲力竭，想睡，又想到好像得找醫生來。可是人都已經死了，應該報警才對吧，就報警並且通知桑山好了，可能現在馬上連絡比較好，想著想著，菊仔落入了淺眠。而後，夢見自己被巨人踩扁。

陽光自窗簾的縫隙射入，房裡的溫度漸漸升高。房間爲混凝土與玻璃所密封。菊仔渾身是汗。窗外拆除大樓的工地開始響起供電車的轟隆聲，玻璃窗也隨之震動。起重機擺動著鐵球，當第一擊撞進大樓牆壁時，菊仔大喊一聲自噩夢中醒來。

一時之間不知自己身在何處。四下打量房間。旁邊有個白色物體。屍體吐出的血將床單染上了暗紅色。菊仔望著緊貼在和代的臉、脖子，以及胸部的床單。好像是一個人的上半身被塗了紅色油漆一樣。菊仔因爲恐懼而發抖，不住冒汗，左手散發出和代的化妝品氣味。和代的氣味仍然活著。被濕紅的床單塑出形狀的和代像是一具僵硬的人偶。隱藏在菊仔內心的某個東西，有一部分顯現出來了。鐵球拆除大樓的聲音不絕於耳。隨著汗水一陣陣冒出，恐懼逐漸轉變成憤怒。他實在無法忍受這令人不快的高溫。他覺得自己遭到了囚禁，被囚禁在這爲混凝土與玻璃隔絕的房間裡。何時開始的呢？打從出生以來，我就一直被封在柔軟的物體中，要到什麼時候呢？到化爲被紅色床單裹著的僵硬人偶爲止，混凝土破碎的聲音持續傳來，窗外的街道因爲暑熱而變形，一棟棟的大樓在喘息，彷彿那看似白濁而且即將融化的街道正在呼喚，廢礦島廣大的無人街區浮現在腦海，與窗外在正午的暑氣中喘息的東京重疊在一起，東京正呼喚著菊仔，菊仔聽得見那聲音，破壞吧，將一切都破壞掉吧，菊仔自窗戶向下望，變成小點的人和車輛來來往往，有種像是撐竿跳即將開始助跑時的感覺，想像著某一瞬間的自己，將東京整個燒毀完全破壞的自己，在叫喊聲中將所有的人一個個殺掉將建築物一棟棟破壞的自己。街道爲美麗的灰燼所覆蓋，渾身是血的孩子們走在昆蟲、飛鳥、野犬之間，這想像令菊仔獲得自由。讓菊仔從極其不快黑暗狹小的夏日密閉箱中、從回憶中解放出來。深埋在菊仔內心的記憶被剝去老舊皮膚敲破外殼一點一點顯現。夏日的記憶。十七年前自己還是嬰兒，對抗著寄物櫃的悶熱與稀薄的空氣放聲爆哭。當時支撐自己的力量、當時呼喚自己的力量逐漸開始現形。他想起是什麼樣的聲音在支持自己才得以活下來。殺吧，破壞吧，那聲音這麼說。那聲音與眼下延伸的混凝土街道及變成小點的行人車輛的喘息重疊在一起響著。破壞吧，殺吧，將一切都破壞吧，想要變成口吐紅色汁液的僵硬人偶嗎？不停破壞吧，將城市化爲廢墟。

8

一九八九年，七月十八日，菊仔在東京迎接十七歲的生日。不論桑山怎麼說，他都拒絕再回廢礦島。在火葬場，桑山哭著撿拾和代的遺骨。既然你無論如何都不願回來的話，就帶著一塊吧，桑山說著取了拇指大小的白骨用白布包起來交給菊仔。若是見到橋仔，我會給他看，菊仔說著將遺骨縫進口袋裡。

菊仔有件事想做。每天，他都會去大型書店查閱各種辭典。爲的是查出「Datura」的意思。首先查過十多種百科辭典。如果想查的辭條在百科辭典裡找不到的話該怎麼辦，菊仔問店員。會不會是專門的學術用語呢，店員回答。接著向菊仔介紹經過井然分類的各領域用語辭典。最後又補充說明，不妨從相關書籍中最大最厚最重那一本的索引找起。

菊仔由哲學、心理學開始，一路查到法學、醫學、工程學。整天的時間都耗在這裡。只要發現相似的辭條，就先寫在筆記本上。「達秋拉斯・馬修茲」，是英國一位投筆從戎的畫家，倫敦郊外煙火工匠家的次子，自幼練習寫實畫並自學蛋彩，進入陸軍後戰爭畫作也受到肯定，直到在錫蘭內亂中戰死爲止，共留下近兩千幅作品；「達秋拉爾」是一首作者不詳的歌曲，歌詞有拉丁語及德語兩種，咸信是一首古典的多部和聲歌曲；「達秋瓦」是黑海南岸一個以出產魚子醬著名的小漁港，百分之九十的居民從事魚子醬相關產業，此地也曾因有黑色指甲的嬰兒誕生而名噪一時；「達秋拉尼芽腫」是鼻腔黏膜表面突起，具莖狀部分的卵球形腫瘤，主要是因爲慢性發炎而產生，別名鼻孔芽腫；「達秋拉茲兄弟」是美國一家頗具實力的離心機製造公司，曾一手包辦阿波羅計畫中的土壤分析工作，總公司位於維吉尼亞州的阿靈頓。

「到底是要查什麼啊？」由於菊仔太過專注，店員也不禁好奇。「達秋拉」，菊仔回答，可是不曉得是哪國的語言。店員從書架搬下一本幾乎有他身體一半高的英和辭典，吃力地翻到D字首的部分。一頁頁翻著用手指逐著字，好一會兒之後開口了。啊，會不會是這個，可是讀作達圖拉，DATURA，或許也有人唸作達秋拉吧，和名是朝鮮朝顏，說是茄科植物的一種。菊仔相當失望。想要把人一個個宰掉、把建築物一棟棟破壞時唸的咒語，怎麼會是一種茄子呢。店員從口袋掏出眼鏡。等一下，還有一些小字，我的眼睛不太好，啊，上面說這是一種有毒植物哩。「有毒植物？」菊仔抬起了頭。

「這是朝鮮朝顏的總稱，又名山茄子，全株含有生物鹼，是一種會造成幻聽、幻覺、情緒變化、妄想、喪失判斷力的劇毒植物，尤其是在中南美被稱爲『波拉琪洛』並爲人所栽種的品種，更是提煉莨菪烷類生物鹼的阿托品、東莨菪鹼的重要醫療資源。」

「不懂。」

有毒植物啊，店員喃喃自語，從箱子裡翻出一本綠色封面的薄書。書背上印有「精神作用藥物總覽」。翻開索引尋找「達秋拉」。有啦！店員大喊。

蓋巴尼亞基得，一種美國所研發的抗憂鬱新藥，一九八四年，憂鬱症患者急速增加，以異菸鹼異丙醯（Iproniazid）爲代表的心情提升劑已經無法滿足其中許多人，需要更強效的興奮劑，於是各方開始祕密研發三環系抗憂鬱劑及ＭＡＯ抑制劑之後的第三代心情提升劑，最後問世的就是蓋巴尼亞基得，成功開發出此藥物的是跨國藥廠葛利亞，但葛利亞拒絕透露成分，並宣稱蓋巴尼亞基得是一種不會傷害內臟也沒有成癮性的強效心情提升劑，甫上市銷售量便一飛沖天，諷刺的是，半年之後便發現了副作用，英國的精神醫學界指出，若是大量服用，會使人自制力降低並出現凶暴行爲，逼迫葛利亞藥廠公布蓋巴尼亞基得的成分，葛利亞藥廠以商業機密爲由拒絕，但是在美國本土卻因事涉三件命案而由參議院召開了公聽會，三件命案均歸因於服食多量的蓋巴尼亞基得導致喪失判斷力，在公聽會上，英國的精神科醫師高德曼博士針對一項疑點追問葛利亞藥廠，因爲博士認爲，蓋巴尼亞基得的主成分，正是生化武器「達秋拉」，自蓋巴尼亞基得上市的時候開始，就一直有人懷疑該藥物是以「達秋拉」稀釋製成，高德曼博士提出七十八件餵食經過稀釋的「達秋拉」的老鼠以及注射大量蓋巴尼亞基得的老鼠表現出類似行爲的案例，追問葛利亞藥廠。那些老鼠均表現出罕見的凶暴行爲攻擊同伴，葛利亞承認使用「達秋拉」並立即回收市面上的蓋巴尼亞基得，此外，在此一事件中，據說美國有一位海軍生化武器相關部隊的隊長因爲非法將「達秋拉」流入民間而遭到逮捕。「達秋拉」好像是一種武器啊，店員說著闔上書。菊仔買了那本「精神作用藥物總覽」。店員在「蓋巴尼亞基得」出現的部分用紅色鉛筆幫忙做上記號。

菊仔抱著書走在雜沓的人群中。和代去世後第九天，也就是桑山帶著和代遺骨回島上後的第七天，菊仔盤纏告罄，搬出飯店。總會有辦法的，他心裡想。隔著玻璃望著冒出寒氣的冷凍櫃中堆放的食品，不禁會有種錯覺，以爲這城市沒有人會餓肚子。道路縱橫交錯，每當有大卡車經過，人群便隨之晃動。城市令他聯想到小學自然教室裡的人體示意圖。模仿城市結構繪出人體。食物是原料材料，肺是發電廠，消化器官是政府機關與商店，氣管是輸電線路，血管是道路，居民是細胞，口腔是港口，舌頭則是鮮紅的跑道。菊仔爬上了奶油色的天橋。東京一片朦朧，視野的每一角落都被四角形的混凝土所佔據。十三棟摩天樓近在眼前，簡直就像是塔而不是大樓。嵌滿整面牆的窗玻璃反射著陽光，看起來像是一座座由探照燈疊起來的高塔。菊仔邁步朝塔走去。不久之後那些塔也會變成野狗的巢穴吧，菊仔喃喃自語。自認走了相當久，與塔之間的距離卻不見縮短。矗立在眼前，與方才同樣巨大。路變窄了。是傳來晚餐香氣的商店街。行人多到湧上了車道，造成堵車。一個小孩子差點被撞，看似母親的女人對著駕駛破口大罵。後方被擋住無法前進的車輛猛撳喇叭。駕駛無視那應該是母親的女人抗議繼續前進。那母親隨後追了兩三步，菜籃裡的檸檬掉落地面。車輪一次又一次輾過，壓爛了檸檬。整條路上都瀰漫著酸味。菊仔心想，如果此刻自己小心抱著的書就是

「達秋拉」的話就好了。他做出將書擲向人群的假動作，口中配上咯噹一聲。應該是母親的女人拾起壓爛的檸檬，氣呼呼地打了孩子一巴掌。孩子哭了起來。

看不見摩天塔群了。方向並沒有錯。只是因爲道路狹窄兩旁的建築物太過密集，擋住了。那廢礦島的無人街區，一定也曾經有過如同這條街的熱鬧黃昏時刻吧，菊仔心裡想。以前常聽桑山提起，煤礦收坑礦工紛紛離島而去時，肉鋪開始低價拋售庫存的冷凍肉，每天都吃壽喜燒，儘管如此還是有多餘的肉拿去餵狗，肉鋪自島上搬離後，仍然處理不掉的羊肉塊開始腐爛，整個島都爲臭味所籠罩。這個城市，有朝一日也會如此。摩天塔群再度出現。突然出現，距離近到仰望頂端脖子都會疼。比廢礦島的高層公寓不知大上幾百倍。窗玻璃映著夕陽。菊仔走得更靠近些，讓塔的全景佔滿視野。天色漸暗，窗內的燈紛紛亮起。隨著一扇扇窗亮起，切割成正方形的景色逐漸消失。彷彿塔正在膨脹隨時要將菊仔吞噬，令他目眩。要把你踩死實在太簡單了，塔如是說。菊仔觸摸一座塔的外牆。或許是之前一直曬太陽的緣故，牆面發燙。牆壁厚度令人不快。

菊仔沿塔周圍走著，尋找「鐵刺網」。這是早上離開飯店時，已熟絡的黑膚娼婦告訴他的。有一個被鐵刺網圍起來的地區，叫做藥島，藥島中央有一區人稱「Market（市場）」，從小貓到老屁股，什麼都有人賣，各式精神安定劑應有盡有，如果要找藥的話去「Market」就對了，應該很容易買到，那些臉色慘白的男人什麼都賣。

塔基可見各色裝飾。發光的旋轉門，掛有萬國旗的飯店，吸水使得所含鐵分形成圖案的紅磚門廊，硬鋁製密閉裝置被昆蟲撞擊發出聲響的銀行，一粒粒飛沫都染上色彩的噴水池，菊仔在塔之間走著走著，感覺到一股不知從何而來的異樣氣息。潮濕沉滯的空氣，那是混凝土逐漸龜裂時鬱積的空氣，彷彿存在著一條通往塔群那一頭，遭人遺忘荒蕪園區的隧道。菊仔向前跑去。穿越馬路，跑過一處堆放建材的空地。來到街燈中斷處，看到了幾條閃閃發亮的平行線。有草叢，以及鐵刺網。鐵刺網那一側傳來熟悉的氣味——廢墟的氣味。那裡一定有野狗的世界，菊仔心裡想。那裡面，有「Market」。首先，要把蓋巴尼亞基得弄到手。而且，菊仔心裡想。而且，橋仔搞不好就在那裡。如果，橋仔也曾與現在的自己一樣，嗅到這荒蕪園區的氣味而佇立於此的話，絕對會越過鐵刺網進去裡面吧，畢竟這十二年來我們是在這種氣味中長大的，橋仔一定會過去鐵刺網的那一邊。菊仔目測鐵刺網的高度。四公尺。心裡想，這並非無法跳過的高度。

菊仔去拜訪高中田徑協會，佯稱要練習撐竿跳以便參加全國運動會，借了一支比平常使用還要軟的玻璃纖維撐竿。菊仔來到代代木公園的紅土場地，練習短距離助跑起跳，並且以腳尖落地而非以背部落地。握低竿，在沒有落地墊的情況下持續練習。

午後，有一組扛著攝影機的人陸續來到練習場。說是要拍攝運動鞋廣告。高中田徑協會的辦事員拜託菊仔，客串演出活動背景。說是演出，但對方表示其實也沒有什麼特別需要注意的，只要照平常那樣練習就好。一個身穿白色婚紗的女孩子，撩起裙襬秀出腳上的運動鞋露出微笑，而菊仔在她身後躍向空中。雖是個大晴天，仍有轟隆的供電車負責打光。大白天看著燈光，菊仔覺得很不舒服。婚紗女孩一再重複相同的動作與台詞。會在天上飛的有飛機和飛船，有直升機和滑翔機，有鳥和滑翔翼、鳳蝶、金龜子，以及穿著赫曼賀密斯運動鞋的處女新娘。說到「以及」的時候，將婚紗的裙襬撩至膝蓋，露出微笑。女孩的態度並不認眞，也沒有做出嬌羞的表情，而是一臉無奈覺得此事愚蠢無比。雲朵遮住了太陽，暫時休息停拍。婚紗女孩走了過來。

「好熱哦。」

這女孩的眼睛眞大，菊仔心裡想。女孩走到草地上停下，讓菊仔想到一幅畫。畫中是一片荒蕪的灰色風景，中央佇立著一個身穿婚紗的少女。標題是「寂寞的新娘」。「嗳，可不可以給我喝一點牛奶？別讓那些人看見。」寂寞的新娘指著菊仔的盒裝牛奶。因爲穿著長婚紗的她汗流浹背，非常渴。「那些人說怕我有小腹，什麼都不准我喝。」寂寞的新娘蹲在菊仔面前假裝談話，一口氣喝乾了牛奶。牛奶從她的小嘴溢出自妝上滑落。喉嚨上下動著，菊仔看在眼裡，覺得眞是美。那牛奶流經的喉嚨，曲線很美。「你喜歡撐竿跳啊？」新娘擦擦嘴角後問，眼睛直視菊仔。爲什麼這麼問呢？菊仔覺得目眩，眼睛望向草地。

「因爲啊，我喜歡撐竿跳。」

「我是喜歡躍向空中的感覺。」

「從小就這樣？」

「嗯，從小就這樣。」

「這樣的人，以後應該去當駕駛員吧？可是要開飛機，一定得夠聰明才行，但是，人家說我腦袋不夠好，眞討厭。」

外景組的年輕人大聲呼喚寂寞新娘，要她到陰涼處以免曬黑。新娘沒有回答，逕自撐開左手拿著的傘。

「那些傢伙眞囉唆。」

「你也這麼認爲呀？」

「大白天開什麼燈，讓人心浮氣躁的。」

「啊，你也這麼覺得？」

「看到那個樣子，我就覺得如果所有人都死了多好，最好是都消失。」

寂寞新娘睜大了眼睛看著菊仔。

「嘿，有一本這樣的小說哦，某一天，太陽突然開始膨脹，地球越來越熱，東京、巴黎這些地方全都變得像是大溪地一樣，所以呢，大家都往寒冷的地方遷移。」

「像是北海道嗎？」

「不，是更冷的地方，北極和南極啊，因爲連北海道都已經變成熱帶了。」
「東京呢？」
「東京啊，變成沼澤啦。」
「怎麼會變成沼澤？」
「因爲南極的冰層融化，海平面上升，而且還一直下著非常大的雨。」
「啊，那眞是太好了。」
「還有啊，在變成沼澤的東京，還有一對相愛的男女留下來。」
「不是很熱嗎？變成了熱帶不是？那麼熱，兩個人留下來幹嘛？」
「喝啤酒呀。」
寂寞新娘的鼻頭和上唇淌著汗珠。爲免脫妝，不時用化妝棉輕輕擦汗。皮膚很薄，眼皮上可以透見藍色的血管。那藍色的線條與眼影重疊，形成奇妙的花紋。菊仔望著那花紋，心中小鹿亂撞。彷彿只要用細針刺進女孩的胸，那吹彈可破的薄皮膚就會破裂，整個身子就會被吸入眼皮美麗的花紋中轉眼之間消失無蹤。
「嘿，告訴我比賽日期，到時候去幫你加油。」
「我沒有要參加比賽。」
「那只是練習而已嗎？」

「也不是，反正不是爲了參加比賽。」

「我想去加油嘛。」

「想看我跳啊？」

「嗯，想看。」

「那，今天晚上，在那邊住友大樓和外國總銀大樓中間等候，我，今晚，要跳過鐵刺網。」

「要在晚上跳？」

「沒興趣啊？」

「我會去看。」

外景隊的年輕人又在呼喚寂寞新娘了。好像要她去整理髮型。寂寞新娘起身後，菊仔問她名字。總得知道一下名字比較好吧。一回身，婚紗的裙襬隨之轉動，新娘說道：

「秋牡丹。」

確認過事先作好記號的支柱後，將玻璃纖維撐竿豎在地面，菊仔花了些時間，審愼量測與最上端帶刺鐵絲之間的距離。算好之後，在訂定地點挖了一個深二十公分的洞，將準備好的沙倒入。以此洞權充起跳時的插斗。塡沙是爲了減緩衝擊。取一條繩子從此洞沿著與鐵刺網垂直的方向拉出，然後站在繩子上。撐竿、地面，以及伸直雙臂的自己身體呈直角三角形時，雙腳所踩的地方就是起跳點，蹬地之處。從起跳點沿繩子計算步數。偶數步，步行兩步當作快跑一步的距離。最後在助跑起始處以及起跳點擺上白色石子，將繩子拿掉。

準備妥當後，菊仔走向躲在植栽陰影處的秋牡丹。秋牡丹胸前掛著拍立得相機。我想把你跳的樣子拍下來，剛才她這麼說。每次交到新朋友，我一定會幫對方拍照，可以當作紀念，對吧。來到東京之後唯一信守承諾的就是這個女孩，菊仔心裡想。一聽菊仔說要跳過藥島的鐵刺網，秋牡丹便試圖阻止。她說得又快又急，菊仔聽不太懂，說什麼臉上開了個洞，聽說是遭受有毒物質汙染。還說著什麼萬一闖入的時候被發現，就會被人用火焰噴射器燒死。秋牡丹表示知道一處捷徑，也帶菊仔前去那氯痤瘡少年告知的地點，可是該處的鐵刺網已經修復。秋牡丹沒有化妝。牛仔褲、紅色漆皮皮帶，配上印有北京鴨圖案的銀蔥襯衫。巡邏警衛已經來過三次。兩人每次都身體緊貼躲起來。第二次秋牡丹想開口說話，菊仔摀她的嘴。放手時，秋牡丹的臉頰出現紅色的指痕。而那一直沒有退去。「噯，菊仔，我養了鱷魚哦。」每當遠方車燈射來，秋牡丹臉頰上的微紅就有部分被吸進皮膚內逐漸消失。植栽細長的葉影晃動，秋牡丹的眼睛時隱時現。菊仔心裡想著，這女孩如此美麗，可是我一閉上眼睛，好像立刻就會忘了她。

「牠叫做格列佛，你覺得怎麼樣？」

「什麼怎麼樣？」

「我養鱷魚的事情呀。」

「動物都一樣啦，可愛是可愛，照顧起來卻很麻煩。」

「牠長得很大喔。」

秋牡丹噘嘴嘟噥著。嘟噥聲隨著脖子散發出的香皂氣味，在暖風間歇時傳到耳朵。

「我在水族館看過一次鱷魚，好像笨笨的喔。」

「要不要來我家看看？會有置身熱帶叢林的感覺喔。」

我已經，菊仔很想這麼說。我已經像是身處叢林之中，又熱、心臟噗通噗通跳啦。

「等事情辦完，歡迎你來看鱷魚。」

「今晚不可能了。」

「有一種酒，叫做鱷魚王國之夜喔。」

「今天一定沒辦法啦。」

「只要你想來，隨時都歡迎。」

這窒息感是怎麼回事呢？菊仔剛才就一直覺得納悶。在女孩臉頰留下指痕後，就一直覺得自己做了一件非常殘酷的事情。臉頰冰涼而柔軟。臉頰的內側又如何呢？會是同樣冰涼？搞不好是黏黏滑滑的。秋牡丹微微噘起的下唇、下巴、喉嚨、至頸子所形成的平滑曲線承受身後塔群發出的光亮而時隱時現。就如同黃昏時分有座燈塔在背側旋轉放光的離島，僅有側臉細細的輪廓浮現。那輪廓，每每隨著秋牡丹細語、倒抽氣、微笑而起變化。菊仔再次伸手撫觸她的臉頰，描繪那紅色指痕。

「要來看鱷魚喔，隨時都歡迎，記得打電話給我。」

「好啦，我得趕快跳了。」

菊仔站起來。取出事先藏好的玻璃纖維撐竿。哇！好漂亮，好像雷射光束一樣，看到那銀色半透明的長竿，秋牡丹這麼說。好好跳啊，我要拍照。

菊仔先熱身。按摩小腿肚輕跑幾次之後來到起跑點站定，望著鐵刺網頂。秋牡丹舉起拍立得相機瞄準。菊仔起跑了，身子比短跑選手更加前傾。腦袋裡描繪著自己身體越過空中那條線的瞬間。跨著一定的步幅逐漸加速。起跳腳的前一步著地的剎那，將撐竿插入插斗。菊仔奮力一蹬。撐竿彎曲。突然哨音響起。兩名巡邏兵喝令「站住！」並衝了過來。其中一人對空鳴槍。正要越過鐵刺網的菊仔因爲這警告性的槍聲而在空中一晃。左手脫離撐竿，身體失去平衡而一歪。菊仔眼睜睜看著鐵刺逼近。慌亂中想讓身子半轉，但銳利的鐵刺仍然刺穿了嘴唇旁邊。爲免臉頰的肉被拉扯割裂，反射性地抓住鐵刺網。結果菊仔吊在鐵刺網的中段。媽的，明明可以順利跳過，卻有人干擾，菊仔引體向上將刺入臉頰的鐵刺拔出。頭戴鋼盔的巡邏兵已經在下方舉起了槍。嘴裡滿是血。想用舌頭將傷口堵住，但舌頭已然痲痺而無法辦到。「不許動！想逃的話我就立刻開槍，好，就這樣直接爬過來。」巡邏兵低聲說道，並用手電筒比劃著。探照燈斜射過來。菊仔看了看自植栽後面探出頭的秋牡丹。她正按下拍立得的快門。眞是個奇怪的女孩，菊仔不禁笑了出來。身著白色化學防護裝的巡邏兵破口大罵，似乎是菊仔臉上的笑意令他光火。臭小子，竟然還敢嘻皮笑臉，我可是獲准可以隨意用槍的，要不要嘗顆子彈？沿著鐵刺網兜圈子都快無聊死了，我正好手癢，想找個人來當靶子。只見對方興奮地舉起了槍。當那人不懷好意笑了，連鋼盔都在震動，槍口瞄準菊仔的腦袋時，在探照燈射出的光圈內，出現了形狀古怪的槍與手臂的影子，就在巡邏兵察覺的那一瞬噴出了火光。粗槍管射出的是霰彈。兩名巡邏兵中彈倒地，白色化學防護裝上開了許多小孔。受到驚嚇的菊仔回過頭，看見一個黝黑缺牙的小個子正在招手。手中的槍還冒著煙。

「搞什麼啊，再拖拖拉拉的就要給燒死啦，趕快過來，運動員。」菊仔自鐵刺網跳下。聽到槍響，裝甲吉普車已經朝這邊駛來。菊仔確認秋牡丹揮揮手逃離後，才隨著缺牙的小個子一同跑開。來到探照燈的光圈外，缺牙男停下腳步，指著一棟低矮屋簷建築物的陰暗處。從中走出一個長髮的身影。是橋仔。

9

原來你就是菊仔啊，拜託別再闖禍了，要不是我們發現趕去搭救，你早就成焦炭啦，聽說你是個運動員，是眞的嗎？眞是運動員啊？討厭，好討厭，橋仔我不是說過嗎？我常這麼說的不是？我最討厭運動員討厭死了，單純，腦袋裡裝滿汗水而沒有腦漿，只知道衝衝衝，氣喘吁吁拚命跑，最討厭了。

缺牙男的名字叫做辰夫。並非日本人，是菲律賓人。辰夫・德・拉庫魯斯。橋仔與這小個子同住。一處廢棄鐵皮屋工廠的二樓。橋仔一言不發領著菊仔。廢棄工廠的二樓，樓梯口的燈泡晃動著，燈下有個大肚子女人吃勁地彎著身。她正在爲腳趾甲上色。繞著燈泡打轉的飛蛾，被女人伸手拍落。金色的鱗粉飛落到女人仍未乾的趾甲上。

屋內昏暗，還有股尿臊味。一條塑膠管自窗口拉進屋內。水管一端插入一個儲了水的塑膠桶內。看起來呈渾濁的茶色。橋仔從中舀了一杯，洗手。榻榻米脫落的地板鋪著帆布。是用過的油畫畫布。房間正中央有張茶几，擺著兩個搪瓷杯，杯裡黏著乾掉的茶包，此外還有黑白電視、卡式錄放音機，以及梳妝台。有一點令人詫異。因爲橋仔化了妝，修了眉搽了粉。橋仔一言不發望著梳妝台，不想與菊仔面對面。反而是辰夫大聲說個不停。

喂運動員，你也看到了吧？看到那個自衛隊員被轟倒的模樣了吧？那手槍可是我自己做的，可以發射霰彈，了不起吧？全日本除了我之外沒人會做，那個啊，是我根據二次世界大戰時游擊隊所使用的一種簡易手槍，Liberator所打造的，我說運動員，你應該不知道Liberator是什麼意思吧？運動員多半都不唸書的，告訴你，意思是解放者。我老早就想試著做一把，霰彈手槍，後座力稍微大了些，可是近身戰的時候殺傷力比什麼都大，雖然叫Liberator也不錯，可是我早就打定主意，完成之後要命名爲「亡命大煞星」（The Getaway），那是一部老電影的名字，小時候我在群馬縣一個叫做高崎的地方看的，有個短頭髮的美國明星拿了把霰彈槍嚓嚓猛開火，總之就是拿著霰彈槍到處打啦，那部電影，我小時候看過的。辰夫邊說邊慌張地在屋內東翻西找。打開被水果汁液弄髒的紙袋瞧瞧，又翻攪塞了鞋拔子和羽球的紙箱。奇怪，我記得有紅藥水的啊。似乎是在找藥。我說運動員，幸虧我帶著霰彈手槍啊，講了好幾遍，而後拿了條濕手帕給菊仔，指著臉頰說，先把傷口擦一下。接過手帕時，菊仔發現辰夫的手指在發抖。喂運動員，我去幫你買藥，別忘啦，幸好我有霰彈手槍哪，希望你認清「亡命大煞星」的威力，不要把我瞧扁了，本來我打算在樓下的廢棄工廠試射讓你見識見識，可是老爹在，沒辦法，是地震老爹，只要聽到比較大的聲響，他就會發作，用更大的音量嚷著地震啦，要是受到刺激還會在大喊地震啦之後昏倒，眞可憐。一口氣說到這裡，辰夫觀察菊仔的表情。「那個人，以前可能在地震時有過很可怕的經驗吧。」菊仔低著頭這麼說。

辰夫歪著嘴笑了笑，唷，運動員說話啦，說著拍拍橋仔的肩。嘿，橋仔，運動員終於開口啦，太好了，我說橋仔，這傢伙當運動員還挺合適的嘛，不必等我動手就自己開口了，橋仔很在乎你啊，一發現你打算用撐竿跳的方式闖進來，立刻就找我去幫忙，眞的非常在乎你啊，耶？剛才好像是講到地震老爹的事情，你說錯了，老爹以前當過守衛，從十三歲開始做了六十年守衛，了不起吧，他一直把薪水的絕大部分拿去購買戰備糧、罐頭，還有礦泉水，可是幾年前病倒之後就被家人遺棄扔到這藥島來，他的脊椎長瘤不良於行，自己一個人就連去小便都有困難，他是跟一板車的戰備糧一同被扔到這裡的，所以地震是他唯一的依靠，畢竟他爲了地震做了長達六十年的守衛啊，每次一有個什麼風吹草動都會大喊地震啦地震啦，比眞的發生地震還吵，有意思吧？這是個好地方吧？我這個人挺不錯的吧？辰夫靈活地捲動舌頭有如連珠砲，最後說了句「我去買藥」揮揮手走了出去。橋仔坐在梳妝台前，打開化妝品的蓋子挖了點白色面霜開始往臉上搽。「買藥，這個時候藥局還營業啊？」時間是凌晨一點。有二十四小時營業的市場，因爲這裡是大都會啊，橋仔總算開口了。仍然面對鏡子，聲音也沒有改變。「我也在那裡上班，得趕緊出門才行，辰夫買藥回來之後，你就先睡吧，有什麼話明天再講。」橋仔似乎消瘦了些。只見他熟練地用小刷子刷上藍色眼影。每當暖風吹過屋內，橋仔身上就傳來女人的氣味。春陽館飯店，那個上一次一萬的女人的氣味。

「橋仔，你去上班，不這麼打扮會挨罵嗎？」

「菊仔，拜託，我現在腦袋都快爆炸了，還不都怪你突然出現，明天吧，我們明天再好好聊。」

橋仔脫掉圓領內衣穿上乳白色胸罩，並將圓錐形海綿塞入胸部。然後穿上一件粉紅色襯衫，將下襬在腹部打了個結而沒扣鈕子。從後面看就像是個小屁股的女人。那邊的壁櫥裡有毛毯，菊仔，如果肚子餓的話就跟辰夫講，他會弄給你吃。橋仔穿了雙高跟的涼鞋。記憶中那小巧的趾甲搽了綠色蔻丹，腳踝拴了條銀鍊。橋仔打開門準備離去，背對屋內站在門口好半晌。

「Miluku還好嗎？」

「Miluku很好，可是和代去世了，我帶了遺骨來給你。」

菊仔拆著口袋縫線準備取出和代遺骨時，一股無名火湧上心頭。貼在和代臉上染紅的床單浮現在腦海。那一夜的恐懼和憤怒逐漸甦醒。接著又聯想起彷彿被柔軟物所囚禁的那種焦躁。喂橋仔，我們正被一種軟趴趴很噁心的東西壓制而無法動彈，難道你都沒感覺嗎？我好害怕啊，和代過世的那一夜，我好像聽到牆壁傳出一種怪聲音，說我是多餘的人，說我是多餘的啊，沒有人需要我，你也一樣，我已經決定要用達秋拉把那些傢伙全部幹掉，你卻打扮成女人，告訴我，這到底是怎麼回事？菊仔的心中如此低語。和代的遺骨扔到榻榻米上。

橋仔見了皺起眉頭肩膀微微發抖。

「我們去新宿打聽你的消息，她被路人撞倒，腦袋撞到地面就過世了，你還記得嗎？橋仔，她常常半夜坐在棉被上想事情對吧，說在想事情，睡不著，很詭異對吧？問她怎麼了，回答總是一樣，說一想到自己不知會如何死去，就怕到睡不著，都一把年紀了還哭紅了眼睛，不是還像個傻瓜似的摟著我們嗎？還記得吧？她在一家爛飯店嘎吱作響的床上吐了滿臉的血，一句話也沒交代就死了，你運氣好啊，運氣好啊，沒看到算你運氣好。」

菊仔說著說著開始哽咽。和代去世之後所累積的一切全部發洩出來，身子也隨之虛脫。

「菊仔，我非走不可了。」橋仔的視線自和代遺骨移開。

「那是和代的遺骨啊，去打聲招呼吧。」

「沒時間了，我眞的很趕。」

「過去拜一下啊，要不了十秒鐘吧。」

被淚水弄花了臉的橋仔轉過頭大叫。

「就說明天了啊！也要考慮一下我的情況吧。」

「什麼情況，你這個混帳。」

菊仔抄起桌上盛義大利麵的盤子往牆上砸。橋仔仍穿著鞋一屁股坐在玄關哭了起來。辰夫這時回來，看見橋仔在哭。你這混帳竟然敢欺負橋仔，辰夫罵著隨即動手，菊仔避開那一拳迅速起身，一巴掌打中辰夫尖細的下巴。辰夫跌到廚房的角落。「橋仔，你在這種地方做什麼？見過拋棄你的女人了嗎？發生了什麼事？你說啊，到底是怎麼了？」菊仔搖著橋仔的肩大吼。橋仔哭著不住說對不起。我太任性，太羞愧了，對不起，菊仔，對不起，我想當歌手，對不起，橋仔鼻塞的聲音罩住了菊仔。菊仔有種異樣的感覺。彷彿自己身上開著的洞正逐漸被橋仔鼻塞的聲音所塡滿。原本即將爆發的憤怒、恐懼，及焦躁彷彿全部爲之中和。橋仔你不在之後我好寂寞啊，他強忍住想這麼說的衝動。「住手！辰夫，快住手！」橋仔抬頭大喊。辰夫拿了霰彈手槍瞄準菊仔。橋仔一把推開菊仔，自己也臥倒在地。幾乎就在同一時間辰夫扣下了扳機。燈泡與部分牆壁被轟得粉碎，屋內頓時暗下來。敢欺負橋仔或是瞧不起老子的人都得死。橋仔燃了打火機看看菊仔是否無恙。菊仔甩甩頭拂去頭髮和肩上的燈泡碎屑站起來。地震啦啊啊啊啊，萬歲萬歲，請小心火燭，小心火燭嗚嗚嗚，地震啦啊啊啊啊，沙啞的聲音在走廊響起。你住的地方可眞熱鬧啊，菊仔說。橋仔難爲情地笑著點點頭。

辰夫在日本出生。父親名叫拉古諾・德・拉庫魯斯，母親是魯莉・德雷翁，都來自宿霧市。兩人於一九六九年以樂團團員及舞者的身分來到日本。兩人並沒有在日本的大都市討生活的才藝，不斷轉換經紀公司，在各偏遠地區巡迴。半年後魯莉懷孕，漸漸無法承受搭汽車或火車奔波之苦，於是拉古諾便和群馬縣一處山間溫泉區的觀光飯店簽下一紙長期合約。

合約內容相當嚴苛。四名樂團成員與三名舞者五點就得起床幫忙準備早餐，一直忙到半夜十二點夜總會的秀結束爲止。即使如此，生活仍比在宿霧快活。他們的勤勞也逐漸獲得當地人的接納認同。辰夫於一九七一年冬天出世，剛學會走路就開始接受雜技訓練。自五歲時起，便與魯莉同事的私生女江美子搭檔在飯店的晚宴秀上表演。相當受歡迎。江美子是日菲混血兒，非常疼愛辰夫。爲了上小學，辰夫形式上讓飯店領班收爲養子，歸化爲日本籍。曾因一年兩度前往慰問溫泉區外的痲瘋病院而獲得市公所表揚。

升上國中那年夏天。辰夫找蚊香的時候，在抽屜裡發現一件奇妙的東西。用好幾層油紙包著，是一把手槍。拉古諾分解夾帶進日本的這把仿白朗寧土製手槍，以及百餘發點二二口徑的子彈，被辰夫藏到了地板下。身子還不停發抖。辰夫有時會將槍彈藏在衣服裡，獨自到山裡試射。不愉快的日子還有生日，都會在冒著硫磺氣的無人荒野對空射擊。他開始購買槍炮相關的書籍雜誌來看，研究相關構造。有一天，他在山裡開槍射殺一隻母雉雞。由於距離極近，雉雞的腦袋整個都給轟掉。他認爲，後座力與身體的震動，便是可以輕易殺掉一隻生物的證明。接著，他想找機會試試對人開槍。只不過他信任的書上這麼寫著：「實在沒有辦法的時候才可以開槍，而且也應止於嚇阻。」辰夫不明白嚇阻的意思，便斷定如果遇到「實在沒有辦法的情況」可以對人開槍沒有關係。他每日祈禱，希望「實在沒有辦法的情況」能夠早日降臨。可是這小小的溫泉區並不會有摩洛人（Moro，菲律賓南部回教民族）、美洲印第安人，或者納粹衝鋒隊來襲。對人射擊的念頭，逐漸在辰夫心中結晶。因爲我是菲律賓人，辰夫心裡這麼想。要自己在這大雪紛飛的日本山區生活，實在是強人所難，每次看宿霧的照片都覺得那裡眞的好美，我的肚子應該被宿霧島的太陽曬得暖呼呼才對，可是這裡這麼冷，都給凍得硬邦邦的，裡面塞滿了冰，而那冰，結成了手槍的形狀。

十四歲那年冬天發生了一件事。飯店因滑雪客而客滿。辰夫和江美子一如往常在晚宴秀上表演雜技。一個醉醺醺的年輕人搖搖晃晃走上舞台抱住正表演倒立的江美子，並企圖脫掉她的緊身衣。主持人和工作人員要那醉漢離開舞台，他卻掄著椅子開始大鬧。那人幾個喝醉的朋友也站起來，開始砸盤掀桌，個個大聲嚷嚷。菲律賓人該脫了衣服跳舞啊。也許因爲不堪，衣服遭扯破的江美子哭了起來。「實在沒有辦法了啊。」就站在辰夫身旁的飯店領班喃喃這麼說。「咦？實在沒有辦法了嗎？」辰夫又確認一遍。「那還用說。」領班說完便跑向電話。辰夫欣喜若狂。終於等到「實在沒有辦法的情況」了。連忙趕去宿舍拿了槍再回到宴會場。「全部把手舉起來！」他一腳踹開門大喊。此時混戰的場面已經結束，眾人正在善後。幾個酒後鬧事的男人站在警察面前或搔頭或喝水。可是興奮的辰夫還是扣下了扳機。開了三槍。一槍擊中正在清除玻璃碎片的女服務生肩膀。

經過精神鑑定之後，辰夫被送去兒童救護院。兩個月後，在江美子的協助下脫逃，來到東京。原本在車床工廠做事，可是廠裡的零件在他眼中全成了手槍，於是自然而然開始手工製槍。待完成四把單發手槍時，辰夫想要賣掉三把換錢來買子彈，卻在前往槍械店推銷時遭到逮捕。在觀護所、精神病院，以及輔育院待了三年。其間自江美子口中得知，雙親已經返回菲律賓。只有江美子前去探視。一方面由於江美子曾經規勸，而離開輔育院之後的辰夫自己也有所醒悟，決定要過正常的生活。只不過他仍然無法拋開手槍，於是打算去報考自衛官。來到公所索取報名表卻受到眾人嘲笑。連國中都沒畢業，又剛從輔育院出來，竟然想報考自衛官，還眞是讓人開了眼哪。辰夫與江美子一同來到東京一隅落腳。江美子先是在夜總會上班，但是一段時間後失去蹤影。向夜總會的同事打聽，才知道是去「藥島的Market」表演雜技。辰夫爲了找尋江美子而潛入藥島，在廢棄工廠手工造槍賣給黑道幫派賺錢。在這之間，與住在那工廠二樓，唱歌很好聽的男妓情投意合，並進而同居。那就是橋仔。沒錯，那就是橋仔喔。邊爲菊仔的臉頰上藥，辰夫邊說完了自己的身世。

菊仔臉頰上被鐵刺戳出的洞經過四天才癒合。辰夫的個性樂觀得要命，橋仔不在時，經常拉著菊仔說個沒完。從自己的身世、橋仔的近況、手槍的歷史與種類，一直說到附近住人的來歷等等。橋仔每夜稍晚便會化好妝前往「Market」，或清晨回來或是外宿翌日方歸。據辰夫的說法，是去接受「歌唱訓練」。白天，橋仔幾乎都在睡覺，傍晚太陽西下時起床，爲菊仔和辰夫做飯。藥島的人似乎是偷接外界的電來用。自菊仔來此住下後，橋仔每天做的都是蛋包飯。邊吃著蛋皮，菊仔邊與橋仔聊著在育幼院時的往事。菊仔已經明白，橋仔是在「Market」的路邊拉客當男妓。菊仔立刻想起那個喉頭長瘤的男人。把手探到自己大腿間的那個爵士喫茶店的男人。當時極其不快。實在不願去想像橋仔正在做那種事情。第四天晚上，橋仔開始化妝時，菊仔開口了。今天帶我一起去，我想去Market買點東西。

菊仔和橋仔離開廢棄工廠，要去找尋江美子的辰夫也同行。家戶的鐵皮屋頂相連的狹小巷弄，殘留的混凝土建築物都被塗上了鮮紅的油漆。小心別碰觸有紅油漆的牆壁或是地面啊，橋仔如此叮嚀。因爲那是遭受有毒物質汙染的區域，會讓人的臉上爛出洞。鐵皮屋簷下掛著類似裝飾聖誕樹用的小燈泡，聚了一堆昆蟲熱鬧得很。四處可見小塊空地。空地上必定曾有孩童駐足。踢空罐、和著音樂跳舞、放風箏、抓壁虎或蜥蜴、玩洋娃娃、點火燒狗屍，或是偷走廢棄車輛上的輪胎。路面的柏油幾乎全都被刨除。處處形成水窪，積水浮著白沫冒出一股酸臭味。巷子裡的紅土沾到了鞋子上。木造建築物已經全部毀壞。那些廢棄木材似乎都拆去搭建鐵皮頂的小屋了。有幾間商店——食品店、服飾店、酒鋪。巷子裡悶熱，汗水直流都不會乾。一間點著帶有昏暗顏色燈泡的屋子傳出女人的呻吟和慘叫聲。住在這條巷子裡的傢伙，橋仔說。全都是瘋子，如果他們過來搭訕，千萬別理會。

轉角處聚集了許多人，對著對面二樓的屋頂指指點點。一個眼睛黃濁的男人大喊，超人，超人。原來是有個嬰兒。二樓的屋頂上有個嬰兒在哭。好像隨時會從屋簷跌落。「飛啊！飛啊！」眼睛黃濁的男人大吼。「如果是日本男兒的話就快飛啊！」赤裸的嬰兒還不太會爬。幾個穿著襯衣看熱鬧的女人不時尖叫。「太陽都下山了，做日光浴也沒意義啊，可愛！你好可愛啊！」一個單穿黑色內衣的胖女人從那家的窗戶探出頭，「啊啊我的寶寶！」大叫之後，用支捕蟲網撈近嬰兒抱回去，罵了聲「有什麼好看的！」關上窗。媽的，好可惜，看到那嬰兒屁股上的胎記沒？那就是拯救這個世界的聖紋啊，那個嬰兒一定可以像粉紅象（喻吸毒或酒醉之後所見的幻象）一樣啪噠啪噠拍著耳朵飛上天！你不這麼覺得嗎？年輕人，你不這麼覺得嗎？眼睛黃濁的男人抓住菊仔的肩搖著。辰夫上前把人拉開。怎麼啦運動員，臉色這麼難看，別在意，他們都是神經病。菊仔很想衝上樓去揍那個穿黑色內衣的胖女人。同樣的，也很想宰了尋找橋仔時在新宿遇到的那對父子檔乞丐。並非因爲父母虐待子女而生氣，而是無法忍受將嬰兒和小孩視爲弱者並覺得理所當然。什麼都不會，就只會哭。就算被關禁閉也什麼都不懂只會號啕大哭任人擺佈。曾在電視上看過，長頸鹿寶寶出生後一個小時就會站會跑了。如果人類的嬰兒也有這種能耐的話多好，菊仔心裡想。那我就可以更早把那些傢伙全都痛揍一頓。

辰夫停下腳步轉身對菊仔擠眼，指著一間窗簾透出紫色燈光的屋子。喂運動員聲音放輕點，這時候那裡面一定正搞得火熱，怎麼樣？想不想看？說著搬來一個裝滿生魚頭魚骨的大鐵桶示意菊仔站上去。菊仔站在桶邊一躍而上，自窗簾縫隙朝內窺探。屋內有個佔據整面牆的巨大佛壇，浮現出紫色的謚號。起初以爲有一塊白色蒲團，仔細一看竟然是女人的屁股。鬆垮垮的，分不清哪兒是臀部，哪兒開始是大腿。肥肉縐褶相聚處隱約可見蒼白的男性生殖器。那話兒有菊仔手臂那麼粗不過軟趴趴的。女人自男人的身上下來弄了些洗臉台裡的冰含在口中，又過去抓住男人那有如氣球的性器，用擱著冰的舌頭舔了起來。女人露出閃亮的金牙，搖著軟趴趴的大老二。辰夫扯扯菊仔的褲管示意該換人了。菊仔盡量不發出聲音輕輕躍下鐵桶。怎麼樣？辰夫問。聽菊仔低聲說有個美女，辰夫連忙站上鐵桶往裡面瞧，隨即出聲大叫。喂——你這個騙子，什麼美女，明明就是頭豬！辰夫說著一腳踩空，插入生魚中，隨即連同鐵桶一起倒下。生魚頭散落一地，蒼蠅立刻群集而來。

等一下等一下等一下，什麼豬，你是在說我嗎？頭上包著圍巾身子裹著浴巾的女人自窗口探出頭來。探出頭來的女人點了根菸並伸手揮趕蒼蠅。小兄弟，你剛才說的豬是指我？別瞧不起人哪小兄弟，我以前可是個香港的電影明星哪，主演過四十八部片，我家男人是因爲針打太多那話兒才會軟趴趴的，不過還是很不得了吧？覺得很不得了吧！哪個敢罵什麼豬，我就宰了他！菊仔三人想逃，不料卻有另一個女人手持菜刀擋住去路。金魚缸是你們幾個弄翻的嗎？女人問。不知道嗎？弄翻了金魚缸金魚就會死掉啊，得掃乾淨才行。小兄弟小兄弟要不要我幫你那話兒打些矽膠啊，女人如此嚇唬辰夫，他報以羞赧的笑容。可是這招不管用。小混混，想笑笑就混過去啊，快過來讓我在你那話兒上打一針，女人甩著亂髮用刺耳的聲音大叫，我恨哪我恨哪我恨哪啊啊啊，接著哭了起來。附近的木造公寓有好幾人探出頭來。臭死啦，死魚臭死啦，什麼人把死魚弄翻啦。哭著的女人比手畫腳控訴著。我爲什麼要受這種侮辱呢，那個小混混竟然敢罵我這個女明星是豬啊。人家說的並沒有錯嘛，巷子裡一個探出頭的男人笑著嘟囔，光火的女人拿了個空瓶砸向那家窗戶。哇搞什麼啊，都已經熱到受不了了，男人踹掉破窗剩餘的玻璃摔了個粉碎衝下樓來到巷子。身穿運動背心與七分褲的男人肩膀肌肉發達幾乎看不出脖子，個頭有辰夫的三倍大。來到巷子後他脫掉背心在頭頂甩了幾圈後扔出。紅色角落，二百九十九磅（約一三六公斤），歐提加・齊藤，他自己邊如此大喊邊不斷跳躍。好臭好臭好臭，他嘀咕著一手拿起鐵桶，哪個最可惡？說著打量四周。女人哭著指向辰夫。就是那小子就是那小子是那小子弄死了金魚還罵我這個女明星是豬，罵我這個在香港電影「慕情之丘」中有激情演出的女明星是豬，會把你惹毛也全部全部全部都是那小子的錯。

沒脖子的職業拳手一把揪住辰夫的頭髮把他拎起來。你知道嗎？用力扯頭髮的話會按摩頭皮可以治療憂鬱症，他低聲這麼問。辰夫因爲疼痛與恐懼而沒有吭聲，對方隨即在他耳邊大喊，我問你按摩舒服不舒服，快回答！菊仔衝了過去打算由下方踹職業拳手的肚子。雖然用盡全力腳尖踢中職業拳手的肚子，對方卻文風不動。菊仔只覺腿發麻，緊接著就被一拳打飛。隨著一聲悶響跌落在巷口動也不動。你是菲律賓人吧，以前跟我組成亞洲雙拍檔的傢伙也是個賓仔，弱雞一隻，比賽前還朝自己的鳥蛋猛噴古龍水，眞是沒用的傢伙，鳥蛋也很臭，那扇窗玻璃前天我才剛換的咧。辰夫依然被他揪住頭髮拎著雙腳離地。竟敢偷看那位大姊的房間，就撕爛你的耳朵作爲懲罰吧，職業拳手說著捏住辰夫的耳朵用力扯。辰夫慘叫。窗玻璃我們會賠償，請你饒了他，橋仔連忙上前賠不是。喲原來是你這個人妖啊，既然是人妖應該會點才藝吧？用小菊花搓個紙捻來瞧瞧，秀一下你的才藝。辰夫大聲哀號。騰空的雙腳亂蹬非常痛苦，耳根開始流血。喂賓仔，你偷窺大姊房間看到了什麼，快說。辰夫淌著口水歪著臉大叫。我不知道你在說什麼。那個啦那個啦那個啦在做那個啦救命啊痛死我了饒命哪。用浴巾裹住身子的女人身旁站著一個怯生生的瘦子。大老二從內褲露出來，眼珠骨碌碌地四下打量。那個是什麼我可聽不懂，你那麼喜歡耳朵被撕爛啊，職業拳手捏著耳朵的手每次一用力，辰夫就雙腿亂蹬發出慘叫。看熱鬧的人越聚越多。辰夫耳朵流出的血開始滴落地面。辰夫流下眼淚痛得暈了過去，圍觀的人都笑翻了。橋仔抱住職業拳手的腿討饒。請放過他吧，我什麼都願意做，也會負責賠償，拜託放過他吧。職業拳手直盯著橋仔，這麼說：

「好呀，人妖，唱首歌來聽聽，好聽的話，我就放過這個賓仔。」

一陣如鳥鳴的嘹亮聲音令菊仔自積水處抬起頭來。似乎是右眼旁邊挨了一拳，視野霧濛濛的。聚集在巷子裡的人看來都爲之扭曲。傳到耳裡的鳥鳴逐漸轉化成旋律。這時才發現原來是橋仔在唱歌。就那麼跪在紅土地上唱著歌。很不可思議的聲音。音質像是發自非常小的揚聲器，再透過掉落在房間角落的電話筒傳出來的聲音。橋仔的歌聲一直籠罩著沒有流散。彷彿旋律是由極薄的膜所發出而那膜包住了耳朵似的。感覺柔弱的聲音貼附肌膚從毛孔侵入體內搖晃著記憶的線路。再怎麼甩都甩不掉。扭曲的視野失去了色彩，氣味與溫度都被隔絕，出現橋仔歌聲旋律所製造的幻覺。逐漸搞不清楚自己身在何處正在做什麼。周遭的空氣沉沉地纏住身體，感覺像是被拉向凝滯的海底。菊仔落入了自己駕著一匹烏黑的馬在黃昏的公園中疾馳的情景之中。並非眼前浮現出影像，而是被硬扯入一幅描繪有那情景的畫中。黑馬在橙色的逆光下飛快地在樹林間穿梭，馬嘶不知不覺間變成音爆，滑順光亮的毛化爲金屬，轉變成一輛在銀色窗玻璃山谷間行駛的摩托車。摩托車以猛烈的速度移動，映著那情景的視點也以相同的速度跟著，有如正在觀賞一部將攝影機用鋼絲吊在空中，以二百公里的時速滑行所拍攝的影片。菊仔開始感到不安。不明白這以驚人速度移動的究竟是什麼。是自己，是攝影機，是摩托車，抑或附近的大樓、行道樹還是窗燈呢？因爲不安，菊仔想要自這美麗的幻覺中逃出來。

正想大喊「給我停下來！」時，巷子裡傳來女人的哭聲，菊仔自摩托車的幻想中醒來。單穿黑色內衣的胖女人，手握軟趴趴的大老二正在哭泣。菊仔站起來朝橋仔走去。聚集在巷子裡的人彷彿都得了夢遊症。瞳孔放大，沒有焦點的眼睛望著遠方。因爲他們爲大腦仍然軟綿綿束縛在幼稚時期的記憶中。職業拳手放開辰夫，跪地抓胸邊發抖邊喃喃說著莫名其妙的話。媽妳不要擺那種臉嘛，表情好嚇人，眼睛都歪了，眼角的顏色也好可怕，我不會再胡鬧，所以請媽不要再擺出那種表情打貓了。菊仔來到繼續唱著歌的橋仔面前站定，說道：

「可以停了，橋仔。」

我每天，都會找那些臉上坑坑疤疤的男孩，或是恐懼到極點精液就會洩出來的性變態當練習對象，橋仔這麼說。我發現沒有什麼音色或者是旋律會令人感到不安，重點在於聽不見聲音的狀態，完全死寂的時間長短與力道強弱，你能理解嗎？沉默能夠撼動聽者久遠的記憶，西非的侏儒河馬求偶的叫聲，就是以無音的長度作爲基準，不論是精神病患、殘障，或是自認正常的人，都擁有個人的沉默，而我的歌，就只是刺激那沉默而已。「那首歌叫什麼名字？」辰夫問。是我原創的，橋仔回答。叫做「舞蹈症敘事曲」，舞蹈症患者聽了，會變得很平靜，一般人聽了好像會做可怕的夢。

「Market」入口，一個光頭外國人站在配線工程用的電纜線捲軸上傳教。揚聲器傳出讚美歌，開襟襯衫黑長褲配雨鞋，脖子上掛著一條絞刑用的繩子，頭戴朱槿花冠。以相當流利的日語對要進入「Market」的人喊話。只有「ㄇㄧ」的發音聽起來像是「ㄇㄝ」。看板上以大字寫著「快悔改吧」，還有「請到華妮塔教主寺院洗滌心靈」等小字。各位，請不要接近這個地方，用金錢來解決性慾，會讓各位覺得更孤獨，請仔細看一下，看看這市場，這些女人，這些母親姊妹阿姨大嬸，可能就有您的母親，各位，您要花錢買什麼呢，羞恥嗎？悲慘嗎？憂鬱的男妓會扭腰擺臀過來跟各位討根菸是吧，男妓很美，可是耶穌並不允許男扮女裝，天罰會降臨這個市場就像所多瑪那樣。

三人進入Market。Market是一條中途會潛入地下的四線車道。聽說收買了封鎖藥島的衛兵與外界相通。市場裡人多擁擠，可是幾乎聽不見談話聲。談話時都在對方耳邊低語以免其他人聽見。沿途有好幾家單單並排桌椅的路邊攤。客人一入座，娼婦或男妓就會默默送酒過來。有低酒精濃度的啤酒，以及黑色瓶裝的雪利酒。路上等著接客的男男女女擺出各種姿勢，但鮮少主動上前搭訕。娼婦的人數在道路潛入地下一帶急遽增加。一個女人倚靠在隧道壁上邊抽菸邊撩起裙子露出下身，安裝在頂上的黃色老舊日光燈管令那女人嵌在私處的銀環閃閃發光。燈光正下方吃著葡萄任人看的黑人女，自果串上挑選較大的顆粒摘下擱在舌上而後熟練地吐出果皮。綠色纖維閃閃發光的果實在濡濕的舌上滾動，暗示開至臀部的露背洋裝下光滑微酸的肌膚。一個少女在馬路中央跳舞，穿著芭蕾舞鞋纏著白色緞帶大腿上刺著一艘水翼船，蛇皮項圈上繫著鎖鏈。一對屁股畫上人體彩繪的雙胞胎將點火的蠟燭夾在股溝搖晃著火焰。

隧道兩側有藥局，販賣的全是精神安定劑。不管是娼婦還是恩客，都很喜歡用不會上癮的精神安定劑。這種名爲尼特羅的興奮中和劑，在維持市場秩序上發揮了作用。平和的低聲細語，和緩而平順的動作，消除焦躁與憤怒，不需顧慮會傷害對方也不須寒暄。因此潛入地下的道路上只聽得到低語、嘆息，以及清喉嚨的乾咳，氣氛就如同進入樂章間休止的交響樂演奏會場。安靜的耳鳴籠罩著整個區域。就好像將狂歡節的遊行隊伍、化裝舞會、馬戲表演，還有芭蕾舞消音。況且這不單只是消除音量，而是一場只聽得到某種音效的化裝舞會，衣物摩擦聲與赤腳走在水泥地上的聲音，口中舌頭舔舐齒縫的聲音、嘆息、肌膚相觸的聲音，清澈的酒滑過玻璃杯內側、以及羽飾在微風中的振動。初次造訪的人一定都會說，好像踏入了死後的世界。

凌晨零點，辰夫三人來到路邊攤的一區坐下。辰夫被扯爛的耳朵擦了曼秀雷敦軟膏，直喊痛。要是細菌跑進去會化膿的，如果爛到腦子你會口歪眼斜，年紀輕輕就口歪眼斜的話你就沒法把妹啦，如果找到江美子，她也會討厭你，要是一邊耳朵爛掉，你要怎麼欣賞立體聲的廣播呢，這跟腳趾斷掉可不一樣，畢竟耳朵距離腦子比較近啊。

潛入地下的道路前行約一百公尺處與另外一條路相交，不時有車輛自這十字路口通過。這些車絕不會停下。駛過時只會將速度放至極慢而已。一有車出現，眾娼婦就會往該方向移動。車中人一伸手，被指定的男或女就會立刻上車，此外，也有人完事後被送回，甫下車便開始尋找下一個客人。辰夫仔細觀察一個剛下車的娼婦。啊，果然是江美子，他喃喃說道。江美子朝車內送了個飛吻朝後翻了四個觔斗來到辰夫後面的桌子。好像有個抽菸斗的鬍鬚客叫她。媽的那丫頭果然在賣啊，這可怎麼辦才好，要是耳朵沒事霰彈槍又在我手上的話還可以憑武力把人帶走，辰夫遮著臉以免被江美子瞧見，嘴裡嘀咕著。菊仔等人這桌也可以聽見鬍鬚客與江美子的談話。是呀，說到最近最流行的玩法，應該要算是懸絲木偶了吧，利用膠囊將外科手術用線吞下肚，到胃腸時線會陸續放出來，然後再來個空氣灌腸就會從下面出來，我想大概準備七公尺的線就綽綽有餘了吧，從肛門出來的線再繫個軟木塞三角錐，有個受過肛門訓練的法國妹竟然拴了顆網球，只要從嘴巴拉動那條線，難以忍受的直腸刺激會讓人蹦蹦跳喔。辰夫一副就要哭出來的模樣。媽的，怎麼變得這麼糟啊，以前她可是個連打嗝放屁都不會的女孩子，你們都聽到了吧，屁股垂著一條線跳舞哪，辰夫說著站起來。就算用強的我也要把她帶走回去過正常的生活。我要存錢，兩人一起回塞班島。辰夫走向江美子。一見辰夫，江美子就想跑。辰夫一把抓住她的手腕。兩人用菲律賓話（Tagalog）談了些什麼。辰夫突然打了江美子一個耳光。江美子立刻回了一巴掌。江美子的手掌打中辰夫受傷的左耳，慘叫的聲音之大聲令Market裡的人都轉過頭來。辰夫捂著耳朵在地上打滾。江美子走向菊仔。你是辰夫的朋友？是啊，菊仔回答。我為了跟辰夫一起回菲律賓正在存錢，他向我保證不再造槍我才願意帶他回去，所以，有件事想麻煩你，我想處理掉辰夫手邊現有的槍，可以幫忙找個地方丟掉嗎？交給我保管好了，菊仔思考片刻之後這麼說。知道代代木公園吧？從公園的西門進去可以看到一個田徑場的入口，能不能幫忙埋到從入口數去右邊第三張長椅的下面？子彈也一起拜託了。

橋仔一臉納悶看著菊仔。菊仔，你要槍做什麼？菊仔笑著道：「說不定哪天會用到嘛。」

送辰夫與江美子到地下道的中途，菊仔走進一家藥局詢問，是否有售蓋巴尼亞基得。長得一張鼠臉的年輕男子搖搖手。三年前就都沒啦，他低聲說。就算還有庫存也沒人要啦，現在會賣的只有尼特羅而已，難以置信吧？需要興奮劑的人越來越少，大家都想安安靜靜睡覺。藥局裡除了堆到天花板高的尼特羅之外，地上還擺著一些民族服裝和樂器、飾品，以及吸菸器具等等。牆上掛著照片。加了框的植物照片。見菊仔直盯著看，鼠臉男便問他是否感興趣。菊仔看的是一張紅色喇叭狀的花自枝頭垂下的照片。上面寫著：Datura sanguinea。那張照片上的是紅花曼陀羅（borrachero），鼠臉男低聲說道。隔壁是帛琉的檳榔子，最旁邊的是斐濟的卡瓦胡椒、幾內亞的可樂果、佩奧特仙人掌（peyote）、祕魯的古柯葉，還有柯拉豆，全都是很棒的藥，只不過這裡都沒有。菊仔試著向鼠臉男打聽，達秋拉是否還有其他意思。男人點點頭，從藥架取下一份舊小冊子，交給菊仔。普林斯頓大學腦神經外科教授會月報，一九八八年，七月號。拿去看看，裡面有我的日文翻譯，送給你。菊仔讀將起來。

「超興奮劑達秋拉」，十八世紀初，駐紮在印度阿薩姆地區的英國陸軍宿舍遭到一頭老虎攻擊。不只是老虎，猛獸通常都有所謂的攻擊距離，也就是具有當敵人接近到一定距離之內時便會展開攻擊的習性。但只要開槍多半便可驅離。可是這頭老虎出現時獠牙已經染血並立刻朝措手不及的衛兵撲去，在遭到擊斃之前一共咬斷了二十八名士兵的喉嚨。彷彿在要求人類快點殺了牠。之後經解剖發現，這頭老虎罹患了傳染性骨髓壞死症。體內的骨骼不斷腐爛。恐怕只是稍微動一下前腳，便會感覺到難以想像的劇痛。老虎絕不會自殺。由此可以斷定，咬斷人類喉嚨只是目的，爲的是維持活下去的意志。在遭到擊斃之前，藉由不斷殺死敵人，老虎才得以維持生存的意志。據此我敢說，我的同事，傑出的腦部化學家舒貝爾珍白克博士，其所研究分析的神經武器「達秋拉」，是一種會令服食者產生與骨髓壞死的老虎相同心理狀態的，可怕的超興奮劑。雖然成分不明，但是可以確定內含吲哚核。造成精神異常表現的主要原因咸信是血清張力素的代謝異常，只消極少的量便會產生作用。已達酵素學的標準。藥效是LSD-25的數十倍，若與梅斯卡林（Mescaline，三甲氧苯乙胺）相較強度甚至可達百萬倍。「達秋拉」的人體實驗是由海軍化學武器研究中心主導祕密進行，以部隊中的囚犯做實驗。現在殘留的報告只剩十三例。曾有生化學者指出，「達秋拉」會將抑制型的傳導物質全數消滅（米雷，一九八五）。服食「達秋拉」者，會遠比地球上曾經存在的任何惡棍還要凶殘，變成無法恢復正常的狂人。精神異常者之所以犯罪幾乎都是因爲無法承受誇大妄想的恐懼，企圖躲避而導致，而就達秋拉的使用者來說，這些暴力舉動則是身處恍惚狀態當中他唯一能夠介入現實世界展現意志的表現。這種恍惚感並非鴉片所帶來的「既死的至福（H・D・古伊德）」，而是一種爆發式的亢奮。換言之，與分裂症或重度躁症等患者身上所見那種「現實失落的報復」截然不同。服食「達秋拉」後首先會出現記憶完全喪失的現象，而後便會陷入無法想像的恍惚之中。有學者認爲這與末期躁症患者類似（特魯涅，一九八六，索邦），但比較正確的說法應該是一種具有人類形體的新生物誕生了。服食者會在極度強烈的快感中展開破壞行動。人體實驗報告顯示，案例均會瞳孔放大，口吐綠色泡沫，肌肉變得「有如鋼鐵般」強硬。實驗體中曾經出現試圖壓破革製足球的例子。服食者會將映入眼中的一切都加以破壞，並不斷殺害生物。這種行爲，至死方休。制止的唯一方法，就是殺了他們。各國於一九八七年簽訂科隆協定，同意要讓達秋拉自地球上消失。但事實上，所有固態、液態及氣態總計達三公噸的達秋拉完成品並未被銷毀，只是封存起來而已。絕大部分的達秋拉被沉入海底。一九七八年，「達秋拉」因南美蓋亞那所發生的人民寺院集體自戕事件而浮上檯面，受到各方關注。至於人民寺院事件，請參見教授會月報五月號。

凌晨一點，一輛黑色勞斯萊斯緩緩駛入市場。地下道內沒有陰影或暗處。因爲照明的緣故。埋設在牆壁與頂上的老舊日光燈管經過混凝土反射才照在人們身上。塡滿Market內的光全都是餘波。彷彿有無數具有發光細胞的軟體動物降臨貼附在人們的皮膚上，也像是以黃綠色素讓整個洞窟發亮浮現的光藻。光的餘波如同極細的粒子飄浮著。因此人物的輪廓變得模糊，在地下道中沒有遠近感。在漆黑的大海漂流的漁夫發現港口燈火時會湧現勇氣。在這地下道中卻相反。身上貼著微弱光亮的男男女女，想要找出一絲黑暗往裡面躲。朝漆黑勞斯萊斯聚集的娼婦，祈求能夠消失進入那金屬之夜。被銀色保險桿護著的車身是一處移動的黑暗。如同昆蟲朝能夠讓自己變得顯眼的火焰或燈光聚集一般，賣春婦、男妓，與乞丐們身處微光下又累又睏，緩緩往吐出黑暗的勞斯萊斯接近。盛裝的男人、暴露的女人擱下化妝停止舞蹈，被吸引過去。勞斯萊斯的墨綠色車窗令外面看不到裡面的人。只有上前推銷乾燥花的女乞丐的臉歪歪斜斜地映在玻璃上。

菊仔對橋仔說明「達秋拉」的事。是賈賽爾告訴我的，不覺得這種藥很屌嗎？橋仔，我可是興奮得很哪，可以把這座城市化爲廢墟啦，可以把這嘈雜的城市變成以前的遊戲場地。橋仔直盯著勞斯萊斯，沒聽見菊仔說了些什麼。橋仔，聽我說嘛，我們可以像以前一樣在這廣大的城市裡玩耍，去看野狗，去無人的電影院和舞廳探險，你，喜歡這令人不耐的城市嗎？

勞斯萊斯的車窗打開了。一個女乞丐上前將乾燥花塞進窗內，但隨即慘叫把頭縮回來。車內的人好像用打火機還是什麼東西燒了她的頭髮。周圍男妓的笑聲、頭髮嗤嗤燃燒的聲音以及氣味傳到了菊仔和橋仔這邊。

「我喜歡這個城市，菊仔，我喜歡化妝，喜歡熱鬧喜歡唱歌，我是同性戀啊，菊仔你處處都很強，不是嗎？這讓我很羨慕，跟你不一樣，我是個沒用的愛哭鬼，還記得吧，小學最後一次運動會我不是只在一旁觀摩沒有下場嗎？不是常一個人待在教室裡嗎？我那是裝病，因爲我很討厭跑不好而被大家嘲笑，一直都是那樣，就會裝病，就只會逃避，可是菊仔你很帥，會撐竿跳，很帥，待在你身邊會令我很難過，我覺得自己不配。」

從勞斯萊斯下來一個男人。白西裝配紅領結。一個個子高得嚇人的白種女人摟著那男人。男人把白種女人的雙手抬高嗅著她腋下的氣味。男人臉部的高度只到白種女人的腋下而已。「菊仔，我是同性戀啊，是不是覺得很慘？可是，眞的沒有辦法。」

從勞斯萊斯下來的男人舉止顯得慵懶。雙手深入女人裙內用力往上捏。白種女人把臉湊向男人。男人從裙內抽出一隻手撬開女人的嘴拉出她的舌頭。女人的舌頭鮮紅，長而且前端尖。女人舔著男人的指縫。舌頭比手指還要長。紅領結男在無音樂的情況下拉著女人跳了一下舞，朝橋仔的方向看著。揮了揮手。

那是我的贊助者，橋仔說。大家都說他是D，都稱他Mr.D，非常有錢喔，D是導演的D，可是他自己卻說是德古拉的D，我啊，第一次就是賣給了他，當時我還沒有作女裝打扮，到了東京後我就決定要來這裡，可是有鐵刺網圍著，我不曉得有密道，又沒有錢，於是去清潔公司打工，穿著藍色制服去收垃圾，有一次白天在鬧區將垃圾搬上車時遇到一個人妖便向他打聽潛入Market的密道，他告訴我要從地下鐵車站進去，於是我穿著清潔公司的藍色制服就直接來到這個地下道，那個人，Mr.D，打開車窗看到我，我馬上知道他想要我的身體，對我有意思的男人必定會用羞澀的眼神看我，喂，那個清掃局的年輕人，過來一下，司機這麼對我說。排開個子非常高大的香水、脂粉與假髮氣味前進。男人先是笑了笑。這舞台裝可眞特別啊，司機和其他乞丐也都笑了。而後帶著去飯店。簡直就像是新幹線車站一樣的飯店。

橋仔吃的是中國菜。餐廳位於飯店頂樓。不論天花板、牆壁，或是窗外的夜景都閃閃發光。橋仔吃了熊掌、炸田雞，還有糖醋肉。肥豬肉切成三公分大小，因太過美味而連吃了八塊。由於加了醋，完全沒有腥味。可是半小時後開始覺得噁心。這是因爲空腹的情況下塞了太多不適應的食物。再加上緊張，不知如何是好的橋仔直接嘔吐在地上。因爲他不知要去洗手間吐。橋仔已有挨罵的心理準備，可是反而受到讚美。眞優雅啊，好像羅馬貴族，Mr.D笑著說。

奶油色的床單泛著光澤。你現在做什麼工作？衣衫盡褪之後Mr.D問橋仔。哦，收垃圾啊，你喜歡收垃圾嗎？橋仔邊舔著D的肚臍邊回答，是不喜歡，可是慢慢也習慣了。絲質床單發出聲音。每當橋仔覺得難爲情挪動細瘦的腿便會發出沙沙的聲響。那麼，你最喜歡做什麼呢？享受著那聲音的Mr.D接著這麼問。最喜歡唱歌，橋仔毫不遲疑地說。Mr.D非常高興。現在就唱首歌來聽聽吧，他說。橋仔害羞唱不出來。D不斷撫摸橋仔的臉並誇他生得俊俏。你一定長得像媽媽，你媽想必是個美女吧，據說男孩子都會比較像母親。橋仔不由自主說出了一切。關於寄物櫃、九重葛、育幼院、廢礦島的事情。全都說了。去上電視吧，D如此建議橋仔。你一定能夠博得大家的同情，搞不好會紅喔。

D射精後，橋仔準備回去。D一把抓住他的手臂推倒在地。化個妝試試，你化了妝一定很美，D說著用剃刀抵住他的臉，剃掉了眉毛。對著鏡子看到自己沒有眉毛的臉，起初的感覺是難過。覺得鏡子裡的是另一個人。那人用充滿欲求的眼神看著橋仔，就如同那些想要碰觸橋仔身體的男人一樣。搽來我看看，D說著從口袋掏出一條口紅。橋仔拒絕，卻被D抓著臉塗成了紅唇。口紅也抹到了橋仔的牙齒。脂粉味令他想吐，可是看到鏡中塗成了紅唇的自己，卻產生了一種不可思議的感覺。眉毛被剃除時看起來像另一個人，但搽上口紅之後臉卻顯得很自然。不禁覺得彷彿自己出生之後就一直是這個樣子，甚至覺得這才是自己眞正的臉。一股奇妙的力量湧現。就如同酒醉時一樣，覺得什麼事情都辦得到。

噯，我想唱首歌試試，橋仔說。告訴我你想要什麼樣的心情，我可以配合人的情緒、身體狀況來改變唱法。我想要變得不安，然後是焦躁，最後再讓我的胸口都揪在一起，Mr.D說。橋仔先以正確的方式哼了理查・史特勞斯〈莎樂美〉的間奏主調，再用將卡帶倒轉的旋律演唱〈午夜時分〉（RounD MiDnight）。最後唱的是〈現世之花〉。Mr.D臉色一變，大感訝異。你眞是個天才，自己知道嗎？你是個天才呀。

「我就快發片了，我將成爲歌手，菊仔，我的夢想就要實現啦。」從勞斯萊斯下來的Mr.D站在橋仔與菊仔的背後。看不出是老還是年輕。額頭已禿但是肌膚光滑沒有皺紋。細眼睛厚嘴唇。玳瑁框太陽眼鏡，汗濕了的絲質襯衫，沾有女人唾液的紅領結，短手指短指甲，貓眼石戒指，口中散發出薄荷味，他托起橋仔的下巴，湊過去吸了一下唇。兩人就像是父子。看起來極其自然就像是在生日還是什麼的派對上道賀一般。那位是你的朋友，還不快點介紹給我認識，感覺好像D先生就要對橋仔這麼說，令菊仔脊背發涼。覺得自己被甩了。菊仔強烈嫉妒橋仔，還有D先生。嫉妒D讓改頭換面的橋仔依賴，嫉妒橋仔得到一位像可靠父親一樣的成年人。他對自己這樣思考感到極度憤怒。Mr.D終於放開橋仔的唇。去吃飯吧，聽說來了不錯的鴨肉，用葡萄乾和小黃瓜拌來吃，走吧，好吃得很哪。橋仔看著菊仔。我有朋友來，就是一直跟我在一起的菊仔，以前跟你說過。Mr.D點點頭。哦，我記得，就是跟你有同樣遭遇的人對吧？說是以前幫助過你，一起去吧，你朋友也一起去吃鴨吧。橋仔道謝之後對菊仔微笑。菊仔瞪著Mr.D，一臉隨時要撲上去的表情。菊仔自椅子起身。喜歡吃鴨肉嗎？如果不喜歡的話，改吃壽司也沒關係。

「誰要吃那種東西啊！」菊仔發狂般大吼。橋仔還是第一次聽到這種聲音，好像快哭出來的聲音。菊仔雙手撐在桌上喘著氣，試著平靜下來。橋仔，我要回去了，你想做什麼是你的自由，就只有一點，別跟變態講我的事情。菊仔說完就要離去，可是D抓住了他的肩膀。

「慢著，別急著走，你說什麼變態，是指我啊？」

「放手！」

「橋仔講話都不會忘了你，如果你要拒絕的話，就該小心選擇用語才對，這樣未免太失禮了吧。」

菊仔揮開Mr.D的手。

「少來這一套，別碰我，如果以爲每個人都喜歡被你碰，就大錯特錯了。」

「你好像很喜歡擺架子嘛，這樣不是讓橋仔爲難嗎？我可一點也不喜歡碰你，講話也要看一下地點，你大概不知道這裡是什麼樣的地方吧，這裡可是個男男女女賣身的神聖場所，就連我都非常注重禮節，你最好別再擺架子，我可不喜歡看到有人在這裡擺架子，要擺架子的話就去飯店大廳或者你家的大理石玄關那些地方吧，這裡的人是自己喜歡來賣的，而我也是喜歡就能買，對乞丐不能太好，如果對乞丐太好，會讓年輕人失去上進心，明白嗎？勸你還是給我老實點，態度會決定別人怎麼對待你，這還是頭一遭有個不知好歹的小鬼在我面前擺架子，如果連撅起屁股賣菊花的傢伙都對我大小聲可就傷腦筋了，你那副邋遢樣最好還是講話規矩一點，臭小子。」

菊仔一把抄起桌上的雪利酒瓶往上揮。D大驚後退。D的司機抓住菊仔的手腕反扭。白手套握住菊仔的手腕不懷好意地笑著。給我扭斷他的手、扭斷他的手，讓他痛到哭出來，D大喊。這些傢伙在我們還是嬰兒的時候就已經存在並以操控只會哭的我們爲樂，菊仔心裡這麼想。就是這些傢伙把我們關起來的，橋仔，你聽我說，這些傢伙只是要手段要把你弄哭而已。橋仔向Mr.D賠不是。我的朋友只是不善言詞而已，並不是有意冒犯，還請見諒。我知道我知道，D說著撫摸橋仔的臉頰。不過橋仔，這話也是對你說的，你們被寵壞了，沒餓過肚子嘛，哪？臭小子，只不過被丟棄在寄物櫃而已有什麼好說嘴的，那樣的孩子全世界不知道有幾十萬，更何況你還有保育員和養父母照顧。菊仔一腳往後踢，腳跟踢中司機的脛骨。司機放開了菊仔的手腕。菊仔揮拳要揍D，橋仔擋在前面護著D。菊仔，你住手，這個人對我非常重要。能言善道可真是佔便宜啊，菊仔心裡想。你被騙啦，菊仔看著橋仔的眼睛想要這麼說。可是橋仔的眼神卻是他從沒見過的。菊仔這才明白，橋仔眞的變了。好好練撐竿跳啊，橋仔一手搭上菊仔的肩這麼說。菊仔，你還是回島上去比較好。菊仔全身虛脫，差點雙膝一軟跪倒在地。這樣下去自己搞不好會哭出來，他心裡想。於是趕緊握拳往上揮。可是不知道該揍誰才好。只是覺得若是不揮拳的話很可能會哭出來。拳頭揮向了Mr.D。由於動作太遲鈍，還沒打到人，肚子就挨了司機一腿。菊仔倒地臉趴在水泥路面上。橋仔立刻衝上前問，還好嗎？菊仔沒有出聲，只是點了點頭。

10

探照燈的光怎麼這麼弱啊，秋牡丹看著什麼也沒拍到的拍立得相片喃喃自語。自那一夜以來，菊仔數度出現在她夢裡，可是醒來之後卻連長相都想不起來。腦海中浮現的影像只有一半，到頭髮與額頭爲止，下來到眼睛、鼻子就變得模糊，在失焦的情況下塡上了普通男性友人或是在雜誌、電視上看到的名人臉孔。菊仔的臉仍藏在記憶最深處，只是無法形成完整的畫面。這種事情很常見。雖然只能憶起菊仔臉孔的象徵符號，秋牡丹卻很滿足。爲什麼會如此在意那個男孩呢？她思索著。出現在夢裡的菊仔必定會躍向天空。並不是像超人那樣伸出雙手水平飛行，而是使用一根有彈性的竿子跳得比大樓還要高。菊仔的符號在腦海深處訴說著什麼。以那一夜自衛兵眼前逃走躲在樹叢後面時的低語聲調，菊仔唸著台詞。我這樣飛上天空俯視著你們，就如同飛過亞馬遜沼澤的蝴蝶，諸如此類的台詞。夢見菊仔的那天早上心情非常好。

下午，秋牡丹去醫院探望一位女性朋友。一個叫佐知子的模特兒同伴。長直髮飄呀飄的很受外國人喜歡。她會邀秋牡丹一起吃飯或是去海邊，相當照顧她。秋牡丹妳很會自我調適嘛，大眼睛的姑娘都這樣，往後眼界一定會更寬廣的。佐知子嫁給了外國人。一個義大利外交官。其後來過兩三封信，講了些諸如例行公事一板一眼的可眞累人之類的事情。這是大約兩年前的事。可是最近才知道，她已經離婚歸國並因胸部疾患而住院。在醫院附近的蛋糕店買了糖栗子（Marron glac）。白色病房裡的佐知子比起以前胖了些。

「我還是那個時候最美了，秋牡丹妳說是不是？」

「哪個時候？」

「就是我們大清早吃壽司的時候呀，脫光衣服打撞球，穿著晚禮服跳進游泳池，就是那個時候。」

「現在也很美呀。」

「那時候美多啦，雖然為時已晚，可是我終於明白，靠造型和化妝來美化是多麼愚蠢的一件事，我因為不懂這一點越來越討厭自己，在焦躁不安的情況下跟別的男人上床，想要用那種無法抵擋歲月的美貌來換取夢想真的是沒有辦法，能夠用來實現夢想的就只有血、汗和淚水而已，妳覺得呢？」

「我不太懂。」

「也是啦，妳還太年輕了。」

「我只有晚上會做夢。」

「我知道，都會有那段時期的，可是秋牡丹，我看到像妳這樣的年輕人都會感到著急，雖然我做的盡是些蠢事把身體都搞壞了，可是我跑過許多國家談過各式各樣的戀愛，追求刺激雖然也把自己弄得疲憊不堪，可是妳呢，從不把自己的感情表露出來，讓人搞不懂妳到底在想些什麼，每天只要過得快樂就好，這種日子妳難道不喜歡嗎？」

「就算不快樂我也無所謂啊，佐知子，妳曾經懷孕嗎？」

「有啊，還有小孩呢。」

「懷孕是怎樣一種感覺？常聽人說會想吐。」

「不只是會想吐而已，其實那是很自然的事情，因爲我們是哺乳類嘛。」

「我啊，不管是做什麼事情，經常會有身體裡的血液都被抽走的感覺，抽走的血都咻咻下降到腹部積成一個像是血袋的東西，就跟肝臟或是其他袋子一樣，這大概就跟小寶寶不斷長大是一樣的吧，我覺得那個袋子有朝一日會破掉，到時候我就會明白各種事情了。」

「嗯哼，我懂妳的意思，不過這是不可能的，因爲腹部充血這種感覺純粹只是錯覺，是自己明明欲求不滿卻不做任何努力的一種錯覺，我認爲那是一種藉口。」

「錯覺？就算是錯覺也好。」

是的，就算是錯覺也好，秋牡丹心裡想。病房密閉的窗戶外面正頂著八月底的豔陽。夏日將盡。秋牡丹的第十八度夏季即將結束。佐知子一定不知道我所等待的是什麼東西吧，以前不是常聽佐知子說各種派對、男人，以及珠寶的事情，還有爲了裝在玻璃箱中的銀狐大衣，再怎麼辛苦的節食與夜間外景工作都得忍耐的事情嗎？不是還說我出生時就已經擁有銀狐大衣，所以不知道事物的價值嗎？由於是結核病房，設有雙層的窗戶。外面馬路上的行人影子拉得很長。夏末的斜陽爲細長的大樓做出影子。病房就位在這大影子中。佐知子，妳被囚禁起來啦。並不是因爲現在生病，而是從你出生以來就一直如此，只是妳沒發覺，秋牡丹突然想起菊仔的臉。連細節都可以在腦袋裡完整描繪出來。遠處可見十三座塔。太陽將沉入塔的縫隙間。菊仔曾說他喜歡那些高得嚇人的大樓，我也喜歡。

天王星裡的格列佛有時會暴怒發狂。每個月會有一次，橫衝直撞而且不吃東西，不斷用大尾巴揮打厚水泥牆，即使尾巴受傷流血也不停止，巨大的聲響令整棟公寓都爲之震動，自牙縫吹著泡並發出低吼，發作的情形會持續一整夜，而後格列佛會顯得一臉悲傷，那是因爲格列佛體內熱帶的血液對這僞造的環境產生排斥反應，有朝一日格列佛終將不再發作，而且這件事情並沒有那麼遙遠，東京將會變成一個巨大的沼澤，我和菊仔之所以會喜歡建在新宿的高塔，是因爲我們知道沉入沼澤之後的東京只有那群大樓會留下成爲陸地，佐知子，妳以前常說，如果老待在同一個地方無所事事的話就會覺得非常不安，也曾跟我說過，全世界幾萬個城市都有專屬於那個城市的夕陽，只是爲了欣賞那夕陽就有前去一遊的價值，亞馬遜河口巨大淡水魚的鱗片閃閃發光的故事，在葡萄牙偏遠的鄉間聽了四個小時吉普賽人演唱命運之歌（fado）的故事，無聊，這種旅行與戀愛就和格列佛的發作一樣，只是揮打水泥牆而已，不管再怎樣發作釋放能量獲得滿足，都會離熱帶越來越遠。

「我說秋牡丹，難道妳沒有慾望嗎？是因爲生長在有如超級市場的環境，所以不知道還想要什麼還想吃什麼吧，是不是不好意思大聲喊出自己想要什麼東西呢？」

「我也不知道，可是我在等待。」

「等待什麼？妳說在等待，但光是等待並不會有所得呀，妳所說的等待只是一種藉口，是錯覺，就好像在極度乾燥的沙漠中迷路的人，把沙誤認是水吞下肚一樣。」

沒錯，是錯覺，我所見到的是海市蜃樓，我自己也清楚得很，不過我已經膩了，喝膩了水，膩到覺得無趣而想死，就算吞沙會弄破喉嚨噴出血來也比喝不新鮮的水好，呼吸著無聊的空氣而越來越想吐，我無聊的時間覆蓋著地表受太陽烘烤，佐知子妳只是爲了中和那吐意，就跟老人假日去垂釣一樣，在不自知的情形下喜孜孜地聽著那無聊的歌而已啊，我的嘔吐感則藉由日曬化作上升氣流形成厚重的雲層，而雲層終將降下大滴的雨珠，直到妳的肺整個爛掉都不會停，道路被淋濕、龜裂，水窪匯聚成小河在高樓大廈間流動，水位日益增高，令人窒息的濕度應該可以讓紅樹林植物在混凝土裂隙發芽吧，行道樹倒下浸水腐爛成爲從未見過的毒蟲的窩，蟲子不斷產卵，卵裡又爬出幼蟲，酒精與精液中毒的妳的噩夢將成爲現實，妳早已腐爛，那些蟲子將以妳的食物與身體作爲養分成長，佐知子妳的病房將成爲長成之後的蟲子、蝴蝶，以及爬蟲的棲身之所，可是我期待的是更之後會發生的事，當大雨告一段落，膨脹數十倍的太陽再次露臉的時候，我會與格列佛一起在那高塔屋頂生活，周圍是沼澤、鮮豔花朵、熱帶樹木、冒出的汗水，以及罹患熱病的人，除此之外我別無所求。

「秋牡丹，妳變了。」佐知子說著塞了顆栗子到嘴裡，臉頰鼓起來。栗子屑散落在胸口。「我覺得妳變了，可能妳自己並沒有感覺。」

秋牡丹離開醫院。轉眼間襯衫便貼在背上。

秋牡丹回到住處驚喜大叫。因爲菊仔正倚在門口等她。菊仔用有氣無力的聲音說：

「我來看鱷魚了。」

Mr.D經營的唱片公司決定推出橋仔成爲發片歌手。宣傳的核心策略是橋仔的成長經歷。紀錄片式的電視節目也開始祕密錄製——「降生投幣寄物櫃」、育幼院、廢礦島、Market的男妓生活……確定於聖誕夜播出，這個節目最大的賣點是和拋棄橋仔的母親會面。Mr.D業已委請專家去尋找那個女人。而這一切都瞞著橋仔。

橋仔回到藥島的廢棄工廠整理最後的行李。他已經搬去D特地準備的公寓。菊仔和辰夫都不在房裡。橋仔將塞在紙箱中拉拉雜雜的物品擺放在榻榻米上。咖啡杯、菸灰缸、紙團、壞掉的打火機、空可樂瓶、鏽湯匙、指甲油瓶、用過的舊口紅、髮夾、蘋果籽、鞋帶和橡皮筋，想起自己以前經常這樣玩。在育幼院的寢室佔領一大塊地板扮家家酒。打算建造一個縮尺景觀。目標是打造出整個市鎮的模型，這他還記得很清楚。擺設過程中身體會越來越熱。等一下，橋仔心裡想。已經想不起來哪個東西象徵著什麼了，依稀記得的，就只有線軸和錐子而已，線軸是消防署，錐子則是軍隊的大砲。橋仔望著手中的空可樂瓶。我的腦袋好像已經不再是軟趴趴的了，橋仔這麼覺得。空瓶就只是不具其他意義的空瓶，形狀在腦海中融化轉變成另外某種巨大物體的象徵這種事情不會再出現，我已經脫離這種遊戲了，才這麼想，中斷的古老記憶突然甦醒。想起空可樂瓶是水塔。湯匙，對了，湯匙應該是小飛機的跑道，髮夾是持槍的士兵，橡皮筋是卡車，圓盤是棒球場，水果種子是汽船。面對這些令人懷念的破爛玩意兒逐一審視的橋仔，視線停在房間角落的一項物品上。起初他也搞不清楚先前忽略的這個玩意究竟代表什麼。橋仔爲了將這些拉拉雜雜的東西化爲建築物的象徵在腦中融化這些雜物的時候，把這物品拿來代表那些還不知道將來會變什麼的過程。那個物品彷彿把變化過程本身直接凝結成爲一個造形，讓橋仔覺得很不舒服。於是他一把抓起該物衝出房間。

有個孕婦在昏暗的走廊剪指甲。透過襯衣可以看到腹部隆起的皮膚在抽動。「下雨了喔，要不要借你一把傘？」看到橋仔，她打了聲招呼。孕婦身上散發出爽身粉的氣味。「不用了。」橋仔說著撫摸女人多肉的脖子。「會癢啦小混蛋。」孕婦的笑聲像個小孩。孕婦瞥見了橋仔的左手。橋仔緊緊握著一個白色物體。「咦，那是什麼石頭啊？」女人問。不是石頭哦，橋仔邊下樓梯邊說。不是石頭，是人骨。

11

菊仔看著鱷魚咬碎雞頭血自齒縫流出。「天王星」裡的溫度常保在攝氏二十五度。分裝在八處的加濕器源源不絕噴出蒸汽。房間大小約十坪，有一半是水池，池面漂浮著從沒見過的水藻。粉狀的水藻，生於葉緣的透明纖毛會反射光線。渾濁的綠色液體好像沸騰了一樣。每當鱷魚一動產生水波，那部分的水藻就會發亮。池底是軟泥，其下則是厚壓克力板。壓克力板上有無數規則排列的小孔，由管子連接到過濾設備。池邊種了橡膠樹、九重葛，以及水筆仔各三棵，而且是種在粗粒土壤中而非花盆裡。純白的水泥牆上有拙劣的壁畫，繪有太陽、鳥、豹，以及原住民。天花板上安裝了二十盞紅外線燈，令人目眩。

「電費很嚇人吧。」

聽菊仔這麼說，秋牡丹領著他去看佔據了一間房的供電設備。

「我一直在等你來，幫我想想，我想養鳥，你說養什麼鳥比較好？」

「大型鸚鵡那一類的很漂亮，不過還是養會幫鱷魚清潔牙齒的鳥比較好吧？動物的影片裡經常可以看到的那種，鱷魚可能也比較喜歡吧，從影片上看來，好像也挺享受的樣子。」

「我每個禮拜會用螺絲起子幫格列佛剔一次牙，那可是我們之間唯一的溝通機會，如果這個工作都由鳥來代勞的話，我會很寂寞的。」

秋牡丹想做菊仔最喜歡的東西給他吃。聽菊仔說是蛋包飯時不禁有些失望。如果跟我一樣喜歡奶油燉菜、燙菠菜、涼拌酸甜鯡魚子的話，就算不看食譜也做得出來。而且，秋牡丹不知道什麼是蛋包飯。那是什麼？秋牡丹老實問。就是用蛋皮將番茄醬炒飯包起來，菊仔邊翻閱刊有秋牡丹照片的雜誌邊解說。

「番茄醬炒飯是什麼？」

「白飯加番茄醬一起炒啊。」

「你喜歡吃那個啊？」

「嗯，如果再來碗味噌蛤蜊湯就太完美了，可是只有蛋包飯也沒關係，做人要知足。」

秋牡丹先清洗兩個月沒使用的電鍋煮了三杯米，飯煮好後移至沙拉缽裡加入番茄醬拌勻。世界上真有這種食物嗎？是不是在作弄我啊？秋牡丹不禁感到不安。

「欸菊仔，飯變成紅色的啦。」

「這樣就可以了。」

「唔，眞的只要白飯跟番茄醬就好？只是紅紅的而已哦。」

「咦？沒有放豌豆呀？」

「你又沒有告訴我，從頭到尾都沒提過什麼豌豆啊。」

菊仔來到廚房一看，秋牡丹都快哭了，抱著的沙拉缽中爛糊糊的，好像是血海中漂浮著冰山一樣。結果在菊仔的提議下煮了義大利麵，將爛糊糊的番茄醬拌飯淋上去，再撒上切絲的蛋皮來吃。飯後菊仔往地毯上一倒就睡著了。大概是累壞了，就連秋牡丹幫他脫鞋蓋毛毯都沒醒來。

秋牡丹還沒睏拿書來看。菊仔不時說夢話，脖子和腳尖還會突然抽動。夢話聽起來像是：Miluku那邊危險，Miluku不可以去那邊哦。秋牡丹喝了點利口酒，熄燈。她正要睡著時，菊仔大叫後跳起來不住喘氣顫抖。雖然秋牡丹只見他人影不知道表情，但感覺他似乎是怕得心神不寧走來走去。可能是做噩夢吧，秋牡丹心想。驚醒發現「啊！原來是做夢」拍拍胸口又繼續回去睡，這種夢算不上是噩夢。真正的噩夢就算是驚醒在床上做深呼吸，也會脫離大腦如同幽靈佔據房間然後數量不斷增加躲在家具和窗簾後面監視自己讓人再也無法入睡。菊仔來到床邊。秋牡丹假裝睡著了。菊仔撫摸秋牡丹的頭髮。秋牡丹睜開眼睛，教菊仔唸驅走噩夢的咒語，右豬右豬左豬，右豬右豬時鐘蝶。菊仔跟著反覆唸了好多遍，右豬右豬左豬，右豬右豬時鐘蝶。

秋牡丹招菊仔過來身邊坐下。渾身是汗的菊仔仍在發抖。彈簧床墊下陷，秋牡丹隨之靠在菊仔身上。菊仔的肌肉就像鱷魚皮一樣硬。菊仔的顫抖也傳給了秋牡丹。秋牡丹只覺口乾舌燥。我在一座島上，從小長大的那座小島，我弟弟在海邊用石頭丟螃蟹，把螃蟹打爛，還笑嘻嘻的，我說別那麼做，看到他搖頭，我便改口說要繼續砸也可以但是不要一臉笑嘻嘻的弄死螃蟹，弟弟還是不理，我氣得大吼，嚇得他哭著道歉，我說是我不好不該大吼大叫要他別哭了，可是一走過去弟弟抬起頭對我吐舌頭又笑嘻嘻地把螃蟹打爛。螃蟹發出的味道好噁心，我發覺被騙就輕輕揍了他一下，眞的很輕，可是弟弟這回眞的哭了跪下來向我道歉。他哭著問爲什麼不能殺死螃蟹，我說可以是可以但是做的時候不要嘻皮笑臉的，弟弟又問那可以邊哭邊打死嗎？我點點頭，橋仔就開始哭著打死螃蟹，哭聲越來越高，好像警報一樣響徹全島。仔細一看橋仔，他在笑，臉上的表情是笑，可是卻發出了極大的哭聲，我開始害怕，因爲害怕而狠狠揍了他一頓，我全身發抖撿起砸爛螃蟹的石頭來打橋仔。橋仔的臉被打得慘不忍睹腫成好幾倍，可是他的表情還是笑，並且站起來說：就只有這樣而已嗎？我逃離沙灘，可是橋仔笑著追過來，橋仔變成一個像是巨大氣球的腫脹嬰兒要把我壓扁，他好重，我呼吸困難，眞的好重。

菊仔一口氣說到這裡後秋牡丹想接話，但被摀住了嘴。請妳什麼也別說，我覺得應該還有其他很多辦法可以嘗試才對，我是這麼覺得的啦，如果大家都稍微忍耐一下的話或許事情就可以圓滿解決了。爲什麼要忍？秋牡丹輕咬菊仔的手指，說完這句後雙唇微顫。菊仔你睡迷糊啦，快清醒清醒吧，雖然不明白你在說什麼，可是我最討厭忍耐了，我覺得大家都太過忍耐，太過明理了，我實在是不明白，因爲我不是大人，所以一直以來都只能忍耐，你也一樣，菊仔，我的腦袋裡亂糟糟亂糟糟亂糟糟亂糟糟亂糟糟的，我們從小到大都一直過於忍耐啊。秋牡丹越說越激動撥開菊仔伸過來搗嘴的手。菊仔的眼睛已經適應黑暗，甚至可以看見秋牡丹雪白的喉嚨在微微顫抖。秋牡丹的臉頰留有紅色指痕。想起日前那一夜的事。鐵刺網旁，汽車大燈也曾照亮同樣的指痕。菊仔打開枕邊的燈。秋牡丹閉上眼睛扭過身子。眼皮上透著藍色的血管。菊仔捏著她的耳朵一使勁，秋牡丹一聲呻吟躲開。耳朵變得通紅。菊仔翻身騎上想逃的秋牡丹，用手肘壓住她的肩雙掌夾住她的臉。眼看著發紅的耳朵慢慢恢復原有的白皙。指尖用力自她的尖下巴沿著脖子、胸部一路捺至乳房。出現一道紅線。菊仔想將秋牡丹的全身染紅。若從髮際到腳趾都染紅再用大頭針由腋下刺入的話，或許這女人便會消失，在我的掌中變得黏糊糊的像是番茄醬一樣。

菊仔撩起秋牡丹睡衣的下襬。秋牡丹轉身趴著蜷起身體腿縮進睡衣下襬後搖搖頭。菊仔揪著頭髮讓她的臉朝上以便確認表情。心裡想著萬一秋牡丹哭了該怎麼辦，但她只是緊咬牙關而已。想將睡衣自胸口撕破但是沒有得逞，強韌的纖維勒進手裡。菊仔的脊背和臉上冒出的汗水滴落秋牡丹身上。肌膚自睡衣被染濕的部分浮現。菊仔用牙將下襬咬出裂口一口氣扯破尼龍布。牙齒碰到腳時，秋牡丹仰翹起了屁股。菊仔抓住屁股將她的身體翻轉過來仰躺，脫掉那已經捲得皺巴巴的內褲。秋牡丹閉上眼睛一動也不動。菊仔邊脫衣邊試著讓自己不再發抖。無奈越急抖得越厲害，連彈簧也發出聲音床跟著搖。長褲還套在腳上時，秋牡丹睜開眼睛露出微笑。伸出舌頭去舔渾身是汗的菊仔側腹，探過身子摟住菊仔的脖子輕聲笑著。菊仔雙手無法負荷兩人的體重，與秋牡丹疊在一起往床上倒去。這一跌讓兩人鼻子相撞同時喊痛然後笑了出來。菊仔雙腿亂蹬踢掉了長褲，可是接著開始猶豫是否連內褲也該脫掉比較好。因爲他還不懂該怎麼跟女人做那事。也許不要脫光比較好，畢竟小便的時候也不必脫掉呀。菊仔，親我，秋牡丹說著噘起嘴。菊仔的嘴一湊上去，她便把舌頭探進去。彷彿在索求菊仔的舌。菊仔閉起眼睛將縮到內側的舌由齒縫探出。秋牡丹舔著吸著，可是突然間將自己的舌縮回並用力咬了菊仔的舌尖。菊仔痛得摀住嘴滾落床下，霎時間不知發生了什麼事。秋牡丹睜大眼睛看著嘴巴裡冒血的菊仔。菊仔用手掌接著自口中溢出的血心想原來是我自己變得黏糊糊的像是番茄醬一樣。菊仔站起來追上尖叫逃跑的秋牡丹，揪住頭髮將她推倒在地。人家人家只是發現你其他地方都好硬只有舌頭非常柔軟覺得很高興嘛。閉嘴，菊仔想這麼說，可是血卻滴到了秋牡丹臉上。菊仔賞了怯生生的秋牡丹一個耳光。接著抓住腳踝讓她的雙腿大開，用手指撐開腿縫。縫間濕濕滑滑的，但那並非菊仔指上鮮血的緣故。手指一沉，秋牡丹全身緊繃。菊仔只是稍稍挪開手指沒有抽回並將龜頭抵了上去。在抽出手指的同時，腰往前一頂。插到最深處的那一瞬間，菊仔射精了。菊仔就那麼垂首不動，秋牡丹獨自爬進浴室。因爲她無法併攏雙腿。血從股間流到大腿，精液直接滴落到地毯上。

沖著熱水澡時，菊仔走進來。在秋牡丹身旁洗了手，拭去鏡面的水霧檢查舌上的傷。舌尖破了個大口子，仍不住流血。兩人都沉默不語。秋牡丹裹著浴巾走出浴室後，菊仔沒擦拭身體便穿上長褲。穿好衣服後，菊仔低聲說要走了。秋牡丹喉嚨抽動。雖然不知該如何是好，但她決定不再說謊。你不可以走，菊仔，留下來，你不能走。菊仔站在原地，說了個我字之後又把話吞了回去。他做著深呼吸走到窗邊，拉開窗簾後又說了一次「我啊」。聲音比剛才大。額頭貼著窗玻璃往外看了看，而後對秋牡丹招招手。那動作像是在叫狗。秋牡丹踮著腳走上前。腳背浮現纖細的肌腱。每當朱紅蔻丹沒入地毯中時，腳背纖細的肌腱便呈現緊繃。我，出生自投幣式寄物櫃，可是，我，喜歡妳，像妳這麼美的女人——秋牡丹用手指抵住菊仔的唇。什麼都別說，她喃喃低語。雙手搭在菊仔肩上挺直脊背臉頰貼著臉頰。水珠自秋牡丹濕潤的髮尖滴落，在起雞皮疙瘩的背上濺開。

12

橋仔的專輯在Mr.D位於伊豆高原的錄音室錄製。這間錄音室人稱太空船。整體以銀色的輕合金打造，外型有如方舟，頂上有個透明球形屋頂，內設天文望遠鏡。天文觀測是Mr.D的嗜好。

D的父親是一位教世界史和體育的嚴格的老師。D在家中排行老么，上面有五個哥哥與兩個姊姊，長兄與他相差二十多歲。雖是四十好幾才生下這孩子，管教卻異常嚴厲。寒冬不穿襪、不可吃零嘴、父親未離餐桌不能舉箸、慶典活動時不能買攤子的東西來吃、不可帶朋友到家裡玩，必須遵守諸如此類的規矩。雖然D成為了一個神經質的小孩，但是父親所條列的禁止事項當中還是有一點讓他無法接受。那就是不准吃肥肉。父親說肥肉與內臟是下人的食物，甚至連洋火腿都得將白色部分剔除才能上桌。D總覺得好奇，不知道母親用刀尖切除的肥肉會是什麼味道。有一回便撿了丟在流理台的培根肥肉直接塞入口中。帶著鹽分與香氣口感滑順的肥肉通過D的喉嚨。雖然過於緊張差點失禁，D卻大為感動。肥肉滑過食道在胃中跳舞，那種美味令他覺得過去吃的東西根本就是乾巴巴的稻草。D繼續背著母親偷吃肥肉，直到有一天，正用瓦斯爐烤豬肉的時候被父親撞見。你這個畜生，父親大罵了三次，賞了他四個耳光，還不准他吃飯。那是他第二次挨揍。

上小學後沒多久，D便罹患近視，父親因此而責備他沒出息，命令他每天打坐一小時眺望遠山。說是眺望遠山可以治療近視。有生以來第一次挨揍，便是因爲偷懶沒有做到這一點。父親一天到晚責罵可是卻鮮少動手。這不是因爲他懷疑體罰的效果，而是因爲子女一直戰戰兢兢努力不惹父親生氣。所以D感受到極大的屈辱與打擊。不但罹患精神官能症，也常常請假不去上學。沒有發燒也早退的D再次遭父親責罵。母親要他去向父親認錯道歉，其他什麼也沒說。只有長三歲的姊姊維護他，其他兄姊都很冷淡。

小學四年級的時候，D試圖上吊。父親對自殺未遂、脖子綁著繃帶躺在床上的D這麼說。人生不如意事十常八九，我們一定得努力去克服才行，我有個禮物送給你。枕邊有一具天文望遠鏡。不如意的時候就看看星星吧，明白自己的渺小心情也會豁然開朗。自此直到三年後父親心肌梗塞去世爲止，D持續觀星。名爲「銀河運行與變遷」的觀測日記，曾於國中時獲得縣政府的獎勵。D之所以停止觀星，並非因爲父親去世的緣故，而是在整理遺物時發現春宮圖。男性愛的春宮，盡是些汗津津的平頭男子相擁的畫作。D將那些藏在自己房間裡。他曾問過一個早熟的朋友，同性戀是否會生孩子。友人這麼回答：即使是同性戀也有精液，而且我在書上還是哪裡看過，有些人爲了掩飾自己是同志跑去結婚一直生孩子，因爲老婆經常懷孕的話就不必跟她行房啦。D又提了另一個問題。同性戀會不會遺傳。友人說不知道。此時D已有好男色的傾向。D也不排斥與女人有肉體關係。只不過要對女人產生慾望，有一種不可或缺的食物。就是肥肉。將豬肉放在面前看著好一會兒，嗅嗅氣味，以唇齒品味之後再藉舌頭溫度使之融化，滑溜溜地通過食道在胃中燃燒，如此一來就會想要女人。可是射精之後，卻會覺得經過分解的肥肉逐漸冷卻貼附在臟器內壁吸收體熱，非常不舒服。

Mr.D曾經發掘並培養兩名搖滾歌手。一名是D任職於唱片公司時發現的，他不顧周遭反對執意發行專輯，結果一炮而紅。另外一名則是D自立門戶之後發掘的，這名歌手跳槽到英國廠牌之前一共出了八張專輯，張張銷售量都突破百萬，爲D帶來莫大的財勢。這兩人原本同樣不爲周遭看好，人人都笑說那種歌不可能會賣。可是在D眼中，兩人無疑就是明日的超級巨星。D在發掘「善於歌唱的男性」方面是個天才。

每週有五天，D會只吃肥肉之後就去街上逛。儘管吃了一肚子肥肉，見到有魅力的年輕男子還是上前搭訕。然後約去吃飯，並問一個簡單的問題：喜歡做什麼事。男子的答覆若非音樂，就玩一次便甩掉，若是，則會訂下回之約。約會當日，他會先吃大量的肥肉並在女體內射精，然後讓那年輕人試唱。這個方法的成功率可說是百分之百。橋仔，是第三個合格的年輕人。D初次聽見橋仔歌聲時有一種非常不舒服的感覺，或許是因爲才剛在一個肥胖如同火腿白色脂肪的女人體內射精的關係。越聽就越想將肚裡的東西一股腦全吐在床上或地毯上。好不容易聽完，他被猛力抓撓的內臟才慢慢恢復暖意。橋仔的歌聲有如帶著鋸齒的細線掠過。歌聲強行自毛孔侵入，搔撓五臟六腑與血管不斷爬向喉頭聚集，感覺就像是暈船。好不容易等到暈眩退去塞住喉嚨的東西消失，D卻發覺自己開始無法忍受屋內的寂靜。雖然大腦抗拒，五臟六腑卻渴望橋仔的歌聲。D請橋仔再獻唱一曲。第二次聽到的歌曲，令Mr.D從腳趾到頭髮都爲之顫抖，帶給他有生以來最強烈的陶醉與最沉痛的感傷。

D盤算著。這小子可眞會唱，可是第一次聽的人很可能會覺得不舒服，一旦覺得嫌惡，就不容易敞開心房去接受，得讓人在聽這小子的歌之前先一步打開心房才行。因此，D決定以橋仔的身世作爲賣點。

橋仔的唱片錄製完成了。那天晚上Mr.D讓橋仔想吃什麼儘管點。橋仔向廚娘點了蛋包飯。地點是太空船頂樓可以俯瞰大海的餐廳。牆上掛有銅版畫。一群身穿黑色修士袍的男子以及具有兩性性徵的孩童騎在一隻用嘴唇當翅膀的蝴蝶上，在黃昏的空中飛行。這幅畫是D出版兩本古代印加星座神話書籍中的插畫。壁紙是具有光澤的深紅色。地板是金屬材質，足蹬高跟鞋走在上面會發出奇特的聲音。感覺像是女人在踢一口倒置的大鐘。Mr.D的廚子是個看起來肌肉結實的高大女性。她問橋仔，蛋包飯裡要放蟹還是蝦。橋仔回說蟹，接著又問女人是不是參加過奧運的排球比賽，覺得在電視上見過她。那應該是我媽，我練標槍的，女人笑著說，露出鑲金的門牙。D吃的是肥鴨法式餡餅和黑醋栗雪酪。

「你昨天爲什麼吵架？不是跟鼓手起了爭執嘛？你說了什麼？鼓手那小子氣壞了。」

「我說他太吵了，因爲眞的很吵。」

「是說鼓嗎？」

「沒錯，咚咚鏘鏘的很討厭。」

「人家可是頂尖的鼓手啊。」

「我討厭打擊樂器。」

「這可眞少見，怎麼說呢？」

「就說太吵了嘛。」

「你還眞奇怪。」

D的眼睛很細。橋仔還不曾見過他的眼珠。嘴唇和牙齒染了鴨油。

「記得你說過，和美空雲雀相比，你比較喜歡島倉千代子。」

「嗯，我喜歡島倉千代子。」

「爲什麼？」

「沒什麼理由啊。」

「一定有吧。」

「我啊，喜歡海倫・梅芮爾（Helen Merrill）勝過卡門・麥蕾（Carmen McRae），喜歡克拉拉・努恩斯（Clara Nunes）勝過艾莉莎・卡多索（Elizeth Moreira CarDoso），喜歡舒瓦茲柯芙（Olga Maria Elisabeth FreDerike Schwarzkopf）勝過瑪麗亞・卡拉絲（Maria

Callas），這樣明白嗎？」

「原來你比較喜歡姊姊，而不是媽媽那一型的啊？或許是因爲出生之後身邊就一直有媽媽型的女人吧。」

蛋包飯上桌。橋仔只吃了包在外面的蛋皮。一將叉子插入蟹肉紅得醒目的飯中就戳到了燜熟的番茄。皺巴巴的表皮破裂冒出酸味。橋仔腦海浮現有人踩爛番茄的畫面。小孩子的腳。孩子沒穿襪子的腳及其影子，番茄滾了過去，黑色小運動鞋正要踩下去。番茄迸裂，汁液濺得老遠。飄來同樣的氣味。那酸酸的氣味令橋仔產生一種自己好像才剛出生，首度接觸空氣的感覺。

「嗯，我就要成爲歌手了對吧？」

「沒錯，專心吃你的蛋包飯。」

「我好高興哦。」

「我知道，快把蛋包飯吃乾淨，剩下飯粒的話太對不起農夫了。」

「你知道我爲什麼這麼高興嗎？」

「因爲就要成爲明星了吧。」

「現在啊，我覺得自己已經跳起來了。」

「我不太懂，嘿，我問你，你不覺得目前的狀況很好嗎？雖然還不清楚，但是說不定會流行喔。」

「我啊，過去一直都在原地踏步，只會東張西望，上了高中，體育課的時候我什麼也不會，所以會被大家嘲笑，所以總是在旁邊看，可是菊仔，菊仔就是前幾天跟你起衝突的，我哥哥，他是運動場上的明星，跑得快又跳得高，我只能在場邊看著他而已，大家都換了運動服，就只有我身上還是學生制服，那種時候我總覺得，學生服就像是上了枷鎖的囚服一樣沉重，可是我覺得，自己一直原地踏步沒有跑，杵在那裡東張西望，是因爲覺得周圍沒有值得自己去愛的東西，而問題是出自我張望的角度，雖然當時什麼也看不到，可是我相信，值得自己去愛的東西一定存在，於是我跳了起來，告別無聊的運動場，唔，唱完歌嗓子累了我不是會一個人躺在床上嗎？那時候就能感覺得到，感覺自己正待在東張西望尋找的夢想場所，跳過越過所有與自己不合的東西在過去心中迷迷糊糊描繪的場所休息，好像小時候遭人棄養的貓，傍徨無助想要回家，即使一時有人收養也無法安定下來老是東張西望，可是最後終於一路跳過各種東西回到原本的家，我啊，就是一隻棄貓。」

「棄貓啊，或許眞是那樣也說不定，不過拜託你快把那些番茄醬炒飯吃完吧，說過很多次了，我討厭看到飯粒，那對我來說是恐懼意象的原形，你不覺得那形狀令人很不舒服嗎？就好像橄欖球一樣，被抱著跑或者置於地面爭球時都非常安定，可是一旦被踢再落地就不知會往哪個方向彈了，飯粒也是一樣，換句話說農業就是如此，日本與身爲農業民族的我們和橄欖球也很像，你明白嗎？」

「不太明白。」

「你提到貓倒讓我想起一件事，以前，我撿過一隻棄貓，我爸是個要求非常嚴格的人，稍微一點小事，比方說跟著愛情劇流眼淚他都會罵沒出息，不過他還滿喜歡動物，讓我養在倉庫裡，很漂亮的貓，我懷疑可能是從哪家寵物店跑出來的，毛很長，混雜著黑色、茶色與奶油色，毛色光亮，很好看，因爲還是隻小貓，跟人很親，貓這種動物啊，就喜歡比賽耍大牌，不知道你有沒有基礎的心理學知識？假設有A與B，兩者正在交往，握有主導權擁有較強發言權的，是對彼此的交往關係表現得較不在乎的那一方，聽得懂嗎？我把A與B換成男與女可能比較容易理解吧，如果A迷戀B，可是B卻顯得不屑的話，B就可以使喚A，至於貓呢，總之就是會耍大牌，尤其是擁有血統證明的貓，得花好幾萬去買，萬一養死錢就泡湯了，所以飼主都呵護備至，完全不必擔心下一餐，而且一代一代都能夠如此，自然就會耍大牌，不是嗎？然而我的只是不花錢撿來的，所以貓就倒楣了，因爲即使死了我也沒有損失，在耍大牌比賽中是我贏了，牠過來撒嬌我會裝作沒看到，因寂寞而肩膀發抖時我也只是隨便給點牛奶而已，貓就這樣成了我的俘虜，到哪裡都跟著，可是有一天，牠突然失蹤了，回來時已經懷孕，肚子日益增大即將臨盆時我爲了親眼看牠生產一直守在旁邊，一共生了五隻，我告訴你，小貓剛生下來的時候好像老鼠哦，還是個孩子的我非常感動，非常高興，生命眞是太神奇了，我興奮地繞著貓又唱又跳，結果貓誤會了，可能以爲我要殺死牠的小孩吧，張口就把剛生下的小貓吞進去，我原本以爲那很正常，大概是要用舌頭舔掉黏黏的胎盤吧，可是我錯了，牠是把小貓吃了，大口咬碎，嘴裡滿是血，跟你說，牠是把孩子給吃了啊，大吃一驚的我立刻罵牠，伸手想拍牠的頭，卻被咬了一口，我哭了出來，帶著可怕的眼神把孩子吃掉就已經夠恐怖的了，可是接下來，牠又把第五隻給吐了出來。感覺好像已經吃不下了似的，可是身上有多處咬傷而且逐漸失溫，心跳也停了，我哭著找姊姊，跟她說明原委，拜託她無論如何都要救救這唯一剩下的小貓，姊姊用熱水幫牠清洗並摩擦全身，但最後仍表示沒救了，身體已經硬了，拿去樹下埋了吧，說著把小貓交給我。我用報紙包起來裝進塑膠袋，開始挖洞，大約一小時後差不多挖好時，塑膠袋裡傳來喵喵的叫聲，我邊唸著阿彌陀佛阿彌陀佛邊準備將塑膠袋放入洞裡時，小貓竟然動了，身體也暖和起來，牠復活了，是隻公貓，長大變得很厲害，成了附近的老大，就算跟大狗打架也絕對不會輸，還有很多狗被抓瞎眼睛呢。」

「你說這些是什麼意思？」

「沒什麼，只不過是，那隻復活的貓用叫聲告訴我牠還活著罷了。」

「所以我問這到底是什麼意思，你想說就跟我一樣嗎？」

「別激動，或許你的母親之所以拋棄你，並不是出自厭惡，而是像貓一樣，本能地想要保護你才那麼做的？」

「哼，怎麼可能會有那種事，胡說。」

「什麼胡說，挺有道理的不是。」

「那是什麼時候發生的事？冬天？」

「是在夏天。」

「那隻貓叫什麼名字？」

「哪一隻？」

「貓媽媽。」

「叫Peco醬。」

「孩子呢？」

「變成野貓了，沒取名字。」

「爲什麼野貓復活之後會變強，Mr.D，你知道嗎？」

「因爲克服了逆境吧。」

「才怪，是因爲心裡有恨。」

橋仔手心冒汗，握著的叉子掉到了地上。D的視線自橋仔轉移到地上的叉子。橋仔的眼神像食子的貓一樣。送柿子和水來的廚娘將新叉子擱在桌上制止正彎身要去撿拾的橋仔，表示稍後她會處理。落在深色地板的銀色冷光令D退縮回去。因爲D原本打算知會並說服橋仔說他打算讓橋仔和拋棄他的女人見面並且登上電視螢光幕。

「這不是理所當然嘛？不單是貓，鳥和魚也一樣，一次生好幾十隻，能夠存活下來的只有少數，被父母吃進嘴裡受過死亡威脅的傢伙啊，一定會有恨，首先就是憎恨父母，大概從眼睛還沒睜開的時候就開始憎恨周遭的一切，與自己接觸的、自己之外的一切，這種感覺並不是經過思考得來，因爲腦子仍舊軟趴趴處於無法思考的狀態，是全身細胞都在恨，不是說人死後指甲和頭髮都還會繼續生長嗎？即便處於假死狀態多少也還殘留一些力氣，你不是說在夏天嗎？大太陽下一定很熱，原本冷掉的血液經過日曬開始沸騰，無法忍受就叫出聲，我就這樣存活下來，憎恨母親以及周圍所有的一切。」

「喝，了不起的說法，是你自己想的嗎？」

「是啊。」

不，那是菊仔說的。對了，他想起來了。剛才一直刺激著鼻子的氣味，讓他想起關於番茄的往事。那是育幼院遠足時發生的事。在溜冰場發現了投幣式寄物櫃，就像蜂窩一樣。我們是蜂卵，兩人這麼說。搞不好這裡面還有弟弟和妹妹。有個染了紅髮的女人打開其中一個櫃子，裡面滾落出番茄。當時菊仔一臉氣憤用力踩爛一顆，傳來酸酸的氣味。

「哦，你是帶著憎恨在唱歌的啊？」

「並不是。」

「既然不是，那是怎樣呢？爲了忘掉那種憎恨嗎？」

「我也不知道。」

「被慣壞的小鬼，你們這些話實在讓人氣到不行，如果這裡不是我家餐廳，我眞的會立刻吐出來，你們根本就是無知，在你們出生的時候，全世界都已經裝了空調，根本就不知道什麼叫寒冷，你們都被人家寵，不論是收養機構還是領養的父母，對你們都過度保護，依我看，只不過是出生時稍微受了點風寒罷了，其他人甚至連這都感覺不到，總之，只不過在出生時稍微受了點寒的你們，隨後便一直待在有空調的環境裡，周遭都是暖呼呼的啊，你們只不過是說些稍微有點感傷的回憶讓自己感覺良好，只不過是待在暖和的環境裡面窮嚷嚷罷了，你想藉此來打動人心嗎？別傻啦。」

橋仔一口氣喝乾了水。他想反駁D，可是說不出話來。若是菊仔的話想必會回嘴或一拳打過去吧。他邊用新叉子戳著爛熟的番茄邊努力試著忘掉菊仔結實的肌肉。菊仔大概已經不喜歡我了吧。番茄中塞有綠色粉末。橋仔嚐了嚐。我試著在番茄裡加了香芹和青海苔，好吃吧？臉像金魚的廚娘說著得意地笑了。Mr.D將開始融化的雪酪一分爲二，將較大的方塊送入口中，口中傳來紫色冰粒遭遇舌頭受熱融化的聲音。

橋仔回到東京後結識了一名女性。是D安排的造型師。名叫妮娃。

妮娃準備了十幾種髮型、化妝與服裝的素描與D討論之後，自行駕車載橋仔前往美容院。來到青山三丁目，一棟黑玻璃大廈的八樓，一個眼影塗得像是蜥蜴的女人在門口相迎。霓虹招牌閃爍著店名。Marx。有面牆上貼滿了來店光顧的名人拍立得照片。店內與其說是美容院，更像是十九世紀的歐風客廳。只有兩張剪髮椅。胭脂色的柚木櫃上排放著腰部極細的馬甲。中央有一座古老的灰色琺瑯浴缸，內有雕刻與水。雕刻爲多種質感不同的大理石，刻有帶尖銳棘刺的觀葉植物、美人魚寶寶、三隻海豚，以及肥皂泡。

妮娃一進門，四名美容師便放下手邊工作過來打招呼。妮娃問其中一人店長哪去了。外出了，前髮用緞帶束起來的年輕女孩回答。請把他找回來，妮娃表情不變，說著在躺椅坐下。橋仔一直站在妮娃身後。不久之後一個身穿棒球裝的胖男人擦著汗走進來。頭戴繡有P字標誌的帽子，蓄鬍。洗過手、臉後點了根菸。是這孩子嗎？他說著朝妮娃一擠眼。沒錯，妮娃回答後站起來，雙手撩起橋仔的頭髮。胖男人看過妮娃給的草圖，去裡面找來一本頗厚的舊書。翻找頁面後指著一張照片。妮娃點點頭。橋仔問照片上的人是誰。是十七歲時的布萊恩・瓊斯（Brian Jones），胖男人回答，聲音高亢圓滑。

橋仔先被帶去洗了頭髮。在洗髮槽旁，胖男人換過蓮蓬頭。他用帶有鏽斑的黃銅製蓮蓬頭沖濕橋仔的頭髮。這是我從范倫鐵諾（Rudolph Valentino）住過的飯店的浴室挖來的，是件吉祥物，頭髮可是藝術家的天線哪，聽Mr.D說你是乞丐王子，不知道是什麼意思喔。橋仔在濕髮一撮一撮剪去的無聊過程中觀察鏡中倒映的妮娃。這女人有張鵝蛋臉，一雙丹鳳眼，薄唇，整體印象令橋仔覺得她像是戰爭中的女人。樸素的深藍色套裝，低跟鞋，少許皺痕的膚色絲襪，看似沉重的皮包，短髮，如果再紮個頭巾抬頭挺胸擺出敬禮姿勢，就算出現在哪個戰場恐怕也不會有人覺得奇怪吧。想到這裡橋仔露出微笑，透過鏡子與妮娃四目相遇。妮娃正在用尼龍線清理牙齒。橋仔看著那未搽蔻丹的手。明明像老太婆的手一樣又乾又粗，卻引起橋仔的注意。

設置噴水池的飯店地下，妮娃在一家有男扮女裝店員的服飾店訂了五件黑緞外套和五條側邊綴有蝴蝶結的長褲。由於要用於拍照，還要求當場修改絲質襯衫的尺寸。人妖店員反覆對妮娃說著一個月前陪同某男星前往南太平洋島嶼釣到旗魚的事。興奮的男星扭傷腳踝差點落海被原住民嘲笑、圍著剝製好的旗魚標本吃燻肉開派對、派對上自己不得不表演餘興節目在屁股插上霓虹燈管模仿深海魚如此種種。妮娃很有技巧地附和同時殺價成功，服裝打了九五折。

從今天起你得打扮得時髦些，要夠時尚，妮娃在車上這麼打開了話匣子。妮娃握著方向盤的手背皺紋很多，簡直就像是別人的手，橋仔深受吸引難以克制。你一定得夠時尚，時尚是全世界最空泛的遊戲了，所以很有趣，你知道服裝和化妝為何存在嗎？是為了被脫掉被扒光哦，是爲了讓觀者想像自己的私密之處，等到被扒光挨揍臉上被人潑水像隻狗在地上爬的時候，就全是零了，所以有意思啊，妮娃說著第一次露出笑容。

宣傳照的拍攝地點有一座巨型的東京鐵塔模型作爲布景。由於準備工作還需要一些時間，橋仔便去參觀其他攝影棚。在一塊設置燈泡交相明滅的塑膠西瓜田裡，相撲選手正和孕婦跳著華爾滋。他向一個手持大聲公的年輕人打聽，原來是在拍攝精神安定劑的廣告。隔壁棚有隻紅毛猩猩吊在戰車的砲塔下揮舞著星條旗。攝影機一開始轉動，紅毛猩猩便溜下戰車。馴獸師試著用砂糖去哄牠，可是沒有效。可能是燈光太刺眼害牠情緒不太穩定，馴獸師滿臉歉意這麼說。於是決定先關掉照明，等攝影機開始轉動再一齊點亮。攝影棚內一暗下來，紅毛猩猩便開始低聲長吼。馴獸師拚命努力試圖讓牠抓住戰車的砲塔。右手抓著砲塔，左腳拿著星條旗。照明一亮，隨即傳來女性工作人員的尖叫。原來是紅毛猩猩正在玩弄自己的生殖器。橋仔笑了出來，妮娃上前告訴他準備大致就緒該回去了。看見紅毛猩猩身上唯一沒長毛的陰莖，妮娃一臉不快。橋仔連忙止住笑容。全身塗滿油脂的雙胞胎少女頭上頂著水果籃邊走邊哭。一人口中含著體溫計。那些混帳要的只有胸部而已啦，只有胸部，只有胸部啦，貌似經紀人的男人跟在後面不住罵著。橋仔與身穿泳裝的兩人錯身而過時聞到強烈的狐臭。一回頭，正好看到一顆哈密瓜自少女頭上的籃子掉下來。哈密瓜在腳前摔破。搽了豔紅蔻丹的腳趾自哈密瓜的果肉中露出來。少女讓人幫忙擦腳時注意到橋仔，含著體溫計露出微笑。但橋仔並沒有笑。

當晚是橋仔有生以來第一次飲酒。宣傳照的拍攝比預定時間多花了三個小時，一直持續到半夜。飯後，妮娃約橋仔去一家位於高層大樓頂樓的酒吧。依照攝影師指示臉都笑僵了，累死啦，橋仔這麼說，於是妮娃建議他別喝果汁來點酒好了。橋仔原本很討厭酒。在廢礦島，桑山每晚都喝酒，一喝就突然變得精神百倍開始喋喋不休，小便也會變得很臭。不斷大聲嚷著自己有多辛苦有多悲哀有多幸福，長篇大論之後必定會來一首煤礦之歌，有時還會哭。橋仔認為酒就是那樣的東西。妮娃坐下後便一直獨自啜著威士忌。服務生送來一杯漂浮著檸檬片的透明雞尾酒，是妮娃幫忙點的，說對放鬆神經最有效了。橋仔只舔了一口，舌頭就麻了。

面前的菸灰缸裡積著妮娃所抽的菸。濾嘴染上了紅色。有一根才剛點，前端冒著煙。妮娃伸出手指夾住菸。手指很細。橋仔想到一件事。因為一直想問，為何她只有手粗糙得像是老人。我可以問個問題嗎？橋仔說著有些緊張，一口氣乾了杯中透明的酒。妳的手，話才說到這裡他便開始猛咳嗽。感覺像是灼熱的沙通過了喉嚨，還有人用鏟子挖掘他的胃一樣。妮娃哈哈大笑幫他拍背。停止咳嗽後，酒精開始在橋仔身上發揮作用。彷彿周遭的喧囂正不斷遠離不再令他注意，彷彿妮娃比剛才更挨著自己。他又點了一杯同樣的雞尾酒，再次一口氣喝乾。這回沒有咳嗽。妮娃為他鼓鼓掌。橋仔覺得腦袋變得沉重，決定不問關於手的事了。

望著妮娃匀稱的小腿。不可思議的曲線一端收進黑色漆皮之中。好美呀，橋仔心裡想。視線接著轉向妮娃叼著菸的唇。在天花板投射的微弱光線下，只有輪廓在發亮。服務生過來更換菸灰缸。這時橋仔發現，妮娃特意隱藏手背不讓服務生看到。或許那動作只是巧合，但在橋仔眼中就是如此。他突然悲從中來，覺得這個世界上根本就沒有幸福這種東西，拚命忍著不讓眼淚流下，但這念頭隨即轉爲憤怒。這位今天爲我忙了一整天的美女，在美容院、攝影棚、服飾店都受人敬重總是神態自若購買絲質襯衫也不忘殺價爲我盡心盡力的這個人，喝著威士忌擁有勻稱雙腿擁有銳利但笑起來很溫柔的眼睛以及潤澤柔軟雙唇的這個人，就只因爲手背像是老人而遭遇不幸，這種事我完全無法接受，可是現在的我卻沒有能力拯救因爲寂寞而顫抖的她，如果可以治好她的手，如果可以用我今天一整天的感謝治好她的手，啊啊如果可以讓我變成魔法師，我願意用任何東西去交換，不論是這件絲質襯衫、和代的遺骨，甚或是自己的聲帶都無所謂。怒火中燒，強烈的程度連他自己都感到意外。由於太過強烈，橋仔好半晌都處於恍惚的狀態。

妮娃發現橋仔的樣子不太對，想讓他喝點水。橋仔打翻了裝水的玻璃杯，握住妮娃的手哭了起來。對不起我什麼忙也幫不上，對不起。橋仔身體顫抖找尋發洩悲傷的出口。當他發現哪裡也找不到出口時，瞄到了一直彈得很糟的鋼琴師。橋仔握著妮娃的手，朝鋼琴師不住低聲咒罵。就是因爲你把優美的曲子彈得這麼爛才會害這個人的手變粗糙人生變灰暗，作曲家可是絞盡腦汁在編曲啊，爲了讓大家不再寂寞，作曲家一邊回憶朋友一邊孤軍奮戰。橋仔想像自己用辰夫打造的霰彈槍轟掉鋼琴師腦袋的模樣。想得出來能爲妮娃做的好像就只有這個而已。橋仔猛地起身。好，就讓我來爲大家守護美麗的妮娃吧。橋仔朝鋼琴師走去，妮娃試圖阻止。橋仔用自己也難以相信的力道推開妮娃，一把抓起威士忌酒瓶朝鋼琴師揮去。聽到尖叫回過頭的鋼琴師立刻閃避。橋仔猛力打下的酒瓶砸到琴鍵發出可怕的聲音。瓶子破裂聲與鋼琴的不協調音，液體灑到地上的聲音，橋仔極度想吐。店內剎那間鴉雀無聲，隨即鬧成一團。發現妮娃與服務生正要衝過來的橋仔，用彷彿要將大樓撕成兩半的聲音大叫：

「不要碰我！」而後便動也不動。一臉不悅準備打道回府的客人、向他們道歉並擦拭地板的眾服務生、嘀咕哪裡跑來這麼個無賴的鋼琴師、愣在那裡的妮娃。第一個注意到的是妮娃。隨後鋼琴師也豎起耳朵，眾服務生停下擦拭地板的手，所有的人都閉上嘴一動也不動。因爲橋仔正在唱歌。

橋仔趴在地上閉著眼睛唱著歌。由類似鳥鳴的短促哼唱開始，接著轉變成像是耳邊低語的神奇旋律。所有人都沒聽過的旋律。那是橋仔創作的舞蹈症敘事曲。

妮娃聽了渾身起雞皮疙瘩。橋仔的歌聲彷彿透過動物毫毛所編織的薄膜傳來，不是流洩，而是瀰漫在整個店內。明明音波微弱卻餘音不絕，貼到人們的肌膚上。彷彿不是由耳朵接收而是由毛孔侵入體內逐漸與血液混合。空氣的晃動持續不停，不斷聚積密度越來越高。妮娃覺得店裡面果醬般的黏稠空氣彷彿要喚醒自己內在的什麼，奮力進行抵抗。雖然努力試著抹去，腦海之中卻依然浮現一個情景。與其說是浮現，感覺更像是被拖進聯繫記憶的神經迴路之中。像是被拉進一部突然在眼前開始播放的電影。那是某個市鎮的黃昏。完全沒入藏青色之中僅僅殘留橘紅色稜線的天空下，一列電車駛過。妮娃搖搖頭環視店內。所有人都沒動。鋼琴師雙手掩面不住發抖。必須制止他，妮娃心想。她鼓起勇氣走向橋仔，用手塞住他的嘴。橋仔大吃一驚咬妮娃的手滾倒在地大鬧然後說：「我眞沒用。」就這樣昏了過去。

13

橋仔不想回Mr.D準備的公寓。他走在雨水淋濕的路上。酒已經醒了。妮娃今年三十八歲。兩邊的乳房均因癌症而切除。只有下半身還是女人。她是橋仔的第一個女人。橋仔自己也想不通爲何會勃起。過去從不曾因爲看見女人的裸體而勃起。不知是因爲她沒有乳房，還是因爲她用又硬又熱又窄的舌頭舔了自己的肛門，抑或單純只是因爲喝醉。走著走著，橋仔期盼能再下場雨。在妮娃住處時稍微下了一點雨沒多久便停了。天空中央的雲斷裂開來，切離的雲彩以驚人的速度向東飄去。橋仔知道，遇到這種天色就不會再下一滴雨了。

國中時，只要運動場積水就不必上體育課，所以每次遇到體育課的日子橋仔便期盼下雨。最討厭的就是器械體操了。練單槓全班做不到後迴環上槓的就只有橋仔一個人。比任何人都羞於面對菊仔的他爲了躲掉單槓課程，甚至還施行從書上學來的中美洲印第安祈雨咒——將鼠屍吊在屋簷下。橋仔將捕鼠器擺在廢墟街上，抓到的老鼠多到連籠子都快裝不下。將籠子浸入海中準備淹死老鼠時他越想越害怕，這麼做之後如果還是不下雨的話該如何是好。他討厭自己，而且找不到可以不討厭自己的方法。可是更討厭單槓。用鐵絲將十二隻死老鼠掛在屋簷下。等到全部掛好已經因爲緊張筋疲力竭了。邊掛邊思考如果被菊仔或和代看到該編什麼藉口，就說是自然科實驗好了。望著整排的老鼠，他漸漸覺得好像任何願望都能夠實現。或許連後迴環上槓都可以成功也說不定。他看看老鼠又看看天空，等待烏雲出現。一會之後傳來鳥的叫聲。翅影在地面盤旋。是老鷹。聚集了十多隻，都先落在屋頂上。橋仔兩度朝牠們扔石頭，但隨即放棄。老鷹自屋頂飛起在空中剎那間靜止，隨即瞄準獵物俯衝而下。準確地一擊命中。老鷹飛走後，只留下鼠尾在鐵絲上晃蕩。看起來就像是不會落到地面的灰色水滴。

雨讓一切輪廓都變模糊。水窪盪漾的反射取代鮮明的陰影和行人相互呼應。

「一下雨，就容易讓人想起往事。」小雨點打在妮娃房間的窗上時橋仔這麼說。妮娃起身背對他穿上襯有海綿的胸罩。

「嗳，橋仔，等你成名之後可不能再回憶往事啦，那會讓你搞不清楚自己是誰，已經被賣掉的人絕對不可以回憶童年往事，因爲那會讓人發瘋，之前已經有好幾個例子了。」

橋仔不知不覺來到通往藥島的地下道前。黎明前的Market，打烊的路邊攤、紙屑、破金屬、碎玻璃、菸蒂、沒找到恩客的男妓個個一臉疲倦坐在地上。有兩個妓女手撐著膝屈伸雙腿。沒生意的娼妓回去前一定會做做雙腿的屈伸運動。有些洋娼妓甚至還會換上運動鞋稍微跑一跑。因爲站了一整晚，睡覺時可能會抽筋。若是腿抽筋的話，白天睡覺的妓女就會被體內開始痲痺的噩夢嚇醒。那種時候醒來可能會發現從窗簾或木套窗縫隙透進來的細微光束照在腳上。一個妓女跌了一跤。好像是一邊的鞋跟斷了。裙子掀起露出沒穿內褲的私處。陰毛都黏到菸蒂啦，一個蒼白的男妓故意逗弄她。跌坐在地的妓女露著私處修理鞋子，可是不久似乎便放棄，隨手把鞋一扔。一拐一拐走了。只有一隻高跟鞋敲擊地面的聲音。一拐一拐來到地下道口附近，女人似乎終於想到只留一隻鞋也沒用。轉過身像是要占卜明日天氣般一踢腿，將高跟鞋踢飛（日本昔日有種將木屐踢出去，依落地狀況來預測天氣的遊戲）。赤腳的女人走出地下道伸掌朝天同時仰望天空。沒有下雨。女人的身影消失後，同方向的黑暗中有個男孩騎著腳踏車來到地下道。貨架裝載著瓶裝優酪乳。做完體操的妓女常會買。掉妝的嘴邊沾上白濁的液體，就在她們慢慢舔淨擦拭的時候，Market的夜晚結束了。一個面熟的男妓朝著正走出地下道的橋仔打招呼。喑啞的老男妓以手勢讚美橋仔的絲質襯衫。

藥島散發著熟悉的氣味。忘記熄掉的電燈歪歪扭扭映在泥地上。巷子與一排排的房舍都還是老樣子。離開藥島還不到兩個月自然不會有什麼改變，可是橋仔心裡卻想，這些被鐵刺網圍起來的巷弄房舍如果消失該有多好。不只是這裡。廢礦島、桑山家、夏日美人蕉盛開的坡道、Miluku的狗屋、海岸、育幼院、櫻花行道樹、沙坑、禮拜堂，如果全都消失該有多好，他心裡想。爲什麼呢？因爲我是歌手，我成爲歌手了。事實上，不是成爲歌手，而是我天生就是歌手，成爲歌手之前的我已經死去，那只是模糊照片中明明不想笑卻依照要求笑著的人物，一路追溯成爲歌手之前的過去就會發現我只是一個膽怯哭泣的赤裸嬰兒，一個被丟棄在箱中撒了藥粉陷入假死狀態的嬰兒，過去一直如此，直到我成爲歌手才得以離開投幣式寄物櫃，我討厭陷入假死狀態的自己，我想要把在假死狀態居住過的地方全都炸掉。橋仔在巷子裡走著走著回想起妮娃舌頭的觸感。那觸感脊背、屁股、陰莖，以及腳趾都記得。硬挺的舌沙沙的，彷彿藏有軟骨一般。前端濕滑而尖。妮娃吞了我的精液，我很清楚那味道。那會卡在喉嚨即使漱口也無法消除，精子的屍骸會黏在牙齦內側，每當自己喝紅茶就會喚起吹簫的記憶，妮娃說這是她的第一次。噯，橋仔我跟你說，有件事情很重要，在跳貼面舞的時候，男人一定要挺胸，像你這樣彎腰駝背可不行，我很想告訴她這是自己第一次跟女人跳舞，妮娃視我為男人，我已經不再是變裝人妖了。橋仔突然嚇了一跳停下腳步。前方有個人影。正朝自己走來。

「果然是你，我猜得沒錯，我從窗子看到人，就猜是你。」

是同棟公寓每次地震都會大吵大鬧高呼萬歲的那個老人。

「你搬回來啦？」

「沒，只是回來看看。」

「我好寂寞啊，大家都走了，我好寂寞啊，晚上都害怕得睡不著。」

「是哦，我要回去了。」

「吃碗烏龍麵再走吧？我買了手打烏龍麵，還剩下好多。」

「謝謝，不過我該走了。」

老人穿著一件褪色的法蘭絨睡衣，腳上是女用木屐。身上有股酸味。橋仔有種不祥的預感，心想還是盡快離開此處比較好。正要回到巷子時，老人抓住橋仔的袖子不讓他走。

「有件事想拜託你。」

「我得趕快回去才行，有空再來。」

老人抱著一個紙箱。

「我找不到人可以幫忙，只有靠你了，可不可以幫我把這個埋了？」

老人說遞過紙箱。

「什麼東西？」

「你隔壁不是住著一個大肚子的妓女嗎？這是那女人搬走的時候留下來的。」

「你就收著啊。」

「不行，這裡面是一具屍體。」

不祥的預感應驗了。拜託你啦，老人說著將紙箱放在地上就想逃。橋仔揪住他睡衣的領子。

「傷腦筋，我可沒答應啊。」

老人的脖子非常冰冷，橋仔放開了他的領子。老人跪倒在地身子發抖突然放聲大哭。雙手扒著泥濘的土地，用一堆莫名其妙的話咒罵橋仔。充血的眼睛湧出淚水，積在覆蓋在臉上宛如鱗片的皺紋之間。你們不是人，一定會遭天譴的，冷血的傢伙，竟然對死者不敬，主不會原諒你們的，沒讀過啓示錄嗎?等到大地裂開的時候再來求救就太遲啦。吵什麼吵啊，巷裡住戶的燈亮起，傳來咒罵聲。橋仔立刻躲在汽油桶後面。打著赤膊的男女打開窗戶探出頭來。渾身是泥的老人跪坐在地持續以像是故障的收音機般高亢嘶啞的聲音罵著讓人摸不著頭緒的話。抬起頭仰望著天反覆說著，主啊，請懲罰我們吧。對面那扇窗飛出一只碗，在老人腳邊砸個粉碎。從背後丟來的威士忌酒瓶則命中腦袋打破了。看吧混蛋，這不就遭天譴了嘛。老人一動也不動。人影紛紛消失窗戶隨之關上。巷子裡又恢復平靜。

橋仔緩緩走向老人。只聽見低聲的呻吟。橋仔抱起老人用肩膀架著送回公寓。屋裡塞滿戰備糧食、藥品、固態燃料、以及礦泉水。他讓老人躺下，清理傷口之後從架上取來曼秀雷敦軟膏幫他搽，再將毛巾撕開裹起來。橋仔回到巷子裡撿起紙箱。箱子用膠布封住又用繩子綁了好幾圈。試著搖了搖，聽到已經僵硬的嬰兒撞到紙箱的聲音。

橋仔走到車輛棄置場找鏟子。沒找著，於是撿了根前端打扁的鋼管權充。開始在空地上挖洞。腦袋放空不停挖著。揮汗如雨連襯衫都貼在身上。使勁將鋼管插入地面，徒手將鬆動的泥土扒出來。指甲縫裡滿是泥巴。若是挖得不夠深可能會被狗挖出來，老鷹也可能會飛下來啄食僵硬的嬰屍。橋仔沒有停下來休息。沒多久就開始手軟腰疼。由於每次勞動或是運動都早早比其他人先覺得累，所以橋仔曾經這麼想。自己體內有一個與胃、腸、和肺並列的浮游臟器，名叫疲勞，每當運動的時候該臟器就會開始活動緊貼肌肉或心臟，所以才那麼容易比別人先覺得累。現在的橋仔並沒有想那些。發了瘋似的挖著洞。用手、腳和木片將土挖出來。口中喃喃自語。我不會再乞雨了，不會再掛死老鼠了，千萬別下雨啊，要是土壤潮濕的話，小嬰兒會腐爛的。

挖到碎玻璃割破手指的時候，他發現天已經亮了。因爲碎玻璃反射出遠方摩天大樓縫隙之間射過來的光。橋仔覺得自己變成日珥的一部分。鐵刺網看起來像是晃蕩的銀色波浪，網外對側的行道樹、大樓、連接地平線變成巨大日珥的一部分在發光。但是這小傢伙不一樣，這小傢伙只會變成微生物的食物。橋仔把紙箱置於洞底，將土回填時，對已死的嬰兒這麼說：

「沒用的傢伙，我就活過來啦。」

14

「宇和根灣海底洞窟之怪——小笠原群島中的唐木島位於硫磺島南方四十公里，是一座面積約四點六平方公里的火山島。四年前，亦即一九八五年，美國政府正式歸還，成爲日本的領土，歸還小笠原群島之事一拖就是十七年，其間原居民自是不得返島，甚至連要回鄉掃墓都遭到拒絕。雖然美國政府並未就此提出說明，但美國海軍在當地建有小型通信設施卻是事實，謠傳那是間諜衛星的收訊基地，可是據駐紮在硫磺島的自衛隊報告，單純只是一座長程無線電導航站。美國海軍在全球海域均擁有自己的長程無線電導航站，那座只是其中之一。不過，長程無線電導航用的電波發訊設備已在歸還後拆除，木造的美軍設施目前改作爲唐木中小學的校舍。

唐木島的人口是一百八十四人，島上有鳳梨田以及氣象廳的觀測站。居民大約半數是戰前便居住於此的人及其後代，另外一半則是捨棄都市生活移居此地的年輕人。每週只有兩班船往來小笠原的父島，交通極其不便，無法推展島民所期望的觀光產業。海岸美麗，遍生亞熱帶植物，珊瑚礁將島的北側染上了淺綠色。由於小笠原諸島的珊瑚因東南亞漁船盜採遭受嚴重破壞，此地或許可說是日本現今僅存的樂園。

唐木島歸還的同時，有月渡君（三十三歲）辭去了原本貿易公司的工作來此開設潛水店。雖然只有一張潛水講師執照與少許資金，客人卻絡繹不絕，甚至遠從澳洲、德國而來。在發生那件事故之前，已有上千的潛水客造訪唐木島。甚至有知名的水中攝影家盛讚此處珊瑚礁之美世界第一。目前有月君已經把店收起來，在鳳梨農場幫忙。他表示，即使北邊的海岸全面禁止游泳，自己也不願意離開唐木的海。有月君描述自己的心境如下：

『實在是很可惜，這樣的海域已經很少見了，珊瑚礁所受到的破壞遠比一般人所想像的嚴重，如果有鉅額資金投入的話海岸一定會遭受更嚴重的破壞，本地居民一直抱怨船次太少，可是我覺得這樣反而好，如果飛機可以到達再興建飯店的話，就會淪落到跟沖繩一樣的下場，這裡眞的是潛水客的天堂，名副其實的夢幻之島，甚至還有直徑達八公尺的桌型珊瑚喔，太可惜了，什麼？你說那個事故啊？一直想忘掉啊，因爲打擊實在太大了，如果只遇到一次，或許還可以說單純只是意外，可是連續發生三起，實在是無可奈何啊。』

唐木島北側約有三十一處潛水點。從初學者到職業水中攝影家等等各種程度的潛水客都可以找到適合自己的潛點，宇和根灣是其中被視爲高難度的潛點之一。背後是高聳的斷崖，只有一條小路自陡峭的坡面通往海邊。那條山徑汽車自然是無法通行，長度大約八百公尺，只有身強體健的年輕男子有能力背著氣瓶上下。宇和根灣岸入海幾公尺就是幾乎直落的岩壁，底部水深十八公尺，雖然有珊瑚可是並不多，接著是向外海延伸的斜坡，珊瑚在途中消失，海底最深的岩區可達八十公尺，外海約一・五公里處有個巨大的岩礁，突出水面的部分人稱宇和根小島，這座岩礁周圍的海流強勁而且方向會隨時間而改變。海流在岸邊與宇和根小島之間某處造成漩渦，萬一被捲入就會被拉到深處無藥可救，岩礁是珊瑚、熱帶魚，以及海豚和鯊魚的寶庫。

這裡可說是唐木島的潛點當中最刺激也最美的點。前述之有月君曾與潛水的朋友共同調查此處的海流。眾人製作了宇和根小島周圍的海流圖，並規定只有資深潛水客才能夠在此潛水。所謂資深，除了潛水技術必須熟練之外，主要是必須遵守嚮導的指示，不會擅自行動。

一九八六年九月，法國知名水中攝影家J・E・克勞代曾在唐木停留三個月，並如此讚美宇和根岩礁：『透明度是馬爾地夫的十倍，魚蹤是大溪地倫吉拉的一百倍，珊瑚礁令人嘆爲觀止，我相信在這裡體驗到的刺激與滿足，即使是和哥斯都（Jacques-Yves Cousteau）剛發明水肺潛入各式各樣從來無人造訪的海底世界感受到的興奮相比，也毫不遜色。』

克勞代所留下的水中攝影最能夠表達出他的興奮之情，可是如今卻成爲宇和根岩礁唯一的寶貴紀錄。

一九八七年十一月四日，唐木島南方二百公里處的海底火山爆發。唐木也發生了幾十次地震，圍繞宇和根岩礁的海流當然也產生變化。有月君再度展開調查，並發現一處可能是地震造成的巨大海底洞窟。入口與其說是個洞，不如說是一道狹長的裂縫，寬度只能容一個人勉強通行，漸行漸寬並如迷宮般交錯，途中有一處相當大的岩棚。這岩棚已經被龍蝦據爲棲地。有月君一行決定該回的探測到此爲止。寬敞的岩棚向內又分岔爲三條狹小的洞窟，他們判斷若是繼續前進可能會有危險。深度計顯示岩棚底部爲二十九公尺，是需要減壓的深度。自下水開始如果不繞路直接朝洞窟前進，到岩棚約需八分鐘。有月君研判，即便使用十二升雙氣瓶進行探險，到此岩棚也已是極限了。若要繼續深入，一定要準備更多裝備與人員才行。有月君認爲，這洞窟一定另有出口。

而後，第一次事故發生於一九八八年的一月十九日。發生在有月君帶領德國潛水客法蘭茲・麥爾夫人及其友人潛水進入洞窟的時候。幾人沿著自狹縫口拉至岩棚的細繩前進。裡面當然沒有天光。三人攜帶的手電筒是唯一的光源。大約前進到半途時，有月君聽到奇怪的聲音。嘰嘰嘰的柔和金屬音，想必是海豚，但那海豚正以極快的速度朝眾人衝來。海豚並不會攻擊人類。懷孕的母海豚在罕有的情況下會表現出攻擊行爲，但也僅止於威嚇而已。有月君指示兩名女性緊貼著側邊洞穴底部。爲免燈光驚嚇海豚，三人還關了手電筒，靜待海豚自頂上通過。海豚越來越近。似乎只有一頭。正以爲急衝的海豚就要通過時，牠卻突然轉向，衝撞排在最後的麥爾夫人。聽到夫人驚叫，有月君打開手電筒。海豚渾身是血，發狂般用鼻子不斷頂撞夫人及其朋友。遭到衝撞的夫人因爲驚嚇鬆開了口中的調節器。

『總之，我從未見過如此凶暴的海豚，或許是和同伴走散了，不過我第一眼見到時牠就已經傷痕累累而且異常，沒錯，那只能夠說是異常，異常地興奮，遭到衝撞的麥爾夫人因爲調節器脫落眼看就要溺斃，我以自己當誘餌試著引開海豚，可是洞窟中的海水已經一片渾濁漸漸什麼也看不清楚。海豚完全沒有停止攻擊的跡象，我一直設法示意兩人快點出去，可是兩人已經動也不動了。我拚了命游，好不容易離開洞窟。一定得先減壓才行。我抓著錨鏈時，海豚突然自洞口出現，不知是不是要追過來。可是，我最後並沒有遭受攻擊。海豚發現我之後雖然游了過來，但隨即口吐大量鮮血肚子翻過來浮上海面。死了。

警方和德國的保險公司在調查夫人及其友人死因時似乎對我有些懷疑。他們並不相信遭海豚攻擊這種說法。這也難怪，如果不是親眼目睹，就連我自己也不相信啊。這就是第一起事故。』

第二起事故發生在一九八八年二月二日，有月君並不是目擊者，當地的漁夫尾輪哲二和兩個兒子潛入洞窟捕龍蝦，全部死亡。由於不見三人上來，其妻勝江非常擔心，便連絡漁協請有月君等人幫忙尋找，結果發現三人已死屍體緊貼著岩棚頂部。驗屍報告顯示死因是急性心臟衰竭，但三人生前都非常健康也沒有心臟方面的疾病。岩棚的寬與高約與一般五坪大小的家屋相當，有可能是驟然上升而造成空氣栓塞，但最令人不解的是一個兒子的大腿遭魚叉刺中，另一個兒子的肩上有刀傷。魚叉爲尾輪哲二所有，刀則是遭魚叉射傷的兒子之物。或許與死後僵硬也有關，但三人的調節器都仍緊緊含在口中。只能說是上演了一齣父子相殘的悲劇。為探索這匪夷所思的事故之謎，某部紀錄片公司的水中攝影師及其助手四人，於一九八八年三月造訪有月君。第三起事故就是發生在那個時候。

『我原本勸他們打消念頭。一來東京的潛水中心曾指示我們要禁止潛水進入洞窟，二來我也有些害怕，可是那位攝影師，也就是大崎先生，卻表示即使我不願擔任嚮導，他們也還是要自行進入洞窟，根本不理會我的勸阻。我只好無奈地接下嚮導的工作。不覺得很無奈嗎？為免發生事故，或是一旦出事也能夠連絡，每個人都配備了耐水耐壓的無線電。為小心起見，還準備了十支備用氣瓶綁在錨鏈上。此外還安排一個助手守在洞口，幫忙拉著拴在我們身上的繩子，並約定好萬一出事時立刻拉我們出去的信號，由於水中攝影用的燈非常亮，讓我看到了許多過去從未見識過的洞窟內生態。不但看到難得一見的龍蝦苗，也發現了群聚的盲眼海鰻。

一路平安推進到岩棚，直到靠近通往裡面的裂縫時，攝影師大崎先生突然扔開攝影機，痛苦地揮動手腳並猛抓胸口，接著就動也不動了，如今回想起來，大崎先生曾在裂縫前為了微距攝影而暫時拿開口中的調節器，大約只取出十秒，之後他便開始顯得很痛苦，我判斷會有危險，立刻示意外面拉我們出去。待在岩棚的那三名助手不理會我的制止游向大崎先生，取出自己口中的調節器要讓大崎先生含著，似乎是認為大崎先生的調節器故障，可是他取下調節器沒多久，最靠近大崎先生的那人突然莫名其妙大吼大叫，哦，一般人可能會以為在水中聽不到聲音，其實只是聽不清楚講話內容而已，吼叫聲非常大，接著便用手中的魚槍射擊負責打燈那人的胸口。燈光自助手的手中掉落，緩緩沉入相當渾濁的岩棚底部。因為燈還亮著，下沉時又不斷旋轉，因而照亮了各個方向。當時有那麼一瞬之間，我看到了一處裂縫的內部。就那麼一眨眼的時間而已，或許是我看錯了，那個裂縫內部像是一片平坦的灰色岩石。看起來像是混凝土，不過應該不可能，大概是我看錯了吧。

接著，以魚槍傷人的男子抽出綁在腿上的潛水刀擦了擦，游向我和另一人。洞窟內一片黑暗，海水因血和翻攪上來的沙土而變得渾濁，根本看不清前方。我順著繩子拚命逃，心想這就跟海豚事故的時候一樣嘛。身後傳來淒厲的叫聲，一想到可能是跟我一起逃的另外一人遭到不測就覺得很害怕。我從來不曾如此害怕。黑暗中根本不知道發生了什麼事，總之就是後面有人在追殺我。好不容易逃到外面要留守的助手快逃，可是他完全搞不清楚狀況，而且繫著屍體的繩子還綁在他身上，也無法行動。我正準備用刀割斷繩索時，那男人出現了。手握潛水刀，不太確定，可是感覺像是非常憤怒。因為戴著蛙鏡，只看得到臉的一部分而已。雖然不太確定，但感覺對方非常生我的氣而且很激動。守在外面的助手不知此一狀況還伸手相助，卻遭對方一刀刺入喉嚨。轉眼之間便發生了。持刀男子刺了又刺，血噴了出來。我覺得處境很危險，除了那憤怒的男子之外，還有鯊魚。鯊魚和那男子要比減壓症還可怕，所以我決定浮上海面。男子追了過來。若是直接朝正上方去的話，減壓症一定會很嚴重，所以目標定在斜上方的海面，但在中途被持刀男子抓住了手腕。我嚇了一大跳，該怎麼說才好呢，感覺就好像被大猩猩抓住一樣，力道非常大。幸好行動在水中會比較遲緩，我避開對方揮來的刀，並且割斷了他的調節器管。即使如此，對方依然憋氣繼續揮刀大約三十秒。實在是了不起，一般而言憋氣三十秒並不困難，可是在激烈運動與水壓下可能連五秒都有問題。不過對方還是三十秒之後才吐出氣泡不再動彈，但麻煩的是，他還一直抓著我的手腕沒有鬆開。鯊魚來了。首先圍住了助手仍繼續冒血的屍體。我試著將男子的手指一根根扳開，可是硬得像是鐵鑄的一樣，已經僵硬了。沒辦法，我只好帶著他一起往海面游。鯊魚追了過來，轉眼間就將男子的腿咬爛。我拚了命游到船邊總算被人拉上去。不覺得我很走運嗎？』

隨有月君一同被拉上船的那男人，經警方驗屍顯示，屍體呈現異乎尋常的肌肉緊繃與亢奮狀態。可是血液和內臟的狀況正常，與一般的溺死者並沒有什麼不同。有月君親自動手用鐵網將宇和根岩礁洞窟的入口封起來。據說海上自衛隊曾打算派蛙人進行調查，但此一任務或許是因太過危險而取消，取而代之的是有關當局將唐木島北側海域全都劃爲禁止游泳的區域。這是去年五月的事情，只不過其中謎團依然未解，各種說法開始流傳開來，甚至出現了以此爲題材的小說。或說那是海神降災，或說是遭新種海蛇所噬，或說單純只是因恐慌而發瘋，但眞相仍然藏在大海之中無人知曉。巴哈馬群島也有潛水客相繼失蹤的前例，只能夠當作教訓，讓人們知道大海的莫測。與大海相比，我們實在太過渺小。千萬不可忘記這一點。海洋仍然是一個充滿神祕的世界。正因如此我們才會喜歡海洋，但同時也存在著無數的危險，在享受潛水之樂時務必牢記基本守則不可散漫輕忽。」

菊仔闔上雜誌。反覆看了好幾十遍，這部分的頁面都翻髒了。這是一本在秋牡丹的書架上找到的潛水愛好者雜誌。菊仔喃喃唸著在市場拿到小冊子上，已經背誦起來的文章。「絕大部分的達秋拉被沉入海底。」菊仔與秋牡丹一起去水路圖誌販售公司買了兩張海圖——小笠原群島分圖以及唐木島全圖。

晚上，菊仔去參觀秋牡丹的工作現場。一處都內的攝影棚，跟倉庫沒什麼兩樣，陰冷濕暗。天花板是格狀鋼骨，吊有數百盞燈。地面與牆壁都是純白的混凝土。站在這間照明一開就令人目眩的巨大白屋裡面完全不會有影子。

現場正在進行佈置。要在白屋裡打造一處保加利亞的牧場。巨幅背景畫運了進來，再放置起伏的草皮、柵欄、有煙囪的人家、羊群、長毛犬，以及叢生的蒲公英。秋牡丹身穿荷葉邊白衣與格紋圍裙手提裝有優酪乳的籃子，笑瞇瞇地走在人工草皮上。開拍之後菊仔便覺得無聊，參觀其他攝影棚去了。這裡製作了各式各樣的場景。出現熱帶孤島、南極冰山、沙漠戰場、遊樂園、宮殿大廳、馬戲團帳篷、火星、不具溫度的立方體等等異鄉。菊仔爬上燈光組在用的梯子，來到可以俯瞰全景的鋼架天花板坐下。一直在那裡看拍攝過程。

收工啦收工啦，秋牡丹笑著說，戲服也沒換就來到菊仔身旁。工作人員由右至左依序拆除佈景。燈光漸暗。化爲影子的人物忙進忙出將植物、家具、武器、玩具、樂器、噴水池、石牆等等搬走。轉眼之間異鄉風景又恢復成白屋。彷彿用白漆將景物整個刷過一遍。眞有意思，菊仔喃喃說道。什麼事情有意思？秋牡丹一邊摘下刷金的假睫毛一邊看著菊仔問。菊仔手指照明熄滅的攝影棚。那裡啊，剛才還在舉辦舞會，還是金碧輝煌的宮殿，現在卻只是個純白的大房間。

從攝影棚回去的路上，兩人一圈圈繞著西新宿的十三座塔。亮燈的窗玻璃化爲巨型的鑲嵌藝品伸向天際，頂端閃爍的紅燈代表著高塔穩定的脈搏。去唐木島找達秋拉吧，菊仔對秋牡丹說。「什麼是達秋拉？」秋牡丹在塔與塔間停下了車。菊仔的眼裡映著塔頂閃爍的紅燈。讓東京化爲一片純白的藥，菊仔這麼回答。

15

Mr.D的事務所是一棟位於西新宿摩天樓谷間九層樓的老舊建築。發掘出一位搖滾歌手自立門戶的D將這棟建築的七樓整層租下開設唱片公司。等到發掘第二人的才華將市場拓及全世界功成名就時便買下這整棟大樓。地下是停車場與倉庫，一、二、三、四樓分別作爲營業、會計、宣傳、製作部門的辦公室，五、六樓是大小錄音室，七樓是廣告歌曲與電影音樂的轉拷放映室、剪接室，八樓是另一家出版多種音樂雜誌的公司，頂層則是會議室和D的房間。

Mr.D的社長室以其室內裝潢的怪異品味聞名。D喜歡四〇年代的美國電影，尤其是鮑勃・霍伯的忠實影迷。鮑勃・霍伯主演的電影，有一部描述的是熱中狩獵的製粉業者的故事，D的房間便是直接拷貝自片中社長室的裝潢。整面牆貼滿密林與熱帶莽原的照片，斑馬皮與獅皮，金剛猩猩和鴕鳥的剝製標本，象腳製的椅子，房間中央還有個心形的噴水池。Mr.D每週一上午都要在這裡馬殺雞。面朝十三座摩天樓的百葉窗全部打開，讓身穿華麗泳裝的黑人女爲自己按摩。D認爲在摩天大樓裡面上班的人見了一定會羨慕。等著瞧，總有一天我會買下一座那裡的摩天樓，這是Mr.D的口頭禪。

橋仔的首張單曲發行三萬張，賣到剩下一成左右，就新人而言算是成功。D原本以爲能夠賣一萬張就不錯了。橋仔的身世獲得了超乎預期的迴響。橋仔總計登上週刊十一次，上電視表演七次。Mr.D仔細傳授橋仔受訪時應答的技巧，甚至找了三個編劇製作多個版本的應答範例，經D挑選後讓橋仔背熟。

聽說你是被遺棄在置物櫃的孤兒？

「是的。」（聽到問題後，務必暫緩片刻，並表現得極不情願的樣子簡短回答，一定要直視提問者的眼睛，強而有力地看一眼而不是持續盯著，也不可以瞪對方。）

想必吃過不少苦吧？

「看起來像嗎？」（提問後立刻簡短回答，亦可報以毫無心機的笑容，天真無邪，誠心誠意表現出「看起來像啊」的樣子，回答後不論採訪者說什麼都低頭不語。）

聽說你從小就喜歡唱歌，喜歡什麼樣的歌？喜歡的歌手又是哪位？

「我喜歡島倉千代子和舒瓦茲柯芙。」（這個問題要舉兩個完全不同類型的歌手，最好每次都舉不同的人，例如米克．傑格與知名的浪曲家，一者是有名的人物，一者是採訪者應該並不熟悉的歌手，若對方再問該歌手的事，就繼續談到被制止爲止。）

是什麼原因讓你想要成爲歌手？

「因爲寂寞。」（注意語氣，不可讓人感覺是在博取同情，以開朗、自信、如今一點也不寂寞的感覺，稍微帶著微笑也無妨，但是任何場合都絕對不可露出難爲情的笑容，簡單回答後就別再多說什麼。）

想跟生母見面嗎？

「我經常夢見她，但幾乎都是可怕的夢。」（表情認眞，但不可顯得悲情，最好是邊緩緩吐氣邊說，避免嘆氣，說到「經常」之後要停頓一下，說完「夢見她」後喘口氣，不可以笑，回答過程中要緩緩轉移視線三次。）

如果見面的話，有什麼話想說？

「嗨，好久不見。」（重點是回答後立刻觀察採訪者，若對方臉上多少出現笑意，就投以哀傷而帶著輕蔑的眼神；若對方一臉嚴肅則報以微笑，而後，如情況是前者且對方收起笑容，若對方繼續笑的話不妨立刻起身，若情況是後者，要是對方回以微笑便立刻態度轉硬，如果對方的表情一直很嚴肅，就慢慢收起微笑。）

會恨遺棄你的雙親嗎？（會問這種問題的多半是心腸比較硬的記者或生性浪漫的女主持人，不論遇到哪一種，只要擺出這個問題眞無聊的表情來回答即可。）

橋仔展現了完美的演技。橋仔並不討厭接受採訪。受人矚目讓他相當受用。Mr.D的指示是化身爲「特立獨行但不至於惹人厭的少年」，而橋仔能夠充分掌握那微妙的境界，回答或表情出乎對方的預料讓他有種快感。每次令他人吃驚、生氣、感動、或哭泣，都讓橋仔體內產生一種過去與他完全無緣的東西，那就是自信。電視是一面鏡子。映在鏡中的自己與過去不同，不再害怕或哭泣。正好相反。

橋仔很喜歡D為他設定的個性，並努力成為那個反映在映像管和雜誌彩頁中的自己。那並非難事，也不痛苦。因為只要稍微改變一下想法就好。過去的我原本就與眾不同，與其他人不太一樣，假裝是個窩囊廢，總覺得成年男性很可怕甚至還被嚇哭，那是因為，那麼做能讓成年男子開心，也曾因為不擅長運動而裝病，並因此而苦惱，而討厭自己，但其實我是藉著這種與他人不同的方式不斷磨練自己。

出現在映像管中那個充滿自信的分身居然能夠操控並且改變自己的記憶，這令橋仔驚訝不已。手握玻璃纖維撐竿在同學面前飛向天空的菊仔已不再是英雄，而是隻可憐的金剛猩猩。嘲笑橋仔穿著制服臉色蒼白在一旁看同學上體育課的那些女生，只不過是一群思慮膚淺、不知苦痛、相對也不了解令人顫抖的感動是什麼感覺的傢伙。如果把那位像機器人一樣的桑山帶來電視台讓他對著麥克風講話，會有什麼結果呢？他搞不好會昏倒吧。橋仔就這樣逐一改編那些不快的回憶。

仔細回溯記憶之後橋仔發現自己可以依據某個事件前後分成兩種個性。在那事件之前，自己一直是個被害者。由於尚未發現自己的角色與使命，能力仍然沉睡並且被其他無關緊要的價值標準束縛，被人說是窩囊廢。不會吊單槓，就只因為這個理由。就只是因為這樣大家就故意嚇我，令我討厭自己，直到那件事情發生，潛藏在體內的慾望之所以覺醒，之所以明白自己想做什麼，之所以開始搜尋聲音，全都是因爲某一天我用磚塊毆打一個像狗一樣舔我性器的大漢。

寄物櫃撒上痱子粉光滑的質感，塗抹全身的軟膏氣味，湧上喉頭自嘴巴溢出流到臉頰和耳朵的藥物味道，無法動彈的恐怖，都被催眠術所喚醒。百貨公司頂樓，那個消魚尾紋手術失敗的紅髮歌手讓我回想起這些。我衝下樓沿著河邊奔跑進入一間公共廁所。潮濕的空氣，窗口可以看到霧濛濛的港口。港口的海面、天空、建築、以及船隻都呈灰色融合在一起。覆蓋厚重雲層的黃昏，景物看起來都融合在一起。開始點亮的街燈與船上的燈火使得岸壁、軍艦、海面及其背景的界線變得更加模糊。拖曳離港向外海駛去的油輪，船影緩緩自昏暗中消失。

廁所角落有個流浪漢。他是個身體浮腫的大個子，戴著草帽蹲在那裡。一看到橋仔，對方便耍著裸露的性器發出呻吟嚇唬他。塊頭雖然大，體重看起來卻很輕。橋仔不禁懷疑他身體裡面塡充的是空氣而不是血。如果用針扎一下他的喉嚨搞不好就會漏氣然後從窗子飛走。一個由煙化成的人，遇到麻煩的時候就會出現讓主人許願，幫忙解決之後又化爲一陣煙消失回到神燈裡。他笑著脫掉橋仔的長褲，不斷說著：拜託拜託拜託，沒什麼好怕的，拜託啦。橋仔並不害怕。因爲這淌著口水的赤腳大漢，在橋仔眼中是條忠狗，是個煙霧化成的精靈。男人含住橋仔的性器。口中是個海葵窩，橋仔一直閉著眼睛。身體暖了起來，尿意隨著每次呼吸湧上頭部。男人是條忠狗。邊哼哼唧唧邊用白色的舌頭不停舔著。類似尿意的訊號波在眼底聚集，搖動腦袋的中心。刮削眼底通往腦部的軟骨壁，原本埋藏的東西開始微微動了起來。那東西一動，橋仔發現自己竟然全身顫抖。靜下來啊，橋仔喃喃說著。糾纏著的海葵鬆開一根根吸盤，橋仔覺得全身無力。當那反覆收縮與膨脹的紅通通肉條現形時，橋仔大叫著抽身後退。我懂啦！橋仔大喊。我已經懂了，所以你快消失吧，快化成煙消失吧！大塊頭爬過來又想抓住橋仔的性器，口水直淌落地面。在橋仔的眼底，裸露的記憶化爲紅通通的肉條開始蠢動。我說可以了，你的任務已經完成，快回神燈裡去吧！大個子伸出可達下巴的長舌，草帽掉落地上。他的頭頂尖尖的。橋仔認爲那腦袋的尖端有個開關。拾起身旁一塊破磚使勁朝那開關砸了下去。磚塊輕易陷入腦袋的肉中。男人冒出紅煙搖搖晃晃站起來消失在黑暗中。橋仔將染血的磚塊扔進便池。染血的磚塊攪拌著裸露的記憶。氣球男的慘叫聲殘留在耳際，外側逐漸有聲音傳來。是聲音。

沒錯，我就是這樣想起來的，聲音如同漩渦化爲旋律裹住全身，我閉上眼睛，在睡著前的那一刻，看到了在熱帶珊瑚礁間洄游的魚群、夕陽下在熱帶莽原奔馳的長頸鹿、冰山上方滑過的滑翔機等等影像、菊仔與精神科醫生的臉、灰色的建築物，以及牆壁襯了橡膠的房間，還有透入血管流遍全身的聲音，我就這樣與那聲音重逢，是什麼揭露我的記憶呢？是那個變態嗎？因爲我就是在那天有了改變，今日的我就是在那天萌芽，該感謝那個變態嗎？沒那種事，出乎意料重要的是我曾用磚塊砸破那傢伙尖起的腦袋，因爲，偶爾敲破忠實擁護者的腦袋是必要的，爲什麼？爲了與自己的慾望相遇。

橋仔的演技相當成功。橋仔成功化身爲這麼一個古怪卻不可思議令人產生好感的少年，甚至到連他自己都產生錯覺的地步。橋仔在映像管中持續展現完美演技，想要將自己所有的記憶進一步完全扭曲。意圖將心中的屈辱感一掃而空。

「截至目前爲止，總計售出兩萬九千一百一十一張，以新人來說還算是不錯，可是我說橋仔，這點程度就連那摩天樓的一片窗玻璃都買不起啊。」

Mr.D的身體因爲黑人女幫忙塗抹牡羊油泛著亮光。橋仔被召來D的事務所，說要討論第二張唱片的事。黑女人穿著比基尼泳裝和綁帶長靴。

「算一算，世界上知道有橋仔這麼個歌手的人應該有三十萬吧，而不知道橋仔這個名字但是知道有個投幣式寄物櫃的棄嬰，現在出來做了些什麼，這樣的人卻有上百萬。懂了吧，重要的是第二支單曲，立刻就錄音，歌詞在這裡，看一下。」

Mr.D相信，介紹橋仔身世的節目在電視上播放時若是再安排橋仔與生母見面，一定會有數百萬人認識橋仔，可是他並沒有說出來。橋仔的歌如同毒品。起初會產生排斥反應。所以必須讓人們了解並接受這個祕密，了解並接受橋仔的身世。誕生自投幣式寄物櫃，與一般平易近人的歌手可不一樣。只要讓那些人聽到第三遍就勝券在握了，他們將再也離不開橋仔的歌。

〈故事之始〉

食指朝向天空

射擊太陽

爲了讓世界失明

閃亮亮地墜落

收集太陽的碎片黃金之刃

刺穿你的胸膛

在你耳邊低語

無聊時刻已經結束

我要讓你瘋狂

故事此刻方才開始

嘆一口氣撕裂暗夜

世界在我腳下

被撕扯得支離破碎不住喘氣

縫縫補補的天鵝絨斗篷
潛行進入你的房間
喚醒沉睡中的你
無聊的夜已經結束
我要讓你瘋狂
故事方才開始
我要讓你瘋狂
故事方才開始

「怎麼樣，喜歡嗎？這歌詞可花了不少錢，喜不喜歡？」

「我覺得，好像太浪漫了一點。」

「唱得來嗎？」

「有點難度，我試試看。」

Mr.D起身拿浴巾擦拭身上的油。抬頭望向摩天樓。要幫我買下那一棟啊，橋仔。

黑女人收了錢，離開手還摸著她屁股的D，就這樣穿著長靴套上毛線洋裝，假髮收進皮包裡。熬夜之後最好轉轉肩頭運動一下啊，她用日語說完後離開房間。Mr.D用手指彈一下已然疲軟滿是皺紋的性器，對橋仔笑了笑。

「你去找個年輕小夥子玩玩吧，聽說Market進了新貨色。」

「嗯，有件事想拜託你。」

「什麼事？想吃蛋包飯的話可不行，這附近的館子只賣蕎麥麵。」

「希望能讓妮娃當我的經紀人。」

「找那個大嬸？你在想什麼？」

「她很了不起。」

「也是啦，嗯，先別提妮娃，好久沒逛Market了，我們去叫兩個小夥子熱鬧熱鬧如何？是吧橋仔，好久沒熱鬧熱鬧啦，你說女人哪一點好啊？那裡濕濕黏黏的，多噁啊，你說那麼俗氣的肉縫有什麼好的？」

「我，不想當人妖了。」

「真敢說啊。」

Mr.D穿好衣服，拿起電話大吼：還不快把麵送來！

女職員端來天麩羅蕎麥麵和蕎麥涼麵各一碗。D從抽屜取出一個藍色罐子開了蓋，罐裡裝的是雞油，用雞的皮下脂肪加入鳳梨果肉凝結製成。D將油凍切成三塊抓起來丟進蕎麥麵的醬汁。

「來一點嗎？台灣來的，很好吃喔。」

說著舔了舔指頭上的油脂。橋仔搖搖頭。橋仔並不想吃蕎麥麵。他看著嘴唇被油抹亮的D，與D四目相交難爲情小聲說道：

「我啊，想跟妮娃結婚。」

妮娃的夢想是設計出天使的衣服。妮娃的父親是音樂家。據說原本學生時代彈的是鋼琴，但是因爲無法養活自己，於是去駐唱喫茶店拉手風琴。妮娃的母親是經常出入該店的女學生，兩人不顧家長的反對逕自結了婚。

生下妮娃後不久，母親開始覺得胸部不適。經過診斷，醫師懷疑是預防難產的新藥產生的副作用。拉手風琴的收入並不多。兩人商量後，覺得擠在狹小的租屋處對嬰兒與病人都不好，於是母親厚著臉皮帶妮娃回娘家去住。娘家在岡山，經營一家老旅館。受到的待遇並不好。家人勸母親離婚，可是母親不答應。妮娃在旅館裡一間挑高很高採光不好的房間長大直到十四歲。咳嗽不停的母親會在昏暗的房裡畫水彩。妮娃很喜歡充當模特兒。由於母親擔心疾病會傳染從來不抱妮娃，因此妮娃認爲靜靜坐著雙手擱在膝頭讓母親注視，是讓她感到最高興的一件事。母親把她畫得比她本人還美。邊畫邊跟妮娃說話。對不起，讓妳必須這樣忍耐，我們跟這個家實在不合，母親這麼說。

拉手風琴的父親每半年會來一次。來時一定會帶鄉下地方買不到的娃娃或玩具，還會一再抱起妮娃磨蹭臉頰。晚飯後，他會在母親及眾人面前拉手風琴唱歌。可是妮娃很討厭這個瘦削的男人。因爲男人每次來了又去，母親一定會哭。

妮娃上小學後，手風琴樂師便不再出現。母親的病情既沒有轉好也沒有惡化。妮娃成爲全年級個頭最高、功課最好，可是很少笑的一個學生。小學五年級時，她第一次拿到針線和布。妮娃想要縫製雪白的洋裝。因爲以妮娃爲模特兒時，母親總是讓畫中的她穿著雪白的洋裝。妮娃將布帶回家，每晚熬夜縫製洋裝。完成之後讓母親第一個欣賞。好像天使的衣服呀，母親看著雪白的洋裝這麼說。然後緊緊抱著妮娃。

妮娃另外又縫製了好幾件白色衣裳。母親每次都會緊緊抱住她。有一回母親甚至還抱著妮娃哭了起來。記得那是在夏天。母親的汗卻冷冷的。碰觸冰涼的汗水，妮娃突然感到害怕。她覺得如果這個人死了，日後將不會有人再碰觸自己。至今她仍不明白，爲什麼會突然產生這種想法。或許是被過去一直未曾抱過她的母親抱了好幾次，過於興奮導致的吧。以後不會再有人碰觸自己了吧，她突然這麼想。這種妄念在學校漸漸硬化成形。跳土風舞時，男同學因爲害羞不敢牽手，讓她認定果眞如此，不禁打了個寒顫。妮娃買了洋裁書籍繼續縫製白衣，但匪夷所思的是，每次母親開心的擁抱，都讓沒有人會碰觸自己的妄想更加強烈。

妮娃不顧母親反對，到東京去念一所私立的教會女子高中，後來順利考上大學。當她在學校的園遊會上賣洋裝時，一個男生過來搭訕。「好熱啊，要不要去喝個汽水還是什麼飲料？」曬得黝黑的高個子男學生問。妮娃跟男生去喝了汽水，並打定主意要嫁給他。即便連對方的名字都還不知道。那一夜，妮娃一切都許了對方。因爲眞的想結婚，妮娃很有技巧地自己絕不提想要結婚之類的事情。之後她不再允諾肉體關係，並在不會招致反感的前提下一點一點透露已獲得瑞士高級訂製時裝獎，所以未來的先生應該不必辛苦奮鬥，以及家裡在岡山擁有大旅館等等事情。進展順利。一年後兩人結婚了。

男人成了一個只有肌肉足以自豪的平凡上班族。妮娃根本不愛他。只因爲他是第一個想碰觸自己的男人。婚姻生活沒有絲毫快樂可言。雖然每天都覺得快要窒息，但是妮娃也擺脫了妄想。妮娃拒絕生兒育女。由於設計師開店需要大筆資金，妮娃只好走造型師這一行，不過妄想一消失，製作天使衣裳的熱情也隨之漸漸淡化。

這種要死不活的日子持續十年之後妮娃發現乳房長了小硬塊。是乳癌。醫生告知非切除不可。妮娃哭了。雖然難過，可是妮娃發現自己有個奇怪的期待。因爲她想或許可以藉此離婚。明明切除乳房會和男人分手，爲什麼心裡竟然會湧現淡淡的喜悅呢？這件事情令她覺得非常不可思議。

妮娃在住院期間離了婚，再次和昔日親切的妄想重逢。沒錯，我這留下醜陋傷疤的平坦胸部，僅存少許肉的乳房，會有誰想碰呢，大概不會有人想碰吧，可是她並不因此感到痛苦。大概沒有人會碰這個想法已經不再是妄想。而是事實。面對事實不必害怕。只要哭個幾天然後接受就好。

橋仔切開了妮娃胸部的手術傷疤，把阻塞在裡面的「遙遠的思緒」拉扯出來。那個在旅館房裡靜靜坐著單單讓人注視的自己撕裂疤痕登台亮相。送行的計程車中，當橋仔筋疲力竭倚在座位上用力握著妮娃的手，她便決定要忠於自己的慾望。將橋仔帶回住處脫掉衣物舔遍他全身，希望能讓橋仔情慾高漲而後觸摸自己的胸部。橋仔勃起並且醒來。妮娃開了燈讓他看自己的胸。拜託你摸我，妮娃認眞地請託。橋仔環視四周好一會兒，確認過自己與對方的性器之後突然笑了出來。是眞的很開心的那種笑。「很可笑嗎？」妮娃哭喪著問，但是橋仔緊緊抱住她。溫柔撫摸那沒什麼肉的胸部，用舌頭滑過搔著輕咬著，陰莖磨蹭著。不，是太完美了，太棒啦，橋仔這麼說。

Mr.D決定讓妮娃擔任橋仔的經紀人時曾這麼調侃：剛剛好，要當那小子的第一個女人，妳最適合了，他可是第一次跟女人做，因爲他是同性戀啊。即使明白橋仔看到沒有肉的乳房之所以會笑的理由，妮娃也不覺得難過。橋仔是同性戀，那又如何。那次的性愛太棒了。橋仔舔了我，用唾液與舌頭爲我塡補了「遙遠的記憶」。妮娃現在正爲橋仔設計舞台裝。打算做一件雪白的緞面夾克。應該會是件天使的衣裳吧。妮娃得到兩件寶物因而感到幸福。一是可以用心去愛的天使，一是爲那天使縫製衣裳的夢。

16

橋仔中途決定下計程車走路。他和妮娃約吃飯，可是時間還早，而且也忘了買花。妮娃喜歡蘭花。花店門口裝飾著好大一棵聖誕樹。店內溫暖，瀰漫著潮濕葉片的氣味。一個襯衫敞開露出胸毛與象牙項鍊的男人大喊歡迎光臨。他正在修剪玫瑰花莖。橋仔選了蘭花。五枝白色花瓣邊緣帶著淡紅的蘭花。

用銀紙和緞帶包裝花束時，一個身穿皮草的人妖走進店裡。嗳老哥，給我來一把連枝的九重葛。店主擱下蘭花束，去裡面的玻璃櫥抱來一大把九重葛。問要做什麼用，回說是要插在頭髮上在聖誕晚會中扮成紅鼻子馴鹿跳舞。花瓣很容易掉，可別搖得太厲害啊。

橋仔第一次看見這麼鮮豔的九重葛。之前小心收藏著的是已成茶色的乾燥花。嗯，不知道九重葛的花語是什麼啊，橋仔低聲問。店主笑著搖搖頭。會不會是「人妖的憂鬱」啊，人妖眨眨眼這麼說，橋仔也笑了。九重葛的花瓣很薄，稍微有點風就會自枝頭震落。遺棄我的女人爲何要將這種花撒在寄物櫃裡跟我放在一起呢？那位女作家說過，因爲這是當年花店裡最貴的花。人妖放了幾片豔紅的花瓣在銀狐皮裘的肩部，自橋仔身旁走過。

一個帶狗的盲眼老者在拉小提琴。不知是否因爲手指凍僵，一起風便走音。狗呼出的氣是白色的。有個醉漢停下腳步，在狗前面坐下。不顧同伴的勸阻打開拎著的餐盒，將壽司遞到狗的鼻子前。掉毛的雜種狗嗅嗅壽司的味道後望著主人。「怎麼啦？」老者仍拉著小提琴，用沙啞的聲音問。哦，我只是想拿壽司給牠吃，醉漢說。不好意思，這隻狗不吃生食。醉漢抓住狗的項圈，要把壽司硬塞入狗嘴裡。這畜生眞是不知好歹，這可是鮪魚肚肉啊。狗夾著尾巴哀叫著想跑。老者忙賠不是並應醉漢要求演奏了一首〈流浪者之歌〉。醉漢滿意了，將剩下的壽司塞入空罐揚長而去。老者蹲下身掏出空罐中的飯粒在地上敲了敲。

六本木的路邊有成排的年輕乞丐在地上放了箱子販售首飾、自己的畫作或是詩集。也有人抓著像是撿來的聖誕蛋糕往嘴裡送。一個冷得縮著背的女人將別針刺入臉頰，上面掛了張紙條。紙條上寫著：龐克到永遠。別針已經生鏽。天色昏暗看不清楚，但那臉頰肉搞不好都化膿了。只見她不時拿出一條軟膏來塗抹。女人滿嘴塞了蛋糕，還拿個塑膠袋吸食強力膠。一個臉上塗了跟法國國旗一樣的三色、擺了一排Q比娃娃圖畫的男人正在打坐。十二月天卻只穿了件T恤，足下是雙夾腳拖。有個男人在賣吹箭，還親自示範。聚了不少人，看來頗受歡迎。材料是約一公尺長的鉛管以及裝了圓錐狀紙尾的鋼釘。相當具有威力，可以輕易射入十公尺外的厚木板。看板上寫著：可致人於死。正看著時，後面有人喊橋仔。一個鬈髮男子朝著他笑。男子沒有門牙。

是我呀橋仔，男子講起話來會漏風。是辰夫。辰夫在別針女的旁邊賣詩集。詩集名爲《蜜蜂的屍骸》。

「不是我寫的啦，是一個怪老頭的作品，他免費送給我的，橋仔你發達了啊。」
即使橋仔表示不要，辰夫還是硬塞了一本詩集到他口袋裡。
「橋仔，我聽過你的歌喔，好些傢伙說不怎麼樣，我把他們都揍了一頓。」
辰夫看見橋仔手中的花束。
「眞漂亮，是南方的花吧？南方不論是花或者是魚都很美。」
「辰夫，不好意思，我有急事。」
「啊，這樣哦，我想也是，你應該很忙吧。」
「江美子呢？」
橋仔這麼一問，辰夫好像這才想起來似的用手摀住缺了門牙的嘴。
「我的牙，沒啦，連麻醉藥也沒用就被那些傢伙給拔了，因爲霰彈槍被那個運動員藏起來了，他們逼問藏放地點，可是我哪知道啊。橋仔，沒上麻醉就用鉗子拔牙，痛死人了，比耳朵被扯爛還痛，你能想像嗎？是個沒有牙醫執照的傢伙下的手，不過由牙醫來拔也是會痛啦。」
「抱歉，我眞的有急事。」
「嘿，橋仔，跟你同住的那段時間眞的很快樂，覺得好像是很多年以前的事了，但其實也沒隔多久嘛，橋仔你發財了吧？去過宿霧了嗎？有錢人好像都會去宿霧啊，橋仔你去過了嗎？」

「不好意思，辰夫，我們找時間再聚吧。」

橋仔想走，外套袖子卻被辰夫抓住。

「啊，抱歉，我知道你很忙，可是有件事想拜託你，抱歉啊，嗯，如果你去了宿霧，可以見見江美子的話就好了，能不能幫我帶個口信？就說我現在雖然缺了牙但過得很好，也不會再跟人打架了，你會去宿霧吧？因爲已經是有錢人了啊，聽說土產買吉他不錯，是手工製造而且非常便宜，貝殼飾品在日本就有得買，要送人的話眞的還是吉他比較好，搭新加坡航空去最便宜啊橋仔，印度航空也很便宜可是機上餐全都是咖哩，光吃咖哩可是會讓人倒胃口的，從馬尼拉搭國內線五十八分鐘就到，從日本過去加上轉機時間竟然只要六小時二十九分，很嚇人吧，只要六小時二十九分鐘就到了，我在這裡都已經待了不止四小時啦。」

橋仔什麼也沒說。右手袖子被辰夫抓著不放，於是將蘭花換到左手。辰夫從口袋裡掏出一個玻璃珠。是只戒指。

「我在週刊上看到，聽說你訂婚啦？雖然有點髒，不過這送給你，沒關係橋仔別客氣啊，因爲我們是朋友嘛，既然是朋友，在收禮送禮的時候就不可以客氣。」

橋仔將玻璃珠放進口袋，辰夫咧著缺了門牙的嘴笑了並放開手。先走啦，橋仔說完便走。一回頭，辰夫還不斷跳著自人群中探出頭來揮手。

菸抽得太凶，喉嚨痛，妮娃說。橋仔將蘭花交給服務生裝飾桌面。

「噯，妳覺得九重葛好看嗎？」

「怎麼問這個？」

「剛才在花店看到，我覺得很好看。」

「好像沒有香味喔。」

「遺棄我的女人，在寄物櫃裡撒了九重葛的花瓣。」

「是哦，或許是個喜歡花的人吧。」

「不知道她爲什麼要那麼做。」

妮娃視線向下望，喝乾了餐前酒。看在眼裡，橋仔笑著說不談這個話題了。妮娃覺得很痛苦。因爲橋仔將在一週後的聖誕夜與那女人見面。他們已經查出了那女人的姓名和住址。橋仔並不知情。D交代妮娃，不可以讓橋仔知道。如果妳有把握說服他的話倒是可以說，我好幾次想說都開不了口，如果妳可以的話就說吧，沒有關係。可是妮娃說不出口。

橋仔思索自己遇見辰夫之後心情變差的原因何在。自己映在映像管那面鏡子上塗改過的記憶，只要一遇到過去認識的人好像就會瓦解。自己精心構築、毫無屈辱、並充滿新意的回憶，一旦遇見知道自己過去的人，三兩下就毀損了。想到這裡，橋仔不禁脊背發涼。如果那些傢伙全死掉該有多好，他這麼想。辰夫那缺了門牙的臉浮現在腦海。竭盡所能抹去那些之後，菊仔接著出現。可是不管再怎麼努力，菊仔都沒有消失。

「怎麼了？」

妮娃問道。妮娃穿了件天鵝絨的開襟洋裝。橋仔伸手探入她的胸口。在這裡不行啦。摸到的是海綿襯墊和鋼絲胸罩。這是做愛前的一餐。腦袋裡出現妮娃的裸體。像是男人的乳房，以及女人性器，棒極了。如果是一對照片上看過的那種豐滿乳房的話不知道會怎樣，自己只摸過母牛的乳房，搞不好會格外興奮也不一定，如果有人擁有女性乳房與男性性器就太完美啦，說不定背上還長著翅膀。

前菜與湯上桌了。湯盛在剔淨的龜殼裡。一口入喉美味到令人發抖，於是橋仔忘掉了菊仔和辰夫。

17

秋牡丹駕駛八七年份的福特烈馬（Bronco），載著菊仔朝西新宿前進。秋牡丹擁有會員資格的健身俱樂部位於一棟外商綜合銀行大樓的附屬建築裡，銀色的圓形屋頂在摩天樓群的包圍下閃閃發光。兩人每天都去那俱樂部報到。爲的是學習潛水技術。秋牡丹將Bronco停在地下停車場。

菊仔取出新購的潛水器材。那些拍攝電視廣告、雜誌彩頁、以及海報等等的模特兒契約金僅僅保留購買鱷魚食料的部分，其他幾乎全部存了起來。存款大半被菊仔拿去買前往宇和根海底洞窟探險可能需要的特殊潛水器材。包括可在海中輕鬆活動減低氧氣消耗量的水中推進器、萬一達秋拉流出時可以避免喝到海水的職業潛水夫用全罩式蛙鏡、浮力調整背心、減壓電腦等等。

在健身俱樂部的櫃台出示會員證，領取寄物櫃的鑰匙。進更衣室換了運動裝，菊仔和秋牡丹來到鋪設人工草皮具備坡度起伏的四百公尺跑道慢跑。跑道寬三公尺，繞行一圈正好可以巡過俱樂部所有設施一遍。就像搭上可以一覽整座遊樂場的雲霄飛車那樣。秋牡丹慢跑兩圈，菊仔變換速度跑了五圈。四面壁球場、網球場，四座游泳池，兩人跑完之後來到佔據三樓整層的健身房。

體操器材包含重量訓練中心、彈翻床、地板運動、鞍馬和單槓等等；滑雪練習機循環轉動附有人造雪的傳送帶；衝浪練習台震動輕砂、保麗龍、原油混合而成的半液體產生波浪，秋牡丹上彈翻床跳了十下之後走向人體彈珠台的櫃台。做了簡單的循環系統檢查，領取一面打孔的壓克力板。這裡是全國唯一擁有人體彈珠台的俱樂部。起點排放了三個球形鐵網籠。秋牡丹進入其中之一。球籠由雙層鐵網組成，其間塡有軸承滾珠。這鐵網的外側則是由橡膠履帶構成的旋轉體。鐵籠內有透明塑膠椅。秋牡丹坐了上去。椅子的造型像是海釣船上的拖釣椅，可以利用調整桿來調整前後左右的傾斜度。鐵網內部的直徑約二點五公尺。許多附有彈簧的握把與鐵管突出來，相當複雜。秋牡丹揿了椅子旁的按鈕，將壓克力板插入腳邊的槽中。計分板閃了一下。門打開，鐵籠緩緩旋轉開始徐徐加速。一個坡度和緩的巨大彈珠台在眼前展開。途中設有名爲背肌坑、肱肌壁、腹肌道、頸闊肌帶、外胸肌帶、股四頭肌坑、脛骨跟腱壁、三角肌橋、臀大肌道等諸多障礙。例如若是落入「背肌坑」這個底部襯有橡膠墊的圓坑，鐵籠內的椅子就會向後倒，秋牡丹就必須以仰臥起坐來運動背肌。椅子內建的接收器會計算通過運動神經纖維的興奮訊號量。約三分鐘後鐵籠自坑裡彈出再度開始旋轉，以「背肌坑」爲例，路線會因背肌運動消耗量的差異而有各種變化。各路線的地面埋設有感光的重力計，獲得的數値會累計在鐵籠內的計分板上。如此這般通過所有障礙，遊戲便結束。依據性別年齡來判定綜合運動量，滿分一千。秋牡丹獲得八百一十三分。

上午來健身房的以婦人居多。瀰漫外表塗抹白粉與香料的脂粉味。這群用白色運動裝綑綁臃腫身體的女人們聚在人造草皮上，看起來像是一堆毛毛蟲。是蜜蜂幼蟲。用高壓幫浦將牛奶灌進肛門身體鼓脹的寶貝們正在做健美操。脖子淌下的汗水是甜的。屁股和腹部都在搖。若是將她們的肉切開好像也不太會流血。感覺像是會有各種東西隨著發黏的黃色汗水一同散落到地板上。彷彿會有諸如飯粒、嚼爛的義大利麵、長黴的豆腐、發酵的豬油、結塊的美乃滋、未消化的蛋、牽絲的乳酪蛋糕等等啪啦啪啦從那些女人撐破運動裝的屁股流出散落地板上。「嗨年輕人，聽說腹肌運動可以治療便祕，是眞的嗎？」一條毛毛蟲邊爬邊問菊仔。不知道，菊仔回答後逕自走向秋牡丹。

「那個人是不是怪怪的？」前往游泳池途中，秋牡丹指著一個老人問。老人在人造草皮跑道上搖搖晃晃跑著。從兩人面前經過時嘴裡不知嘀咕著什麼。臉色發白，腿也抽筋了。菊仔召來指導員過去勸阻。指導員上前陪跑，同時勸老人休息。老人搖搖頭繼續跑。指導員跑到前面擋住，伸手要搭上老人的肩膀。老人想揮開指導員的手，身子一扭卻失去平衡摔倒。菊仔跑過去幫忙把人扶起來。菊仔與指導員小心翼翼搬運以免晃動老人的頭。汗水漸乾浮現鹽的結晶。嘴巴張著，吐出的舌頭發白。這是過度運動。指導員嘖嘖出聲，「到底在想什麼啊。」說著望向菊仔。這已經是這個月第六人了，不管怎麼勸都不聽，如果放著不管就會一直跑到死。老人送進醫務室之後戴上氧氣罩。都是因爲失眠啦，老人向指導員解釋。如果不把身體弄累就睡不著，感覺就像是血管乾涸、有無數的小蟲從皮膚的縫隙鑽出來，你們應該無法體會吧，老人說著望向秋牡丹。好像全身的血液都停止流動開始腐爛，噁心的小蟲一直啃著我的骨髓，長著扎人的腳、討厭的小蟲，在我的腿和腰上亂竄，就是這樣的感覺，如果跑到喘不過氣來全身發白失去血色的話，那些蟲搞不好也會跟著死光，我就會舒服些，累到快死的話就可以好好睡得像條死豬啦。老人難爲情地笑了笑，握住秋牡丹的手。那手像是洩了氣，有紅色斑點的氣球。緊握著秋牡丹的手，就那麼睡著了。秋牡丹將他的手指一根根掰開。

「爲了持續在水中呼吸必須使用經過加壓的空氣。深度十公尺是二大氣壓，二十公尺是三大氣壓。根據波以耳定律，二大氣壓下的空氣如果移至一大氣壓下，體積會變成兩倍，在二十公尺深處吸入肺裡的三大氣壓空氣，若上升到水面，就會膨脹爲三倍，潛水員如果沒有將肺裡的空氣排出便直接上浮，會出現什麼情形呢？肺裡的空氣也會膨脹，要是體積大於肺活量與肺餘容積，負責氣體交換的細胞、肺泡會龜裂。也就是說，肺會破裂。空氣洩漏進入胸腔，會造成氣胸。會出現胸部劇痛、呼吸困難等症狀，還會吐血泡。更嚴重的是氣栓症，一旦肺破裂，空氣會被吸入血管，進入血管的空氣經過心臟往外送，可能會使得小動脈阻塞造成血流停止，若是心臟血管或是腦血管栓塞則會引起急性心臟衰竭或急性腦障礙，有可能致命，切記，以水肺潛水時，上浮的時候千萬不可以憋氣。」

菊仔認眞寫著筆記。游泳累了的秋牡丹在打瞌睡，發出微微的鼾聲。菊仔用鉛筆戳了一下她的唇。秋牡丹姿勢不變睜開眼睛。早上化的妝已經全部脫落。噯，那個老先生，年輕的時候是快速滑冰選手喔。秋牡丹伸出舌頭舔舔嘴唇。半閉的眼皮微微顫動。

晚飯後看電視時發現橋仔出現在螢光幕上。他跟一個高個子、眼眉上揚的女人一同接受主持人訪問。橋仔又恢復了原本的樣貌。頭髮剪短也沒搽脂抹粉，據說打算跟那個年紀比他大上不止一倍的女人結婚。畫面出現女人左手的特寫。只見手指時屈時伸，顯得很難爲情。細長的無名指上有顆寶石。看到那沒搽蔻丹又多皺紋的大手，菊仔就明白了。他很清楚，橋仔所追求的是那女人的手。出現橋仔臉部特寫時，菊仔喊秋牡丹來看。嘿，我弟弟上電視啦。橋仔很會唱歌，各種音樂也全都知道，菊仔驕傲地對秋牡丹這麼說。

唔，有傳言說，你是同性戀啊，主持人一副難以啓齒的模樣低著頭問。橋仔表情完全沒變，望著遠方好一會兒後突然以咄咄逼人的態度開口了。同性戀，是指喜歡男人吧？我嗎？說我是同性戀？說我在那個惡名昭彰的風化區市場化妝打扮出賣靈肉？誰說的？有證人嗎？哼，那又怎麼樣，沒錯，欸別急嘛，沒什麼好奇怪的，我喜歡男人，睡過的不計其數，可是我也喜歡女人，要是想跟哪個人上床，根本不會在意對方是男是女或者年齡，上了年紀也沒關係，就算不是人也無妨，只要能讓我產生慾望讓我覺得雙方情投意合，即便是貴賓狗也無所謂，是羊是馬或是雞都好，如果我跟火星人相好有了孩子，第一個就會帶來這個攝影棚給你看，到時再來個專訪多好，就像今天一樣就像現在一樣，再請一臉蠢樣來個專訪吧，再問那個火星孩子，問他是不是同性戀。主持人一時之間啞口無言。撥弄耳機，等著攝影機旁的導播下指示。高個子女人連忙道歉。不好意思，他這個人不好捉摸，有時候就是會開這種沒有惡意的玩笑。橋仔則盯著一個不相干的方向。額頭冒汗，濕潤的眼睛閃閃發亮。

菊仔非常訝異。因爲橋仔充滿了奇妙的自信。說話方式像是另外一個人。看著那眼神、動作，菊仔想起來了。橋仔過去只有兩次呈現這種狀態。在育幼院玩那些破爛的時候，還有接受催眠後足不出戶一直看電視的時候。眼睛濕潤閃閃發亮，搞不清楚正看著哪裡。就和在育幼院的寢室佔據地板佈置莫名其妙的情景模型而且只對菊仔說明的時候一樣。那是坦克車喔菊仔，旁邊的護欄是機場，投幣式寄物櫃嘛就是那邊的腳踏車尾燈，漂亮吧，是不是覺得很像是一窩人類的卵。菊仔對著在螢光幕上冷笑的橋仔喃喃自語。你在搞什麼鬼啊，這回又在玩什麼把戲？是被什麼人給催眠了吧，有人讓你又發病了。橋仔看起來很痛苦。每當受欺侮、嚇得哭出來，菊仔前去搭救時，橋仔都會擠出笑臉道謝。謝謝你，菊仔。菊仔很想再聽聽那聲音。

橋仔的節目甫結束，剛出浴的秋牡丹便伸出濕潤的手臂關掉電視。妳幹什麼啊，菊仔大喊。

「沒有啊，只是關掉電視而已，節目不是已經結束了嘛？」

秋牡丹將頭髮束起用一支蝶翼造型的髮簪紮在腦後。

「菊仔，你在想那個人妖的事情對吧？」

菊仔搖搖頭。

「少來，明明就在想。」

「我是在想自己的事情，不是想橋仔。」

「你的優點就是不會去想事情，眞的。」

「有時候也會想想啊。」

「不可以想啊菊仔，你不可以想，你要跳過那高高的橫杆時，會想什麼嗎？我是說起跑之後喔，會想著可以跳過，還是會失敗嗎？沒有想對吧？我討厭的人有很多種，其中我最看不順眼的就是一直煩惱不斷喜歡反省的傢伙，那種一直思考自己的人，在我看來，已經一腳踏進棺材裡了。」

「妳──」

「我什麼？」

「是正常的。」

「什麼正常？」

「是正常家庭的小孩。」

「那又怎樣?」

「不怎麼樣,但妳是正常家庭的小孩對吧,而我跟橋仔卻遭到遺棄,被生下我們的女人,拋棄了,我們是多餘的,所以遭到遺棄。」

「不必經常強調這一點吧,我知道,所以你才心裡有恨不是?才想將這城市化爲廢墟不是?不是已經在做了嘛,那就別再說你在想其他什麼事情了。」

「唉,那小子可是從小跟我一起長大的,是個好人,嗯,他是第一個,秋牡丹妳應該明白吧,他是第一個,第一個需要我的人。」

秋牡丹緩緩走向在電視機前動也不動的菊仔,從後面抱住他的胸膛。

「菊仔,你錯了,根本就沒有哪個人一定需要誰,你說得不對,那個人妖跟你一點關係也沒有,聽了你那些話,我覺得你就像是飼養的鴿子飛走了的小鬼那樣難過得要命。我認爲重要的是,要找到自己想做的事情。我啊,還有我的爸爸媽媽頭腦都不好,不是有件很有名的雕塑,叫沉思者嗎?我討厭那個,每次看到我都很想把那個炸掉,對了,不是有一種儲存尿尿的地方長出石頭的病,讓人的尿尿裡面帶血,反正就是會痛的一種病,那雕像就是那種石頭啊,致病的石頭,只要炸掉就好,我喜歡活生生的鱷魚,是個像鱷魚一樣的女人,嘿菊仔,說件會嚇你一跳的事情,我是鱷魚王國的使者喔。就像是迪士尼樂園有四個王國一樣,腦袋裡有三個王國喔,運動王國、慾望王國,以及思考王國,慾望之國的國王是鱷魚。

運動之國的國王是八目鰻，思考之國的國王是死人。而我則是住在鱷魚之國。我長得可愛，不胖、不是窮苦人家的女兒、健康，沒有先天性梅毒，即使不受歡迎我也不會難過，反正那些人也無關緊要，不會便祕，雙眼視力都是二點零，也跑得很快，鱷魚神要我別去想那些有的沒的，你明白嗎？我是使者，爲了讓這個城市變成鱷魚王國我才被選中，還派了一個男人來協助我，就是你，菊仔，我一直在等你喔，你是爲了把這座城市咬碎撕爛而誕生的，我們的邂逅就是最有力的證明。」

「鱷魚王國在哪裡？」

「在我口中，黑暗柔軟的舌頭下面。」

是喔，讓我瞧瞧，菊仔說著將秋牡丹抱上大腿，用兩根手指撐開她的嘴。濕頭髮散在腿上讓人發癢。「鱷魚神在哪裡？」菊仔捏住秋牡丹的舌頭，說著把臉湊過去。秋牡丹喉嚨震動舌頭一捲將菊仔的手指含至指根咬了一下笑了出來。她伸著舌頭扯住頭髮把菊仔的臉拉近舔他的耳朵。鱷魚王國，還有我，都需要你喔，秋牡丹喃喃低語舌頭探進菊仔的耳孔。

橋仔從小就在自己周遭造了一層膜，以便隨時可以躲進去把自己關在裡面，只有菊仔獲准穿過那層膜。令人覺得舒服的一層膜。橋仔利用那密閉的膜來反射聲音並使之震動來取悅菊仔。菊仔一推秋牡丹，讓她那因滿是唾液而白濁的舌頭貼向自己的下腹。秋牡丹哪，菊仔心裡想。這丫頭就等同於罩住橋仔的那層空氣膜。冰涼濕黏，微微顫動著。

18

那個男人別號便利店。Mr.D的麻將牌搭子，表面上是個古物商，簡單說就是個方便好用的人。便利店接受D這樣的委託。桑山橋男，一個小名橋仔的棄兒。找出遺棄他的女人，前提是不能讓橋仔或那女人知道，查明那個遺棄新生兒的女人今年聖誕節人在何處做些什麼。

便利店只有三個月零兩天的時間可以尋人。便利店先作了一個假設。如果這假設錯誤，他認爲即使花上幾十年也找不到。如果假設成立，或許就來得及。便利店所作的假設是：剛生下橋仔便遺棄他的女人，一定還曾經遺棄或殺害其他子女。他先徹底調查有殺嬰、遺棄嬰兒、遺棄嬰兒屍體這類前科的女人，或者曾因涉嫌而遭逮捕的女人。線索非常少。

全身赤裸的橋仔被裝進紙袋中，遺棄在國電根岸線關內站的三〇九號投幣式寄物櫃。根據發現警官的報告，橋仔全身擦了痱子粉口吐黃色液體。液體帶著藥味。經警察醫院化驗，該液體是市面上買不到的嬰兒用止咳糖漿。出生後約三十小時。一九七二年的七月十九日，此女無疑就在關內車站。而且在那之前的三十小時應該在某家醫院裡。用來裝橋仔的紙袋，出自橫濱中區元町一家名爲「格紋布」的進口雜貨店。用來裝外套、西裝，相當大的紙袋，而且還很新。此外就是九重葛的花瓣，尚未枯萎。經便利店調查，包括東京在內，橫濱市周邊當時應該有售九重葛的花店僅有十一家。綜合上述事實可知，此女不是來自他處。便利店認爲，或許只要鎖定一九七二年七月十九日當時住在橫濱附近的女人就好。符合此一條件，而且曾因涉嫌遺棄嬰兒、殺嬰而遭逮捕的女人只有三個。

國崎千代子當時二十三歲，與一男性在橫須賀同居。該男子在中古車行工作。兩人半年後分手。千代子於七三年二月開始在郊外一家餐廳當女服務生，同年七月結婚。對方再婚，是個做高爾夫等會員證買賣的掮客。有一個未滿周歲的孩子。千代子滿二十歲後沒多久便在朋友的慫恿下開始玩股票，這也成爲她唯一的嗜好。婚後她也知道節制，但一段時間後便開始背著先生買進小家電的股票，不料隨即暴跌賠了近二十萬。丈夫發現後兩人起了口角，於是她失控掐死了在隔壁房間睡覺的孩子。她因殺人罪而被判八年徒刑，六年後亦即一九八〇年自木監獄假釋。目前一個人住在橫濱市保土谷區的公寓，大樓清潔婦，四十歲。

便利店帶了一個黑道分子去找某個男人。此人住在橫濱市綠區的國宅，是個汽車蠟業務員，是國崎千代子在橫須賀同居的對象。便利店找上門去，自稱國崎千代子的哥哥。那時是星期日的午餐時間。男子夫婦跟兩個孩子正在吃速食炒麵。一聽到便利店報出千代子的名字，男子就被炒麵嗆到了。見男子懦弱，便利店比了個手勢要打手先退下。來到附近的公園，男子將國崎千代子的事情幾乎是全盤托出。雖然連千代子喜歡後坐體位這種事都講了出來，但他表示，千代子並不曾丟棄嬰兒。曾經墮胎兩次，但沒有把孩子偷偷帶去丟掉過。便利店給了男子五萬，並交代他忘掉這一切。

糸谷典子當時二十歲，學生，住在橫濱市中區。曾與一個年紀足以當她父親的獸醫交往。一九七〇年九月因為遺棄嬰兒遭到逮捕，被判兩年八個月徒刑緩刑五年。因為她將自己與獸醫所生的孩子扔在路邊的水溝裡。

「他不認那個孩子。我高中的時候當過雕刻的模特兒。是去東京補習的時候。我是個沒什麼見識的鄉巴佬，可是我喜歡那個雕刻家。很崇拜他的作品。原本講好不必裸露的，可是，雕刻家卻突然說要看我的子宮。是子宮而不是性器，所以是崇高而不是下流，我就這樣被說服，便讓他看了，後來知道他是個爛人，我大哭過，可是也於事無補，上大學後我試著忘掉這件事。認識了醫生（指獸醫），我似乎已經能夠將這件事完全遺忘。可是懷孕後，醫生卻不肯認這孩子，雖然也好幾次考慮墮胎，但又覺得墮胎會令我難過並且又想起那個雕刻家，肚子越來越大，有一天孩子突然就出世了，於是抱去給醫生看，因為我原先謊稱已經拿掉，醫生氣得大罵，說我是個賤女人，問我是否在威脅他，最後把我攆走。或許我得了精神官能症。回家的路上，我越看越覺得孩子像那雕刻家，這不是醫生的孩子而是雕刻家的，過去雕刻家曾對我做過許多猥褻的事，比方說用奇怪的棒子插入我體內，才會懷疑或許是那男人的孩子，所以我在發作的情況下將孩子扔進路旁水溝，路人見狀大吃一驚喝止，可是我拔腿逃走了。」

被扔在溝裡的孩子後來託娘家照顧，但令人訝異的是，糸谷典子之後仍與獸醫維持關係，時間長達三年。一九七三年一月終於與獸醫分手，循法律途徑拿了贍養費回到位於熊本縣人吉市的娘家。目前三十九歲，未婚，在家幫忙。

獸醫回家途中被便利店拉上了車。一九七二年七月，糸古典子把你的孩子遺棄在投幣式寄物櫃，還記得吧？「你們是什麼人？黑道啊？別瞧不起人哪，可能你們已經調查過了，我除了年邁的老父之外沒有其他家人，如果你們殺了他，我倒省事啊。」我們不會動粗，只是要打聽一件事，希望你實話實說。「你們是哪個道上的？我可是土佐犬協會的專屬醫生，裡面大老級的人物幾乎都是我的朋友，你們最好別惹我啊，我不會張揚的，快讓我下車，告訴你們，車號我已經記下來了。」便利店在黑幫打手的指點下驅車來到品川某大型工廠，那是一家連鎖餐廳的中央廚房。打手有工廠的鑰匙。守衛一見是他，立刻幫忙開門。便利店將獸醫帶至一巨大漏斗形的機器前。打手在一旁說明。這是一部將肉打成液體的機器，不論是牛或者大象，整隻丟進去就會化爲褐色的肉汁流出來，直接送去冷凍，兩三年後做成漢堡。獸醫一切全招了。「對我來說典子是理想的女人，在性愛方面很有一套。若是以拳擊手來比喻，就是兼具攻擊力與技巧，很棒的女人。只不過我不想結婚。或許是腦袋有問題，但我就是喜歡打光棍啊。知道她生了個孩子，我大爲震驚。光是想到有一個自己的分身，我就不寒而慄。於是後來我就用了一種能夠分解卵子破壞受精的藥，原本是用在羊或是馬等動物身上的，但對人類也很有效，那是一種用於塗抹的酸性藥劑，還能令陰道發熱收縮，要不要分一點拿回去試試？所以典子後來都不曾再懷孕，因爲根本無法懷孕了啊。」

吉川美樹，當年二十一歲，住在橫濱市港北區的家庭主婦，先生原本是區公所職員在她第一次出事後辭職，改做廢紙回收（以衛生紙交換舊報紙等）。吉川美樹目前正在木監獄服刑。

美樹於一九七四年因遺棄屍體而遭逮捕。她將遭棉被悶死的孩子裝入垃圾袋棄置在垃圾場。由於是初犯，再加上法院認定她是因爲孩子死亡的打擊處於心神喪失狀態，故而獲得免刑。但因事情見報，先生只得辭去區公所的工作。第二個孩子在兩年後亦即七六年出生，但這孩子是死產。美樹認爲這是前一個孩子的詛咒，即使是死產，若是妥爲安葬的話也是偏心，前一個孩子會忌妒，於是將死嬰扔進了醫院的焚化爐。再次觸犯遺棄屍體罪。法庭認爲這是失去孩子的傷痛所造成的發作性犯行，予以免起訴處分。四年後亦即一九八〇年，美樹第三度懷孕。美樹的丈夫在法庭如此陳述：「懷孕初期，妻子的精神狀況相當不穩。我失業，未來充滿不安也是可能的原因之一，她常說肚子裡的孩子已經死了，一定已經死了，說自己被前兩個孩子詛咒。我認爲到了懷孕中期一旦害喜症狀消失也就不會再那麼不安，所以沒有任何作爲。情況一如預期，五個月之後妻子的情緒回穩。只不過生活依舊困苦，我只好去碼頭出賣勞力。接近預產期的時候，妻子又不太對勁了。聽她說胎兒動也不動好像石頭一樣感覺已經腐爛發臭一定是死掉了的時候，我決定去找精神科醫生討論，噯，老公，如果順利生產的話我會殺了這孩子哦，因爲不能只對一個偏心啊，精神科醫生建議讓妻子產後住院，後來生了個女孩，妻子去住院，我也總算有了穩定的工作，生活漸漸改善，妻子的情況也越來越好。女兒四個月大的時候，妻子出院返家。她笑盈盈地向我揮手，抱起女兒不住磨蹭臉頰，這時女兒突然開始哭鬧。接著，妻子她，女兒就，我根本就來不及阻止。轉眼之間就發生了，女兒掉到地上，頭部先著地。」吉川美樹坦承自己有殺意。我討厭這孩子，她如此陳述。好不容易治好精神官能症回到家，卻一看到我的臉就哭，我討厭她，想殺了她。美樹這麼說。經精神鑑定，她被判定正常，於是判刑確定。目前服刑中，四十二歲。

便利店走訪先生工作的地方。他一直等著美樹假釋，並未訴請離婚。這先生在一家熱帶魚專賣店當司機。知道便利店是來打聽美樹的事，他顯得很開心。「她是個溫柔的女人，善良，眞的非常溫柔。」說著他手指大水槽中緩緩游動的淡水魚。「這是龍魚，一條就要二十萬圓。看著這種魚，我就會想起美樹，我太太啊，一直夢想能夠飼養這種龍魚，唉，以前去我丈人家，找到一本太太小時候的筆記，裡面寫滿了飼養龍魚的方法，字跡很可愛，她就是那樣的一個小孩，我看了筆記非常感動，她喜歡生物，那本筆記是在認識我之前寫的，也就是在還沒必要對我說謊的年代所寫，是無法更動的過去，筆記中滿是美樹對龍魚的愛，我願意相信這個女人，俗話說柔情鐵漢，美樹則是，因爲柔情才會殺人，太過溫柔多情了。」

聽了這先生單純的說法後便利店放棄了。十七年前產下橋仔並將他遺棄的不可能是吉川美樹，因爲這對夫妻當時住在區公所的宿舍。若是懷孕生產的話，同事不可能會不知道，而且若曾遺棄嬰兒，之後的案件調查中應該也瞞不過警方。胡亂假設果然是行不通啊。雖然Mr.D承諾這件事情如果辦妥酬勞將是過去的五倍，但看來我是失敗啦。便利店戳戳龍魚水槽的玻璃，自嘲般笑了笑之後問。聽說有女人將孩子遺棄在投幣式寄物櫃裡，你認識這樣的人嗎？

「認識啊。」美樹的先生回答。便利店大吃一驚。眞的認識？你認識那種女人啊？

「那是我在收廢紙時的事情，有個綽號山羊的男同事，那小子的左手缺了小指，喜歡賭將棋，原本是個瓷磚師傅，很喜歡談論前一晚玩女人的戰績，山羊的對象多半是中年女侍應生或酒女，有一天，他又吹噓自己釣到了一個三溫暖的馬殺雞女郎，按摩技術高超可是只做純的，那按摩女曾在酒後談起年輕時的事情，好像來自高知還是哪裡，在外地遇見兒時玩伴，對方已婚，因爲那時美樹出事所以我記得很清楚，兩人發生一夜情便有了孩子，孩子出世後遭到遺棄，是確認過已經死亡才遺棄的，遺棄在投幣式寄物櫃裡。」

在美樹先生的胸前口袋塞了五千圓後便利店回到車上。來到廢紙回收公司，得知山羊已經離職，目前在一家貓狗美容師學校當司機。

青柳寵物美容師學校位於川崎市的多摩川邊。山羊的確在那裡上班。學校向一般家庭借來貓狗供學生實習使用，代價則是免費爲貓狗洗澡、剪毛和理毛。山羊的工作就是運送這些貓狗。問明山羊的去處後便利店立刻去追。山羊把車停在路邊，正不停轉著裝貴賓狗的籠子。他抓住一根鐵柵，不理會狂吠的貴賓狗，掄起籠子不停轉。直到貴賓狗的叫聲停止口吐白沫全身癱軟他才住手，將籠子扔上卡車貨斗，站到電線桿旁小便。便利店與打手一同上前，用刀和錢問出了按摩女所在的三溫暖。臉頰被劃了道小口子的山羊收下五千圓後開口了。「川崎車站後面，有一家叫做天滿的三溫暖，不過那都是十年前的事了，不知道人還在不在。」山羊不知道女人的名字，只說是大個子，所以手也大，有割過盲腸的疤痕，小眼睛，陰毛濃密，頭髮染成金色。女人果然已經不在「天滿」。老闆說店裡的按摩師全都有執照，去公會應該可以查到，並幫忙打了電話。

一個禮拜後，便利店自Mr.D那裡領到了過去五倍的酬勞。女人名叫沼田君枝，四十四歲，如今在東京立川市的三溫暖上班。可以確定的是，她曾於七二年五月大腹便便。六月至七月間工作中斷了一個半月，至少曾跟四個人提過將嬰兒丟在投幣式寄物櫃的事情，兩人是按摩師同事，一人是山羊，另一人則是同居了半年的年輕酒保，根據酒保的說法，君枝遺棄孩子一事確定是發生於君枝二十七歲的時候，亦即七二年夏天，是個男嬰，另外七二年夏天沼田君枝並未外出旅行，此事也經養樂多阿姨證實，因爲她每天所送的養樂多都被喝掉。換句話說，沼田君枝於一九七二年夏天，將一個男嬰遺棄在橫濱市內的投幣式寄物櫃，是事實無誤。而且，那年夏天，在橫濱市內的投幣式寄物櫃中發現的男嬰，只有兩個。

19

鱷魚沉在人工水池中，靠微微露出水面的眼睛追逐搖晃的肉塊。菊仔用繩子綁了兩塊約嬰兒頭部大小的馬肉，用竿子吊著在格列佛的頭上晃動。他持續搖動竿子，直到格列佛表現出興趣，並被味道吸引咬住肉塊爲止。這是爲了將鱷魚從池中引誘出來，在天王星裡來回走動，而後再餵食。運動量不足過胖的鱷魚會無法負荷自己的體重，並且可能會罹患致命的齒骨壞死症。

餵食工作平常都是由秋牡丹負責，但今天她一早就起來忙著下廚，爲的是辦一個只屬於兩人的聖誕派對。菜單除了巧克力蛋糕、照燒火雞、帶頭尾的鯛魚湯、鮮蝦馬鈴薯沙拉之外，聽說還有栗金團（一種栗子裹甘藷泥的甜點）。栗金團不是年菜嗎？菊仔問。這是我中學家政課學的，也是唯一受老師讚美的菜，反正是要慶祝沒差啦，所以秋牡丹買了一桶栗子。

菊仔不停晃動肉塊，但格列佛就是不肯離開池子。用來吊著肉塊的竿子是半根曬衣竿。由於一塊肉就重達五公斤，搖著搖著手臂越來越痠。菊仔轉向廚房，想對秋牡丹說鱷魚都不吃，就在這時鱷魚突然躍起。尾巴用力拍打水面騰空將近一公尺，轉眼間就搶走了肉。根本來不及縮回竿子。大片水花當頭落下，淋得菊仔一身濕。

「怎麼啦？」穿著圍裙的秋牡丹自門縫探出頭。菊仔搖搖剩下的一塊肉給她看。誘餌被吃掉啦。秋牡丹將手中那盤栗金團交給菊仔，接過竿子。因為她要親自來示範。吃了一塊馬肉的鱷魚再次沉入池中。秋牡丹將肉塊在鱷魚鼻尖晃了晃，觀察尾巴的動靜。告訴你，牠要行動的時候尾巴根部會先緊繃喔。當池水出現微小漣漪時，秋牡丹立刻揚竿。格列佛以驚人的速度翻動池水衝向誘餌。鱷魚的動作並非連續的。牠靠尾巴保持平衡快速前進了五、六步後停下。靜止時便有如石頭般動也不動。菊仔，你懂了嗎？那個樣子停下來並不是在思考什麼喔，只是在蓄積力量而已，蓄積來自我們、牆壁、天花板、以及空氣的壓力，為下一次追蹤做準備，牠忍耐著，同時將囚禁的屈辱轉換成為鬥志。鱷魚突然半轉身子，緊接著鋼鐵般的尾巴便朝肉塊掃去扯斷繩子。秋牡丹被拉得翻過護欄差點跌入天王星裡，菊仔連忙抓住她。鱷魚將肉塊拖入池中。油脂與血在池面擴散開來。

餐桌上裝飾著用塑膠片組合而成的聖誕樹。半透明的塑膠片中嵌有比髮絲還細，內填發光液的管子，用以表示樅樹的針葉。發光液本身是白色，但角度變化加上重疊的效果便能呈現所有的顏色。若是對著吹口氣讓發光液管搖晃又會產生新的色群。如果風順著底部往頂點吹去，則會出現有如黃昏時西方天際浮現的三角形雲彩同樣的顏色。也就是說，下方亮白，中間是燃燒般的橘紅構築彩度變化的色層，上方則帶著暗紅與穿透天空的微藍線條。秋牡丹做了大量冰塊來冰鎮多達五瓶的波茉莉香檳。從櫥櫃取來兩個刻有福壽草圖案的玻璃杯。還去美容院，將頭髮斜盤在右上方，插了一個以裸體少女騎無霸勾蜓（體型最大的蜻蜓，全長可達十・五公分）造型的精工金飾。這天是聖誕夜。

菊仔想起以前待在育幼院的午後。他們得穿上從頭罩下來的紅白色袍子，兩袖和胸口都有鑲邊裝飾，在禮拜堂唱讚美歌。遮光窗簾全都拉上，人手一座燭台。指頭因爲天冷使不上力。他們會大聲唱歌以免燭台掉落。因爲用力發聲能讓身子暖和起來。祈禱結束後有聖誕老人吹著伸縮喇叭進來，分發紙製長靴。還記得長靴裡面裝的有，牛奶糖、可可粉、塑膠製橄欖球、色黏土、貓熊氣球，還有坦克造型的橡皮擦。

剛才秋牡丹送給他一份禮物，要求先別打開。菊仔也送上一份禮物。是一本書。「煎蛋捲百科」，靠中間的部分有蛋包飯的作法。秋牡丹正在烤巧克力蛋糕。其他菜好像都已經上桌。菊仔換上秋牡丹買的黑西裝。這時，電話響起。秋牡丹去接，而後一臉難以置信的模樣將話筒交給菊仔。菊仔，找你的。

「還記得我嗎？上回眞不好意思。」

是Mr.D。無法忘掉的聲音，像是喉嚨被砂糖黏住的聲音。

「你怎麼知道我在這裡？」

「這不重要，你跟一個很可愛的大小姐住在一起不是？挺有一套的嘛。」

「我要掛了。」

「慢著，橋仔是不是在那裡？」

菊仔立刻有種不祥的預感。

「不可能會在這裡吧，橋仔怎麼了？」

「是哦，那沒事，打擾了。」

Mr.D準備掛斷。

「喂，等一下，橋仔怎麼了？」

「你沒看報嗎？」

D簡短說完後掛斷。菊仔撿起地上的報紙從頭版開始找尋橋仔的名字。不祥的預感彷彿出現形體，文字、聲音，以及氣味呈現在眼前。翻到電視廣播節目表那一版，菊仔站了起來。上面刊有橋仔的名字和照片。被遺棄在投幣式寄物櫃的歌手，十七年後與生母重逢。秋牡丹正要開口，嘴巴卻被菊仔摀住。我一定會回來的，在那之前先別拆禮物啊，菊仔說。火雞在盤中冒著熱氣，菊仔扯下火雞腿塞了滿嘴後衝出門。「菊仔！」秋牡丹在後面大喊。下了樓電梯門打開，穿過大廳，一接觸到外面的空氣菊仔便開始跑。邊跑邊嚼著火雞肉。橋仔你等著啊，我會想辦法幫你的。菊仔跑進了代代木公園，找到做過記號的長椅動手開始挖。拆開重重油紙包。接著，將四把霰彈槍分別裝滿子彈放入西裝內藏好，再度衝入黑暗中。

水鳥的拍翅聲傳來。吹拂的風中夾雜著鳥鳴。橋仔呼出的氣凝成白霧。這是第二次穿越這座公園。長椅上有一對情侶在接吻。男方右手指間夾著一根菸。兩人身體傳出微微的聲響。好像是女方的頭髮燒焦了。兩人的唇仍然黏在一起。又傳來輕微的聲響，菸頭的火光熄滅。因爲下雪了。看起來大而輕的雪花，大部分在落到地面之前，就在樹枝上、女人的頭髮上、水鳥的羽毛上消失了。一個牽著狗的女孩跑了過來。狗朝著橋仔狂吠，女孩拽住狗鏈向他道歉。橋仔覺得女孩繼續奔跑經過身旁時對自己笑。橋仔不禁想要出聲叫住她。很想問問她。能不能告訴我，如果見到遺棄自己的母親，該說些什麼比較好呢？

三天前妮娃這麼告訴橋仔。這件事已成定局，沒其他路好走，只能夠照辦，我早就知道，可是無法拒絕，你和我都太弱小了，我是這麼想的，我一直很苦惱，我想你一定很痛苦，也覺得跟你一樣痛苦，於是想了又想，我看方法只有兩個，一是演戲，那個女人應該是你的母親不會錯，可是你就當只不過借用了她的子宮，告訴自己跟那個女人一點關係也沒有，不論她有什麼樣的反應，不論是生氣也好哭泣也罷，你只要一臉悲傷的表情望著她就好，三十分鐘很快就會過去，看電視的人也馬上就會忘記，如此一來你也能夠早日忘掉那個女人；另一個方法就是放任自己的情感，我認爲這麼做比較危險但也容易，不過，我覺得你見到那女人應該不會有任何情緒起伏，就像是個外人，跟其他人沒什麼不同，噯，橋仔，如果你的情緒激動到無法控制，就用第二個方法，能保持冷靜的話就演戲，可以吧？跟那個女人見面，對你來說應該沒什麼大不了的吧。

妮娃，橋仔心裡想。妮娃妳根本就什麼都不懂。因爲妮娃不明白，光是想像是什麼樣的女人生下了自己就有如地獄。心裡無法描繪出一個好女人。因爲根本無法讓那女人露出笑容。她必須一輩子爲遺棄親生子的罪行而愧疚不安。必須因爲後悔而經常自責。橋仔總是想像她是一個瘋癲的老乞婆。長相醜得要命、骯髒、衣服又臭又破爛的老太婆。渾身是病，五臟六腑都被侵蝕了。就算抓去餵狗，狗都不會想吃。心中所描繪的是這樣一個女人。在想像中讓那女人跌倒、嘔吐、流血，讓她嚇得嘴歪眼斜嚇到尿褲子嚇到哭，直到自己覺得夠了爲止。一旦覺得夠了，就會渾身起雞皮疙瘩。情緒也隨之極度低劣。女人可憐兮兮眼淚就快要掉下來。這時再讓女人的神經恢復正常。讓她年輕個十歲並消去臉上的皺紋。讓倒臥垃圾堆的她站起來。梳梳頭髮。讓她穿鞋。讓她洗澡。讓她換衣服。讓她可以行走。帶她去醫院動手術割除小肉瘤。再連手術的疤痕也一併消除。讓她停止哭泣。讓她上街。和男人挽著手。脫到一絲不掛。身上的肉略顯鬆弛，但沒有老人斑。男人舔著她。女人笑了。這時一股無法抑遏的怒火再次燃起。於是又倒轉讓那女人變回乞丐。一步步變回乞食的老太婆。妮娃不明白那種苦。可是直到昨天還打算去上電視的。也對自己的演技很有把握。也練習過，要自己不論出現什麼樣的女人都能夠從容應付。根本沒想過會在節目開始前臨陣脫逃。因爲今天橋仔曾在遠處觀察過沼田君枝。是D白天帶他去的。從車上，在不被發現的情況下，看著沼田君枝步行去買蘿蔔和魚。一個大塊頭的女人。高個子，脖子也粗。天氣很冷，她卻沒有穿襪子。購物袋是髒兮兮的廉價塑膠製品。她買了蘿蔔和醃漬白菜。拿起臍橙詢問價錢，搖搖頭又放回攤子。看來她不是有錢人，橋仔心裡想。染了頭髮。未上蔻丹。淡妝。她走向魚販，買了一片鱈魚乾。一片。所以她是獨居。沒有男人也沒有小孩。跟魚販談話。魚販開了個玩笑，自顧笑了。女人沒有笑。看著看著橋仔開始顫抖。眼淚就要奪眶而出。興奮到快要發狂。緊抓著座椅忍耐著以免自己大叫。無法一直忍耐的他想下車，但被D制止。嘴巴被摀住。橋仔在車內掙扎，想大喊媽媽。那產後棄子的女人並沒有精神失常。也不是老乞婆。是個普通的女人，貧窮，獨居，可能是因爲寂寞而失去了笑容。激動的情緒平靜下來之後，橋仔覺得非常害怕。一想到那理想的母親搞不好會拒絕自己，他便陷入極度的恐懼之中。想必自己會哭著投入那女人的懷抱吧，會想要讓她緊緊抱住吧，萬一到時候那女人氣得一把將自己推開的話……想到這裡就不知如何是好。他避開Mr.D手下的嚴密監視，自廁所開窗開溜，趕往那女人的公寓住處。女人不在。於是他來到這公園。

公園外是寧靜的住宅區。來到這戶人家門口時，雪下得很大。橋仔揿了門鈴。「有什麼事嗎？」一個年輕女子來應門。橋仔的喉嚨裡彷彿有另外一個小人似的說個不停。我叫桑山橋男，十七歲，是個歌手。十七年前我在橫濱被發現遺棄在投幣式寄物櫃裡，據說投幣式寄物櫃裡面還撒了九重葛的花瓣，大約在一年前，府上的先生在電視上表示，在監獄見過一個女人，那女人曾經在遺棄親生子的地方撒了九重葛的花，我想請教先生關於那一位女性的詳細情形，因爲那一位女性有可能是我的母親，這麼晚還來打擾實在是很不好意思，可是我現在一定要問個清楚。年輕女子一臉納悶，仔細一看似乎是位護士。先生有病在身，不方便見任何人。護士如同背書般這麼說，橋仔仍想繼續說下去，可是大門已經關上。接著傳來上鎖的聲音。請回吧，裡面這麼說。

橋仔沒有回去。雪並沒有積高，只是弄濕了路面和頭髮。橋仔數度窺探屋內。燈亮著，可是沒有人活動的跡象。橋仔邊數著被街燈照亮的雪邊等待。雪和群聚在街燈下的蟲子不同，不會打轉、飛散，也不會發出聲音。而是會消除聲音。原本一直聽見的微弱水鳥叫聲停了。遠處車輛傳來的聲音也因而減弱。雪接連不斷在光中出現。橋仔倚靠門柱，享受著身體濕冷牙齒打顫手腳逐漸麻痺的感覺。耳朵後方傳來套窗打開的聲音。只是轉個身就花了好些時間。光線透出，一位老婦站在新雪中。因爲背光，看不清相貌。沒有多冷嘛，那影子說。橋仔頭上積了薄薄一層雪。護士出來開了門。橋仔繞進院子，朝白影走去。院子裡有個圓形的大籠子，養著兩隻孔雀。一隻在巢中睡覺，一隻在雪中展開尾羽。綠色的羽毛在套窗透出的光線下閃閃發亮。不斷落下的雪被吸入孔雀羽毛的翎眼中。進來吧，老作家招呼橋仔入內。

女人按摩客人的太陽穴結束後回到休息室，抽了根細長的薄荷菸。換好衣服正在吃蛋糕的同事指著外面。下雪了。脫掉短褲再次用毛巾擦腳。穿褲襪的時候被腳趾甲勾到，小腿處裂了個小口，女人想起今天穿的是長靴，不禁嘖了嘖。怎麼這麼倒楣啊。長靴的分期付款才繳了三個月而已。鞋店老闆還特別提醒過，下雨或下雪的日子最好是不要穿。尤其是雪，會使靴子的壽命減半。女人憂心忡忡望著窗外，路面只是濕了而已，但建築物頂卻開始積了薄薄一層雪。「窗外有沒有看到什麼？」正在看週刊的同事抬起頭問，「剛才有幾個戴帽子的男人拿著攝影機和燈光在外面晃來晃去，我猜是拍電影的，還在不在？」女人搖搖頭。她決定今晚回到住處就立刻擦靴子，用凡士林刷亮。因爲飯後只會覺得累，什麼事都懶得做，回去之後就先整理靴子吧，沼田君枝這麼想。

爲了避免引人注意，三溫暖所在的大樓裡藏了四具攝影機及十二盞五千瓦的照明。供電車、器材車、轉播車，以及報導陣仗的車輛等停在約五十公尺外的空地。Mr.D在轉播車上望著尚無畫面的螢幕，不時瞄一下手錶。一旁的妮娃把臉埋在膝頭。橋仔最好是就這樣不要來，妮娃頭也沒抬這麼說。轉播車內的電話響起，妮娃跳起來搶接，大聲問：「找到了嗎？」而後一臉失望將話筒遞給D。D點點頭，半晌沒答話，最後說了句：「不，別那麼做。」後掛斷。來電者是留在事務所的便利店。有個穿黑色西裝的年輕人持土製手槍闖入，說要找D，便利店以人不在爲由想打發，對方竟持槍瞄準，要求說出橋仔與母親相見的地點，原本以爲那只是嚇唬人的便利店閉口不語，不料竟然眞朝天花板開槍，威力相當大，女職員嚇得講出了地點，年輕人一聽立刻衝了出去，於是便利店來電報告並詢問是否應該報警。不，別那麼做。Mr.D以手持無線電吩咐手下，如果有個穿黑西裝的年輕人出現的話，帶他到轉播車來，就說橋仔在這裡，別對他動粗啊，把人帶過來就好。D又看看手錶。

妮娃身旁是外景主持人，拿著劇本邊看邊反覆開口練習以免出錯。各位觀眾，令人感動的一刻，一齣眞實的戲劇即將上演，請各位回想一下，過去一再發生的棄子殺子的案件。在這下雪的日子，被遺棄在投幣式寄物櫃的孩子，將在事隔十七年之後，與遺棄他的母親相見，母親自然是犯了不可原諒的錯，但那嬰兒卻能克服苦難長大成人，如今已是知名歌手，在此相會的時刻，我們似乎不該多說什麼，不過我想起一位年輕法國哲人曾說過，脫序的母親猶如大海，能致孩子於死，也能令孩子成長，我想，大家就靜靜守候即將上演的這齣眞實戲劇吧。

妮娃憶起昨夜的橋仔。輾轉反側平靜不下來。平日精神疲勞難以入眠時，橋仔都會要求妮娃幫他吹簫。昨夜妮娃主動開口要幫他服務。不如我們來聊些開心的事情吧，橋仔說。於是妮娃談起即將在新年動身的蜜月旅行。在妮娃的提議下，兩人預計要去加拿大和阿拉斯加玩大約兩個星期。妮娃不斷說著滑雪有多簡單、多好玩。「妮娃，去愛或者去恨一個從來沒見過的人，妳覺得這樣對嗎？」默默聽著的橋仔將臉貼著枕頭，喃喃問道。妮娃無法說什麼。她什麼也沒說，只是過去橋仔的床上，緊緊抱住他。我沒事啦，橋仔一再這麼說。我沒事啦，妮娃，見到那個女人，我可以很自在地打招呼說好久不見。妮娃很後悔，若是昨晚能清楚回答橋仔就好了。養育子女本來就是父母親的義務，你要恨那個女人也很正常，就算是從沒見過，你也可以恨那個女人。當時如果這麼說就好了。轉播車尾部的門突然打開，一個男人大喊。那個女人就要出來了，請過來吧。D和妮娃立刻衝出去。供電車開始運轉，發電機轟隆作響。D大吼。那女人一出來，鏡頭立刻對準她，要是她想逃的話就用燈光和攝影機上去包圍，有其他攝影機在拍攝也沒關係，加派人手去守著巷子，別讓剛才我說的那個黑西裝年輕人過來，其他車輛或是想看熱鬧的人也都不准放行，如果橋仔回來，就算用綁的或是打昏都要把人給我帶到鏡頭前面。

菊仔下了計程車。在這裡停，菊仔說，並沒有付車資。我去帶一個人馬上回來，在這裡等一下。儘管司機抱怨，菊仔卻早已衝下車。某條巷子突然燈火通明，彷彿只有那裡忽然變成了白天。沒有聽到瓦斯氣爆的聲音啊，拖著攤子的老人喃喃自語。菊仔朝那被照亮的建築物跑去。有四個男人堵在巷子口。不好意思，裡面正在拍攝節目，請改道通行。我是橋仔的朋友，氣喘吁吁的菊仔大喊。上頭交代禁止任何人通行。橋仔，是我弟弟啊，菊仔再次大喊。巷子口圍觀的人越聚越多。轟隆作響的發電機震動了地面和空氣，讓飄落的雪花變得醒目的巨大燈光下傳來多人的怒吼與叫聲。讓我去見Mr.D，他認識我。那四人都搖頭。巷子內二十公尺處是個九十度的轉角，其右是被照亮的建築物。形形色色的人通過那轉角，但大多是抱著照相機的男性。圍觀群眾越來越多，而菊仔就在最前頭。巷底傳來大聲的呼喚和女人的叫聲。「來了喔！」有人這麼喊。人來人往越來越頻繁。「橋仔！」一個女人喊道。這些聲音全是自發電機轟鳴聲的間隙傳來，菊仔突然一聲驚呼。原來是看到橋仔自轉角走過。被好幾個攝影師圍住的橋仔走了過去，只看見他的側臉，而且似乎帶著笑。菊仔試圖強行穿過擋路的人牆。站在最前頭的男子抓住菊仔的手臂。菊仔朝對方下巴揮了一拳。男子倒在積了一層薄雪的路邊。兩人自左右以肩膀抵住菊仔胸口將他往後頂，菊仔抽出腰間的霰彈槍朝對方的腳下射擊。雪花飛濺，兩人散開，抱腳在地上打滾。「退後！」菊仔大喊並舉槍瞄準，最後一人立刻落荒而逃。菊仔隨後追了過去。在轉角向右轉。路上擠滿伸長了脖子猛摁快門的人。人牆那頭有一巨大光源並傳來外景主持人的講話聲。菊仔試著推開人群往前鑽卻被擠了回來，於是抽出腰間另一把霰彈槍，對空開了一槍。所有人一齊回頭。講話聲也停了。菊仔持槍前進，人牆立刻讓出一條路。「橋仔！」菊仔大喊。現場只有菊仔的聲音響起。快點過來橋仔，車在等著，跟我回去吧。橋仔出現在人牆的縫隙，但臉因爲逆光而看不清楚。他招招手。菊仔，過來一下，我要讓你見一個人。所有人都看著菊仔。菊仔走向巨大的光源下。那個地方明亮有如白晝。數根鋼管矗立著，頂端有個黑箱，光來自那黑箱。望著光的中心，菊仔一陣暈眩，視野一片黃色好一會兒什麼也看不見。D在那裡。曾經和橋仔一同上電視的高個子女人也在。外景主持人點了根菸。還有一個人，一個陌生的女人蹲在那裡，用毛衣遮住臉。裙子和靴子都被泥巴弄髒，身子顫抖，不肯把頭抬起來。黑箱的光投向那個女人。有四具攝影機。組合式鐵架上兩具，外景主持人身旁一具，還有一具是方便移動的手提式攝影機。原來如此，還眞像啊，直盯著菊仔的D喃喃自語。橋仔走向菊仔，眼睛濕潤。菊仔期待聽到那聲音，他認爲橋仔應該會道謝。橋仔開口了，手指著用毛衣蒙著頭蹲在地上的女人。

「菊仔，那是你媽媽喔。」

菊仔不明白橋仔在說什麼。

「菊仔，我去見過那位老作家了，今天晚上去的，她告訴我，遺棄我的女人已經死了，前年生病死了，所以，這一位，是你媽喔。」

外景主持人立刻衝到蹲在地上的女人身旁開始講話。沼田女士，令郎來了，這回眞的是您的兒子，麻煩站起來說說話嘛，他就在這裡啊，長得跟您好像，身體健康又強壯，眞是個優秀的年輕人，請把頭抬起來嘛，聽說他是個撐竿跳選手，請您看一下就好，被您遺棄在投幣式寄物櫃的孩子，現在就站在這裡，他一定會原諒您的。扛著攝影機的男子貼近菊仔身邊。菊仔一把推開攝影機，想自這亮得有如白晝的環形人牆中脫身。好幾十架照相機對著菊仔猛摁快門。給我讓開，我要回去了，快給我讓開。菊仔想回秋牡丹那裡。已經忘掉的東西開始在腦袋裡動起來，應該已經埋在大腦皺褶裡的沉重發光金屬開始發出聲響。想吐的菊仔閉上了眼睛，眼底浮現一個口吐紅色汁液的橡膠娃娃。浮現和代僵硬的大腿。不要看我，不要把我關起來，讓我回去，快把燈關掉。他睜開眼睛，雪映入眼中，視野一片模糊。他看到一個女人在過於刺眼的雪和泥地上發抖。她就是遺棄我的女人？那女人的模樣就像一團不祥的預感。用毛衣蒙著頭、身體僵硬、以難看的姿勢蹲著的女人，像是這輩子感應到的不祥預感全部聚合形成令人發毛的塊體。彷彿是一塊金屬而非活生生的人。眼睛發痛，自黑箱射出的光在眼中肆虐。眼球表面變乾，右眼與左眼的視野產生了偏移。錯開的部分出現顏色，鮮豔的原色。那顏色擴散開來。圍繞著菊仔的人們眼中、臉頰、嘴唇，和脖子都著上了那顏色。橋仔，我知道了，你用破爛做了一座山把我扔進去，還裝哭騙我上當。菊仔的視野變成一個閃閃發亮的白色金屬環。金屬開始旋轉，讓光的碎片不斷飛散。會刺進肌膚的白色光線碎片。旋轉速度越來越快，還發出爆音。手提式攝影機再次接近幾乎要碰到菊仔失去血色的臉。菊仔大吼舉起霰彈槍就要扣下扳機。「不可以！」D大喊，攝影師立刻後退。一聲槍響，鏡片被轟得粉碎，讓人分不清飛落的是雪還是玻璃屑。菊仔大口喘著氣扔掉槍，抽出最後一把。

「請不要這樣。」

菊仔轉過身。「不要這樣。」蹲著的女人抬起頭，又說了一次。

「要開槍的話就打我吧。」

女人站起來緩緩走向菊仔。女人臉上冒著熱氣。我被囚禁著，快想起來，我一直被囚禁在這巨大光線切割開來的地方，快破壞吧，破壞這囚禁你的地方吧。菊仔對著落下的光線碎片扣下扳機。大塊頭女人轉眼之間擋在眼前。女人將臉湊向槍口。霰彈撕碎了女人的臉。雙手張開的女人被轟倒，就像之前的姿勢一樣蹲著。看起來像是蒙著一件紅色的毛衣。眼睛、鼻子、嘴唇、耳朵，和頭髮都不見了的臉朝向菊仔。那黏糊糊紅色的臉吸收著持續落下的雪，表面冒出熱氣。

20

秋牡丹理完行李煎了最後一顆荷包蛋。她把蛋盛到全家唯一剩下的一張盤子上，用叉子撕開舀進嘴裡。已經煎過好幾十顆荷包蛋了吧？菊仔說：在我回來之前不要打開聖誕禮物啊！結果她爽約打開包裝。自從那個晚上到現在，她每天都在煎蛋。

秋牡丹被警察叫去偵訊七次。那傢伙有沒有告訴妳他到底是怎樣弄到手槍的？那傢伙在聖誕夜那天晚上離開妳房間的時候有沒有帶槍？出門的時候有沒有說要去幹嘛？有沒有說想要殺掉誰？那傢伙離開之前都在妳房間做什麼？妳和他是什麼時候認識的？你們是什麼關係？上過床嗎？妳幾歲了？叫什麼名字？秋牡丹是本名嗎？秋牡丹一句話也沒說。不過蒐證也沒有多令人難受。警務人員很同情她，看到秋牡丹露出悲傷的微笑馬上就改變話題。再說，秋牡丹也不是那麼重要的證人。

Mr.D雇用的律師也來拜訪過好幾次，請她幫忙在審判作證。欸，秋牡丹小姐，桑山橋男他說：菊仔一定是想要救我，想要把我從螢光幕前母子相遇的情境當中救走。他是這樣說，妳覺得呢？菊仔有沒有說過這種話？妳有沒有聽菊仔說過他要去救橋仔？如果妳說先前有聽過，這句證詞會對桑山菊之非常有幫助。秋牡丹拒絕了。爲什麼？她答：我討厭審判。秋牡丹想：菊仔好像被收留在精神病院整整兩天，審判當天該不會還要送去醫院做大腦手術吧。

菊仔出現在法庭上的時候一點也不沉著，怯生生四處張望。他胖了些，目光無神彎腰駝背慌慌張張窺探四周。秋牡丹穿著打扮刻意低調樸素待在旁聽席角落。檢察官開始朗讀起訴書。非法持有槍械、恐嚇、毀損器物、傷害、殺人。菊仔私下和庭務員說了什麼話被審判長警告。單是被人訓斥說保持肅靜好好聽起訴書的內容，他就縮了起來。

事件發生之後菊仔大大出名。雖然因爲未成年的關係姓名和大頭照都被隱藏起來，可是菊仔畢竟是在電視實況轉播的過程當中用霰彈手槍開槍。菊仔在電視畫面上出現了十三分鐘左右的特寫，主持人也不斷高喊這位跳高選手桑山菊之小弟是橋仔從小一起長大的兄弟。菊仔是全世界第一位在實況轉播過程當中殺人的少年Ａ。菊仔一鳴驚人，橋仔的唱片自此也爆紅大賣一個月。

驚人的話題風潮稍稍冷卻，法院審判開始了。菊仔完全同意起訴書的內容，在法庭上引發騷動。律師匆匆忙忙衝向他旁邊說服他否認自己意圖殺人。菊仔一直搖頭，最後才表現出一副不耐煩的樣子，起立用一種像是朗讀課文的口氣說：我並沒有想要殺人。旁聽席的人群、律師、法官、甚至檢察官聽到他的話看起來好像都鬆了一口氣。

辯護律師連續傳喚證人三天。辯護律師引述證人的發言，企圖讓法官酌情處理，強調菊仔除了意圖殺人之外願意承擔所有的罪名。他看到最親愛的朋友——從小一同長大的手足橋仔被當成螢光幕前的展示品，實在是難以忍受，逼不得已之下才造成這些威脅、恐嚇和傷害。這種看法和至今媒體報導的論調幾乎一致，所有的人都很同情菊仔。離開島上遠道而來的桑山和孤兒院的修女都提起兩兄弟難分難捨的深厚羈絆，觸動了旁聽者的淚光。Mr.D也沉靜表示：我是最惡劣的壞蛋，我才應該受到懲罰。誠實作證表示他想要把橋仔的背景拿來當作賣點促銷唱片。這種想法或許不是很正常，人家都說我們關西人是鬼，我的想法和鬼一樣，一旦一心提升唱片銷量，就算事情真的很殘酷我也會面不改色去做，會把別人的痛苦當成玩物秀給大家看。被告從小和橋仔相親相愛長大，我覺得他會生氣跑來救橋仔非常理所當然。

菊仔也自己供出霰彈手槍的來源。槍是一位名叫辰夫・德・拉庫魯斯的菲律賓人交給他保管的，橋仔也提供了確認的證詞。律師最後傳喚驗屍官，請他針對沼田君枝頭蓋骨的彈痕進行報告。驗屍官作證表示，研究彈痕角度之後發現，開槍時槍身是位於十四度到二十八度之間的角度較水平線略微向上，這表示菊仔是情緒太過激動對空鳴槍，是高挑的沼田君枝自己跑到槍口前面，因此菊仔並沒有殺人意圖。由於槍口朝上，所以他也不是想要瞄準周遭的攝影師，只是一場意外。律師作了這樣的結論。驗屍官展示被害者頭蓋骨X光照片進行說明的時候，菊仔縮起身子開始發抖，感覺好像很難過。每次聽到臉啦霰彈啦之類的字句他就掩住耳朵緊緊閉上眼睛，最後還是哭了起來。審判長指示驗屍官暫停作證休庭三十分鐘。菊仔被庭務員帶了出去。弓著背像女生一樣雙手掩面。這樣做是爲了讓法庭內所有的人知道菊仔受良心苛責有多深。反詰問階段的時候，檢察官看起來好像不太想再針對菊仔的殺人意圖立論證明，不想翻轉辯護方證人的證詞，發言集中在督促當事人反省上。檢察官傳喚證人花了半天的時間。只證明菊仔手上持有的霰彈手槍具備充分的殺傷力。包含菊仔在內所有的人都對審判結果感到稱心滿意。就差秋牡丹。

最終辯論：我非常了解，延伸討論這個事件的文學面向非常危險。我們必須嚴肅地用法律作判定，不能被人生經歷和心理變化所交織出來的背景故事吸引。然而，在面對人類生命尊嚴的時候，法律的存在理由正是讓個人，以及我們共同所組成的這個社會不得不去意識自己所犯下的罪。十七年前，被告被遺棄在寄物櫃的時候是一個貨眞價實的受害者。當然就本案被告的立場來說，這件事情並不能賦予他任何正當性。不過，被告與戶籍上的弟弟曾以受害者身分共同背負羞恥與痛苦，被告之於本案一連串的行爲明顯出自於他看到弟弟陷入窘境難以忍受，可以說，被告是基於生命尊嚴受到侮辱所以才開槍。

最終陳述：本案並非基於事件的特殊性，而是基於追究犯罪本質的審理基準來進行裁決。我們必須聲明，被告並不能因爲過去的經歷獲得罪刑減免補償。然而就警世意義而言，滿足人類偷窺慾，藉此獲取私利這種行爲經常會醞釀出令人髮指的罪孽。就這角度來審理本案，本官沒有任何異議。

公開宣判當天菊仔的狀況還是沒變。畏畏縮縮用一種無神的目光環視周遭，曲著身子抽搐著。判決主文：非法持有槍械、恐嚇、毀損器物、傷害等方面皆判決有罪，殺人部分承認當事人無此意圖，不過無法免除過失致死罪名，因此判處拘役五年。人們站了起來。Mr.D和律師握手。檢察官苦笑跟周遭表示要辦這個案子眞的是很難。橋仔和妮娃相互擁抱。妮娃輕撫橋仔的頭髮安慰他說：三年就出來囉。等他出來我們大家一起住沒關係喔，橋仔。菊仔依舊彎著腰讓庭務員牽著帶出法庭。秋牡丹感覺喉頭一陣搔癢。一開始以爲是法庭裡面的空氣太差，小咳幾聲就可以清清喉嚨堵塞的感覺。她張開雙唇指尖輕觸頸部，牙齒和舌頭用力試著嘔出異物。顫動的團塊鑽出喉嚨時膨脹起來，那不是乾咳，是伴隨唾沫竄出的尖銳呼叫。

「菊仔！」

秋牡丹從旁聽席探出身子，揮舞頭戴的白色貝雷帽叫了起來。

「你忘了達秋拉嗎？達秋拉啊！你不可以被這種事情拉走！」

雪白套裝和長靴、霓虹管路編成的玫瑰胸針、薄薄的渦狀短髮、髮梢閃耀著染料的光，秋牡丹像是一尊完美的化妝娃娃，所有匆忙退庭的人都在看。菊仔緩緩轉身面對她。聽到達秋拉這個字的時候肩膀顫動了一下。

「什麼都還沒做喔！菊仔！」

菊仔只對秋牡丹笑了一下。只在笑的瞬間挺起脊樑。後來庭務員一催他又像溺死的貓一樣縮回去消失在出口。他身上依然穿著聖誕晚會用的黑色西裝。鈕子掉了、手肘膝蓋擦破泛光、袖子扯破垂下好幾條線。菊仔的背影消失之後，秋牡丹旁若無人走向出口。菊仔已經說他很痛苦啦，橋仔的聲音從背後傳來。秋牡丹在出口回頭，一個人一個人依序盯過去，視線停在妮娃削瘦的臉頰上。

「你們全部，總有一天鱷魚會把你們通通吃掉。」

當晚秋牡丹打開了菊仔的聖誕節禮物。禮物是一本書，名叫煎蛋大全。一百八十二頁刊了蛋包飯的作法。菊仔用紅線把這部分圈了起來。秋牡丹買了兩百個蛋開始做蛋包飯。除了補充材料之外一直把自己關在房間，一早醒來到睡前全部的時間都在做蛋包飯。整個房間到處都是蛋。除了寵物之外，秋牡丹把房間所有的地板都塡滿煎蛋和番茄炒飯。環顧四周，她悄聲說眞是白痴瞬間笑了，接著一路哭到全身痙攣。

停下不哭以後，她抓起離寵物最近的盤子往牆上的唐木島海圖丟。陶器破碎的聲音讓她想起菊仔的裸體。菊仔的裸體像是一張薄紙貼在肌肉上。說不定有個萬一就再也沒辦法碰觸到那身體了也說不定，她被這樣的恐懼籠罩。身體撼動又開始想哭。心想已經哭不出來了說不定自己已經瘋了。脫掉內褲的時候菊仔總是像要親熱那樣把手指放進股溝。手指很冰。屁股起雞皮疙瘩直到股溝深處。秋牡丹用尖尖的指甲戳臀部的肉。這樣持續很長的時間直到身體停止發抖。後來股溝開始湧出濕滑的液體。秋牡丹滑過指尖拎起脫掉的尼龍短絲襪湊上私處緩緩動起來。在想像中描繪菊仔性器的形狀。聽著尼龍、陰毛和酸液交相搓合的聲音，想起自己總是覺得菊仔的性器就像水煮蘆筍那樣。想像不是很順利。腦袋裡面浮現蘆筍的形象，眼眶內則是以前和父親一起洗澡時所看到的性器形狀。秋牡丹從菊仔脫衣服的地方開始，胸部中央的長毛、肚臍附近深深的皺紋和側腹累累的傷痕、腳背穿釘鞋生的繭，全部都成功回想起來。伸手摸索兩腿之間的時候，她突然注意到自己完全想不起菊仔長什麼樣子，大聲呻吟從床鋪跳了起來。兩腿之間就這樣夾著尼龍絲襪踐踏地上的番茄炒飯穿越房間，拿起展示菊仔相片的相框。秋牡丹花了三十秒凝視照片，決定去找菊仔。

她隔天把公寓賣了。所有身邊的東西從珠寶到網球拍全都處理掉。秋牡丹分別在七間銀行擁有總額稍微超過兩億的活期帳戶。她騙父母說要去倫敦。打電話給模特兒俱樂部的辦公室，放棄還有四個月的工作合約，拜託他們說下個月會收到去年度下半期的薪水，請他們把這筆錢當作違約金。辦公室那邊接受了。現在，在所有行李都打包結束之後吃著最後一枚煎蛋。秋牡丹把車子的載貨區改造來裝鱷魚。雖然很猶豫，但是最後還是把牠一起帶走。格列佛可憐地曲著尾巴沉在簡易水槽裡面。格列佛要忍耐十小時喔，然後就會見到菊仔囉，你也很想見到他吧？秋牡丹把最低限度的衣服和兩人份的潛水器材裝進車裡，凌晨三點駕著福特Bronco出發。

她沿東北公路北上。開到終點渡過狹窄的海峽，就可以到達菊仔待的城市。那座港都名叫函館。秋牡丹穿著無跟的中國靴。赤色緞面的底布用金色的絲線刺繡白菜田。秋牡丹用那雙中國靴把油門踩到一定的深度。每分鐘四千五百轉，Bronco以時速一百三十公里的速度奔馳。秋牡丹吹著口哨。完全感受不到離開東京的氣氛。東京，滿城發亮的窗格變成金蔥襯衫發光的纖維顆粒沾在秋牡丹背上，顏色如新。

秋牡丹不喜歡旅行。從小到大只有出過一次遠門。那次是國中校外旅行。四天三夜周遊關西古都。秋牡丹在第一個住處完全沒睡，話比平常多說三倍飯也多吃三倍。第二、第三天幾乎都在巴士裡睡覺。雖然應該走過那些古老的建築物和庭院，可是完全沒有留下任何印象。整個身體只記得在場所之間移動。她靠在座椅上一直睡，感覺到震動或聲音緩緩醒來，微微睜開眼睛，窗外的景色必定大異其趣。不知何時夕陽西下遠方的街燈也亮了起來。心中出現一個念頭：我在旅行。當時是她第一次這樣想，後來再也沒有過。單單爲了更換窗外的風景在各地移動就是旅行，秋牡丹對這種事情沒有興趣。

繼續催下油門。頭燈削下的黑暗瞬間靜止，接著以驚人的速度向後飛逝。灰色道路描出曲線延展的方向微微發光。天就快亮了。秋牡丹爲了加油和吃飯決定休息一下。福特Bronco開進休息站。停車從駕駛座旁的冰箱裡面拿出馬肉塊。秋牡丹瞄一眼密閉的載貨區，把肉丟進去之後走向餐廳。挑染的髮梢、銀狐大衣、黑皮褲和中國靴引起長途卡車司機們的注意。她想：在咖哩飯和蛤蜊味噌湯送來之前先洗手洗臉吧。當她起立走向洗手間，扒飯的男人們全都對她的細腰感嘆萬分。

洗手間在廚房深處。好像剛打掃完一樣地板濕濕的。因爲暖氣傳不到這邊，呼氣會吐出白煙。鏡子破了。水很冰，感覺很舒服。廚房的蒸氣會從門縫流進來。蒸氣中帶著高麗菜的氣味。

女廁的門突然之間打開，兩個男人滾了出來。一個下身半裸瑟縮發抖，竊竊說著拜託饒了我吧。另一個右手拿著針筒放聲大笑。兩人注意到秋牡丹臉色大變。啊，有女人，下身半裸的男人屁股碰到潮濕的地板轉了一圈，用兩手遮掩私處。男人正激烈勃起。男人一屁股坐在門前所以秋牡丹沒辦法出去。針筒男一身蛇皮西裝貝雷帽，馬褲上穿著地下足袋（譯註：拇趾和其餘腳趾分開的一種膠底工作襪）。身高不高，可是肩膀肌肉結實，脖子很粗，手腳和臉都很大。起初他注意到秋牡丹暫時將笑意收斂起來，但是看到勃起男慌張套三角褲拉扯襯衫下襬遮掩性器官，又開始大笑。嘿拜託，別在女人面前笑，不要把我當笑點。勃起男匆匆忙忙套上黃色長褲、粉紅襪子和黑皮的綁帶長靴。襪子腳跟的地方破了。一注意到秋牡丹在看，他就好像不好意思低下頭。他比拿著針筒的男人還要矮。身高不到秋牡丹的嘴唇。臉看起來三十歲上下可是頭頂已經禿了。然而他還是用梳子好好將稀疏的頭髮上油擦亮，七三分邊。欸小姐我從小腸胃就很差。男人露出生牡蠣般的眼神。欸小姐，胃腸不好是生來就這樣喔。剛剛摔倒在濕濕的地板上，褲子到處都弄髒了。我腸胃很弱是因爲我小時候把有磁力的針插到屁股裡面，那個裝置是把電池藏在胸前的口袋，纜線兩端會接著硬橡膠的電極。是我奶奶叫我這樣做的，我一直都是被奶奶帶大，所以我必須要聽奶奶的話，妳瞭嗎？喂，瞭吧？而且啊，男人射精中樞在脊髓的位置就在肛門旁邊喔，我從小學二年級第一次嘗試射精以後就停不下來，就像牛奶一樣一直噴。硬橡膠的電極比大人的拇指還要粗，連肛門都會被撐開。雖然奶奶把我當作人妖，不過我一點也沒有恨她什麼的，因爲奶奶是沿街賣魚乾，擺攤賣螃蟹可樂餅這樣把我帶大的，知道嗎？冷天的時候，奶奶不戴手套就這樣提著裝滿青花魚魚乾的竹籠走在河灘上，天氣冷到手像刀割一樣喔。雖然我有戴毛線手套，還以爲奶奶討厭手套，可是我錯了，那是因爲她沒錢買。我覺得她眞的很偉大。想說無論她說什麼我都照做，所以當她叫我把電極塞進肛門的時候，我也老老實實聽話。我把電極塞進肛門以後，下面那邊流出白色的液體，我完全不知道竟然會這麼爽，爽到完全受不了。妳想小學生會懂這種事情嗎？嘿小姐，妳覺得小學生會懂嗎？

禿頭男呼出一口酸氣繼續說。說到唇邊口沫橫飛挽著秋牡丹的手那樣一直說。秋牡丹心情變得很差。另一個男人把針筒收進行李箱以後，透過洗手間窗戶眺望戶外灑落的陽光。嘿小姐，妳覺得我很噁心嗎？不會吧？很可憐吧？不停說話的男人額頭和脖子浮現粗大的青色血管，身上明明只穿一件襯衫卻全身冒汗。秋牡丹鑽過男人身旁離開廁所。欸小姐等一等，前天我奶奶狀況不好好像死了，但是我沒辦法請假，所以才打韓國的維他命繼續工作，我很了不起吧？嘿，妳不覺得我很了不起嗎？禿頭揪住秋牡丹的手大聲嚷嚷。我很了不起吧？秋牡丹用力甩開緊緊抓住的手。看看眺望窗外的男人，出聲說：拜託你幫幫忙吧。

戴著貝雷帽的肌肉男露出一臉不悅，瞄了禿頭男一眼搖頭嘖嘖幾聲。節制一點哪，很難看。他對秋牡丹說，妳想要這傢伙安靜下來嗎？秋牡丹點點頭。瞬間他一拳就往禿頭身上揍下去。巨大的拳頭在秋牡丹面前轟然突風而過正中禿頭男的鼻子。發出鈍重一聲。禿頭男按著鼻子倒了下去。膝蓋彎曲兩腳癱軟坐在廁所地上雙眼大開。一會，鮮血滴了下來。

秋牡丹離開廁所。心情眞的變得很惡劣。痛毆禿頭的男人從後面追上。並肩走在秋牡丹身旁跟她搭話。呦，妳也道聲謝吧。秋牡丹無視他的存在回到座位上。咖哩飯涼了讓人提不起食慾。只喝了一口味噌湯。肌肉男在隔壁椅子坐下。喂，小姐跟我道謝啊。門齒鑲著金牙。脖子上的首飾畫著一個外國女人在口交，在秋牡丹視線前面晃呀晃的。我揍他了，跟我道謝。周圍的男人們都奸笑起來注意這邊。秋牡丹從隨手包裡拿出兩張千元紙鈔遞給男人。男子斷斷續續看了看灑進餐廳裡的陽光，嘖嘖彈舌往地上吐了口痰，用千圓大鈔舀一匙冷掉的咖哩敲在秋牡丹的指甲上。褐色的飛沫濺到秋牡丹的臉和銀狐大衣上。別瞧不起人啊小姐。秋牡丹將濕答答的千圓大鈔放回咖哩盤中，用手帕擦手。抬起臉來的時候高聲尖叫。因爲禿頭男渾身是血站在旁邊。他左手扶桌支起身體右手摀住鼻子。額頭上掛著一條條的血絲。痛嗎？肌肉男問他。禿頭男搖搖頭。餐廳員工大吃一驚跑過來看看狀況。啊，不用擔心，他在廁所摔了一跤，沒事，只是鼻子斷了。禿頭男說：沒錯。就這樣一屁股在不斷點頭的秋牡丹對面坐下。開始吃面前那盤冷掉的咖哩飯。他捏起沾染咖哩的千圓大鈔露出驚訝的表情，突然開始大笑。笑的時候鼻子扭來扭去鮮血滴滴答答掉進咖哩盤裡。我我我我第一次吃吃吃吃到加千圓大鈔的咖哩飯耶。秋牡丹走出餐廳。回頭望望，那兩個傢伙正對千圓大鈔指指點點談笑風生。

她走向停車場，巨大的長途卡車排排並列。兩位男子似乎沒有追來。坐進Bronco，在加油站將油加滿。大約重新啓程一小時左右，汽車廣播開始播送橋仔的歌。我要讓你瘋狂。故事方才開始。我要讓你瘋狂。橋仔這樣唱著。

隨著太陽升起，道路上的反光變得很炫目。正當她打算拿出太陽眼鏡的時候，背後響起喇叭聲。秋牡丹訝異地看看後照鏡。卡車幾乎緊緊貼在背後。兩車間距恐怕不到二十公分。卡車車頭很高看不到駕駛座。後照鏡裡只照出滿面厚重的鐵板。秋牡丹換檔盡可能將油門踩到底。瞬間和卡車拉開距離看到駕駛座。是剛剛那兩個傢伙。禿頭握著方向盤。雖然擦過臉，可是襯衫上還是一樣沾著血。秋牡丹開窗伸出手，你們先走，做了個手勢。卡車像是嘲笑那樣用嚇人的喇叭聲回應把距離拉得更近。秋牡丹對自己說，冷靜下來。在下個上坡路段一口氣拉開距離就好了，現在慌起來如果被追撞的話Bronco會失去平衡撞上護欄。

高速公路漫長悠緩向下延伸。秋牡丹開始減速。她想，雖然不知道那兩個人在打什麼鬼主意，可是在慢速狀態下比較好應付。一路降到時速三十公里。結果卡車近乎停止開始龜速前進，和Bronco拉開一百公尺左右的間距。秋牡丹暫時保持這樣繼續開。後照鏡中的卡車以驚人的速度開始瞬間變大。秋牡丹注意到開始加速。可是太遲了。卡車肆無忌憚喇叭大作撲來，用車頭的巨大保險桿撞穿Bronco右後方。狂暴的衝擊力傳到方向盤上。秋牡丹將方向盤向右打反覆換檔一段一段煞車盡可能避免車子滑向左邊。車殼接觸側壁，混凝土刮過鐵板發出不妙的聲響。秋牡丹咬緊牙根撐住。牢牢固定沉重的方向盤好不容易回到車道上。瞄一眼後照鏡不禁大叫：格列佛！載貨區的門掀翻過來鱷魚不見蹤影。秋牡丹緊急停下，確認後面沒有來車的跡象開始倒車前進。後續來車出現，她只好把Bronco停在馬路左邊。下車開始跑。格列佛倒在中央分隔島旁邊四腳朝天。秋牡丹發出哀嚎想要衝到牠身邊，可是被轟然而過的車陣阻隔。或許是寒冷加上拋落地面的衝擊，鱷魚一動也不動。格列佛！秋牡丹呼喚著。鱷魚顫抖一下搖搖尾巴。沒事的沒事的，秋牡丹暗自對自己說。格列佛的皮很硬，格列佛有一噸重，就算輾過也是車子自己會壞掉，可是該怎樣救牠才好。鱷魚聽到秋牡丹不停呼喚自己的名字，擺動尾巴開始努力起身。多節的白色肚皮弓起，短小的手腳像是想要攀住什麼似的不停舞動。路過的車都好好閃避格列佛。格列佛以一種摔角選手做出後橋背摔的姿態將尾巴深深捲到底。側腹撕裂開始流血。這一回將尾巴高高舉起捶打鋪石路面。反覆捶打一點一點扭轉身體，最後終於成功翻過身來。牠張望四周。攀上中央分隔島。鑽進樹叢裡面。大概聞到那邊有草味。牠爬進分隔島的草地。巨大卡車車隊駛過造成高速公路一陣一陣晃動。一陣汽油味的風捲起，吼聲在肚子裡悶悶響著。秋牡丹叫鱷魚的名字叫累了停下來，感覺到某股不知名的什麼從發抖的腳底穿過中國靴和皮褲竄上來。她看格列佛趴在那像是躲在高速公路正中央，心裡湧上一種前所未有的情緒。有生以來第一次感覺到這種情緒，完全不清楚那是什麼。只覺得寒徹心扉。全身抖到牙關打顫。如果下場雨就好了，心裡突然跳出這個想法。遠方山丘的稜線歷歷在目一覽無遺，這樣清朗的日子讓人覺得難以承受。卡車流量增加了。每次突風穿過眼前都讓秋牡丹驚呼出聲。卡車好可怕。感覺自己像螞蟻一樣。彷彿有什麼遠遠凌駕卡車之上的巨大事物正將自己壓垮。她開始出聲啜泣。媽媽救我，媽媽趕快來救我。對向車道傳出鈍重的聲響。鱷魚躍向天高氣爽的青空。落下的瞬間，鱷魚裂成兩團碎塊，頭部懸在灌木樹叢上，屍體被飛馳在馬路中央的罐槽卡車再次揮開。鱷魚碎片噴出的鮮血跟隨卡車車輪捲走，在馬路上畫出好多紅色的平行線。

21

黃色的玻璃纖維跳竿被固定在囚車的屋頂上。陰暗的車裡坐著四位受刑人與兩位監所管理員。兩位管理員一直聊上個禮拜出去船釣的時候釣上十幾隻魚。

用髮油整髮的其中一名受刑人呼喚一聲：警察先生。兩位監所管理員停下來盯著那名男子。不好意思，警察先生這個稱呼我在拘留所叫久了已經叫習慣，那個啊監獄的飯是不是眞的有混小麥進去啊？我喔，眞的對小麥沒轍，受不了那個味道。兩位管理員相視而笑。雖然提問的髮油男跟著一起笑，可是看到管理員一言不發回到冷峻的表情，也只能嘖嘖幾聲低下頭。

少年輔育院的前庭設了一座銅像，立著種植蘇鐵和高舉鐵鎚的兩名男子。基座上刻著「希望之像」之類的字。正門和玄關掃得一塵不染，灰色的建築物上窗眼很少，像是午後的鄉下工場。

喂，桑山，同車的監所管理員叫住走往玄關的菊仔。玻璃纖維跳竿帶著。這根棒子要放在報到處的倉庫裡面保管，拿到個人物品明細表之後記得把這根棒子塡進項目裡面，懂嗎？菊仔點點頭。

「不會答一聲嗎？桑山。」

菊仔小聲回答：是。

四位受刑人走進建築中。髮油男輕聲說：看起來像醫院一樣嘛？沒人搭話。四個人就這樣穿著鞋走上階梯，進了一間標記「院長室」的房間。房間大約五坪左右採光很好，沙發上坐著三位男子。瘦削戴眼鏡穿著雙排釦西裝的男人正在瀏覽文件，對面靛色西裝的老頭抽著已然燒短的捲菸，沙發邊上一位穿制服的胖子靠著椅背卸下綁帶長靴在摳腳。監所管理員領著四人進房立正站好高聲報告：新進四名同學現在報到。穿著雙排釦西裝的男人緩緩抬頭。制服胖子則穿起長靴哦地應聲。

從今天開始你們就要在這個院裡服完你們各自的刑期。我是這裡的院長土佐。這間輔育院最重視的不是懲罰，好好矯正你們讓大家能夠回歸正常社會，才是這裡最優先的目標。你們全部應該都是初犯，這裡針對改過自新的年輕人設置了許多課程，從各式各樣的職業訓練、一般學科教育、函授教學、社團活動、體育、一直到文化科目，我們會透過這些科目來對你們進行教育指導。你們要盡快適應服刑生活，和其他的學長們好好相處，成為不惹事的模範受刑人，好好努力趕快回到家人身邊，報告完畢。

雙排釦西裝男訓話結束之後，用髮油整髮那位受刑人低頭出聲笑了。不是因爲發生什麼事情好笑，只是因爲他受不了緊張的氣氛。制服胖子向前一步站在髮油男面前說：你腦袋有問題嗎？制服胖子厚實的胸膛和粗大的脖子散發汗味，看起來相當威猛。你不要搞錯啊，耶？還是你從小就一直夢想要進監獄現在太興奮啦？快樂得不得了？啊？是怎樣？制服胖子的長靴比髮油男的運動靴大上兩倍。髮油男臉頰顫動，反覆道歉說對不起對不起。院長笑著勸住制服胖子：好了啦田所先生。他們慢慢就會懂了。

那個叫田所的胖子是輔導部長。兩邊的耳朵都爛掉了。好像有練柔道。走路外八屁股一直搖。人雖然胖可是肌肉結實到捏不動。田所引領四個人走進一間像是校園教室的房間。兩位監所管理員拉上窗簾遮住遠眺大海的窗，讓菊仔他們在椅子上坐好，開始放電影。這是介紹輔育院沿革歷史和設施的短片。粗糙的畫面中最先浮現的是大海。太陽沒入水平線的黃昏海岸，配著男人的旁白。〈這部短片是為了讓各位了解院內生活所製作的簡介，敬請參考。〉兩位男子的雕像剪影漸漸疊上黃昏的海面。〈雕刻家住友政長先生花了一年三個月的時間，將收容在這裡的同學們奮發改過、努力回歸光明社會的形象打造成這座雕像。〉高舉鐵鎚的男子影像漸漸暗去，畫面背後出現正在進行汽車鈑金塗裝的受刑人。〈本少年輔育院的職業訓練無論是在種類、內容，或者是離院就業率各方面都在全國名列前茅。接受木工、活版印刷、服裝、鈑金等各科訓練結訓的人，勞動省職業訓練局局長也會發給大家修業證明書。〉接著開始介紹各種職業訓練的內容和工作現場。〈木工科的高速木材乾燥機、超精光刨床，活版印刷科的電腦平版印刷機，服裝科的圓頭鎖眼機，鈑金科的全自動腳踏切斷機，焊接科的瓦斯切斷器，汽車修護科的車庫千斤頂、超急速充電機，船員科的鋼船少年勇洋丸四四・八九噸，無線電科的超短波無線電話裝置，美容科的人體解剖壓克力模型，清潔科的旋轉蓄水室，烹飪科的球根剝皮機，鍋爐科一百立方公尺的可尼西型鍋爐、這些都是本輔育院引以爲傲的設備。〉畫面中登場的受刑人都帶著相同的微笑。寫著「娛樂室」的字卡拉開，鏡頭特寫那些在房間裡打牌彈吉他唱歌的受刑人肩膀。肩上繡著金銀的布線。〈如果平安無事度過六個月，就會發配銀線，湊滿四條銀線，表示兩年之間表現良好則會發配金線。院長先生會在朝會唱名表揚。湊滿兩條金線以上的模範同學可以住到高級單身套房。高級單身套房的窗戶是一般房間的一・七五倍大，還有窗簾、花瓶、隨手鏡、懸吊置物架，住起來相當舒適。〉爲了保障人權，畫面幾乎不會拍到受刑人的臉，非不得已必須拍臉的時候也會將眼睛部分塗黑。玩柔道的受刑人、在操場跑步的受刑人、畫水彩的受刑人、燒陶的受刑人、接受宗教教誨的受刑人。〈春秋兩季會舉辦運動會，教官和看護老師們也會一起參加。此外，各棟宿舍之間每年也會舉辦一次桌球、英式橄欖球、壘球、排球、足球、柔道，以及劍道的對抗賽。美術、書法、詩詞吟唱、合唱、文學、戲劇等社團活動也會在秋天舉行發表會，並邀請院外的民眾參加。〉醫護室、廚房、浴室、理髮室、宗教教誨室、普通雜居房、懲罰獨居房、廁所，以及接見室。〈接待室分爲一級和二級，依據同學大家的模範程度決定使用哪一間。〉二級接待室會有看守員監視並設有分隔鐵絲網，一級則是圓桌座椅、紅茶和一瓶插花。影片後來以一般雜居房爲主，從點名方式、起床就寢、清潔衛生、一直到寢具鋪設方式都作了詳細的說明，最後在準備離院那一天結束。換回便服的受刑人在正門口跟院長與職員打招呼，並且和前來迎接的家人相互擁抱。一位看來像是母親的婦人帶來豆皮壽司，另一位受刑人則狼吞虎嚥滿嘴塞滿食物。臉的大特寫。遮蓋塗黑的地方流下眼淚，這時響起最後的旁白。〈大家一起努力，就像這樣，早日迎接光明回歸社會吧。〉

畫面上顯示出「終」這個字的時候，有人嘆了一口氣。黑幕拉開房間變亮。兩位受刑人屁股離開座位站了起來。是髮油男和一個皮膚像金屬一樣光滑白的大漢。

「不可以起立！」

收拾放映機的監所管理員叱喝一聲。

「片子不是才剛放完，你們有好好在看嗎？剛剛電影不是才叫你們不要輕舉妄動？要等指示啊，你們這些菜鳥。」

髮油男慌慌張張坐下。白皮大漢繼續站著。

「你想要一直站下去啊，你是外國人嗎？眼珠是黑色的吧，聽不懂日文嗎？」

田所瞪著魁梧的受刑人低聲說。

「因爲沒有人命令叫我坐下。」大漢一臉認眞地回答。田所用手摸摸下巴喃喃說：原來如此原來如此。走近大漢身邊。兩個人幾乎一樣高。比菊仔高十公分左右，應該有超過一百九。田所要白皮膚的大漢坐下，問他叫什麼名字。

「我的名字叫做山根素彥。」

大漢眉毛一動也不動用沉穩的聲音回答。簡短的片刻中，菊仔和這位山根搭上視線。柔軟的髮絲覆在蒼白光滑的額頭上。灰色的眉毛和睫毛，狹長的單眼皮下生著幾近無色的小眼睛。鼻子的曲線像賽璐珞玩具一樣渾圓沒有陰影。嘴唇輕薄卻彷彿很硬，上面一條皺痕也沒有。山根看起來像是戴著面具一樣。臉上彷彿覆著一層灰色的膠。

四位受刑人走下階梯，進入陰暗的走道。走道的盡頭有一扇鐵門。田所示意監所管理員開門。鋼鐵摩擦的聲響。門後是一個三張榻榻米大小的小房間。有兩位手持警棍的警衛。其中一位將一本封面寫著「登記手冊」的黑色筆記本遞給田所。田所在筆記本上登記時間日期、姓名和進入事由。三月二十九日、田所、帶領新生入院。警衛將掛在腰上的巨大鑰匙插進鐵牆。這間小房間兩面相對的牆壁都是鐵門。警衛兩個人一起把門打開。光線照了進來。菊仔他們覺得刺眼閉上眼睛。門後另一邊亮到詭異。田所說，進去吧。眼前出現一個像柵欄一樣的迴轉門，柱子上分岔一條條鐵棒。大家一個一個通過，推動柵欄同時發出電子感應聲，然後彈到另一邊去。每次旋轉柵欄都會發出金屬碰撞的聲音。田所指示說：「這裡就是你們住的地方。」

眼前出現一條幽深的走廊，天窗佈滿鐵柵，沉重的門井然有序並列兩旁。天窗洩下的光線將地板和水泥牆染黃，走廊彷彿通往永無止境的遠方。身後警衛關上鐵門。髮油男低聲唸著不要癱坐在地。垂頭喪氣不想把臉抬起來。田所揪住套頭衫的領口把他拉起來。走廊的長度和亮度讓步行其中的人感到暈眩。步道上一片紙屑也沒有。水泥上也沒有蟲在爬。舉目四見都是鋼管鐵鎖、厚木門、牆面的汙點和裂痕。天窗密佈的鐵柵在地板上投下陰影深沉的平行四邊形。

「如果用機器來比喻的話，你們這些傢伙都故障啦。一般而言，修理機器的人可以從主人那邊拿到錢，對吧？把壞掉的洗衣機帶去電器行就要付錢，可是監獄是相反，是用公費在修理你們這些傢伙，要知道感恩。你們要先為這件事情感恩。」田所這麼說。四坪左右的房間裡並排著木頭和布質的屏風，這裡是報到處。四位受刑人被各自帶到屏風之間脫光衣服站好，兩手高舉，交互舉起左右腳，跳躍十幾次。領取內衣和囚服。上衣和褲子和水泥同色。褲子用褲頭露出的短帶束緊穿好。鞋子是橡膠束帶橫越腳背鞋頭尖尖的布鞋。沒有襪子。然後大家將身上帶的私人物品放進帶有編號的木箱裡面，在寄物明細表上詳細填好物品名稱。菊仔在其他寄物項目這一欄填上美國製競賽用玻璃纖維跳竿。

四人依照更衣完成的順序去理髮室剪頭髮。髮油男看到濕潤的頭髮落到地上肩膀不住發抖，最後放聲哭了起來。理髮師是受刑的學長，他用左手抓住髮油男的頭髮搖搖頭說：哭起來一直動會剪到頭皮喔。混蛋傢伙，滿頭都抹得這麼臭。

「你是怎麼回事，你是科學怪人嗎？」

聽到田所這樣說，大家都往山根那邊看。山根剃完和尚頭之後頭上露出很粗的一條線。手術縫合的痕跡從額頭的髮線開始繞後腦一圈。頭皮上畫著圖案。頭頂留下好幾條手術之後打結的波狀紅線。髮油男看看山根的頭停下不哭吞了一口口水。

「我先前動手術，在頭蓋骨補了一塊硬塑膠。」山根說得有點不好意思。

四個人領了囚犯編號。那些漢字數字用墨寫在一塊白布上。田所叫大家的姓名和編號，如果回答太小聲他就會一直重叫。平山邦夫，四一八號，工藤巧，四七七號，山根素彥，五三九號，桑山菊之，六〇三號。

獨居房大約一坪大，地上鋪著變色沒有包邊的榻榻米。床墊棉被各一條，除了塑膠盆裡一個用手巾綑起來的枕頭之外啥都沒有。三面都是沒有開窗的奶油色水泥牆，出入口是一扇厚重的木門。門上有兩扇只能從外側打開的小窗，視線高度的小窗是巡邏檢查用，膝上高度的小窗是早晚讓餐具出入用的。天花板上高高嵌著一盞日光燈，就算跳起來也搆不著。廁所和喝水的地方設在外面。除了指定的時間之外，有急需的人或者是想要喝水的人都要等待巡邏的警衛經過提出請求才行。入院新生在監禁生活的教育訓練階段以及接受各種調查的時候會住進這間獨居房。無窗的厚牆會將聲音、氣味和景色完全切斷，入院者會短期陷入幽閉恐懼症。對於管理者而言這樣比較方便，獨居房的壓迫感會促使個人想要和他人接觸交談。

這樣會更容易掌握受刑人的性格。對於最初的規律訓練來說也可以發揮非常優秀的效果。因為禁止出聲的關係，受刑人只能藉由體操、自慰，或者是打坐反覆深呼吸消磨神經，默默期待未來在雜居房可以度過豐富的監禁生活接觸職業訓練和社團活動。大部分入院新生都會表示不管做什麼都好趕快派一些事情給我做。相對而言，不受獨居房壓迫感影響，心理狀態完全沒變化的人就必須要登記在輔導部的清單上，列為注意對象。

菊仔看起來非常喜歡獨居房。即使成天靠在牆上坐著也不會對警衛或教官訴苦。雖然發生過好幾次晚上作噩夢大叫引來警衛注意的狀況，可是白天的態度自從他入院以來完全都沒有改變。討厭和其他人接觸或談話，消極地對任何事情都不感興趣。雖然他會聽從命令，可是看起來像是放棄自己個人的意志和判斷。桑山你想要做什麼？即使做職業訓練性向測驗的教官問他，菊仔也是完全沒有反應。一定要選一件事情做喔，用力逼他開口，他只是低頭小小聲回答：做什麼都可以。委託的精神醫生診斷說，菊仔犯罪之後引發需要住院的人格解體障礙，現在還沒康復。也就是說，殺害自己生母這個精神障礙尚未解決所以他現在逃避到疾病當中。

入院新生要接受觸診、照X光、測量身高體重、視力聽力、智力指數、哈克職業性向測驗、克列貝林性向測驗等等檢查。搭配成長經歷、教育經歷、犯罪經歷和專門教官面談之後，才決定未來分發的職業訓練項目。不過遇到像菊仔這樣犯罪之後精神障礙尚未解決，或者對於服刑生活的未來感到不安情緒很不安定這些狀況，院方會將決定訓練項目的時程延長六個月，讓學生在院內營運的職務上工作。菊仔被編到第三伙房打飯班。少年輔育院的起床時間是早上六點四十分，可是伙房班爲了準備早餐必須提早兩小時起床。

新生入院獨居的時間結束之後，菊仔搬到第三伙房班聚集的雜居房。臉上像是戴面具一樣肌膚白皙光滑的大漢也分配在一起。就是那位山根素彥。菊仔和山根席地正坐在雜居房入口的玄關，和同房的囚犯們打招呼。這裡有四位學長。各別叫做福田、林、佐島，和中倉。警衛離開，菊仔山根打完招呼之後，看起來年紀比較大的福田搔搔頭開始說，有些事情要讓你們知道。有點像是這裡的規矩，新人要說自己是因爲做了什麼事情才進來這邊的，這是固定規矩。還有，我們會教你一些黑話和這邊一些生活的小技巧，雖然說無聊是有點無聊，可是這已經變成慣例了。黑話記一記也很方便。

「我把人殺了。」

山根在福田話說到一半的時候回答，正坐的姿勢一動也不動。殺人啊，林和佐島輕聲面面相覷說。啊，這樣啊，耶……知道大家幹過什麼，以後有什麼事情的時候比較方便多關照大家一點，那你咧？桑山小弟你做了什麼？

「我也是殺人。」

中倉笑著說：什麼嘛大家都是殺人啊。福田和林也跟著笑了。菊仔和山根面地保持沉默。唉呀，我們大家也都是殺人進來的，嗯，這該怎麼說呢，日本人口被我們六個人消去了六個。

「這個……我，殺了四個人。」

聽到山根這麼說福田他們不笑了。四個人？中倉俯身向前，模仿開槍姿勢問他：用槍嗎？

「沒有，是用手。」

空手道？還是拳擊？是哪一種啊，中倉非常感興趣地盯著山根的手。山根回答：是空手道。所以你被判幾年啊？

「十年。」

什麼？十年？你不是未成年嗎？不過眞短啊，殺了四個人判十年眞是短。

「呃，因爲我自己，也受了重傷。」

啊，是你頭上這個傷吧，沒關係啦，總之你好像很強，雖然這是開玩笑，不過不要打我們啊，蹲苦窯的時候被殺就眞的是太白爛了。

中倉以前好像是肉食餐廳的店員。實習剁排骨的時候，看到祖母來探望的表情前輩們在那邊笑，他一氣之下一刀捅死旁邊的人，原本根本沒有想要刺誰。我心裡想著給我小心一點，用切肉刀一頂就唰地伸進去。人肉喔，比豬柔軟很多。佐島是漁夫。那天一大早天空就很陰，遇到這種狀況我右邊的臼齒一定會痛。臼齒已經痛到受不了，吃午飯的時候還被蘿蔔燉肉的骨頭卡到。急著想要把骨頭挑掉在煩的時候，討人厭的釣客暈船吐了。一想到我都已經在牙痛還得幫他們清理穢物就有一股氣，聽釣客抱怨船開得太爛就一腳踹下去，我只是輕輕踢他一腳而已，結果就死人了。那傢伙被捲進螺旋槳裡面，明明就是螺旋槳的錯。福田是造船廠的鍋爐清潔工。國中的時候有在打棒球，擔任投手。上高中之後調到外野，可是肩力還是相當令他引以爲傲。他一進造船廠工作馬上結婚生了一個男孩。他很期待小男孩長大以後可以讓他見識一下自己有力的肩膀。他的工作是用鐵鎚將沉積在鍋爐裡面的油渣敲碎，這樣做了兩年。舉起沉重的鐵鎚揮舞好幾萬次把肩膀搞壞了。當他發現自己再也沒有辦法將球丟遠，隔天的隔天他喝得爛醉如泥，跟人幹架，結果那個男的被他用椅子砸死了。唉以前壘球我可以丟六十五公尺那麼遠喔，慢速壘球喔，比夏天的蜜柑還大可以丟六十五公尺，很屌吧？超屌吧。林是滑水教練。缺錢跑去理髮店搶劫，他把大呼小叫的老人家嘴巴塞住結果手被咬，就把對方勒死了。我很討厭洗髮精的味道，我想起來了，是因爲那個開理髮店的人身上都是洗髮精的味道。而且我也很討厭吐舌頭，你們都不曉得，人被勒死的時候，舌頭會鬆掉伸出來，那舌頭很長喔，會一直垂到下巴下面啊。我跟其他人都已經講過，山根桑山，你們在我面前可別吐舌頭把舌頭鬆掉伸出來啊。

伙房班這個寢室的六個人有一個共通之處。大家都有動力小船駕駛執照。漁夫佐島和滑水教練林有駕照沒話說，中倉在肉食餐廳之前也在打撈公司工作三年。他在海底電纜鋪設船上面負責駕駛搭載的打撈船。福田在造船廠那個港城培養出船釣的興趣，很擅長撒網。因爲雇用船伕很貴，所以和釣魚的朋友一起考了動力小船駕照。山根是用學生時代學長那台附有船艙的帆船自己做訓練，在頭受傷之前也很喜歡玩水肺潛水。菊仔是以前桑山買一台快要報廢的小漁船拜託他負責開，還跑到長崎上過課。除了菊仔之外，其他五個人都被船員訓練科的測驗刷掉了。他們擠不進十五個固定名額，想要以六個月之後的測驗爲目標才到伙房班工作。輔導部考慮說透過這五個人的影響，菊仔也會把船員科當成目標，藉由這種目標動機或許可以消除他的人格解體障礙。

少年輔育院的管理制度非常完善。他們採用的方法是提早消除各種可能引發反抗的機會，而不是用暴力來強迫受刑人接受。如果把包圍住宿大樓的水泥高牆和宿舍出入口的兩扇鐵門拿掉，看起來就和寄宿學校一模一樣，有些受刑人會這樣說。設備也很完善，在服刑生活的各個細節上都謹愼避免任何不公平的狀況發生。譬如用餐，每兩個月會針對全體受刑人進行嗜好調查，主食的麵包或飯量也分成五級，依據各種工作的肉體疲勞標準來進行分配。這表示從事劇烈勞動的人可以吃比較多的飯。

可是，每週兩天體育日盡情流汗的時候、適度勞動之後享用營養師計算規劃的餐點到視聽室看電視聽音樂的時候，還有睡前的時候，所有的受刑人心裡面想的都是高牆和出入口那兩扇鐵柵門。孤身一人的時候心裡面想的一定都是外面的世界。任何人心裡只要出現離開輔育院和家人一起吃飯這種念頭就會發瘋。會在院內的生活裡面尋找逃獄的理由。他們會去找促使自己下決定的動機，去找逼迫自己逃走的憎恨對象。他們找半天最後發現什麼也找不到。雖說自己被關起來有人看守，可是只要把這件事情忘掉，就會發現完全找不到任何理由非逃走不可。只要念頭轉向在有限的狀態中盡可能過得更舒適，大家就會努力投入職業訓練、社團活動或者是體育項目。一時之間內心感受到滿足。接下來再把圍牆和鐵柵欄拿掉，他們就會變成去想說我的同伴都在這裡。受刑人在這樣心情反覆的過程當中，會下定決心等待時間過去，直到假釋爲止。他們會忍氣吞聲。受刑人一旦接受隔離自己和外界的不是高牆、雙層鐵門而是時間，就會把所有的注意力都集中在縮短時間上。爲了獲得金線銀線成爲模範學生，他們會引導自己壓抑其他的慾望。決定熬下去的人不會再去想逃走的事情。受刑人就此進入淺淺的冬眠。

這種管理辦法相當優秀，可是其實它必須依賴一種微妙的平衡才得以成立。單單一個人脫隊就有可能導致這個平衡崩塌。管理方最怕的一件事情，是自殺。這種讓所有受刑人進入慢性、沉靜憂鬱狀態的操作法和老人安養院一樣，只要有人自殺一定會造成流行。只要幾個人自殺就會造成院內氣氛緊繃，受刑人會受這種不安狀態影響，可能會將先前忍氣吞聲熬過的時間引爆全部吐出來。輔導部將菊仔轉到伙房班雜居房，也是覺得讓他處在一群想要通過船員測驗的人群當中可以預防人格解體障礙惡化導向自殺。

鍋爐低鳴飯煮好之後，蒸氣和叱喝聲使得廚房翻攪沸騰。伙房打飯班由十八人三個班組成，一天三餐合計起來必須準備一千兩百份。三班交替輪流做兩天休一天。有兩位專任廚師監督大家工作。菊仔他們聽從廚師的命令切蔥或高麗菜、磨米、調配堆積如山的醃菜、將紅豆泡水、衡量鹽的分量、打撈油炸的麵粉渣。一旦四百人份的食物完成就將它們分進打飯用的桶子裡。將味噌湯從鍋子倒進桶子裡的時候會用長柄勺，這是爲了平均分配沉在鍋底的湯料。打飯結束到杯盤狼藉的碗筷送還之間，打飯班可以稍事休息。

「桑山，還習慣嗎？」

中倉一邊擦汗一邊搭話。菊仔倚著瓦斯爐靜靜點頭。中倉比菊仔大三歲。左臂上刺著櫻花的花瓣。

「你這個人有點怪，你一直都這麼討厭說話嗎？」

菊仔再次點頭。

「我有點事想要問你，可以嗎？」

菊仔露出困惑的表情。中倉不以爲意繼續說。

「殺掉老媽眞的感覺很差吧？」

菊仔皺眉，指尖捏的白菜碎片掉到地上。

「最好不要，因為會作噩夢。」

聽菊仔這麼說中倉點點頭。也是，我懂，可是啊，我現在還是常常會夢到關於我媽的噩夢喔，不能殺她讓我感覺很煩，可是像這種事情也沒辦法做測試殺殺看啊，謝啦，你的回答很有幫助。

菊仔看著潮濕的地板。水槽旁堆著很多瓦楞紙箱。裡面應該裝著鯨魚肉。洗完好幾百份骯髒的鋁製碗筷之後，廚師應該會用電鋸切冷凍鯨魚肉吧。冰和碎肉飛濺起來。菊仔的目光內側有什麼在閃爍。那是女人的臉。生下自己那個女人的臉。把那張臉的臉皮剝掉變成無眼無鼻無耳無嘴無髮滿面鮮血的無臉鬼，一坨肉塊。這兩個畫面交相閃爍。開第四槍發射霰彈削掉皮膚和血肉發熱的女人面孔漸漸被雪淹沒消失，閃爍從那時開始。那個下雪的聖誕夜，兩張女人的面容順著規律的脈搏出現，比不住打亮的攝影機閃光燈還烈。女人長得很像菊仔。當晚第一次見到女人那張臉的時候，菊仔感覺，自己某個部分突然被切斷脹大變成扭曲的複本。那個女人喃喃說，不要這樣。那張臉冒到槍口之前的瞬間，她的嘴唇顫動，請不要這樣。表情很認真。畫面每次閃爍都會反覆聽見那淡淡的說話聲。不要這樣。幻聽回音反射，就在不知道到底不要怎樣的狀態下，菊仔就這樣不再主動進行任何行動。

「桑山好像一天到晚都在發呆啊。」

山根走到旁邊說。山根擦汗看起來滿臉通紅。頭上手術的痕跡也充滿血色。有一次在中倉和福田強硬要求下，山根說了他動手術的故事。山根用正拳殺了四人，在集團亂鬥當中自己也受了重傷。他被人家用公車站的站牌基座砸。左側頭蓋骨凹陷。不過腦膜沒有受到損傷所以奇蹟地保住一條性命。清除碎掉的頭蓋骨補上一塊硬塑膠。山根說醫生和他兩個人一起用一種叫爐具板的塑膠板比對頭蓋骨的曲線，再用瓦斯噴嘴進行加熱彎曲作業。

「我以前也曾經和桑山差不多。」

雖然嵌入塑膠板的手術成功完成，可是傷口化的膿流進右前頭葉裡面。山根爲了吸出這些膿接受了總共六次連續約一百小時的手術。進行某次手術的夜晚，他聽見兩個醫生在說話。山根的狀況大概不行了，或許不能抱太多期待，兩位醫生這樣說。麻醉時間應該還沒過，手術道具就這樣擱在氧氣帳篷裡面。山根頭上有一座分割成八面的鏡子。他看到自己的大腦插著各種顏色的管子。像豆腐一樣，山根想。那個形狀就算看到有人馬上拿筷子夾起來吃也一點都不奇怪。醫生們持續說著話，明明知道他們在說自己的狀況，自己聽起來卻有一種置身事外的感覺。

「我一直盯著那塊像是豆腐一樣的物體，感覺自己對自己很陌生，有種要殺要剮隨便你的感覺，心裡想說原來就是這塊豆腐在想事情在感受世界，感覺自己變成一塊豆腐啦，那時候我就像你現在這樣每天都在發呆。」

菊仔和山根負責午餐檢試。所謂檢試，是指在受刑人吃飯之前，依序由總務部長、輔導部長、院長的順序來進行試吃。在紅色的淺盤上並排菜色罩上一塵不染的玻璃箱帶到各個辦公室。混合米麥七比三的飯、鹽烤鯖魚、煮豆、日本蕪菁，和海帶湯。院長動筷子每種都吃一口之後，拜託菊仔替盆栽澆水。並且請山根替養在窗邊的文鳥更換飼料和籠子底下鋪的報紙。

菊仔接過茶壺拿去洗手台裝水。中途院長離開位置上。山根好像從文鳥的籠子裡面拿出裝水和飼料的容器。菊仔幫五盆天竺葵澆水完看著山根工作。文鳥用新的水開始清洗羽毛。山根示意叫菊仔過去。山根確定院長還沒有回來，將餌放在手心遞向巢裡另一隻文鳥。山根讓鳥啄一下穀粒，瞬間收掌抓住文鳥。把手從籠子抽出來用另外一隻手手指摸摸文鳥的頭。文鳥發出畏懼的啼聲啄著山根的手指。摸摸看，山根將靜下來的文鳥遞給菊仔。文鳥待在菊仔的掌心沒有逃。文鳥就這樣待在菊仔的手心，山根將自己的耳朵湊上文鳥的胸口，保持這樣的姿勢跟菊仔說話。桑山，我啊，雖然我從小就很暴力，可是頭動完手術之後狀況變得更嚴重，變成精神異常啦。以前醫生跟我說，你曉得爲什麼人類要睡覺嗎？雖然恢復體力也包括在內，可是重點是要讓大腦深處休息，大腦深處也是需要休息的啊，如果不讓大腦深處休息人好像就會變凶暴。我就是死在這一點，突然變嚴重，我記不太清楚總之就是症狀突然爆發開始發飆。然後開始破壞東西，用椅子打護士，與其說狂暴不如說身體裡面好像塞滿奇怪的東西感覺如果不在哪邊開個洞的話就會死掉。身體完全不聽話，我一直被綁起來如果放開的話說不定會殺死好幾十個人，而且啊，我發現自己好像發作的時候，試著思考好多好多忍耐的方法。計算數字、靜坐、唱歌等等，桑山，你知道最棒的方法是什麼嗎？是聽心跳聲喔，自己的也可以別人的也可以，我就拚命去聽。老婆把兒子帶來醫院的時候，雖然嬰兒才四個月大可是心臟乖乖噗通噗通在跳。該怎麼說，我感覺到一種奇妙的感動，想到那個嬰兒的心跳聲，不可思議地就可以忍耐下來。

菊仔將文鳥的胸口湊向耳邊。小鳥的體溫發散開來。文鳥的心跳聲聽起來像高速飛馳而去的機車一樣。

22

「你能跑嗎？」

睡前自由時間的時候福田問菊仔。想問他要不要參加春季運動會的班級對抗接力賽。你是運動選手吧，跳高選手。菊仔低頭沉默。

「如果你腳程很快的話情勢就會大逆轉哪。」對於受刑人來說，班級對抗接力賽是少數大家會拿來打賭的對象。會拿一週配給兩次的甜食、內衣，和球鞋這些日用品下注。「呼聲最高的是體育教官隊。已經連贏三年，汽車修護科也有一個傢伙跑超快，先前是自行車選手去年秋天差一個鼻子的間距拿到第二。我們這組，我啦、林啦、中倉還有第二班的人會組一隊，如果菊仔跑超快的話，那就不得了囉，因爲其他人都不曉得，是大黑馬啊，贏的話無論是糰糬還是巧克力都可以讓你吃到肚子痛。你能跑嗎？你的速度應該很快吧？」

「不能不跑嗎？」

菊仔抬頭說。

「唉呀我只是問你跑得快不快。」

「我都隨便啦。」

中倉湊過來看起來有點煩躁。

「你這傢伙眞是搞不清楚狀況啊。菊仔這是接力賭盤喔，如果你有一雙快腿，說不定我們可以吃二十個左右的糒糬，狀況是這樣喔。」

山根制止中倉咆哮問菊仔一百公尺紀錄是多少。計時已經是一年前的事了，菊仔話說在前，回答曾經跑過三次十秒九。所有的人都發出驚嘆。福田在接力名單上寫下菊仔的名字。菊仔雖然擺出困擾的表情但是並沒有反駁。菊仔眞是怪咖，中倉一邊鋪床一邊唸。眞怪，既然跑這麼快一開始就開開心心說我要跑我要跑不是很好嗎，你知道老爺都怎樣說你嗎？他們叫你Robot（機器人）喔，Robot，Robot。老爺指的就是警衛。Robot是lobotomy（額葉切除術）的簡稱，是警衛幫那些沒有反應的植物人取的綽號，他們覺得菊仔和院內幾個做過局部額葉切除手術的重度癲癇患者差不多。

少年輔育院的操場鋪著砂土。這些砂是五十五年前開拓荒地整地的時候從海岸運到這邊的。沙粒顆粒很小，可是長年風吹雨打也沒有流失。這是因爲周圍被水泥高牆包圍的關係。

菊仔捧一把操場的沙隨風飄散。福田走近說，接力賽預賽開始囉。菊仔點點頭開始做暖身操。兩腳拉筋，柔軟體操，高高抬腿反覆衝刺幾次旋轉腳尖充分搓揉腳踝。中倉看到不禁低聲說，眞的是太厲害了。肌肉只是將過去蘊藏的記憶放肆展現出來。預賽有六隊參加。

一隊四人一一順著兩百公尺跑道跑一圈。先後依序是福田、中倉、林、菊仔。碰過幾次面的警衛嘲笑菊仔說：喔，桑山要跑啊，不要發呆掉棒喔。

第一跑者在起跑線排好，槍聲一響比賽開始。福田從起跑點飛躍而出和領先者幾乎並列跑在第二。汽車修護班和教官的隊伍要在之後的預賽才會出場。只要跑進前兩名就會在決賽和他們碰頭。福田在第二名的狀態下交棒給中倉。中倉沒有福田那麼快。跑到快被第三名木工班的跑者超過去。慌張的中倉出腳想要絆倒對方，可是那隻腳被超越的跑者踢到。失去平衡的人是中倉。雖然他拚命想要恢復自己的姿勢，可是木工班跑者在超越的時候往他肩膀一推讓他向前傾斜滾在地上。林和福田嘆了一口氣。中倉馬上站起來衝刺但是和第一名已經拉開二十公尺掉到最後一名。中倉憤怒抓狂把棒子傳給林，想要去揍木工班的第二跑者，可是被福田和菊仔制止了。你這白痴是你先伸什麼腳去絆人家的不是嗎。林前進到第五名，可是完全沒有拉近和第一名之間的差距。

菊仔走到跑道上做了兩次深呼吸。等林接近到距離五公尺左右菊仔開始起跑。什麼啊，伙房班的最後一棒不是那個機器人嗎，發呆又會摔倒吧。菊仔進入全力奔跑階段之後叫囂都停了。菊仔眨眼之間就超越跑在前面的一個人。完全不用花一秒。中倉和福田停止呼吸低語說：這傢伙很難說喔。菊仔用一種身體非常穩定的漂亮姿勢面無表情又再超越一個人。群眾開始騷動。菊仔的灰色制服啪啦啪啦彷彿碎成一條條。只要目光盯住菊仔就會覺得其他的跑者看起來好像靜止不動。最後直線跑道菊仔跑到第二通過終點。中倉他們興奮地跑去擁抱他。其他受刑人剛開始愣在一邊，後來一個人起立大聲嚷嚷：喂，機器人你好強啊！大家將走回來的菊仔團團包圍。你是怎樣，是奧運選手嗎？是正式比賽的運動選手吧？聚集過來的傢伙們臉上光彩洋溢說了這些話。菊仔的呼吸完全沒有亂。額上微微冒汗。菊仔用手指將汗抹掉露出不耐的表情，環視周圍包覆的人牆。山根衝了過來，對他說：眞是了不起。輕輕拍他的頭。

一陣強風撩起操場的塵土。菊仔閉上眼睛。汗水冷卻開始起雞皮疙瘩。微微睜眼偷看，眼前細沙茫茫一片，周遭圍觀的受刑人一時化作黝黑的虛像。沙塵沾染在微涼的汗水上。背後的景色一抹而空，只有一輪人牆的剪影浮現在雪白的煙塵中。包覆而來的陰影盯著菊仔對他指指點點。菊仔感覺血壓下滑視線垂落到腳上。他感覺白茫茫的視線之外好像有誰蹲下來，頭皮一陣發麻。他想起那位皮膚剝落，眼睛、鼻子、嘴唇、耳朵、和頭髮都不見變成一團血紅肉塊的女人馬上就會倒在自己身邊。轟然之間那張女人面孔又開始明滅閃爍。菊仔怎麼啦心情不好嗎？山根問。因爲菊仔看起來面色鐵青。怎麼了，剛剛跑太快覺得身體不舒服嗎？

「爲什麼大家要圍在我身邊？」菊仔使盡力氣發出聲音說。因爲情況看起來好像有點奇怪，包圍的人牆越來越長。山根摟著菊仔的肩膀。菊仔，因爲大家都嚇了一跳啊。大家第一次看到像你這樣的跑者所以都很吃驚。

「不要看我，我，我又沒有做什麼。」菊仔朝向人牆的缺口走去。受刑人移動位置堵住缺口。欸，你是那種會上電視的運動選手吧？一位受刑人揪住菊仔的肩膀邊搖邊說。菊仔揮開那隻手突然間蹲到地上。他拱著背兩腳彎曲抱著，頭就這樣擦到地上。他保持這樣的姿勢用灰色的制服下襬遮臉。教官這時候才趕來把圍觀的受刑人驅開，桑山你在這裡幹嘛？教官搖著菊仔問。菊仔一動也不動。怎麼啦那傢伙怎麼回事，還是機器人嘛，要關機了吧。教官那傢伙腦袋電波發作麻掉了啦，電波發作機器人就完蛋了，口吐白沫痙攣了啦。

菊仔就這樣保持全身屈曲的姿勢被人抬到醫務室。擦拭冷汗的時候全身顫抖一句話也不吭。因爲手腳僵硬的關係，醫師要打鎮定劑結果針被折斷。菊仔牙齒開始格格作響，護士爲了避免他咬到舌頭把毛巾塞進他的嘴巴。山根、中倉和林跑進醫務室裡來。請問菊仔可以參加決賽嗎？醫生聽中倉這樣一問笑了。你在說什麼啊，連他能不能恢復正常都還不知道哩。山根走到醫生和教官面前。「我在精神病院待過半年，看人家用徒手復甦術治好過這類的病患，不知道能不能對桑山試試看？」教官和醫生商量了一下，在山根不斷反覆重申不會危險的狀況下終於答應了。山根抓住菊仔顫抖的脖子。在脖子和頭的交界部分用拇指確認要按的部位，在吸氣的同時用力壓下去。菊仔身體跳了起來。山根蹲到菊仔的耳旁，將他嘴巴裡的毛巾拉出來。菊仔，你聽得到我的聲音嗎？聽到的話，就眨一下眼睛。我會幫你。聽得到嗎？菊仔眨一眨。

「會怕嗎？」

菊仔又眨一眨。山根用一種大聲叫喊的聲音對菊仔說話。聲音大到像是要把胃吐出去一樣。你會變舒服喔。山根用一種奇妙的音色跟菊仔說。聲音很平緩，一字一句發音都用均等的音色。那種彷彿在朗誦一本書的音調好像會穿透薄薄的牆壁，待在隔壁也聽得到。菊仔眨一眨眼發出尖叫，聲音大到像是床鋪會搖。乾枯的叫聲持續了很久，告一段落之後菊仔喘到肩膀上下擺動開始哭。你在害怕什麼呢？山根在他耳邊問。

「說說看，把事情全部說出來，如果一直積在心裡面會永遠怕下去喔。說吧。」

菊仔拚命搖頭。

「菊仔，想像一下，現在你是一個小嬰兒喔。不要放棄，不可以輸給你在怕的東西，放棄的話就完蛋了，在你放棄的瞬間就會面臨地獄，不管你怕什麼都說出來。」

「我……我……」

菊仔像是狂犬病患者一樣伸出喉嚨不停哮喘。

「沒關係，你是害怕發抖才哭的，這就是你，不用虛張聲勢，我站在你這邊，你看到什麼東西？」

「一張臉。」

「誰的臉？」
「有一張女人的臉在看我。」
「那個女的是誰？」
「我不認識。」
「你應該認識吧？你應該知道她是誰。」
「眞的，我不認識。」
「說啊，你知道她是誰。」
「幹！我眞的不認識啦！那東西一直閃一直閃，媽的！是生我的那個女的，可是我不認識，她懷我懷了好久，可是對我來說眞的是陌生人，我只見過她一次根本不可能認識她對吧。她穿著大紅的毛衣，臉也是大紅一片，滿臉是血，是一個眼睛、鼻子、嘴唇、耳朵和頭髮都不見了的無臉鬼。不認識這樣的女人是理所當然的吧？那傢伙一直待在那，那個滿臉是血的無臉鬼啊，她跟我說：不要這樣，不要這樣！我不知道到底不要怎樣，不可能曉得吧，我不知道啦。」
山根擦拭菊仔額頭泉湧的汗水。連嘴巴四周都擦得很乾淨。菊仔我知道了，聽得見我的聲音嗎？菊仔眨一眨。聽好囉，照我說的去做，把那個畫面從腦海裡面趕走，把那句話也丟掉，只要聽聲音，你聽到聲音，現在，你聽見什麼？

「你的聲音，山根的聲音。」

「只有這個嗎？好好專心聽。」

菊仔閉上眼睛。

「我聽見叫喊聲。」

「因爲現在操場正在進行騎馬打仗，其他咧？」

「車聲，聽起來像是大卡車，也有聽到喇叭。」

「還有呢？」

「鳥叫。」

「嗯，停在外面的樹上。應該還有很多吧？還有很多喔。」

「腳步，穿拖鞋還有赤腳走路的聲音，這張床的嘰嘎聲，山根的呼吸，某人吞口水的聲音，其他人的呼吸，玻璃杯還是什麼在桌上滾動的聲音，有風在吹，旗子翻飛的聲音，一群小朋友，好像在踢球吧，在踢一顆沒什麼氣的橡皮球的聲音，也有聽起來像鐘聲的聲音，是耳鳴嗎，山後有人在敲鐘，嗯，是鐘聲。」

「感覺如何？」

「啊，聽到你的聲音以後就靜下來了。」

「太好了。」

「有雨聲。」

外面沒在下雨。

「屋簷在滴水，落在距離耳朵很近的地方，很響亮，很柔和，固定間隔落下。」

「眞的是雨聲嗎？」

「是啊，以前我偶爾都會聽到，感覺在我很小的時候就有聽過這樣的聲音。」

「啊，這樣啊，我懂了。菊仔，要不要睡一下？睡一下怎樣？」

山根對醫生做了注射鎮靜劑的手勢。醫生手腳迅速地將藥劑打入菊仔的大腿。菊仔震了一下，最後全身放鬆下來。

菊仔覺得自己變成一隻小蟲。感覺好像趴在地面聽巨大的水滴墜落。不知何時被吸進水滴當中。音量漸漸增強。浮現女人的臉。不要這樣，不要這樣，不停說著。菊仔停下所有的行動。回到五秒前的自我。繼續回到五秒前的自我。沉入水滴的時候那水變成紅色。緋紅的水裡有好幾條光線在跑。菊仔繼續回歸五秒前的自我，以懾人的速度墜入那渾沌未明血色沉重的水底。

突然之間，菊仔回憶起一件事。高呼一聲。醫務室裡所有的人都吃驚望向他。菊仔從床上起身。醫生跑了過來。你鎮靜劑的藥效應該還沒退，這是怎麼一回事？菊仔用力揉揉眼睛。用拳頭敲太陽穴搖搖頭。搖搖晃晃想要下床。醫生迎向前去阻止他。菊仔覺得好像全身骨頭折斷血液凍結軟趴趴癱回床上。山根扶著他。睡一下比較好喔。菊仔被山根撐著好不容易雙腳挺直。運動言語不清的舌頭說：

「我，現現現現在，可以跑了。」

這傢伙可是第一次自己主動想要做些什麼喔，反正他現在也沒辦法眞的跑起來。山根說服了醫生和教官。菊仔就這樣被山根抱著走到操場上。山根你的手可以放開了，我一個人走。菊仔晃晃悠悠站到地上。開始認眞揉腳。中倉，距離接力賽決賽開始還有多少時間？聽中倉應聲七、八分鐘之後菊仔默默說：到時候血液應該已經暢通了吧。

「可是，菊仔你眞的要跑啊？」中倉問。你就看著吧，菊仔答話，雙腳併攏伸展脊椎把全身拉開。手臂和大腿肌肉隆起撐起灰色的制服。身體變得像是根棒子一樣。菊仔用這樣的姿勢忽地傾身向前。在失去平衡的瞬間出腳撐住身體。這是全力奔跑的前傾姿勢。跑步的本質就是在傾覆的狀態下一一邁步向前，只要全力奔馳的話就絕對不會摔跤。第一隻用雙腳站立的猴子一定是在全力奔跑。賈賽爾，我要開跑囉。

第一棒福田跑在第三。教官隊擁有壓倒性的速度。第二名是汽車修護班。菊仔不停按摩手腳用水澆頭好幾次。山根跑來加油。可以開跑了吧？中倉接棒。不要跌倒啊！林大聲怒喝。雖然一、二名之間距離拉開，可是中倉保住第三。汽車修護班最後一棒那位前自行車選手個頭明明很小可是大腿比菊仔還粗。林衝了出去。菊仔站起來走向起跑線。林縮小了一點點差距。和跑第一的教官隊差七、八公尺，和第二的汽車修護班差三公尺。並排在起跑線上的前自行車選手問菊仔說：你要認眞跑嗎？我不想認眞，再說又沒有獎金，就算超越我也不用太囂張，因爲我已經決定不要認眞跑了。

教官隊的最後一棒率先起跑。接著前自行車選手、菊仔都接棒。前自行車選手的瞬間爆發力非常強，馬上就緊逼到教官背後。但是教官也沒讓他超過去。菊仔一點一點拉近距離，可是因爲手腳還是很沉重的關係跑步姿勢有點難維持。菊仔拚命想要抓住風。只要能夠達到某個平衡就可以抓到氣流，從空隙竄進去。體液密度增高塡住毛孔和細胞間隙，風自腳底升起，感覺不是在跑步而是御風運行。肌肉摩擦突破口吹來的風，體液震動引發的風，全身會被風帶走。

切入第二個彎道的時候菊仔大幅傾向左側。雖然手都好像快要觸地了，可是菊仔在翻覆邊緣跨出順勢向後的左腳，使盡渾身力量蹬地而起。結實的衝擊力從蹬地雙腳的腳趾頭開始爬向全身。菊仔抓到剛硬淒冷的氣流核心，過去熟悉的感覺都回來了。菊仔在直線跑道正中央追上跑在前面的兩位選手。一旦全力奔馳置身於空氣裂縫中，個人會強烈感覺到周圍的一切開始收縮。景色失去遠近，白濁一片瞬間暫停。速度攪拌風景，把它融化，然後在個人內部重新混合。就像站在漆黑的房間中央突然點亮燈泡那樣，黑暗瞬間收縮化成自己的影子定形凝固。操場的沙粒、跑在前面的兩名選手、在旁聲援的受刑人、羅列的房舍、嫩葉搖曳的樹木、環繞的灰色高牆、後方直上雲霄的油煙，還有菊仔自己，一切同時收縮。巨大的光源出現了，扮演的角色就像是那顆讓黑暗凋落縮入陰影的燈泡一樣。濕濕滑滑又紅通通的奇妙動物，生有發光細毛的動物，操場就在那隻動物的脾臟上，細細的沙粒在跳舞，跑道是海綿狀的淋巴結，跑者則是白血球和細菌。菊仔想起來了。完完全全想起來了。生下自己那位女人爲什麼會說不要這樣？停下所有行動、接連回歸五秒前的自我她是像那樣跟我說嗎？那個女人剝下自己的臉皮，連眼睛、鼻子、嘴巴、耳朵和頭髮都剝掉變成一團肉塊，她透過這種方式來教導菊仔。探究自己的過去，回到子宮中，回想那個聲音，她一定是想要告訴菊仔這個訊息。那個聲音，和橋仔一起在鋪滿橡膠護墊的房間裡聽到的聲音，橋仔，那不是窗外屋簷滴落雨水的聲音喔。橋仔的推理沒有錯，那個聲音藉由折射和穿透讓人感覺到一種長長久久的安全感，那是心跳聲。在那位精神科醫師的房間裡聽到的是心跳聲。那個女人的心跳聲，那個女人命中注定有一天會突然被自己遺棄的孩子開槍射殺，菊仔想。那個女人毫無疑問就是我的媽媽，把我生下，丟在夏日的箱子裡，奪走我的力量。那團肉塊，封閉起來變成滑溜溜的紅色皮囊跑來跟我說話。她在瞬間告訴我一切，即使我孤身一人也可以活下去。那時候她完全不畏懼周遭圍觀的視線，單單爲我起身，走到我身邊，悄悄對我一個人說話。我很敬佩她，她是一個了不起的媽媽。

菊仔進入最後的直線跑道切到兩位領先者的外側。剎那間超越了兩個人。他成功抵達終點線纏在身上，可是沒有辦法停下。山根和中倉他們一邊呼喚一邊衝來。菊仔還想要再繼續跑。身體很輕。心想：四周包圍的這種灰牆就算是沒有跳竿也可以跳看看。他被腳底接二連三湧上的力量驅動一路衝到操場邊緣。高牆就在眼前。菊仔像是呼一口氣那樣排除萬念把手上的紅色接力棒丟向遠方。接力棒越飛越高反射陽光晶瑩閃爍不斷旋轉消失在牆壁的另一端。

23

橋仔唱片的銷售量好到令人震驚。尤其是第五張單曲和第二張專輯，銷售量更是創下紀錄。缺貨的唱片行不停增加，店長們跑到Mr.D的公司陳情表示說要緊急大量追加壓片。

橋仔從廢礦島遷走戶籍和妮娃正式結婚了。D辦了一場豪華的結婚典禮，還送給橋仔和妮娃佔據高級公寓一整層的新房。D把婚禮邀請函寄給所有和橋仔有關的人。育幼院的修女們、桑山、廢礦島的同學、藥島的居民，連男娼們都打算邀請。橋仔說我才不要。把準備好的邀請函撕破丟掉。你是怎麼回事啊，看看人這個字吧，寫成左右兩撇才能站起來對吧，你是因爲和許許多多的人接觸之後才會有現在的你，如果你認爲你是靠自己一個人活到現在，那你就完全搞錯啦。

「不是那樣。」橋仔說，「我已經重生了，過去我只是不斷在說謊，我討厭所有在我重生之前遇到的傢伙，他們讓我害怕。」

除了裝飾數百座冰雕的盛大典禮之外，兩位新人依據妮娃的提議舉行了小小的儀式。兩個人到位於新家旁邊的神社去參拜。

加拿大・阿拉斯加蜜月旅行被延後一年。因爲灌錄新唱片、出席電視和廣播節目、拍廣告、長達六個月的巡迴演唱會……行程排到令人難以動彈。行程表是妮娃定的。雖然D勸橋仔好好休息，可是妮娃認為讓橋仔出去巡迴，不要讓他有空去思考這幾個月的劇烈變化比較好。現在橋仔就像是完全不會游泳卻被丟進急流裡面，與其把他拉上岸讓他休息，不如暫時就放任他這樣讓他學會游泳還比較好。妮娃跟D說：如果力氣不夠被沖走的話，那就表示說原本就沒有跳進急流的資格。

巡迴演唱會非常嚴苛，音樂家可以透過演奏旅行來磨練自己。一直持續旅行就會覺得每座城市看起來都差不多。必須要忍受不停反覆唱同一首歌做相同的動作。累積疲勞之後連觀眾的熱情和興奮都會變得一點也不新鮮。流行明星在極度的損耗當中必須要不停反問自己：你真的喜歡這種工作嗎？

樂隊的人選很重要。橋仔跟D提出樂隊風格和人選的條件。他想要一種一九六〇年代前半的法國流行樂團風格，也就是響弦鬆一點的樸素的小鼓、低調的貝斯、吉他比較接近強哥・萊因哈特（Django Reinhardt）而不是吉米・亨德里克斯（Jimi Hendrix）、薩克斯風，還有手風琴。這個編制和一九六三年強尼・阿利戴（Johnny Hallyday）去丹麥巡迴演出的樂隊編制完全一樣。

至於個別樂手的部分橋仔提出兩個條件，一是不缺錢，二是同性戀。為什麼？Mr.D問他可是橋仔沒回答。妮娃心想：橋仔應該是希望他們會喜歡自己吧。以賺錢為目的來參加演出的年輕演奏家說不定會和橋仔起衝突。橋仔的音樂觀很特別，就算在錄音室也有很多演奏家會因此發飆。橋仔不相信人類的情緒可以透過聲音來表達這種話。他討厭情緒這種東西。讓聲音獨立存在，橋仔總是這樣提醒演奏家。把你自己從聲音裡面分離開來，彈出純粹的聲音本身，那種不帶個人體溫和氣味的聲音。如果演奏者不缺錢的話，會來參加的應該就都是那些對橋仔音樂感到共鳴的人吧。如果這些人是同志的話，就絕對不會討厭橋仔。橋仔非常熟悉要怎樣去支配同志。

鼓手選了日裔美國人，三十一歲的約翰・史巴克・下田，副業在經營中國清代古董店。下田從八歲開始打鼓，十幾歲的時候在美國西岸參加過李・康尼茲（Lee Konitz）的九重奏樂團。六年前他以鋼筆公司日本分店老闆的寵物身分前來日本，雖然不規律，可是持續以錄音室樂手的身分在線上演奏。貝斯是一位名叫Tooru的二十九歲攝影師。Tooru是美容師出身，爲了進修專業髮型攝影前往美國，就此學會玩男色、爵士貝斯和古柯鹼。六年前曾一度因違反麻藥取締法遭到逮捕判處暫緩起訴。Tooru也玩女人。吉他手是松山裕二，二十二歲，他是保全公司的獨生子，家裡一手掌控千葉沿岸連鎖企業的夜間保全。他從小學的時候就開始在上吉他家教。尊敬的吉他手是衛斯・蒙哥馬利（Wes Montgomery）。如果女生纖瘦沒有狐臭的話，他也會有性趣。薩克斯風是北見弘，二十一歲，生於代代相傳的醫生世家，可是因爲紅綠色盲的關係放棄就讀醫大。這個決定導致雙親離婚。他和母親兩人一起生活，媽媽在東京都內三個地方經營公寓。他音樂大學黑管科讀一半沒畢業，剛結束一輪幫香頌歌手作伴奏的巡迴演出回來。手風琴是德丸靜也，六十二歲，同時是著名的作曲家。他作過十幾首暢銷金曲，單靠版稅就過著非常優閒的生活。他從學生時代開始就隸屬於阿根廷探戈樂團，自己編曲指揮的「Ola Guappa」被人譽為是可以在戰後探戈史上留名的經典演出。他是發掘漂亮男娼的名人，藥島市場的固定顧客班底，每年會去里約熱內盧買少年。橋仔把這個樂隊命名為「Trumerei（夢幻曲）」。

夢幻曲前往伊豆高原D的錄音室進行五個禮拜的集訓。五個人從合音就開始發揮男色家特有的纖細質感。橋仔為他們的演奏技術咋舌。D真的遵守約定打造出一個最棒的樂隊。橋仔不再像過去錄音的時候那樣焦慮。前奏像是春夜雷鳴當中簷雨滴垂那樣，單單這樣說，五個人就可以理解旋律的概念。你們全部都是詩人，太了不起啦，橋仔每天都覺得興致高昂。五個人各有各的房間。起床是早上十一點，最早起來的是吉他手松山裕二。就算前一天熬夜，他也會在九點起床練習空手道兼體操。有時候也會駕大型機車去兜風。松山幾乎不和其他成員打交道。錄音室的前庭和馬路之間隔著一片傾斜滑順的草坪，一路延續到海邊。松山集訓第二天在前庭擺了一個木箱，排起一片片切成圓形的蘋果。在其他成員起床之前他就這樣一邊看鳥在啄蘋果一邊悠悠哉哉喝紅茶。睡到最晚的是Tooru。當所有成員坐上餐桌，女廚跑去叫他之後，他一定會哼著歌出現。嘿，寶貝，我要榨出你的檸檬汁，直到滴到腳板上，Tooru總是隨口把這首歌掛在嘴上。一身絲質襯衫絨布長褲，散發刮鬍水的氣味。Tooru

話很多。會隨意找身邊的人說話。呦，北見，副歌的二拍三連音今天不要搞砸喔。喔！又是煎荷包蛋啊。有沒有人有一九七九年葛萊美獎的錄影帶？誰記得最佳靈歌項目的得獎人是誰？TWA（環球航空）可以讓貓坐在機艙這件事情大家有聽說過嗎？明明其他的航空公司不管是貓啦狗啦鳥啦還是什麼，只要是動物都不行。

吃過很晚的早餐之後，休息三十分鐘開始練習。直到午餐都沒有中途休息。北見弘會檢視旋律進行當中整體樂隊的聲音有沒有散掉。並不是因爲北見具備這方面的才能，而是其他成員並不關心音響發聲的主導權。任何人都可以一眼看出樂隊中最年輕的北見尊敬比他更年輕的橋仔。他承擔橋仔和樂手之間的溝通角色，會大聲複誦橋仔的指示。吉他的riff（漂行音樂或爵士樂的重複段）再金屬一點，第二小節手風琴進來的時候貝斯請你音符少一點，至於鼓的部分，結尾那段簡短的roll要打出滿頭大汗的感覺。其他四位樂手都確實遵照橋仔的期望行事，發出消除體溫、血液和氣味的聲音。冷靜演奏的成員彷佛精巧的音樂盒。所以北見弘在這群人當中有時候反而顯得游離不定。薩克斯風獨奏吹得有點太過熱情被其他人嘲笑的時候，北見會露出不好意思的微笑跟橋仔求救。橋仔拍拍北見的肩膀，安慰他說沒關係。

集訓開始第一個禮拜，妮娃打了三次電話給Mr.D。雖然樂隊的音色遵照橋仔的想像開始凝聚，可是我總覺得哪裡不太對勁，感覺好像少了什麼。合音完美到讓人感覺不舒服，可是這種聲音會讓演唱會的觀眾變冷靜，想說是要睡覺還是要回家。橋仔不曉得在幾百幾千人面前唱歌是怎麼一回事。Mr.D回覆得很堅決。在橋仔自己注意到這件事情之前什麼都別說，再說那批傢伙不是那種會乖乖聽話的軟弱演奏家。

晚上七點吃晚餐，高䠷的女廚會展現一手好菜。樂團成員可以點各自喜歡吃的菜，可是必須要在前一天提出自己想要吃什麼才行。除了約翰・史巴克・下田之外，所有的人都照吃不誤，對於一成不變的菜單沒有什麼意見。下田是一位會在集訓的時候帶兩打紅酒來的美食家。雖然容貌是日本人可是頭髮是銀色。皮膚蒼白到血管依稀可見。他有很嚴重的潔癖，單單看到松山指甲積著髒東西就吐了一次。下田會花一小時享受晚餐。妮娃自己一個人和他同桌吃飯。因爲只有妮娃可以忍受他關於清朝中國屏風、陶器、象牙工藝與漆器古董的漫長對話。

晚餐之後休息兩小時。橋仔會看錄影帶研究演唱會燈光的參考範本。球面鏡、歪曲鏡、水泡投射雷射光、立體電影的圓頂投影、五萬勒克斯（lux，照明度的國際單位）的殘像燈，以及輪廓反射裝置。選完噴發金屬片的裝置還有將豬隻解剖放大錄影投到圓頂上的投影機之後，橋仔詢問燈光小組的意見。

休息的時候，松山裕二一定會出去散步。也曾經在夕陽西下的海岸游過泳。北見弘則是一定會做薩克斯風的基本音程練習。下田會獨自研究中國象棋。Tooru會打電話給情人、看電視，或者是帶著半開玩笑的心態改造妮娃的髮型。因爲其他人都不打麻將，Tooru覺得有點無聊。德丸靜也會讀園藝的書，從附近旅館叫按摩師來按摩小睡。接著繼續練習，結束的時候已經凌晨三點。

妮娃在兩人的臥房裡勸告過橋仔好幾次。或許你覺得非常好，可是照現在這樣夢幻曲其實還是一盤散沙，大家聚集起來還沒過十天，氣氛就已經像是一起共事二十年的樂團那樣，感覺很冷漠，像是死人在演奏一樣。

「我知道。」

橋仔比剛開始集訓的時候更陰沉，坦白招認說自己非常在意這件事情，可是不知道該怎麼辦才好。

「他們優秀到讓我大吃一驚。他們該不會在輕視我吧？」

「我一直覺得橋仔你每天都充滿自信在工作。進行巡迴演唱會所需要的精力遠遠超乎個人的想像，照現在這樣下去是不行的。」

「需要營造大家聚在一起興高采烈聊天那類的團隊意識嗎？應該不是吧？」

「不是那樣。你要用演唱會去支配聽眾，懂嗎？必須要撼動成千上萬的人們擁抱他們衝撞他們，那種力量就像強力磁鐵一樣恐怖，會誘惑大家讓他們難以自拔，像變魔術一樣。對於連樂隊都沒有辦法支配的男人來說，想要支配聽眾根本就是天方夜譚。」

「妮娃，我好怕。」

「怕什麼？」

「感覺自己好像被載到非常非常高的山頂上，孤單向下望。事實上我常常夢到這樣。」

「你在山上做什麼呢？」

「我在試著起飛，用手啪搭啪搭拍打著。」

「飛起來了嗎？」

「剛開始有飛起來，可是越來越疲倦最後一定會掉下來。摔下來的時候大家都在笑，眞的感覺很不舒服。」

「軟弱的話就完蛋囉。」

「嗯，我也覺得我該不會是完蛋了吧，妮娃，說實話我眞的焦慮到快死掉了。」

「你在焦慮什麼呢？是因爲突然變有名嗎？」

「有點不一樣，我是覺得就我的狀況來說，好像是靠作弊耍手段才出名的。畢竟看看其他的名人，不論是歌手也好、拳擊手也好，大多數的人都是經營好久才有辦法爬上去對吧？可是我不一樣，我不是被人押住拚命往上爬，只是用直升機直接把我吊起來，不是靠我自己的力量，只是因爲我出生在寄物櫃。不是因爲我的歌，是因爲菊仔殺了那個女人。我總覺得這只是一場騙局，妮娃，我接下來還可以做幾年呢，我真的辦得到嗎？我不像那些拾級而上的人那樣，沒有累積那麼厚實的力量。」

「你在擔心未來幾年的事情啊？很笨吶，這樣和那些想像自己臨終場面怕到發抖的人不是一樣嗎。」

橋仔起身鑽進妮娃的被窩裡。把卡在喉嚨裡面糾纏不清的事情說出來以後總算比較放鬆。妮娃用嘴唇闔上橋仔的眼皮。欸，橋仔，以前斯拉夫有一位福魯庫薩斯王，原本他只是一個牧牛人的兒子，可是他藉由智慧和勇氣一一擊敗敵人，最後成爲國王。成爲國王之後他進行灌溉工程，打下畜牧的基礎，壓制周遭的國家，手腕非常高明，所以身邊的人都認爲他好像精力超級充沛。當時他去佔領的鄰國拜訪公主，公主問他說：別人都認爲你隨心所欲完成了自己想要做的事情，接下來你有什麼目標嗎？你覺得福魯庫薩斯會怎麼回答？他說：我要想辦法度過今天剩下的時間。

橋仔聽妮娃的寓言聽到一半就分神了，摸著妮娃的腰際。妮娃的肌肉失去彈性很柔軟。骨頭周邊裹著膠質，覆蓋著一層薄薄的皮膚。他想起Tooru兩天前說的話：男人是爬蟲類，女人則是水果。只要咬一口剛摘下來的水果，就會馬上吃到果樹樹根、黑土、空氣和太陽的味道。年輕女孩的身體緊致又敏感，就像水果連在樹枝上那樣，手指壓下去出現一個紅色的凹痕會讓人覺得好像連接到某個遙遠的地方。可是年紀大的身體就不會這樣，以肉來比喻的話就像是火腿，以點心來說就是桃子蛋糕，把果凍和砂糖黏成一團切開來鬆鬆的。眞虧你能和那位大嬸上床，如果是我的話會覺得不太舒服沒辦法。

妮娃彎腰將舌頭湊向胯下。果凍和砂糖黏成的臀部在菊仔眼前晃呀晃的。橋仔出乎意料之外突然想起菊仔公開判決那天高聲呼叫的少女。尖聳的乳房撐起貼身的雪白套裝。眞想摸摸那位少女的皮膚，橋仔心想。用指甲用力掐她皮膚的話應該會浮現斑斑血色吧。心裡一描繪少女的裸體下身就堅硬勃起，妮娃發出嘆息彷彿很開心。妮娃的性器自果凍和砂糖之間剝露出來。沒辦法在那位少女的裸體身上捏出紅色的凹痕……橋仔心想，說不定就這樣的狀況而言，我還不能算是完全贏過菊仔啊。

「算了，不好意思，我不幹了。」

集訓進入第二週的某一天，吉他手松山裕二突然停止演奏丟掉匹克（pick，電吉他彈片）這樣說。北見弘剛開始勸說再重新來一次，可是松山切掉吉他的麥克風開關，指著橋仔說我眞是對你失望透頂，走出錄音室。沒人攔他。包含橋仔在內所有的人都認爲總有一天事情會變這樣。妮娃勸過，橋仔也試著修改編曲、主題和歌唱方式好幾次，可是夢幻曲每況愈下，越來越沒熱情，最後縮成一段透明貧弱封閉的聲音。

接下來呢？Tooru問。橋仔指示說總之大家先休息吧。Tooru一邊擦貝斯的琴弦一邊對低頭的橋仔說：我喜歡你，溫柔又高雅，很會照顧人，我想其他人也是這樣想。我們的性格方面嘛……也很相近，很清楚你想要追求的聲音。如果我們不喜歡你的目標打從一開始就不會跑來參加。把極度清晰的聲音層層堆積起來，讓觀眾安心，不疾不徐，用不協和音和微妙的節奏錯位來驅散滋生的不耐，聽眾沉眠乍醒之後會遭遇到洞開的凶險。那個洞穴非常潮濕，不知春暖為何物的蟲豸蜂擁漫行，在聽眾意識到沒有任何出口自己無法脫逃那瞬間，他們會發現這些令人噁心討厭的蟲屍變成結晶閃耀出美麗的光輝。沿著這些發光的洞穴珊瑚前進出口就會出現，波光瀲灩的大海就在遠方。你這樣說明音樂的主題，我們都理解，然後把聲音統合在一起。照我的想法，我們的演奏一直停留在那個令人感覺噁心討厭悄然無聲的洞穴當中，你唱歌的旋律也是，我非常了解你在煩惱該怎樣做才好，只不過我們也幫不上忙。

「沒這回事，問題很明顯，就是Vocal太弱。」

松山回到錄音室大聲說。松山右手握著一隻食用青蛙，下田露出厭惡的表情。松山將食用蛙的嘴巴湊上Vocal麥克風用力掐牠脖子根部讓牠叫。青蛙用一種枯槁的聲音不停呻吟。松山笑著說：和你唱的歌比起來……

「這傢伙的叫聲還比較有魄力。自己聽聽看致命的聲音吧。」

青蛙嘴巴流出綠色的液體，下田別過頭去。松山把青蛙拿離麥克風。

「橋仔，你的歌聲確實是好到讓人頭皮發麻，你在巧妙調控音質營造神祕氣氛這方面非常高明。不對，應該不是營造氣氛，而是創造一種眞空狀態，在聽眾的腦袋裡面開一個零氣壓的空洞。聽你唱歌的人都會作不可思議的白日夢，那是因爲這個空洞會吸納記憶的碎片。就這路線而言你是超一流的歌手，會偷偷鑽進聽眾體內不停撫慰他的神經，和麻藥一樣。但是想要衝上支配群眾的高度單單只有麻藥是不夠的，我們需要炸藥。聽眾用麻藥築起白日夢，我們的炸藥必須要能夠瞬間把它炸飛。就算下田低音鼓打再強，就算我的feedback（回授音）作到讓喇叭爆掉，北見像颱風一樣吹到簧片碎掉都沒用，因爲你的Vocal太弱所以沒用。你的fortissimo（譯註：樂譜記號，表示音量極強）沒有變吼叫，聽起來喔，簡直就像是嬰兒在哭。」

松山打開錄音室的雙重玻璃把青蛙扔出去。

「要撈取液體表層的精華就不能夠去攪拌。橋仔，我們大家的心情一定都一樣，所以才更生氣，不只是你有感覺，大家都一樣，全身脫光、皮膚也剝掉、肉也割下來把一切的一切都暴露出來之後，發現什麼都沒有，沒有什麼濃稠的情感糾葛，只有像塑膠一樣輕薄光滑的物質。我曾經聽過某個女孩的叫聲。那個人小時候遇到戰爭要渡過幽深的河流。她待在媽媽背上，中途她哥哥失足滑倒被捲進河裡，腳被河底的水草纏住沉到水中，只剩手浮出水面。雖然那個女孩想要告訴她媽媽，可是她媽媽非常疲倦，似乎一邊走一邊打瞌睡，沒有辦法從夢中醒過來。哥哥的手越來越遠，那個女孩實在太害怕就叫出來，她一直記得那個叫聲，那叫聲留在她的身體內部。我沒有這種東西，不過我認爲橋仔你應該有，你不是曾經在寄物櫃裡面呼喊嗎？我覺得你的身體裡面也蘊藏著那個呼喚聲。」

橋仔很想要聽聽那個聲音。那個和菊仔兩個人一起聆聽的神祕聲響。如果能夠再聽到那個聲音，在精神醫師那間鋪滿橡膠護墊的房間裡面聽到的那個聲音，如果能夠再和它相遇的話……

「沒差吧，我不覺得事情有那麼困難。問題在於橋仔的音色，橋仔的聲音太乾淨了。」

彈手風琴的德丸說。下田也點頭表示同意。

「如果改造聲音怎麼樣？」

橋仔環視大家說。

「不行。」

下田這麼說。

「有一個德國爵士歌手，是女生，她想要發出哈士奇那樣的聲音跑去動手術，從喉嚨打針在聲帶植入人工腫瘤。她的聲音確實是變得非常乾枯，可是前兩年都完全沒辦法發出聲音。只能發出喘氣聲。聲帶的形狀是遺傳決定的，可是我們可以鍛鍊它，就像相撲的裁判或者The Bee Gees（來自澳洲的三人兄弟樂團）的老二那樣。但是需要時間，要花好幾年。」

「眞的是聲音的關係嗎？」

橋仔問德丸。德丸將手風琴收拾到盒子裡，點起菸草點點頭。

「說得更精準一點，應該是聲音的質感吧。曾經有報告指出德意志第三帝國宣傳部長戈培爾和全盛時期的約翰・藍儂聲紋非常接近。歌或聲音只要帶有溫度，有些人不知爲何就是能夠讓聽眾感到興奮，這些人的聲音帶有宗教性的殘響，無意之間會將祈禱或者是詛咒灌注到聲音裡面，因爲聲音是一種空氣波。或許這樣可以震動空氣裡面蘊含的某種興奮物質也說不定。橋仔的聲音沒有萃取出祈禱或是詛咒。不過還好你很眞誠，畢竟有很多人假裝自己萃取出祈禱或者是詛咒的樣子，和這些僞裝的人比起來還是眞誠的人比較棒。這些表現眞誠的人裡面還是有很多很棒的歌手，像查特・貝克（Chet Baker）、布萊恩・費瑞（Bryan Ferry）、路・瑞德（Lou Reed）、維也納少年合唱團或東海林太郎，都很適合唱演唱會啊。我覺得照現在這樣也沒有什麼關係，每個人各有所好嘛。」

德丸靜也這樣說完對橋仔笑。

「對於老頭來說這樣或許不錯，年輕人可不會買帳啊，因爲那些人想要大鬧想到受不了，不會有人想要去像是喪禮一樣的演唱會。」

松山大聲說。

「我知道了。」

橋仔看著大家。

「我知道了，我也有些想法。我們集訓暫停一個禮拜，一個禮拜以後，如果我的歌還是讓大家感到失望的話，夢幻曲就解散，我也不要再幹歌手回去當人妖好了。」

橋仔這樣說完就離開錄音室。關進自己的寢室上鎖。欸，橋仔開門啊，妮娃叫他。不好意思妮娃，今天晚上就讓我自己一個人靜一靜吧。高䠷的女廚師、三位清潔婦和管理員也都給他們三天假讓他們回家，橋仔一個人獨自留在這座廣大的錄音室太空船裡。

橋仔開始做某個實驗。以前好像在什麼書上讀到。一本關於滾石樂團的書。經歷某個意外事件之後，米克．傑格（Mick Jagger）的聲音變了。事故之後米克．傑格獲得了他那種官能性的聲音。橋仔想要進行那個事故的實驗。首先把道具排好。酒精燈、大量的紗布、一段蘆薈葉、玻璃杯、一瓶伏特加、巨大的鉗子。在玻璃杯裡倒滿伏特加然後把舌頭泡進去。點燃酒精燈燒紅鉗子消毒。橋仔看著舌頭在玻璃杯裡面攪拌伏特加，苦笑說這件事情眞的很蠢。爲什麼會想要做這樣的事情呢？不是爲了樂團，也和妮娃無關，Mr.D去吃屎，巡迴演唱會變怎樣都隨便，唱歌這種事情眞的是放給它去，喉嚨會爛掉就爛掉，我當歌手已經當膩了，只是不要逃，不想要逃。以前討厭單槓所以會蹺體育課，希望體育課上不成還祈禱下雨，我一定是不希望被人家嘲笑。就算做這種事情也沒用，畏縮逃走就會逃更遠，正中敵人下懷。敵人是誰？就是把我關起來的那些人，欺騙我，讓我學會用喬裝方式生活的那些人。我不會輸的，我不要再逃了，我不要放掉到手的東西，無論夢幻曲還是妮娃，我要支配，連演唱會也要支配給大家看。菊仔現在在想什麼呢？如果以爲我吃香喝辣睡得很香就完全搞錯囉菊仔，我沒有因爲害怕而哭，也沒有什麼事情會在菊仔面前感到丟臉，只要我獲得能夠支配演唱會的聲音和力量，就要把菊仔那傢伙的情人搶過來，那位年輕女孩的敏感身體我也要來抓一下。

舌頭沒怎麼麻痺。輕輕咬看看，還是會覺得痛。下巴累了。慢慢把舌頭收回來。伸長到極限。用左手手指捏住尖端，很滑不太捏得住。用指甲用力掐住。拿起鉗子。鐵鉗被煤弄髒燒得火紅，碰到舌尖的同時橋仔跳了起來。摀著嘴倒在地上滾。連哀嚎的空隙都沒有。桌子推倒玻璃杯摔碎。痛到暫時眼睛看不見。滿身大汗。燒紅的鉗子烤焦地毯。他就這樣倒在地上撈過鉗子灑上伏特加。酒精蒸發的氣味和金屬迅速冷卻的聲響。眼淚停不下來。心想剛剛明明燙到那麼痛爲什麼沒有發出聲音呢？大概因爲哀嚎這種東西是想要跟人求救才會無意識發出來，只有一個人叫也沒用，不叫也沒差，他這樣想。

再伸一次舌頭。閉上眼睛感覺身體內部都變成舌頭。把鉗子完全打開夾住舌尖。碰觸到冰冷的刀鋒之後，燙傷的痛楚慢慢淡去。小時候育幼院的修女唸給自己聽的童話裡面有一個麻雀舌頭被剪斷的故事。是老奶奶剪斷麻雀的舌頭。記得麻雀後來有報仇，可是到底用什麼方法，一時間感覺好像快要想到卻想不出來。試著讓下巴不要發抖。可是停不太下來。舌頭前端在刀鋒上顫動。在舌頭靜止的瞬間橋仔拋開一切闔上鐵鉗。刀上黏答答的柔軟肌肉滑開馬上噴出血來。橋仔將紗布塞進嘴巴。和痛相比，流那麼多血反而比較讓人害怕。全身打顫。他接二連三將紗布按進嘴裡，結果塞太多沒辦法呼吸。搖搖晃晃站起來把完全染紅的紗布吐掉。嚼碎蘆薈敷在舌尖上但是血還是一直流。鐵鉗滾落在地。刀鋒上還留著一段舌頭。橋仔想起被剪斷舌頭的麻雀到底是怎樣報仇。牠把裝妖怪的箱子送給老奶奶當禮物。橋仔在止血之前一直用紗布按住嘴巴站在原地。這段期間他一直在想，到底要把裝妖怪的箱子送給誰當禮物才好，一直想一直想。

24

秋牡丹在等公車。下班時間公車站有十個人左右在排隊。秋牡丹前面是一位戴眼罩的老太婆，後面是一個帶著兩個小孩的女人。老太婆交互看了看時刻表和時鐘轉頭對她說：車子好像慢了。因爲車站前面車子很多，秋牡丹回答。老太婆點點頭，從褐色布袋裡面掏出菸盒抽一根夾在指間。後面兩位小孩在搶飛機塑膠模型，常常會撞到秋牡丹背上。秋牡丹一回頭，放下購物籃的女人就跟她道歉。購物籃露出毛線和芹菜葉。老太婆點菸，卸下眼罩用紗布擦眼睛的時候對秋牡丹說：妳好好聞喔。她的眼睛爛了，紗布上沾著黃色的汙物。有牛奶的味道，妳是賣牛奶的嗎？秋牡丹嗅嗅自己手腕和手背的氣味。妳自己怎麼搞不清楚自己是什麼味道，是在哪裡賣牛奶呢？

「我是做蛋糕的，在百貨公司旁邊的蛋糕店。」

秋牡丹回答。老太太點頭，把髒掉的紗布丟進垃圾桶。眼罩底下眼睛的皮膚潰爛腫起來，秋牡丹回想起被輾斃的鱷魚眼睛。

警察把收集的鱷魚殘骸丟到垃圾場。作完筆錄之後，秋牡丹回垃圾場提走裝鱷魚碎片的塑膠袋，跑好幾間火葬場可是全部都被拒絕。她把嚴重受損的Bronco賣到中古車行，將衣服和潛水器材打包託運，搭上長途列車。搭車的時候塑膠袋裂開，鱷魚的血和體液開始弄髒地板。她在車掌還沒發現的時候在中途車站下車，搭計程車一路到青森。她把腐爛的鱸魚碎片丟進海中。搭上青函接駁船的時候，秋牡丹看到巨大鱸魚葬身高速公路的新聞氣到發抖。

抵達函館那天晚上她住進旅館。心情煩躁感覺好像快要發瘋。她預約了隔天的機票。心想就算留在這個城市菊仔也不會跑來待在自己身邊，回東京吧。一晚夜不成寐。隔天前往機場途中，她看到了又高又長的灰色圍牆。司機告訴她那是少年監獄。秋牡丹下計程車。在灰色圍牆周邊走了好久好久。弓著背的菊仔就在對面，秋牡丹心想，回東京的行程就再延一天。輔育院的正門站著手持警棍的監所管理員。秋牡丹心驚膽跳但是又想要和菊仔會面跑去詢問。監所管理員告訴她怎樣進院內到總務課辦手續。秋牡丹鼓起勇氣走進黑暗的建築當中。在見到承辦職員之前，她和一位剃光頭的受刑人擦身而過，這個人正在搬裝消毒液的水桶。受刑人停下來盯著秋牡丹看。你在搞什麼！一聽見大喝聲響起，受刑人就趕快離開了。

所以現在妳不論是工作還是住址都還沒有決定對吧？身著深藍色制服、滿身汗臭的男人一邊說，一邊左右打量秋牡丹的中國靴、黑皮褲，還有長長指甲上的紅色琺瑯。不好意思，如果妳這樣說又不是家屬的話，我們沒有辦法准許這樣的人進行會面。秋牡丹問：所以只要好好填寫住址和職業就可以嗎？職員深深點了個頭。

公車來了。人們開始上車，隊伍間隔擠了起來。

眼罩老太婆前面那個男的拎著一個很大的行李箱。抱起行李箱的時候，男人踉蹌了一下，腰部撞到老太太的背。老太太快要摔倒的時候拉住秋牡丹，點燃的香菸碰到秋牡丹的手腕。秋牡丹輕輕驚詫一聲把手揮開。那隻手撞到後面小孩的臉。小孩手上的塑膠模型掉到地上，飛機的翅膀斷了。老太太把香菸踩熄跟秋牡丹道歉。秋牡丹一邊抹抹手一邊上車。小姐妳等一下，那位婦人叫住她，似乎是孩子的媽。她抱住放聲大哭的小孩，拿起那架翅膀斷掉的飛機讓秋牡丹看。是妳弄壞的。秋牡丹不想理她自行上車。等一下，妳想跑啊？人們一一從秋牡丹身旁搭上公車。戴眼罩的老太太本來在旁邊觀察情況，但是被後面的人推，就這樣一邊向後望一邊被擠進公車。公車用力驅動引擎。眼睛被油煙弄得很痛。心裡越來越不爽。請問多少錢呢？我會賠妳，多少錢呢？秋牡丹問婦人說。不要瞧不起人，我沒有說要妳賠啊？妳只要稍微跟這個小孩道歉就行啦。另外一個比較高沒有在哭的小孩踢秋牡丹的腳。秋牡丹轉向那個小孩把手高高舉起。她的手被公車司機抓住。妳在幹嘛啊混蛋，只是小孩子嘛。乘客開始從公車車窗探出頭來。是我不對是我不對，老太太從車門探頭大喊。到底是誰啊，說弄壞小孩的玩具是誰啊。公車司機抓住秋牡丹的手不放。露出賊賊的笑容。公車裡面有人生氣大叫快點開車啊，按起喇叭。不要給我碰方向盤喔！司機大叫。秋牡丹甩開司機的手從手提包俐落拿出皮夾，抽張萬圓大鈔遞給婦人。幹嘛啊，婦人看看司機。竟然有這種人，別開玩笑了。司機放聲大笑，指指秋牡丹說：人家很認眞啊。回到巴士上。踢秋牡丹的小孩一直持續叫秋牡丹說抱歉。婦人牽起那位小孩的手上了公車。喂，要開了喔，妳不上車嗎？秋牡丹沒有反應。是我的錯啦，那個女孩子沒有做什麼都是我害的，小姐對不起啦，老太太從公車車窗露臉向秋牡丹揮手。

秋牡丹就這樣一路走回家。

蛋糕店休假的時候，秋牡丹買了布和縫紉機。那塊窗簾布上面印了鱷魚的卡通圖案。她不知道縫紉機要怎麼用失敗好幾次。從中午過後開始一直縫到隔天天亮。

房間的窗戶可以眺望港口。對岸的稜線漸漸變亮。她第一次看日出。遠方的海面和天空連在一起變成滑順的灰色。細長的陰影點著小小的燈火前進，在防波堤另一邊變成船的形狀。船行的水痕晃蕩海面上倒映的雲彩。船上的光融進蒼藍色的空氣緩緩消失。

秋牡丹擋住眼睛，因爲劈開雲層的光束照亮了半個海港。秋牡丹看和煦的空氣化成白色，把剛剛做好的窗簾掛上窗台。抓皺的針腳車歪，垂落的下襬也對不齊皺得亂七八糟，可是秋牡丹很開心。淡奶油色的布料透出映照的光。她想，全世界沒有比這更可愛誘人的窗簾了。好想要秀給誰看一看。想要讓菊仔看。微風揭開窗簾，蔓延到港邊連綿不絕的銀色屋頂讓人目盲。

秋牡丹那天化淡妝。不管路怎樣繞，從家裡的公寓到少年輔育院都不到十五分鐘，所以她打算下午一點四十五分整再出門。太早到要在那間昏暗的建築物裡面等她不喜歡。煩惱到最後秋牡丹選了白色絲質罩衫和紅色的喇叭裙。上面再披一件薄薄的外套。穿一雙灰色低跟的鞋。這些單品是因爲大家在蛋糕店工作，爲了不要在女店員之間顯得太突出她才新買的。菊仔一點都不喜歡秋牡丹的穿著品味。說她膚淺啦或者是太時髦啦。菊仔最喜歡的是那種銀行櫃台小姐會穿去上班的制服套裝。秋牡丹打扮好站在鏡子前面，心想穿這樣的衣服菊仔應該會開心吧。

鬧鐘事先設定在一點四十三分叫了起來。秋牡丹再梳一次頭，小心翼翼在脖子灑點香水避免味道太濃。

一位年輕的監所管理員帶她一路走到接待室。房間微陰，隔著生鏽的鐵絲網。擱著兩張折疊式的椅子。這裡是二級接待室，管理員話說一半。再過一年就可以在沒有鐵絲網的一級接待室見面，像是這種地方，又沒辦法接吻……管理員好像想要化解秋牡丹的緊張，說完輕聲笑了。管理員離開接待室之後，秋牡丹從手提包拿出小紙片。紙片上寫著：「菊仔微笑的時候——看起來很有精神嘛！菊仔冷漠的時候——嗨。菊仔表情寂寞的時候——（什麼也別說摸摸他的肩膀）」先前完全沒想到會有鐵絲網，秋牡丹拚命思考菊仔表情寂寞的時候要說什麼台詞。腦中浮現的台詞不管是哪一種都覺得不太合適。菊仔馬上就要從對面的鐵門出現啦她很焦急，心跳非常快。喉嚨乾燥手心冒汗，慌慌張張抓緊手帕。自己這麼緊綳根本就沒有辦法替菊仔加油，菊仔在秋牡丹的腦海中，一直是弓著背畏畏縮縮的模樣。

她做了一個深呼吸，設法讓心情沉澱下來，決定如果菊仔在笑或者表現冷漠的話就說：要打起精神才行喔。她想像菊仔在對面的椅子上肩膀放鬆表情冷冷的樣子，開始小聲練習。要打起精神才行喔。感覺有點刻意，要用更淡一點的語氣去說才行。要打起精神才行喔。好像有點太冷淡，像是學校的老師。要打起精神才行喔。這樣好像是在教訓人，對了，用溫暖的聲音自然俐落說出來就好了。要打起精神，鐵門突然用力打開，房間瀰漫令人感到親切的汗水味，人影出現了。秋牡丹！菊仔大叫趴到鐵絲網上用力搖晃。鏽粉抖落，鐵絲網發出像是快要裂開一樣的聲音。嘿，不要搞破壞啊，跟在後面的警衛說。我眞是不敢相信，不敢相信，菊仔喃喃說，終於在椅子上坐下。菊仔貼近鐵絲網近到鼻子好像要碰到，對秋牡丹笑。秋牡丹也微笑。菊仔想要說些什麼張開嘴巴可是卻說不出話。

「看起來很有精神嘛。」秋牡丹抑制想哭的衝動說。菊仔輕輕點頭。

「我做了窗簾喔。」不趕快說些什麼就會開始哭，秋牡丹隨口說起話來。

「現在我在函館一家名叫Guten Morgen的蛋糕店工作，Guten Morgen在德文裡面是早安的意思。店裡草莓鮮奶油蛋糕最暢銷，可是不知道是不是最近大家覺得膩了，有時候奇異果或桃子的鮮奶油蛋糕反而賣得更好。我和一個名叫理子的女生交朋友，她人非常好，我們一起去看過兩次電影。理子喜歡看書，常常把書借我，可是我對書實在沒轍，一讀就會想睡覺。都是一些知名小說家或畫家太太寫的書。菊仔你覺得呢？一定要看這種書嗎？」

秋牡丹邊說邊想爲什麼會聊這麼愚蠢的話題。菊仔單單只是盯著秋牡丹的臉微笑。秋牡丹說個不停，感覺只要靜下來相互注視對方的話就會想要大叫。

「那家蛋糕店開在百貨公司隔壁。有間鐘錶店在百貨公司五樓設專櫃，那間店的少爺跑來跟我搭訕。他會開一台品味很差的進口車來買蛋糕，明明走路不用十秒，是一個沒辦法和他溝通的笨蛋。他會一直說一些無聊的事，像是他手上有老爸公司一半的股票啦，養了三隻杜賓狗常常獲得警察表揚啦，有個好朋友是踢拳（kick boxing）選手啦之類等等等等。他實在很煩，所以我有一次，只有一次在咖啡店跟他說我的男朋友是進監獄的殺人犯，如果你碰我不知道會發生什麼事喔。因爲理子說這樣跟他說很好，結果那個男的臉色發青，你知道他說什麼嗎？他說妳是不良少女對吧，那時候眞的是笑死人了。」

菊仔靜靜望著秋牡丹。感覺完全沒在聽她說話。

「鱷魚怎麼了？又長大了吧？」

菊仔問。秋牡丹舔舔嘴唇，低聲囁嚅說，死掉了。

「這樣啊，眞可憐。」

「嗯，眞的很可憐。可是已經沒關係了。」

「沒關係是什麼意思？」

「嗯，我已經把牠忘了。」

菊仔又陷入沉默。盯著秋牡丹的髮型、手背、指甲和胸口。桑山，還有五分鐘，警衛保持側面的姿勢說。菊仔沒有把眼睛從秋牡丹身上別開，應了聲好。秋牡丹看看鐘，發現一下子二十五分鐘就過了，明明什麼都還沒有說到，開始焦慮起來。欸，秋牡丹，菊仔悄悄說故意不讓警衛聽見。把妳的舌頭從鐵絲網的空隙伸過來。秋牡丹吐出舌頭伸過鐵絲網的縫隙。菊仔迅速舔過她的舌尖。縮回舌頭之後，唾液牽出透明的線。我現在正在進行船上的訓練，菊仔開始說話的時候，警衛通知，時間差不多囉。菊仔拜託他說，請給我一分鐘，快速對秋牡丹說悄悄話。妳身上有錢嗎？秋牡丹點點頭。秋牡丹，妳仔細聽好囉，我很快就會出發進行實習航海訓練。我會寫信跟妳說船會在哪邊靠岸，請妳跟在我身邊，從陸上追我搭的那艘船，知道嗎？警衛站到菊仔身邊。菊仔要在門後消失的瞬間秋牡丹大叫起來。菊仔，你沒忘記達秋拉的事情對吧？菊仔點點頭。秋牡丹的眼神亮了起來，把嘴巴裡面粗粗的鐵絲網生鏽顆粒用力吐掉。

25

後台休息室又有玫瑰花送來。是誰送的？Tooru大聲問送件的小子。是螃蟹和鮪魚罐頭公司的廣告宣傳部送的，送信員這樣回答，可是Tooru已經沒有在聽。松山裕二站在房間中央做第十七次調音。松山從頭頂到指甲都分別塗滿深紫和粉紅色。頭髮也分別染成這兩種顏色。約翰．史巴克．下田陷在皮沙發裡面忽悠忽悠旋轉鼓棒。看起來像是在敲飄浮在空中的鈸。有一個奶油蛋糕送到休息室。松山說來吃吧，請後台人員拿刀子過來亂切一通。把那麼甜的東西吃到肚子裡面等一下會在舞台上面吐喔，Tooru說。吐有什麼關係，管他是會吐還是會神智不清我吉他都彈得一樣好，松山笑著說，一口奶油蛋糕一口香檳這樣把食物交相塞進嘴裡。德丸在替兩位皮膚光滑的少年打領結。

我要用歌聲拯救世界，救濟那些飢餓的人和無法思考的人，就只是這樣。橋仔紅光滿面被攝影師和音樂線的記者包圍，一邊走路一邊高聲說。他非常興奮。演唱會開始之前他都是這樣。把自己放空。把自己完全放空才能充電。充電的方法很多。譬如說像是昨天那樣對記者隨隨便便大吼大叫反過來不斷質疑他們，或者，讓他們感到神經緊繃也是一種方法。所以你唱歌不是爲了要帶給這個國家的年輕人暫時性的淨化，而是想要拯救全世界飢寒交迫的人對吧。橋仔眼睛發亮心浮氣躁兜圈走來走去。兩位美容師像是衛星一樣跟在橋仔身邊用蛋白固定頭髮。所以橋仔的音樂其實可以算是一種宗教囉？橋仔走來走去，VTR攝影機打開兩台機器的燈光，抓拍他腳上琺瑯靴的大特寫。北見弘從降B開始吹起上行顫音。聲音聽起來像是聚集上百頭發情母馬在嘶鳴。是這樣嗎？橋仔的音樂是一種宗教嗎？

妮娃用擴音器通知大家距離開演上場只剩五分鐘。會場有五十位警備人員在駐守，絕對不准像先前那樣進行奇怪的挑撥行爲。松山裕二放手讓香檳酒杯落地摔破。用濕潤的剃刀匹克擦拭染色的頭髮。

宗教？不是那樣的，不是宗教該怎麼說，就像地下鐵車站突然爆炸那樣，大票死者出現，被爆風颳跑的人屁股掛在廣告塔上像是桃子一樣懸在空中。橋仔兜圈的速度變快。其中一位記者問：所以對於橋仔來說，簡而言之，所謂的救濟就是一種恐怖行動對嗎？他一邊說一邊拍拍橋仔的肩膀，想要讓他注意自己這裡。不要碰我！身上的汗好不容易才冷卻下來你不知道嗎！橋仔衝撞記者跑向松山搶過奶油蛋糕丟向嵌在牆上的鏡子。奶油的飛沫在房間裡飛得到處都是，妮娃按響開演鈴，用擴音器不停開罵。Tooru高呼：好，上吧！把橡膠圍巾纏在脖子上，北見用可樂簡單漱漱口，橋仔帶頭率領大家走向舞台。

橋仔的巡迴演唱會開始之後，全國性的晚報馬上就刊了這樣的報導。

第一次看到這麼惡趣味的搖滾演出，眞的是太惡趣味了。簡直像是家裡有人過世卻在守靈的酒席上喝到酩酊大醉大吵大鬧，清醒過來之後就陷入自我厭惡的地獄當中。公演像是墜落一樣由節奏組開場，橋仔用非常非常漫長的轉音，以慢到恐怖的速度唱四十年前的暢銷金曲〈有樂町再相逢〉和〈這個世間我尙愛你〉。整體的音色相當冷，和激烈的打擊樂器相較之下，大概只發揮像是節拍器一樣的效果。橋仔在舞台上扭扭捏捏動來動去，手上拿著一條很粗的皮帶對空揮打，支配轟鳴的守靈夜。

最讓人吃驚的是主唱橋仔的聲音和兩個月前剛發售的新專輯「硫磺島」比起來變得很不一樣。他以前的聲音聽起來像是被迫退出聖歌合唱團的自閉症少年，然而這次巡迴演唱會聽起來，橋仔卻像是正在交配的母海狗那樣聲音黏答答纏住脖子和胸口，油膩到就算用熱水沖也沖不掉。記者詢問他說聲音爲什麼會改變，結果他開玩笑說是用鐵鉗剪斷五公釐的舌頭蒙混過去。

以前審判魔女的時候有一種拷問是從耳朵灌注融化的山羊脂肪，橋仔的歌聲和樂隊演奏層層進逼，讓聽眾感受到類似的氣氛。節奏組奔馳、吉他和電薩克斯風嗡嗚揚起，手風琴在兩者齊奏之間使出哀歌的旋律，舔吻我們最害羞私密的神經，簡直是噁心到爆。那會讓人想像一個畫面，鐵球、炸藥和打釘機分解摩天大樓，立體快速道路上面交錯飛馳的車流，一條小徑在兩者的夾縫間穿行，在那路上，有位少年乞丐跟隨一位老人一邊遞出帽子一邊高歌漫步。橋仔總是以這樣的狀態開始唱。

> 等你之後開始下雨，擔心你來會不會一身濕，啊啊大樓裡溫暖的喫茶店，甜蜜的藍調

歌頌雨滴；挑撥的雙腿之間流下火熱的泉水，女人在陽光充足的房間裡敲打字機，感覺自己就這樣被綁在旁邊睜開眼睛。二戰期間的倫敦遭遇Ｖ２火箭轟炸，聽起來會像盲目的鋼琴師彈奏美妙的夜想曲嗎？沒錯，橋仔的夜想曲從節奏組轟炸的方向傳進耳朵之後，恐懼會淡淡萌芽，恐懼，那種恐懼不是擔心轟炸可能會波及地底下的防空洞，情況正好相反，是擔心自己可能會想要見識Ｖ２火箭的閃光，高聲迎接衝出戶外。自己接下來會不會開始做什麼誇張的事情呢？譬如說會不會殺死坐在隔壁的少女侵犯她，會不會在觀眾席放火，這類躁動的邪念開始在腦中四處流竄。橋仔抓緊這個時機開始第一波行動，發出比吉他feedback更尖銳的叫聲，聲響一穿進肌膚，耳朵裡面灌注的山羊脂肪就開始沸騰。鼓膜、耳蝸、卵圓窗咕嚕咕嚕滾沸融解，從眼睛、嘴巴和鼻子流出來。接下來觀眾就會出現改變，先前暗笑或者是在說悄悄話的人都像觸電一樣興奮起來被舞台定住，被橋仔的催眠術吸引。那是一幅巧妙的錯視畫，舞台伸出的半圓天頂上開始映照豬隻解剖的擴大圖。切開的內臟配合貝斯的震動間歇抽搐，血管筋肉繃得通紅，可是不知爲何讓我們聯想到大海。不是神仙魚悠游的那種熱帶之海，而是比電解碳元素產生原始生物還要更加古老，會有隕石咻咻切穿大氣一邊潰散一邊燃燒衝撞的創世紀之海。會讓人聯想海底火山反覆噴發，火焰在水中燃燒把海染紅的景象。過來這邊，過來我的腳下，橋仔唱著。大家還不夠瘋狂，這個世界上你不知道的事情太多，如果以爲什麼事情都在你的理解範圍之內就大錯特錯，旋開大腦螺絲灌進黏稠的油，用力擺動身體這是第一步。邊搖邊走，走在黎明之前野狗屍骸掩蓋的鐵軌上。狂風把內臟掏空，沒有比這更暢快的事了，行進的列車在輾過你之前爆炸，不必擔心，翻覆碎裂的窗玻璃變成女孩的頭排成一列，綴著黃玉頭飾秀髮梳得妥妥貼貼。你是國王，你對天天接觸一成不變的風景還有什麼留戀嗎？那是海市蜃樓、是你的幻燈片，踹飛放映機點火吧，白膜的另一端有面髒髒的牆，那裡是豬的內臟，是下雨的果汁世界。

橋仔對著麥克風發出酸楚的嘖嘖聲，開始介紹樂團成員。演出將近結束的時候，發光的金屬片從天而降，謝謝，謝謝，橋仔向觀眾最後致意，謝謝，多虧大家的愛，六十八年前橫濱的公園裡面有三位小女孩被亞美尼亞的貨船船員襲擊，用小刀挖開肚子在裡面射精，大家跟我一起祈禱吧，祈禱我們可以挽救她們的靈魂。能夠拯救世界的不是街頭募款，而是愛，謝謝大家。提著警棍的保全人員從舞台側面衝到最前面整隊。還帶了四隻狗。樂隊開始演奏結束曲。

故事方才開始，橋仔繼續擾動會場瀰漫的熱氣，觀眾幾乎都站了起來，衝向舞台的人被狂吠的狗嚇阻停在原地。松山甩飛吉他的匹克。舞台燈暗，橋仔他們退場，警衛和狗佔據舞台。管他是轟炸、豬的內臟之海，還是山羊脂肪，所有的幻覺瞬間消失，觀眾好像沒有留下任何遺憾，交相聊天開著白痴的玩笑一起往出口走去。

橋仔直接一路走到休息室和在那邊迎接的妮娃擁吻。啤酒從頭上澆下去剩下的喝乾，再把空瓶子摔到地板上。要說幾次才懂啊，我知道心情很嗨可是不要學小孩子那麼幼稚好不好！不知道是誰在生氣。松山裸著上半身，靠到橋仔身邊舔他下巴和脖子上的汗水和啤酒。喂，松山，你不覺得我眞的很天才嗎？不覺得我的喉嚨簡直就像是用鋁製蛇腹打造的嗎？北見弘一邊笑一邊在躺著滾來滾去的下田臉上倒啤酒然後摔空瓶子。好幾只啤酒瓶都摔破在地上冒泡漫流。宿舍旅館頂樓套房有準備慶祝會，Mr.D用擴音器反覆說。Tooru、松山和下田他們穿越那些聚集在後台休息室出入口外面抱著花束或手縫布偶的追星族，坐進演唱會會場後門並排的黑色豪華轎車。

Mr.D只要消化完一個城市的公演行程就會辦宴會。宴會中也會招待當地的富豪來參加。當場會以政治家或銀行家的簡短問候作開場。中央和地方都市之間最有效的潤滑劑就是文化和體育，除此之外就沒有了，身穿晚禮服的老人說完之後用雞尾酒和香檳乾杯。隔間和床鋪都被撤走，柔軟的沙發散佈在寬闊的房間周邊。那些盛裝打扮的醫生和企業家夫人們端著包上餐巾的杯子坐下。中央桌上擺著以各式各樣鳥類爲主題的冰雕。

松山和晚禮服老人在聊天。爲什麼你明明是個男的卻要把頭髮染成這麼低俗的顏色？我想是要在舞台上變得更顯眼吧。我有很多朋友都說要讓像你們這樣的年輕人進軍隊剃光頭好好磨練磨練喔。軍隊有趣嗎？一點都不有趣啊，不遵守規則的人就要關禁閉，隔天槍斃，我是沒有當過兵，如果再來有機會加入當上士官的話，有件事情我很想要試試看。嗯，是什麼事情呢？指揮槍斃啊，上肩！瞄準！發射！那種，電影裡面看起來不是都很有趣嗎？約翰・史巴克・下田和一個身著紅色長洋裝的陶瓷公司老闆娘在聊清朝中國的緋黃櫻壺。北見弘和一位當地電台報社的老闆勾肩搭背，說明等一下會進行的兩組表演。一組應該是外國女孩表演的脫衣秀，另一組應該是那個吧，在一個纖瘦的青年手臂打肌肉鬆弛劑，然後徵求志願者把拳頭塞進他的肛門。那位手上握有電台和報社的眼鏡男身高不高，他用汗濕的手撫摸北見的肩膀說：明天我會在早報的地方新聞頭版刊登今天公演熱烈成功的消息。德丸和過去長年來的朋友——某間運動鞋公司的社長聊景氣動態、拳擊，還有里約熱內盧一間名叫聶利科普特的男娼館，聊他以前去那邊的回憶。只有Tooru跟Mr.D抱怨說爲什麼一定要陪這些老頭子們啊。我的房間裡面已經有三個歌迷在等，要到什麼時候才可以解散啊？Mr.D看看時間，拍拍Tooru的臉頰說：就快要結束了，忍耐一下吧。

年輕外國女孩的脫衣秀開始了。長相很漂亮可是小腹和大腿的肉都很鬆弛。橋仔被三位中年婦女包圍待在沙發上。女人們用白粉填滿臉上的皺紋，魚子醬抹在切成薄片的麵包上，檸檬摻進酒杯中，她們耳根通紅，和橋仔相互磨蹭大腿。聽到你的歌之後，很想用小刀把這附近鬆弛的肉切掉，女人這樣說，還讓橋仔摸她腋下柔軟的肉。不過嘛，橋仔眞的很漂亮，嗯，像女孩子一樣，就算摸你胸部感覺到你有乳房也不奇怪。一位剛動喉癌手術拿掉聲帶的和服女子說：就是說啊看到橋仔啊，讓我想到夏威夷正在上映的一部色情電影。我想起一個被移植渾圓屁股和乳房的美少年，那是納粹的生物實驗，他除了性器之外全身都被女生的皮膚包覆縫好。雖然很可憐，可是真的美到讓人嘆息。橋仔一邊品嚐濃烈的酒一邊說：我在一些奇怪的地方也有長毛。他把某位夫人游移在襯衫下襬的手引到腰際。妳說是不是很厲害？好好看看我的臉，從現在開始我會讓妳有不可思議的感受，不要放開手喔，我的臉看起來像是小孩一樣對吧？如果不是小孩也是一位正直的樵夫。盯著我的臉想像我身體其他部分，雖然沒有胸部，可是胸口的皮膚非常光滑滿滿生著細毛，肌肉壓下去會發出充滿彈性的聲音，妳會發現骨頭在顫動。我手腳的指頭都很細，如果用力把脖子揪住應該也會折斷吧？全身皮膚都很緊緻，夏天也不太會流汗，妳看顏色很白對吧。如果把這些事情好好記在腦海裡面，然後試著說「硬毛刮刮」，這樣一來妳一定會想要摸摸那玩意，我會讓妳抓住它。我那邊剛開始簡直就像是貓的舌頭一樣，可是會一點一點變大，慢慢成形。我身上細瘦的骨頭、充滿彈性的肌肉、光滑雪白的肌膚，和濃密的硬毛，如果妳把腦袋裡面想像的這些元素混在一起，用手指確認我的那個在妳掌心跳著脈搏，就會興奮喔。

橋仔說話的時候在想另一件事。為什麼自己像這樣被年過中年的女性包圍任其上下其手，一點都不會感覺不舒服？雖然Mr.D叫大家陪陪這些在辛苦張羅宣傳和演奏會場使用許可的老人家，可是橋仔對於被中年女性包圍這件事情並不感到痛苦。

青年施打肌肉鬆弛劑，花一個小時將一顆和新生兒差不多大小、純金打造的砲彈沉進肛門。出席的人全體鼓掌，宴會一直鬧到凌晨三點多才結束。Tooru叫住準備回房間的橋仔。我一個人要輪流和幾個年輕女孩奮戰，等一下來我的房間，你心愛的阿姨已經睡了沒問題啦，要來喔。

回房淋浴的時候，橋仔在想：如果妮娃一絲不掛躺進被窩的話要說什麼拒絕她才好。我累了，對不起，這樣說就好了。妮娃大概會和平常一樣吞三顆橄欖形的睡眠誘導劑先睡著吧。妮娃在鏡子前面卸妝。欸，橋仔，我有事情想要慢慢跟你說，妮娃說。橋仔回應：我累了明天再聊吧。把床頭燈熄掉。

「也是，明天再聊。」

妮娃進了自己的被窩。

「妮娃，最近睡得好嗎？」

「怎麼啦？」

「妳沒有吃那個橢圓形的安眠藥啊。」

「我不吃啦。」

晚安，橋仔說。小時候我奶奶啊，妮娃在一片漆黑的房間裡開始說話。我奶奶她說我很不會游泳，不准我去游，她有刻板印象覺得我是小孩沒辦法好好游，大海又很危險，擔心如果我去海邊就會死掉。以前我覺得她那樣想很蠢，最近好像變得比較可以理解她的心情。

「不要說無聊的話了，趕快睡比較好，快點睡。」

橋仔，爲什麼你要切舌頭呢？

「我已經說過了不是嗎？因爲我想要改變自己唱歌的方式。」

不要做危險的事情喔，總覺得最近你都太逼自己了，只要做你自己想做的就好啦，不要聽其他人怎麼講。

「我要做什麼事都是自己做決定，就是因爲改變唱歌的方式，演唱會才這麼成功不是嗎？」

你都在做些喪失自我的事。

「囉嗦耶，拜託妳好不好，吃一下橢圓形的安眠藥趕快睡覺不是比較好嗎。」

橋仔，因爲你是名人，很多人都會告訴你事情，對你有要求，要你更有力量、更努力掌握歌曲的核心、更淺顯易懂、再多一點情歌，這些事情無所謂，最重要的是做你想要做的。

「這種事情我知道啦，我想要趕快睡覺，妮娃妳有一點怪怪的。」

對不起，我不說了。叫我不要去海裡我不聽，奶奶放棄之後告訴我一件事，你知道她說什麼嗎？

「我哪知道。」

「不要去水深超過脖子的地方。」

「我眞的要睡了啦。」

「橋仔，你當爸爸囉。」

橋仔在黑暗中睜大眼睛。床單看起來是朦朦朧朧的灰色。

「我懷孕了。」

橋仔感覺床單的棉絮好像堵在喉嚨。心想應該要說些話才好，可是卻想不出要接什麼。懷孕？我要當爸爸？橋仔憶起自己埋葬過一個死嬰。在紙箱裡摳囉摳囉作響那個硬化的嬰孩。他不清楚卵會在女孩肚裡漸次發育，總覺彷彿有個摸不著的嬰兒在空中飄。心想到時候孩子會從女股之間現身哇哇大叫，在那之前，孩子則會繫在某條看不見的鐵線上吊在自己身旁某個地方。若是成功尋得懸吊地點，搖撼空氣彷彿就會發出喀答喀答的聲音，感覺眞不舒服。明天再慢慢說吧，妮娃睡了。橋仔盡可能不露聲色，悄然遁出棉被。

Tooru房間沒鎖，裡頭天昏地暗。女人只著金色的高跟鞋，一身精光攤在床上。嘴裡拖著唾沫滿是酒味。橋仔開燈。女人掩目呻吟燈光好亮。她的臉讓人有點印象。是今晚演唱會站在最前排揮帽子那位女的。意識到橋仔之後，她匍匐起身纏住他，身材比橋仔高大許多。她跨高跟鞋的腳踝扭到，兩手就這樣環抱在菊仔的脖子上整個人垮下來。橋仔撐不住跟著翻倒在地。你是橋仔？女人微微睜眼探問。你眞的是橋仔？橋仔點頭撫摸她的乳房。堅挺熠熠含光。欸，抱我。我討厭前戲，比較喜歡人家在乾燥不濕潤的狀況下強迫進入我的身體。欸，痛痛來吧，女人張開大腿。橋仔開始脫衣。腋下周遭、大腿內側和腰際就算生肉也不鬆弛、不晃蕩，這種女人他還眞是第一次碰。

他曾瞞過妮娃和三位女人共寢。三人都是妮娃的年紀。那些女人羞於解衣，似乎對自己的肉體失去彈性感到羞恥。女人們闔上橋仔的眼睛，卸下衣裳的婦人們大腿內側、膝下、腰際、腋部周遭和手肘內側的皮膚像是從身體切離開來一樣寒冷，是柔嫩懸垂的長物。用力塑形，即刻又癱軟下來，彷彿添太多水的黏土。就算捏屁股也沒有反應，帶著一種奇妙的安全感。現在橋仔面前這位年輕女人不一樣。大腿和屁股堅實的肌肉不會搖。面帶微笑撐開大腿的年輕女體是一襲華服。橋仔沒有勃起。女人用嘴含住試著讓它站起來。好好長大，好好長大唱著歌，舔得垂涎滿面。

「果然年輕女人還是不行。」Tooru和松山站在房間入口。他們在笑。啊啊舔得好累，橋仔是性無能吧，口交的女人起身離開。你們都看到了嗎?橋仔對Tooru和松山說。一看兩人哈哈點頭橋仔的拳頭便招呼過去。Tooru避過橋仔的攻擊抓住他的手臂把橋仔扔到床上。橋仔冷靜，我們會讓你見識一下。松山讓女人趴作狗爬式，拉下褲頭拉鍊就這樣直接上。每次挺腰，腰帶扣環都會叮噹作響。欸，橋仔，下田說以前幹過人妖的都會這樣，人家不是說爲錢賣身的人實際上是在賣自己的羞恥心嗎。下田他說就算年輕女生這樣在你面前遞出屁股你也不會興奮，反而會產生防備。可是這傢伙的下面不是羞恥啊。只是普通的器官，和嘴巴啦、鼻子啦都一樣。Tooru對橋仔眨隻眼示意他看，走近趴在地上的女人，輕輕用蛇皮長靴對汗涔涔的屁股踢一腳。橋仔你是孤兒啊，Tooru邊笑邊說。因爲你不了解媽媽是什麼感覺，所以現在才會那樣搞，跑去吸那些老人家癱軟的皮膚，還要媽媽，媽媽那樣叫。

橋仔臉色大變，抓起床邊的菸灰缸就往Tooru丟。Tooru屈身避開，陶製的菸灰缸碰壁打碎。橋仔大聲嚷嚷如果你亂講話我不會輕易放過你！從床上下來揍Tooru。Tooru沒有反抗。橋仔在高䠷的Tooru胸前揍了兩拳，笑聲停了下來。松山從女人身上離開，制止橋仔進一步打下去。橋仔，你是被拋棄的孤兒人妖，Tooru認眞地重新再說一次。或許你現在是一位很傑出的歌手，可是你以前是被拋棄的孤兒人妖，你不可能把這件事情削掉。我比你年紀大一點，見過各式各樣的人所以才想要跟你說，你不可以忘記自己的過去。沒辦法上這種像豬一樣的追星族，這種事情根本就沒什麼。年輕的女人口齒不清嘟嘴說：你說豬是什麼意思嘛。Tooru使盡全力把那翹屁股踹飛。囉嗦什麼，豬給我閉嘴。橋仔，有些人不是只要一發財就醜態畢露嗎，那些人都是白痴，以爲自己打娘胎開始別人就都任其驅使。欸，不管你吃到什麼樣的好東西，多少人跟你說好話，你身爲孤兒人妖這件事情都不會改變。我們只要一在你身後演奏就會感覺熱血沸騰，我常常跟松山他們說這種感覺以前從來都沒有過。我希望能夠這樣繼續熱血表演下去，所以橋仔，你不可以忘記你自己以前出身自孤兒人妖。

事情不是你想的那樣，橋仔想要好好回話。我喜歡有點年紀的女人身上那種鬆柔、纖纖顫動的肌膚，是因爲那讓我感覺很安全。我不太知道是什麼原因，可是眞的感覺很安心，那會讓我回想起一間柔軟的房間。在我內在支持我的是某個聲音，不是過去曾經身爲孤兒，也不是人妖的出身。我和菊仔曾經在一間鋪滿橡膠護墊的柔軟房間裡面一起聽過那個聲音，我唱歌是因爲想要找到那個聲音，想要唱出接近那個聲音的歌。每次只要待在柔軟的房間裡面，我一定會聽見那個聲音。那間房間的地板、牆壁和家具都是用衣衫盡褪的女子腿內皮膚製成，不停反覆收縮、形狀不定，像顆充塡空氣起起伏伏的氣球。那聲音，只能在那柔軟的房裡聽見。

鳥瞰城市的旅館頂樓。厚重的窗玻璃映出宴會結束的房間。纖瘦的青年一絲不掛睡在中央的桌上——那位試著將純金砲彈放入肛門中的青年。鳥形的冰雕全都融化了。

橋仔站在窗邊眺望街景。雨下了起來。厚實的玻璃將外界隔離聽不見聲音。雨水在街燈四周化爲銀針閃耀。橋仔回憶上高中的時候也曾經像這樣從教室窗戶觀望菊仔跳高。一股氣味浮現。味道很刺鼻，是什麼味道呢？閉上眼睛想一想。原來是板擦上面沾染的粉筆灰，橋仔無聲笑了起來。菊仔完美跳躍成功之後微笑揮手，當時橋仔指著菊仔對全班同學誇耀說：那個男生是我哥。廢礦島和大海在橋仔的目光內側延展，就在這時候，沉睡的青年發出噁心的聲音起身醒來。哇，凡士林怎麼都還沒消掉，青年邊摸屁股邊說。青年的裸體和自己的臉孔在眼前的玻璃上重合相映。橋仔渾身發毛。玻璃中，自己的臉被青年的裸身覆蓋，玻璃外煙靄瀰漫的街廓，目光內側延展的廢礦島與大海，景象一一化作透明畫面重疊在一起，剎那之間，橋仔突然搞不清楚自己身在何處。他感覺臉的顯影就這樣停駐，自己卻墜入透明畫面的縫隙之間。停止呼吸。心想，滾落水滴的厚實玻璃正將自己和外界隔開，將自己關起來。他不顧一切敲打玻璃。可是沒破。裸身的青年和面色鐵青的橋仔四目相對之後把純金的砲彈扔給他說：用這玩意一定可以敲破。啃了一口剩下的麵包。

26

菊仔囚服的肩膀上繡了一條銀線。菊仔、山根、中倉和林四個人編進船員訓練科之後就轉到其他的雜居房。菊仔搬進新雜居房當天就親眼見識到山根可怕的腕力。山根從一大早就開始抱怨頭痛。全身起雞皮疙瘩，額頭和頸背冒冷汗。他告訴菊仔他們，嵌進頭蓋骨那塊塑膠板說不定位置歪掉了，萬一我失去意識一動也不動，你們不要叫我也不要碰我，如果那塊硬塑膠碰到大腦什麼奇怪的部位，我不知道會變怎樣。菊仔問：你說不知道會變怎樣是有可能會死掉嗎？死掉都還好，山根勉強裝出笑臉。死掉都還好，我說不定會發作大鬧。

新遷住客拜碼頭的時候，山根沒辦法好好說話只能發抖匍匐在地。菊仔、林和中倉拚命緩頰跟寢室裡的老房客說他得了重感冒。那些學長對山根發怒，覺得他耍什麼大牌，中倉趕緊開始替學長們按摩腰和肩膀。按摩的時候兩位學長開始嘲笑中倉的狐臭。這樣啊，眞抱歉，流汗就很臭，中倉平心靜氣回答。如果是女人的話，幹的時候感覺應該很妙，學長討論這個的時候中倉的臉很臭。隔天，中倉告訴大家他想起老媽的事。他的母親體味也很濃，夏天之類的時節人就算待在隔壁房間還是會覺得臭。平常沒有什麼感覺，可是和男生在一起味道變得更濃。中倉看看菊仔和林，模仿他掐那些趴在地上的學長的脖子開玩笑。他這樣做讓沉鬱的氣氛一掃而空，可是背後另一個人注意到他的舉動大發雷霆。小子明明是個菜鳥膽子很大嘛。輕踹中倉肩膀一腳。這時候山根縮在地上低吟，拜託安靜，拜託你們給我安靜。菊仔心想，他應該是在拚命回憶小孩的心跳聲吧。菊仔極力道歉避免學長的怒意波及山根，可是擋不住。越是道歉那兩位學長氣焰越強。大聲叫囂，拉扯中倉的臉頰。他們動作太過激烈微微碰撞到山根的頭。山根嘴裡雖然喃喃唸著停下來停下來，卻突然起身發出鳥叫般的呼喊一個正拳打向雜居房的牆。那面塗抹灰泥的牆厚達五公分以上。就這樣斑駁脆裂剝落下來。接著山根怒吼：安靜！所有的人魂都飛了。學長們臉色爲之一變默默站著。山根再次縮回地上抱頭忍耐頭痛。

「要練多少年才有辦法變得像你一樣強啊？」中倉在模擬海圖上面畫重複線測定船位的時候跟山根請教。「你說什麼啊？」山根對於船位測定或航向測定這種紙上作業非常不在行。他的手腳和身體都很大，使用兩腳規和三角板的時候看起來笨手笨腳。

「少來啦，都打破牆壁了，應該至少要花五年吧？」

「任何人都可以把牆壁打破，那種事情不需要訓練。」

「別開玩笑了，你太謙虛啦。」

「如果拿鐵鎚的話你可以打破牆壁嗎？」

「鐵鎚啊？嗯……可以打破嗎，可以嗎，菊仔？」中倉望向菊仔。菊仔正在根據遠距物標的方位測定結果來測量羅盤自差。「就算是拿鐵鎚我也沒有把握。」

「這樣啊，喂，山根，鐵鎚和訓練到底有什麼關係啊？」

燈塔到山頂的連接線和港內浮標標示線……山根正在模擬海圖上面尋找兩條線的交叉點。他望向中倉說等一下，找一下交叉點的經緯度，再比對菊仔剛剛測量的數字。數字吻合沒錯，山根彈指覺得非常高興。

「中倉我跟你說，空手道的訓練並不是用來讓拳頭變得更堅固。」

「不然是在訓練什麼？」

「訓練速度和呼吸。就算拳頭再怎樣硬得像鐵塊，也不可能穿破鐵鎚敲不壞的牆壁不是嗎？」

鐘聲響起，教官叫大家收答案卷。山根把話打斷慌慌張張開始抄菊仔的答案。個頭矮小的船舶訓練老教官看到他這樣做就說：就算抄別人的答案也不會有什麼好處喔。全班哄堂大笑，山根搔搔頭把答案交了。

午餐過後，山根攤開報紙懸空捏住一端遞到中倉面前說：試著用直拳打一個洞看看。報紙？不要太小看我啊！可是中倉試了好多次都穿不破。報紙都會啪啦捲起來。中倉揮拳十幾次，滿頭大汗。山根把報紙交給菊仔，發出一聲鳥叫般的尖嘯做出完美示範。報紙幾乎紋風不動，漂亮開出一個拳頭大的孔。揮拳的時候不要去想開洞的事，山根說。使出正拳的時候，譬如說想要打穿板子，你不可以去想說：「好，我要打爆這塊板子囉！」知道嗎？必須要告訴自己說：「我把全心全意的力量貫注到拳頭上，下個瞬間拳頭就會出現在板子的另一邊。拳頭穿越板子就像穿越空氣一樣，下個瞬間就出現在板子另一邊。」懂嗎？

「是集中力的問題吧。」菊仔說。山根點點頭。你們可以回憶一下自己到目前爲止最走投無路的狀態，抱著不成功便成仁的決心揮拳試試看。好！菊仔站了起來。菊仔正對報紙，閉目調整呼吸。銅鈴般的大眼一睜同時出拳。雖然沒有開出像山根那麼漂亮的洞，不過拳頭穿破報紙了。你是回憶自己做撐竿跳的狀態對吧？山根問菊仔。菊仔點點頭看來很開心。接下來輪到林。林喝喝哈哈出聲，身體帶著韻律左右搖擺，剎那間靜止一戳。成功。雖然說感覺起來比較像撕裂而不是穿洞。菊仔問：「剛剛你身體那樣動是什麼運動？滑水嗎？」林不好意思搖搖頭，回答說是水球（譯註：一種在水中進行的集體球類運動）射門。我試著用水球的方法集中力量，可是好像不太有用。中倉在旁邊觀望菊仔和林打穿報紙，擺出一臉困擾的表情問山根說：沒在運動的人該想什麼才好？畢竟我是廚師。林說：中倉你不是搭過打撈船是潛水專家嗎？中倉回答：比起來，潛水比較需要耐力而不是集中力啊。山根跟中倉說：不是運動也沒關係，重點是把全身的心神都聚焦到拳頭上。好，我瞭了，來吧！中倉抬頭凝望天空一會，點點頭好像想到什麼，舔舔舌頭迎戰報紙。他眼睛圓睜呼吸越來越急，大叫一聲：死吧！拳頭出手。報紙開了一個俐落的洞。菊仔他們鼓掌叫好。做得很漂亮嘛中倉，你剛想什麼？中倉搖搖頭，小聲囁嚅說沒什麼。

走回船舶訓練教室的時候，中倉拍拍菊仔肩膀說：我想起老媽的臉。報紙背後，老媽的臉就在那邊，我集中精神是想要揮拳把她打爆。

「你的臉色不太好喔。」

菊仔搭上中倉的肩膀說。

中倉靠在雜居房的牆上用嘴唇發出啵、啵的聲音。來勢洶洶扭著脖子啵、啵。你在幹嘛？山根問。聽不出來嗎，菊仔你應該知道吧？菊仔搖搖頭。這是打火機的聲音啦，而且不是便宜貨喔。一個去澳門的朋友送我的，Dunhill，聽過嗎？那個很重喔，蓋子不是像這樣啪啵打開嗎？不要馬上點火，要嗯……這樣等一下，用大拇指嘎啦撥動，就會啵，發出很好聽的聲音。對於那些不解風情的人怎麼說都沒用，但是那個聲音眞的是讓人渾身起雞皮疙瘩，感覺火就是這樣的聲音，菸草好香啊。那個啊，我想要試著回想一下那個聲音，可是不是很順，好像不是啵，比較像咻啵、咻啵那樣。

週日和國定假日不用上職業訓練。天氣晴朗的話大家會玩壘球或足球，可是昨天下雨。其他班的人在進行社團活動。畫畫圖、彈彈吉他、唱唱歌。也有很多受刑人讀書。菊仔他們四個船舶訓練第三班的人時間很多。山根自己去圖書館借一本《俱梨伽羅魔王的祕密》讀了一陣子，可是因爲中倉囉哩叭唆一直找他聊天很煩，看一看就放棄了。

直到方才，四個人都一直在比腕力。每個人都相互比過之後，出乎意外地林竟然最強。雖然菊仔對自己很有自信，可是好不容易才贏中倉一個，林和山根的等級根本完全不一樣。單單看山根和林一決勝負就很耗費精神，讓人覺得好像其中一方手臂會被折斷。林的手臂只有山根一半粗，肌肉很柔軟，可是手勁強得驚人。和山根較勁的時候雙方僵持不下，墊在底下薄薄的坐墊被兩人的手肘扯裂，內襯的棉花都飛散出來。林靠腕力撐過山根好幾十次的攻勢，最後以耐力獲勝。無論使勁壓倒幾次林的手背都不會著地，山根對他甘拜下風。我比腕力從來沒輸過。山根仰躺在地一直按摩手臂，覺得非常意外。高中的時候……林滿面通紅說。高中的時候我每天要單靠手游五千公尺，單靠腳游一萬公尺。游泳選手的韌性很強，雖然不強壯可是很有韌性。山根起身笑著說：不會啊，你很強喔。後來山根提議大家來玩不倒翁相撲。玩法是坐在地上抱緊四肢單靠腰和手臂把對方扳倒，不過山根太厲害，其他三個人玩玩馬上就膩了。中倉就是在這個時候開始發出啵、啵的聲音。咻啵、咻啵，感覺還是不太對，可惡，啪呼、啪呼、啪呼、啾啪、啾啪、啾啪、嘶潑、嘶潑、啵、啵、聲音還留在耳朵裡面。林開始唱火車火車欽鏘欽鏘。大家都笑了。笑聲戛然而止的時候，中倉大叫：混帳好想要抽菸啊！他的表情扭曲想要發笑可是沒辦法，最後哭起來。

山根把窗戶打開。窗外飄來合唱社的歌聲還有新葉被雨打濕的氣味。正當山根想要跟中倉說些什麼的時候，門上的監視窗開了起來。警衛一露面，中倉就慌慌張張不哭了。

「四點會開鎖，大家等下到走廊排隊。」

警衛說完關上監視窗。林問：等下是怎樣？警衛的應答在門後響起，聲音越來越遠。

「有一場慰問公演。」

所有受刑人和大部分的教職員工都聚集到禮堂來。因爲椅子不夠，受刑人都直接坐在木頭地板上。院長跟大家問候。今天函館商科大學話劇社的同學們來這邊拜訪大家。每年一到這個季節一直下雨大家沒辦法出去外面運動，我們都會請他們來慰問大家。前年、去年、加上這次，今年已經是第三次。你們當中，一定也有一些人在期待這齣戲，可以趁這次的機會接觸一下外界的空氣、滋潤一下心靈，請大家好好享受這次的演出。

簾幕打開。空中吊著一張紙寫：「音樂劇，阿爾卑斯山的藍色小玉」，舞台左側走出一位彎腰的老人。背景畫著小小的木屋、樹林，和白雪皚皚的山巒。鳥鳴轉換成爲音樂，老人用沙啞的聲音開始唱。喔，又是春天啦！喔，花又開啦！雪融啦，小熊醒啦，魚在跳啊，女兒到哪去啦？大概是去村裡啦。她會在村裡買糖嗎？還是會買紅色的衣裳？

什麼東西啊這個臭老頭，中倉低聲說。林發出噓聲，望向警衛制止他。沒有女人出來啊？中倉抱住膝蓋說。剛剛他開口閉口都在講女兒，等下一定會有女人出場啦。坐在旁邊的菊仔悄悄告訴他。

女人一直沒出現。村裡派駐的警察、小木屋的客人、樵夫，和動物皮商都來拜訪佐平老爺爺，可是一個女人也沒有出現。

這齣戲的劇情大綱是這樣的：佐平養育的女兒其實是他的孫女，因爲小木屋的生活實在太辛苦，媽媽都理惠在丈夫過世之後跟小木屋的客人私奔去了。春季女兒滿十四歲那一天，有位體面的紳士前來拜訪小木屋。這位紳士是媽媽都理惠的祕書，現在媽媽在經營四個馬戲團。祕書告訴佐平老爺爺說都理惠想要接手照顧女兒。佐平老爺爺橫眉豎目擺出凶惡的表情把祕書趕跑。這時候山根開始打瞌睡。中倉看得最認眞，嘴裡碎碎唸著：沒錯，這種跟男人跑掉的老媽就是要幹掉。女兒好不容易終於登場。中倉匆匆想要站起來，可是制服衣襬被林和菊仔抓住只好作罷。受刑人爲女孩那雙從短裙中伸出來的腳拍手喝采。女兒邊跳邊唱。我在山上過生活，一直在這座美麗的山上。動物先生、小鳥先生，和大家相親相愛生活在一起。我喜歡山喜歡山，最喜歡這座山。可是，媽媽待在某個地方，那件事是眞的嗎？父親其實是我的爺爺……啊啊，怎麼辦，我該怎麼辦才好？通草女王請指引我。通草女王全身包覆藤蔓出現在台上，看起來似乎是山神的化身，是生物的支配者。女孩啊，妳想要要求什麼就說吧，妳對動物非常溫柔，一直都是一個好孩子，我會實現妳所有的願望。請告訴我妳的心願。女兒煩惱到極點，唱道：我不知道該怎樣做才好。結果通草女王怒斥：連自己想要什麼都不知道的小孩，就成爲山頂上的地藏石像吧！她揮起身上纏繞的藤蔓。舞台上鈸片轟一聲點燃冒煙，前排的受刑人被嗆得不停咳嗽，就在這時候，女孩變成了一座地藏石像。喇叭傳出女孩的哭聲。好慘啊，中倉說。把人變成石像，這個人也太狠了，你不覺得嗎？化作石地藏的女孩暗中發現素未謀面的母親和秘書的詭計，最後感受到佐平老爺爺的愛，又被通草女王變回人形，結局圓滿可喜可賀。女孩最後一首歌：我什麼都不懂，雖然我痛恨把我變成石頭的女王，可是她也讓我慢慢思考我自己和我身邊的人事物。過去我不了解社會，像是個傻瓜，好好思考眞的很重要。就算變成石頭，只要熬過去，最後春天一定會來到。

中倉被戲感動得熱淚盈眶，走回雜居房的途中說：就算這樣，被變成石像還是有一點太殘忍了。林說：中倉你眞的是搞不清楚狀況，只要你乖乖像石像一樣服刑，回歸社會的日子最後就會降臨，它在說教啊。山根點點頭。眞的很無聊。才沒這回事，首先，那個跟男人一起跑掉的老媽就是個爛貨，女孩可以和爺爺一起生活眞是太好了。因爲中倉說得非常認眞，林和山根相視而笑。中倉開始求助菊仔支持。菊仔你覺得怎樣？你也覺得戲很無聊嗎？走在最前面的菊仔回頭說：不會啊，很有趣。很有趣？到底哪裡有趣了？山根問。

「女孩不是被變成石像嗎？那邊眞的很不錯。」

中倉露出意外的表情說：你這傢伙好無情啊，那段不是很可憐嗎？菊仔邊笑邊回說：

「不知道自己想要什麼的人就變石像好啦。那個通草女王很了不起啊！那些不知道自己要什麼的人，一定沒有辦法獲得自己想要的東西對吧？就像石頭一樣。那個笨女孩最好一直保持石頭那樣。」

27

鏡子、夜晚的玻璃窗、打磨細緻的黑色大理石牆、金屬保險桿，還有無波的水面，都讓橋仔感覺害怕。他怕那些會映照出自己的事物。演唱會結束了。在興奮的狀態之下對觀眾揮手道別返回後台。一個支配數千名聽眾和樂團聲響長達兩個鐘頭的男人，臉孔在化妝室成面的鏡牆當中出現。

你是誰？橋仔喃喃自語。感覺那不是自己。數百發相機閃光迎面撲來，微笑或暴怒的神色難以控制飛速放話。你到底是誰？在我的身體裡面做什麼？對了，自從那次之後我就很討厭自己。我個性懦弱總是在看別人的臉色，我想這樣下去不可能成爲一位強大的歌手，就學會在別人面前表演。我幹得非常好，雖然攝影機拍到的都是每個人扮演出來的姿態，可是我做得特別好，扮演出一種完全不在意他人的樣子，岔開別人的提問，單方面強迫別人聽自己的意見，提出一些不合常理的發言或者是翻案詭辯，這樣做之後，別人就變成必須看我的臉色。我不記得是從什麼時候開始變這樣，可是我爲了要讓別人看我臉色，在自己的體內培養出另外一隻生物。

待在孤兒院的時候修女曾經唸書給我聽。有位男子和妖怪簽訂契約吞下一顆噁心的蛋換取自己事業成功。那顆蛋小到肉眼看不見，貼附在氣管上用唾液造繭變成蛹。蛹會建議他怎樣行動才會成功。走路抬頭挺胸一點喔，說話的時候看著對方的眼睛比較好喔，蛹發育成蟲之後就在身體裡面飛來飛去開始大搖大擺下命令。待在我身體裡面那隻生物那時候也開始對我下命令，他說：舌頭切掉！就算我切舌頭這傢伙也不會覺得痛。那段切下來的舌頭撿起來只不過是一團血塊，指尖一捏就發出噗啾的聲音。就是那時候，當我舌頭捏碎飛散的時候，我體內那隻生著翅膀的蟲孵化出來。這隻蟲想要改造我，用酸液溶化我的內臟把我變成另外一個人。這隻羽化的蟲促成巡迴演唱會，常常叫我，命令我，可是完全不回應我。因此現在我們無法交談。這玩意老是侮辱我，說：你是懦夫，我在鍛鍊你。

遍及九州各地的巡迴公演結束當晚，橋仔說他想要回故鄉島上看看，只要一天就好。妮娃贊成。原本妮娃也想要一起去，可是橋仔堅持想要自己走。因爲假日都在團練，妮娃必須說服樂團團員，可是團員都爽快答應，認爲橋仔需要休息，反而慫恿他回家。大家心裡都覺得橋仔很疲憊，爲了要讓演唱會的興奮情緒沉澱下來看起來很辛苦的樣子。跟他搭話他也幾乎不開口，排演之外的時間都關在自己的房間裡面，連妮娃都不能進去。橋仔似乎完全睡不著，開始服用妮娃在吃的安眠藥。孕吐加上橋仔的狀況層層累加起來，妮娃精神難以負擔，不知道和熟識的醫師談了多少次。醫生說：不必擔心。長期進行毫無假期的巡演，任何演奏家都會罹患輕微的精神疾病。孩子的事也讓他感到必須承擔責任，不會有事的。他想要回老家探親？很不錯啊，這應該會比任何治療都有效。

橋仔搭車一路坐到佐世保。距離巴士出發還有很長一段時間。想要回到廢礦島上，之後必須轉搭巴士和渡船才行。他決定去百貨公司遛達，就是國中那時候，在屋頂被人催眠的那間百貨公司。佐世保的街景總是烏雲密布。面對沒有影子的大街，橋仔感受著路上遭遇的人、建築物，還有所有景色散發出來的波長。他每次公開巡演造訪陌生的城市都會感覺到那種波。那不是聲音、顏色，也不是氣味或是風。當自己和當地的人、建築，還有景色的距離壓縮或拉遠，自己和物件之間的空氣就會扭曲。街景依舊。菊仔和橋仔很喜歡沿著這條寬闊的馬路散步從車站走向鬧區。舞廳中，男女在陰暗的窗戶中漫舞、教會尖塔上空有無數的鳥在飛、攤販上陳列著各種水果和香料、小販們在販售魚乾，馬路兩側顯現廢礦村過去繁盛的模樣。陰翳的街道一如既往。

走進市場。入口附近有座水槽。幾百條鰻魚在水槽裡洄游。記得以前曾經看戴白手套的男子在水槽邊趕撈鰻魚覺得有趣看了好久好久。白手套的男子把抓上來的鰻魚遞到菊仔和橋仔眼前。臉上濕濕滑滑、魚身扭來扭去弄得兩個小孩大哭，周圍的大人們都笑了起來。鰻魚會群聚在一個地方。全部面朝相同方向疊合在一起。就像女孩浸入浴池的秀髮。記得那時候確實出現過這種聯想。

離開市場，跨越電影院前的馬路，切過小公園就會看到百貨公司大門。橋仔搭電梯直接去飲食區。點了蛋包飯。不好吃。女服務生看著橋仔。橋仔低頭。女服務生一直盯著橋仔看脖子都彎了。她把同事叫來指著橋仔說悄悄話。兩個人一起走到橋仔身邊。妳說啦，不要妳說啦。橋仔沒有抬頭。先生，不好意思，請問你是唱歌那位橋仔嗎？女服務生滿面通紅發問。橋仔告訴自己要說不是。抬頭瞬間，脫口而出的卻是別的句子。啊，我是橋仔，請問有什麼事？兩個女服務生拍手跳了起來。哇！果然沒錯。其他的客人也往這邊看。女服務生把紙板拿來。廚房的廚師們也探頭說了些什麼。看起來比電視上稍微矮一點啊。橋仔用習慣的手法留下簽名。帶著小孩的和服婦人攤開手帕。那個，請和我握手。橋仔接過婦人的手親了她的手背。等一下，請大家排隊，我不會跑掉的，橋仔起身邊笑邊說。有一個女店員讓橋仔在汗濕的罩衫背上簽名問說：你喜歡蛋包飯嗎？橋仔點點頭，望向裝蛋包飯的盤子。倒置的湯匙表面映著橋仔扭曲的臉。那張臉在笑。一個地方報社的男子遞出名片開始發問。攝影師打著閃光燈。什麼時候會出下一張新專輯呢？待在後面的女學生摸了他的頭髮。染髮的女人請橋仔在新買的內衣上簽名。喝啤酒的老人開始嚷嚷：俺要來簽名啦，俺不簽不行啊。後面人群推擠害小孩摔倒。杯子打碎在地。不要推！有人在咆哮。所以這次旅行完全是個人的行程對吧？群聚在背後的女學生接二連三去碰橋仔的頭髮。周圍的人牆越來越厚。傳來小孩的哭聲。橋仔連綿不絕在簽名本、紙板、手帕、書、包包、購物袋、包裝紙、內衣、罩衫、手心、胸針、襪子上面簽名。桌面傾倒。攝影師在面前打亮閃光燈。想要伸手摸頭髮的女學生眼鏡掉了。某個人的鞋子踩了上去。女學生發出哀嚎要撿。你覺得地方文化和演唱會沒有直接關係是嗎？桌面傾倒。蛋包飯的盤子上擱著湯匙就這樣滑落。表面上映著橋仔的臉。你是誰？橋仔喃喃自語。怎樣怎樣怎樣怎樣到底怎麼搞的？耶？橋仔？喂喂你眞的是橋仔嗎？喝醉的年輕男子高聲怒喝。橋仔歪曲的臉和湯匙一起落向地面。蹲在地上找眼鏡的女學生的手被番茄醬弄得黏答答。喂喂喂你眞的是橋仔嗎？年輕男子又開始吼叫。橋仔踩過破碎的鏡片和蛋和沾染番茄醬的飯粒，一邊點點頭。

渡船的班次減少了。巴士站旁邊的商店被破壞了。黑西裝男子以前就是在那間店買融化掉的冰淇淋給菊仔和橋仔的。少女舔糖果那張古意的看板已經被沙塵覆蓋。海上可以望見動物形狀的島。想要回去，是因爲想要看看狗。菊仔送橋仔當禮物的那隻白色長毛狗——Miluku。橋仔想跟Miluku去海灘玩。狗不知道橋仔是賣出一百三十萬張唱片的歌手。Miluku還記得我嗎？如果我被長翅膀的蟲控制變成另一個人的話，Miluku會變怎樣呢？說不定會對我叫甚至咬我，如果是這樣的話我就成爲蟲的奴隸好了。萬一Miluku一如過去那樣嗚嗚靠到我身旁磨蹭的話，就帶牠去海邊吧。一起賽跑，這樣就夠了，說不定會想起什麼。說不定會想到比那羽蟲誕生更早更早之前，我曾經擁有過的光輝歲月。

橋仔搭上渡船。重油的氣味無論搭幾次都沒辦法讓人喜歡。生鏽的欄杆、開綻的椅套、船艙嗡嗡的引擎震動……一切都沒變。島嶼漸次放大，船艙窗框已經容不下全景，橋仔走上甲板。海面很平穩，浪濤和船首劈開的飛沫都很低。海風消除重油的膩味帶來潮水的香氣。原本不過只是遠方海面上一個綠色的小點，漸漸成形顯露輪廓化作佔滿視野的風景。島。橋仔在迅速接近島嶼的過程中很想要回憶起什麼。一邊感受震動一邊緩緩拉近距離的話，小點就會膨脹成爲畫面。感覺似乎有某件幸福的往事很像靠近島嶼的感受。想不起什麼幸福的往事，倒是想起了第一次和菊仔兩個人搭這艘渡輪的情景。冰淇淋融化的黏稠觸感瞬間還原在嘴裡。橋仔不禁熱淚盈眶。船開始放慢速度。將繩索扔上碼頭。港口可以望見山坡上森然羅列的無人高樓住宅。回來了，橋仔低聲對自己說。

「Miluku！」

一走上通往桑山家的坡道，橋仔就開始大聲呼喊。鋪設公車道連到家裡的坡道比腦海中的印象更窄更陡。左側堤防上叢生的美人蕉後，有一支裝設小小路燈的電線桿。從電線桿跨三步，回頭就會看見海。一邊看海一邊倒著走。右手邊開著不知問了多少次但是都記不住名字的白花。白花的氣味最濃，周遭還有高大的金桔樹。每次只要過了金桔樹，大叫：Miluku！坡道底就會有隻白毛飄搖的狗飛奔而來。橋仔站在同樣的地方叫了好幾次。Miluku並沒有跑來。他想，說不定是被拴住了。可是就算是被拴住應該也會叫才對啊，橋仔心神不寧地爬到坡道頂上。

桑山的成形機沒有出聲。院子被瓦礫和草覆蓋，到處都看不到Miluku的影子。以前和菊仔兩人一起蓋的狗屋木板已經腐朽，變成螞蟻的巢穴。水盆滿是汙泥滾在一邊。房屋所有的窗戶都拉上了雨戶（譯註：防範風雨和小偷的木板門）。橋仔想，桑山搬家了嗎？可是門牌還是掛著。瓦斯和電力都貼著檢查安全合格的金屬片，郵箱裡面塞著停水日期的通知單。桑山還住在這裡！要問他Miluku現在在哪。玄關的門沒鎖。打開之後橋仔渾身起雞皮疙瘩。家裡一片漆黑，瀰漫著酒和排泄物的氣味。從玄關到走廊都堆滿空瓶子。威士忌和燒酒的瓶子。屋內深處傳來咳嗽的聲音。

「誰呀？」

是桑山的聲音。是我，橋仔回答。屋裡安靜了一會，桑山單耳戴著耳機就這樣走了出來。

「是橋仔嗎？眞的是橋仔嗎？」橋仔點頭，桑山手上的收音機掉了下來。

「現在廣播正在說你的事喔，眞巧，夢丸正好提到你，你和夢丸是朋友嗎？」

「夢丸是誰啊？」

「一個年輕的落語家（譯註：日式相聲演員），他是你朋友嗎？」

「我完全不認識啊。」

「進來，進來吧。」

桑山關掉收音機拉著橋仔的手走進屋內。Miluku呢？橋仔發問，可是他沒回答這個，反倒說：眼睛不中用啦，遇到光就會痛。無論廚房、餐廳，還是八個榻榻米大的客房都只點著一盞陰暗的小燈泡。

「會太暗嗎？開燈沒關係喔，我可以裝上這個。」

桑山把焊工用的那種護目鏡安在臉上。然後點燈。餐廳裡鋪著被褥、客房裡擺放著和代的佛壇。

「景氣越來越差囉，我付員工退休金把工廠收了。成形機就算要賣也賣不了幾個錢就這樣擺著。前天我才剛去幫和代掃墓，原來是這樣啊，所以橋仔才會突然跑來，是和代讓我們碰面的吧。」

「Miluku呢？到哪去了？」

「送人了。」

「送誰？」

「下面海岸鹽廠的警衛說牠適合看門，我就送他了。」

桑山脫下棉襖和浴衣，從衣櫃拉出西服換上。你在這等一等，橋仔等等啊，我去買一下東西，說著說著就慌慌張張出門了。過去小小的衣服從衣櫃露了出來，橋仔拿出來看。那些熟悉的小襯衫和小褲子兩套兩套依據不同尺寸收藏在一起。爲了不要讓菊仔和橋仔覺得不公平，和代都買一樣的衣服給他們。帆船圖案的夏季襯衫、格子的針織外套、屁股弄髒好大一塊的短褲，這些都是被廢墟野狗咬那時候穿的衣服。

外面傳來嘈雜的聲響。橋仔一拿短褲走到走廊，臉上戴著護目鏡的桑山就指向他。看吧，眞的啊，和上電視的橋仔一模一樣啊。島上有十來個居民聚集在這。橋仔，你變得好有成就啊。乾貨店的老太太用很大的嗓門嚷嚷，大家都笑了。開在和代美容院隔壁的年輕鞋店老闆、公車道上的餅乾店、文具店老闆、私家計程車司機，還有他們的老婆們，眾人一點一點聚攏過來。年輕的鞋店老闆和橋仔握手。其他的人也接二連三請他握手。終於回來啦，終於回來啦，橋仔你是我們島上的光榮啊！桑山把茶碗發給大家，從廚房拿酒過來。眞的是，古人說什麼，明明是兄弟，但是成就卻有高下之別，橋仔你是我們的光榮，你被雜誌誇獎，我們感覺就像是自己被誇一樣。除了私家計程車司機，大家都開始喝酒。明明太陽高照，可是關上雨戶點著電燈讓人感覺像是晚上。你有去見菊仔吧？乾貨店的老太婆低聲發問。橋仔搖搖頭。他進監牢了對吧？專心運動的話就不會有事啦。桑山戴著鏡片顏色很深的護目鏡，看不到他的視線。似乎是在聽乾貨店的老太婆說話。他對老太婆說：別提菊仔啦。菊仔丟臉啊，他太丟人現眼啦！桑山大聲放話一口喝乾茶碗裡的酒。大家都靜了下來。微陰的房間裡響徹桑山的咳嗽聲。客人們面面相覷。

年輕的鞋店老闆開口說話挽救現場詭譎的氣氛。橋仔，唱唱歌吧？乾貨店的老太太煩惱搭腔：讓專家在這麼隨便的地方開口唱歌會不會太不好意思？客人們注意一下橋仔的反應，然後觀察桑山低頭的表情。文具店老闆說：和代應該也會想要聽橋仔的歌吧。桑山比以前瘦，看起來似乎小了一圈。頭髮更稀薄，細細的手腳和脖子浮現血管和黑斑。看看他沒肉的臉頰和胸口，感覺簡直就像隻蟲，橋仔心想。護目鏡就是他的複眼。只要裝上觸鬚和翅膀，全身再塗滿鱗粉，應該就會這樣朝向燈泡輕飄飄飛過去吧。桑山卸下護目鏡，按住眼睛擦掉不知道是眼淚還是汗水，拜託橋仔說：唱一下吧。讓和代聽一聽，和代應該會很開心吧？其他的客人們也跟著附和敲邊鼓說對呀對呀。有人開始鼓掌。「我不唱喔。」橋仔環視大家說。「很累，現在不想唱。」桑山聽他的話深深點幾次頭說：單單橋仔回來和代應該就心滿意足了吧，常常在電視上看到他，唱歌不必對不在的人唱。其他的客人聽到桑山的話也曖昧地點點頭。桑山就這樣低著頭不再說話。

橋仔走進鋪著被褥的客房打開書桌抽屜找東西。客人們陸續一個、兩個開始離開。乾貨店的老太太離席之後大家接著走掉，只有年輕的鞋店老闆留下來。鞋店老闆擺出一副不好意思的表情。彎腰叫橋仔說：那個……那個剛剛隨便叫你唱歌眞是對不起啊，請你不要放在心上。橋仔從抽屜裡拿出好幾塊錄音帶走回餐廳說：我沒有放在心上啊。只是很累不想唱而已。鞋店老闆看起來安心許多，跟桑山打聲招呼之後出門離開，外頭天還很亮。

橋仔將錄音帶塞進行李包。桑山一直盯著橋仔的動作。我嚇了一跳，桌子抽屜裡面的東西和以前完全一樣都沒有動過。桑山把酒倒進茶碗乾杯喝掉。

「我不會去碰其他人抽屜裡面的東西。橋仔，你要過夜嗎？」

「不了，要走了。」

「這樣啊，沒什麼事，東京感覺怎麼樣？應該很有趣吧？」

「沒什麼有趣的啊，我去找一下Miluku。見到Miluku之後就要直接回去了，不然沒有船。」

橋仔站了起來。桑山什麼也沒說。橋仔一離開房間，老人家可能打算送別，就跌跌撞撞追過來。橋仔在玄關穿鞋，桑山叫住他。我這個老爸很不可靠，眞抱歉。橋仔笑著回過頭說：幹嘛這樣說？桑山把指頭伸進護目鏡揉揉眼眶。因爲你看起來有心事的樣子。橋仔離開大門之後桑山揮手。護目鏡後面的眼睛到底怎麼了呢？纖瘦無力的手在面前揮舞著。像是拔掉觸鬚和翅膀的蟲掉到黑暗的洞穴裡面在扭動。打起精神啊，桑山叫著。連菊仔的份一起振作啊。

橋仔下山的時候心想要買支太陽眼鏡送給桑山。戴那支護目鏡眼睛四周一定很痛。回到公車道上，沿著馬路一直走，尋找通往鹽廠的紅土小路。他把一間紅磚樓當成路標，那是以前煤礦的炸藥儲藏庫，從那旁邊接續的紅土路一直走下去到海邊。路上有間很大的豬圈和鹽廠丟棄石灰的垃圾場。成排煤礦宿舍空無一人，圍繞的空地裡有片浸透石灰的白色沼澤。白色沼澤周邊用鐵絲網包著。菊仔和橋仔在沼澤變成純白色那時候曾經鑽進去過。因爲他們想要知道沼澤裡面那一大群可以吃的青蛙現在變成什麼樣子。橋仔說：變得那麼白那麼渾濁，生物應該全部都死了。菊仔說：如果青蛙還活著身體應該會變成純白色，這種青蛙很稀奇，說不定可以賣到很棒的價錢。兩個人還沒鑽進鐵絲網就回頭了。不是因爲那邊立有禁止進入的牌子，而是因爲空氣實在太臭。他們覺得不管是青蛙還是青鱂魚，都不可能在這麼臭的白水裡面活下去。橋仔說，萬一眞的有生物活著，我也不想要看到，覺得很恐怖。就算太陽當空，白色的沼澤也絕對不會泛出光澤。水面無法映照任何東西。鹽廠蓋在海邊。是橋仔國中三年級的夏天蓋的。落成典禮那天他還記得很清楚。不但放煙火還挨家挨戶發放紅白喜餅。當天傍晚賈賽爾死了。他騎機車墜落懸崖。菊仔和橋仔跑去看燃燒的機車。汽油流進海中，每次潮水打上來青色的火焰就會晃動。菊仔非常悲傷，一口喜餅都沒吃。

橋仔向鹽廠守門人詢問警衛室的位置。對方告訴他帶狗的警衛要到六點才會來。橋仔穿越鹽廠走到海岸。現在是退潮。在濕潤的岩塊上漫步。橋仔遇到一個採集海藻的老太太打了個寒顫，因爲她長得很像以前那位女乞丐。橋仔曾經猜想那位女乞丐說不定是拋棄自己的母親，爲此感到恐懼。她把男人穿的那種貼身長褲捲到膝蓋上，用前端開叉的竹棍子纏繞打撈海藻。岩石上擱著她脫下的衣物。灰色的衣服看起來很輕薄。有船停靠在島嶼內側的小灣上，橋仔心想，她大概是住那邊的人。他見過這些人幾次。每個人身上都穿這種灰色輕薄的衣服。橋仔跟老太太打招呼。老太太歪著一張臉笑了，拉上竹竿慌慌張張用灰色的衣服把身體裏起來。竹棒滑到濕潤的石頭地上被海浪沖走。橋仔把它撿起來。海藻纏在棍子前面，泛著彩虹般的光澤。那是因爲沾到鹽場流出來的油。橋仔把棍子交給老太太。

老太太問：你是從東京來的嗎？橋仔說：爲什麼妳知道？感覺就是這樣，老太婆這樣笑著回答。老太太再次把竹棒插進水面，橋仔對她的背大聲說：我啊……我瘋啦。你是神經病。老太太轉過身來認眞說。面對眞的神經病我就會說神經病。橋仔找了一塊乾燥的石頭躺上去。石頭吸附著浪潮的氣味。橋仔對著天空大叫。我是神經病！腦袋和身體分離啦！老太太走近橋仔看起來對他很感興趣，湊到他身前悄悄說：

「你啊，是不是有吃蒼蠅？吃蒼蠅了吧？」

「耶？」

「我乾兒子也是變得有點像你這樣。」

「變成神經病？」

「嗯，然後他總是會說：我吃蒼蠅啦，我吃蒼蠅啦。」

根據老太太的話，一萬隻蒼蠅大概會有一隻生著人的面孔。如果睡覺嘴巴開開的話，那隻人頭蠅就會被人類聲帶的氣味吸引過來飛進嘴巴裡面。聲帶的肉似乎是人體味道最甜美的器官，如果被人頭蒼蠅吃掉的話，這個人就會瘋掉，因爲蒼蠅嗡嗡在腦袋裡面飛來飛去。這個人會對蒼蠅唯命是從。橋仔問：要怎樣才有辦法治好呢？

「沒藥醫啦。」老太婆說。

「那該怎麼辦才好？」

「和牠做朋友啊。」

「和蒼蠅？」

「對啊，和蒼蠅好好相處，好好溝通培養關係就好啦。」

老太婆這樣笑著回答。

遠方傳來狗叫聲。橋仔邊叫邊起身。Miluku！Miluku！遠方防波堤上出現了一個白點。Miluku！這邊！橋仔開始奔跑。摔倒在濕滑的岩石上。一個個頭矮矮的男人用鍊子牽著Miluku。牠拉緊脖子上的鎖鍊只用後腳站立一直叫。矮個男子解開鎖鍊，Miluku雪白的長毛順風飄搖直線衝了出來。從防波堤跳下岩石地，避開飛濺的浪花來勢洶洶靠過來。美麗的白毛透著夕陽餘暉閃閃發光。橋仔張開雙手迎接Miluku。沒錯，一切都和過去一樣。

28

少年勇洋丸在函館港第二港區的海上關閉引擎，在港內進行實習訓練。

六名機關科同學進行引擎檢查，九名甲板科同學分成兩班開始做海圖實習、Loran波（譯註：一種遠距無線電導航）和雷達定位，並進行海上法規的口頭測驗。少年勇洋丸船長江田正在大聲指導甲板科。江田是出身自海上保安廳的寡言男子，體格也不魁梧，在城裡走動的話看起來就像是領老人年金每天只能吃流質食品的衰弱老頭。可是他只要一上船，連眼神都會變得完全不一樣。江田在輔育院上課的時候眼皮都很沉重。他的眼皮很厚，上面有好幾條皺紋，只要發癢就會習慣用小指頭去抓。搭船出海之後，江田的眼皮就會翻轉捲起露出銳利的眼球，聲音也變得格外響亮，然而老邁的身體有時候也會難以承擔培訓船員的熱誠。他平常非常沉默，除了上課和訓練之外幾乎不開口。同船的除了江田之外還有輪機長、兩名警衛，還有田所輔導部長。

少年勇洋丸引擎停機之後就開始劇烈上下晃動。菊仔在狹窄的船艙和山根他們一起圍著海圖進行測繪實習，練習記錄航向、航速、預估定位、方位、日出日落時間、潮汐時間，和潮流速度。人在上下激烈搖晃的船艙裡面長時間進行紙上作業會覺得越來越不舒服。菊仔和山根都很難承受這種晃動。山根丟下三角板和兩腳規走到船艙外面吹風。「山根你要去哪？」江田船長叫他。山根面色發青找藉口說：「我想到外面觀測函館山上面雲的形狀。」

「笨蛋，給我繼續做海圖測量！」看山根或菊仔臉色發青憋著不要吐出來是江田船長最大的享受。只要把注意力集中在海圖上就不會暈船啦，就算暈船也不會死，搞不清楚海圖反而會死在海中央。中倉以前在打撈船上工作過所以很耐得住搖晃。他教菊仔和山根說：不要去想船有在搖，船長說的沒有錯。忘記船在晃，全心全意去想車子也好、女人也好什麼都行。全心去想，這樣就不會暈了。暈船的話太陽穴會先開始麻。嘴巴會變乾，口水會從喉嚨湧上來。菊仔忍住嘔吐繼續讀取經緯距表（traverse table）。一旦忍不住就發出呻吟嗚一聲抬起頭來，眺望遠方的海面等待嘔吐的感覺退掉。在他旁邊計算潮汐時間和潮高的林神色泰然自若，推推中倉的肩膀指著菊仔相視而笑。中倉呼喚面色鐵青遠眺窗外的菊仔，菊仔就這樣保持仰起頭來的姿勢望向中倉。

欸，菊仔，什麼是達秋拉？菊仔皺起眉頭裝作不知道。你昨天夢話說得很大聲，昨天半夜你吵到我都睡不著。剛開始我完全聽不懂你在說什麼，可是只有這個字你說了好幾次，達秋拉是什麼啊？是這個嗎？中倉立起小指頭。如果是女人的話這個名字還眞怪。

菊仔沒理他，重新把目光轉回到導線測量表上。經緯距表主要是用來根據航行距離和航向解析經緯度差。以十八·五節的船速沿著一百一十九度的航向航行四十五分鐘，運用經緯距表來求得經度差和緯度差。欸，菊仔，達秋拉是啥啊？

只要看看中倉的臉，就會知道世界上眞的有些人會因爲健康狀態或者是天氣出現些微變化而動手殺人。林身上也帶有類似的感覺。山根也一樣。讓人想起相片裡面墜落的玻璃。因爲相片背景沒有出現任何支撐，所以可以知道玻璃在墜落。感覺下一秒就會摔得粉碎。不管再怎樣思考都搞不清楚問題根源出在哪，可是那張臉就是讓人覺得在下一個眨眼的瞬間，他會拿刀捅到對方的喉嚨裡面。

開始下雨了。午飯的時候，因爲中倉他們窮追不捨追問達秋拉的意思，菊仔就騙他們說是女生的名字。我也不曉得是不是本名，以前她當過服裝模特兒，說不定是當時的藝名。菊仔這樣回答。林驕傲表示以前在當滑水教練的時候，他也曾經和服裝模特兒打過一砲。無論腿有多長，做那檔事的時候都沒差。抱她的腳感覺很重，因爲用後背位做的話腿太長屁股翹太高，小弟弟湊不到。

下午進行的是應用實習。以前都是捕魚，不過因爲魷魚數量大量減少的關係，四年前開始改成進行水葬。所謂水葬，指的並不是把屍體直接丟進海中。要先焚化屍體將骨灰裝入十五公分立方的鉛盒裡面，再將它沉入海中。這種方法在那些沒錢買墓地的人當中相當流行。宗教教誨師會在進行這個作業的時候搭上少年勇洋丸。每個鉛盒上都刻有編號和姓名。大家先在港邊一盒一盒接力把盒子堆到船上再航向大鼻岬。由於鉛盒密密麻麻塞滿船艙的關係，勇洋丸變得很重，船身沉到了滿載吃水線的位置。過大鼻岬一小段路之後，附近就是公營的海底墓園。有一位員工待在陸上的辦公處。黃色的繩索在海面上劃出一塊梯形。四支浮標上面寫著：不論基於任何理由，航進黃色繩索內、或者丟棄物品入水的人將依據市府法規予以懲罰。辦公處發出許可，船開進墓地。江田船長指揮關閉引擎下錨。學生全體穿上外套在甲板上整隊。大家從船艙裡面抬出盒子，一盒一盒放在腳邊，雙手合十之後再丟進海裡。宗教教誨師開始祈禱：沐浴在從天而降的光輝下，躺進大海之母的懷抱中，請你們聆聽波濤起伏的神之聲，永遠在這裡安息吧。

菊仔等四人比賽鉛盒擲遠。和扔鉛球的技巧一樣。丟最遠的果然是山根，菊仔身上裹著外套不好使勁。細雨融入無波的海面。落雨的天、對岸的港、發自海上吹拂到這裡的霧、兩名警衛點燃線香的煙、受刑人的外套，還有鉛製的盒子全部一片鐵灰。只有盒子墜落水面引發的浪花瞬間浮現白色。

鉛盒全部投放完畢。警衛獻花丟進海中。開始返航，啓動引擎，同學全體就位！江田船長大喝。菊仔和中倉在船頭起錨。勇洋丸開始往港口駛去。

菊仔注意看對岸防波堤。發現一個小點開始迅速揮手。中倉發現問他：怎麼啦？菊仔立起小指。女人嗎？菊仔點頭。中倉張望對岸。是那把紅傘嗎？菊仔又再度揮手。中倉也一起揮手。對岸的防波堤上，有支紅傘定在那裡。那人穿著雨衣用雙筒望遠鏡追蹤少年勇洋丸。是秋牡丹。什麼，菊仔的女人跑來函館啦？林和山根抱著保護船舷的舊輪胎走到船尾來。菊仔的女人在那邊，中倉告訴大家。大家一起叫她名字吧，那個女人一定會很高興，中倉說。林和山根點點頭。菊仔阻止他們說會被罵，可是三個人揮手齊聲大叫。

「達秋拉！」

秋牡丹大動作揮舞紅傘回應大家，看起來很開心的樣子。

菊仔在寫信。再過一週航海實習終於要開始了，行程一共九天八夜。想到終於要出港，心情就非常興奮。靠岸的地方就是先前提過那裡。沒有變。秋牡丹小姐收。

菊仔發現雜居房窗戶透進來的陽光把榻榻米曬熱了。單單待在原地不動全身就開始流汗。他猛然撲向窗前，張望炫光和黑影構築的景色大喊：夏天到啦！懶懶躺在旁邊的中倉小聲說：你白痴啊。林和山根笑了。你這傢伙眞遲鈍，早就夏天了不是嗎。菊仔一邊搔頭一邊踢好幾次雜居房的牆。囉嗦啊覺得好煩啊。山根用一種不可思議的表情望著菊仔。唉呀，我都忘記夏天到啦，我最喜歡夏天啦。菊仔說。中倉嘖嘖吐他槽：你是傻瓜啊，夏天的監獄爛透了。你看看窗戶，看啊！這裡沒有紗窗，晚上睡覺流一身汗，又有一堆蚊子飛來叮，簡直是地獄啊。警衛打開監視窗叫菊仔。桑山出來，有人來探訪。探訪？可惡，怎麼每個禮拜都有人外找啊，中倉起身碎碎唸。達秋拉小姐眞是好女孩。菊仔把制服的釦子扣好準備出門，警衛告訴他：

「桑山，來的好像是你弟。」

我弟？橋仔嗎？菊仔停步。警衛點點頭。他常常在雜誌上露面嘛，是歌手對吧。「我不想見他。」菊仔走回雜居房。警衛抓住他的手臂。「見見他吧，你弟好像生病了。」

會客室不見橋仔的蹤影，裡面只有一個眼睛和眉毛上吊的大個頭女人，菊仔心想自己是不是走錯房間，想要把頭縮回去的時候，女人把他叫住：那個，我是橋仔的……菊仔想起來她是電視上每次都和橋仔一起出現的那個女人。是橋仔結婚的對象。菊仔就這樣站著不坐下。剛剛他都還和我一起待在這裡，眼睛眉毛向上吊的大個女人低聲說。她抿抿塗成暗紅色的嘴唇，攤開手心指指椅子仰望菊仔，似乎想要請他先坐下。我剛有阻止他，可是他一聽到你的聲音和腳步，就說想要去一下洗手間，我想他一定很害怕。妮娃只要身體一動，就會交相傳來香菸和香水的氣味。菊仔很安靜。妮娃雙手放在手提包下，一下張望天花板，一下轉頭看看出口方向。她很感謝房間隔著鐵絲網，覺得生鏽的鐵絲網好像可以稍微吸收壓迫的氣氛。妳是誰？菊仔問。妮娃的肩膀瞬間抖了一下抬起頭來，寧靜、俐落地回答：我是橋仔的妻子。先前一直是一副快要哭出來的樣子，可是說完這句話之後似乎就鎮定了下來。橋仔非常疲憊，從上個月底他就開始露出那種表情。先前我們已經持續好幾個月的巡迴演出，舞台上看起來都沒有什麼異狀。起初工作人員跟我說他只是沒有辦法克制演唱會激動的心情，可是那時候他就幾乎都不說話，整天看起來都很焦慮的樣子。去九州的時候他說想要回老家一下，我讓他回去找爸爸，回來以後看起來大致恢復許多，但是又說睡不著，安眠藥吃得比以前更重。我叫他去讓醫生做更精密的檢查或者是暫時休養一下不要工作，畢竟剩下來的公演場次已經不多，可以把表演取消去旅行。可是他好像哪裡也不想去，反而叫我再多增加一些巡迴的場次，說如果沒有演出的話，他就會死掉。上台的時候橋仔看起來都和過去沒有什麼兩樣，可是除此之外他整天都關在房間裡面喃喃自語，不知道在說什麼，待在房間角落一動也不動，叫他也不應。最近甚至在房間窗戶上貼黑紙，讓房間變得更暗。

「他在房間做什麼呢？」

他在聽錄音帶。他是歌手，聽錄音帶本身沒有什麼，可是那些錄音帶裡面都是動物的叫聲，雨滴、風聲，或者是直升機聲之類的。他從老家島上帶了好幾捲回來，又買了很多新的電影、電視在用的效果音，一天到晚聽那個。前天他說想要見你，沒告訴我理由，他現在什麼都不跟我說了。

菊仔的下巴慢慢變換角度面朝會客室出口。妮娃注意到也轉過身來。橋仔穿著鴕鳥毛做的白色夾克站在那，從口袋拿出透明塑膠板封住的白色藥片。當他拆封把藥片倒在手心想要吞下去的時候，妮娃衝過去抓住他的手。橋仔，不可以。有片藥片沒抓好滾到會客室的地板上。橢圓形，像米粒一樣，菊仔想。橋仔抓緊剩下好幾顆藥片，妮娃想要把他的手撬開。菊仔站了起來。椅子翻倒的聲音吸引妮娃往這邊看。菊仔敲敲出口的門叫警衛，對橋仔他兩個一看也不看就走出門外。這樣好嗎？警衛問他。菊仔默默點頭一邊走路一邊把剛剛的一切全部忘掉，把橋仔和女人扭打在一起那張蒼白的臉從腦袋裡面趕走。從來沒看過橋仔那樣的表情。那是什麼臉啊，菊仔喃喃說。那張臉很噁心，血簡直就像是要從鼻子、嘴巴、耳朵滲出來，感覺就像是和代往生的時候大腿和手臂都僵硬掉那樣。他不想再看到第二次。真噁。不過那傢伙是自作自受。橋仔纖細的手腕在腦海中消失之後，背後傳來叫聲。

菊仔！

混帳東西，菊仔喃喃自語繼續走。他在叫你啊，這樣好嗎？警衛說。

菊仔！

橋仔簡短的呼聲擾動走廊兩側獨居房並排的門，讓人覺得聲音似乎是從房裡傳來。走過的每間獨居房裡面似乎都坐著一個發抖的橋仔複製人，不眠不休在呼喊。菊仔停了下來。橋仔的叫聲中斷。菊仔全身發毛。眼前浮現橋仔眼睛、鼻子、耳朵、嘴巴七孔噴血倒地，全身已然僵硬的畫面。他跑向會客室。心想：橋仔，不要死啊。全力奔跑著。警衛一把鎖打開，他就像拉緊的橡皮一樣蹦進房裡。橋仔像動物園的猴子一樣虛弱地攀在鐵絲網上瞪大眼睛，發出聲音好像嚼碎什麼東西。舌頭和牙齒縫隙可以看到沾染唾液的白色物體。應該是剛剛的藥片吧。橋仔對兀立在旁雙手掩面的妮娃努努嘴，示意她離開。妮娃交互望望橋仔和菊仔，似乎不知該如何是好。

出去！橋仔大罵。濃稠的白色口水濺到妮娃臉上。妮娃用一種悲傷的表情把口水擦掉。肩膀在顫抖。妮娃看看菊仔。菊仔突然想起兩個女人：和代，以及拋棄菊仔被自己殺掉的女人。她們兩位都曾經出現和妮娃現在一樣的表情。滾出去！橋仔第二次嘶喊的時候，菊仔隔著鐵絲網揍了他一拳。他頭正靠在鐵絲網旁邊，被一拳打飛到牆壁。菊仔對驚慌跑來的妮娃說：不好意思，請讓我們兩個人好好談談。橋仔倒在地上揉眼睛，鐵絲網的鐵鏽似乎飛進眼裡，接著步履蹣跚站起來。他用夾克袖子抹抹嘴，在圓形椅子上坐下。嘴上沾了一支鴕鳥毛。

「幹嘛打我？」

「對女人耀武揚威那麼好玩嗎？」

「我現在不會痛，身體麻痺了。」

橋仔低著頭，面向地面說話。很有精神嘛，雖然看菊仔揍其他人看過很多次，可是有生以來還眞是第一次被你打。菊仔，我好想你。橋仔在話聲稍歇的瞬間瞄了一眼菊仔，那是一種祈求的眼神。從育幼院到現在，橋仔在與大人來往的過程當中培養出一種自保的本領。他會先低聲說話，戰戰兢兢、一點一點觀察對方，探詢對方的臉色。在刹那之間判斷這個人喜歡我、討厭我、會對我好，還是會欺負我？「菊仔，我不知道自己到底怎樣，我到底怎麼樣？」

「先不談這個，你來做什麼？」

「我變了嗎？你覺得我變了嗎？和以前比起來我應該變了吧，那時候我們兩個人不是一起去看高中放榜嗎？和代也想要一起去，可是血壓太低，好像早上泡澡就蘑菇很久，最後只有我們兩個去對吧？公車一直不來，後來鄉公所的吉普車還讓我們搭便車不是嗎，你還記得嗎？」

「聽說你有回島上。」

「嗯，妮娃跟你說的嗎？」

「Miluku好嗎？」

「嗯，牠還記得我喔，一定也記得菊仔。對了，乾貨店的老太婆說我是島上的光榮，菊仔是島上的恥辱。」

菊仔靜了下來。橋仔揚起嘴角微笑。

「我還以爲菊仔精神會更消沉，看到你這麼有活力眞的是嚇一跳。法院審判那時候你不是很消沉嗎？我還以爲你會變得更落寞，一定很灰心，所以才想說我們可以一起來思考。以前我們兩個人不是聽過一種聲音嗎？不是有在醫生的房間裡面聽聲音？菊仔大概沒有印象了吧。」

「我記得。」

橋仔驚訝抬起頭。

「你想起我們聽聲音的事情了嗎？」

菊仔點頭。

「那是什麼聲音啊？」

「現在已經不記得了。」

「你什麼時候想起來的？」

「開槍打那女人之後就一直聽到，現在又消失了。」

橋仔聽到全身激動發起抖來。眼睛圓睜精神躁動，慌慌張張從口袋拿出藥片吃下去。

「我很害怕，有時候會搞不清楚自己到底是誰，就算看鏡子心裡也會想說這是哪位，感覺身體分裂成兩半各自在行動那樣。我吃了一種人頭蒼蠅，一萬隻蒼蠅裡面只會有一隻。這種人頭蠅是那些罪大惡極的壞蛋投胎轉世的生物。牠在我的腦袋裡面飛來飛去支配我的行動。這樣啊，果然要殺才行。我後來只聽過那聲音一次，是在佐世保河畔的公共廁所被一個變態遊民猥褻那時候，我用磚塊砸他的頭把他殺掉，後來我就再沒聽過了。腦袋裡的蒼蠅會命令我做很過份的事情。譬如把舌頭切斷、把鐵鍊塞進少女的肛門裡、用麥克風架打那些爬上舞台的歌迷之類，可是每件事情都進行得很順。我不是身體裂成兩半腦袋一天到晚在痛不知道在怕什麼嗎？就是因爲這樣所以我才想要聽那個聲音。當我思考要怎樣才能夠聽到聲音的時候，蒼蠅告訴我說，我必須殺掉我最心愛的人才行，要把你心愛的人犧牲掉才能夠實現願望。說不定我愛上那位舔我老二的變態遊民，所以砸他的頭把他殺掉我才聽到那個聲音，這就是證據。就是這樣，菊仔也一樣，那個人是菊仔的媽媽對吧？你是殺掉她才聽見那個聲音的。蒼蠅說的話果然沒錯，必須要把心愛的人殺掉才行。支配這個世界的不是慈愛的神，而是罪犯之王，想要祈求他的教誨，就必須要做更惡劣的事。沒錯，原來是這樣，我必須要殺死妮娃才行，妮娃現在懷了我的小孩，所以殺掉妮娃就會連肚子裡面的小孩一起殺死。這樣我一定可以聽到那個聲音兩次，對吧？菊仔你也這樣想對吧？」

警衛說：時間到啦。橋仔迅速起身向外走去。謝謝，菊仔，我懂了。警衛再次說：時間到了。菊仔恍恍惚惚茫然坐在原地。菊仔再見，加油啦，橋仔離開會客室。

「等一下！等一下！橋仔！」

警衛抓住菊仔的手。桑山，時間到啦，已經超過三分鐘了。菊仔想到要叫妮娃。他不知道對方的名字，就阿姨、阿姨這樣叫。妮娃出現了。橋仔非常開心，非常感謝妳。警衛抓住菊仔的手臂要把他帶走。

「那傢伙，橋仔瘋了，發生什麼事了？是誰把他變成那樣，那傢伙已經完全瘋了！」

警衛走進雙人會客室，架住菊仔的腋下把他扭出去，妮娃愣在原地。菊仔一邊被人扭向走廊一邊悄聲對自己說到底是怎麼一回事。菊仔想，那傢伙用自己的方法在拚，橋仔並沒有變可憐，忽然之間一股怒氣湧上。一些見都沒見過的傢伙聚在一起隨隨便便對我們指指點點，嗯，一切根本都沒變，從我們在寄物櫃裡面發聲大哭開始什麼都沒變。巨大的寄物櫃，裡面有水池、植物園、賞玩的小動物、裸體的人類和樂園，我們就住在這個巨大的寄物櫃裡面，連美術館、電影銀幕和精神病院都有人幫你準備好。依循本能前進揭開一層一層面紗的話，就會遇到牆。攀上高牆，飛躍向外，站在高牆頂上奸笑的傢伙就會把我們踹下去。當我們失去意識醒過來，就會發現自己身在監獄或者是精神病院。那座牆隱藏得非常完美，藏在小狗可愛的長毛、觀葉植物、池水、熱帶魚、螢光幕、展覽上的圖畫、裸女柔軟的肌膚後面，有警衛埋伏，高聳入雲的監視塔矗立在旁邊。鉛色的霧瞬間消散，暴露出高牆和監視塔，無論是生氣也好害怕也罷都拿它沒辦法。萬一個人被難以控制的憤怒或恐懼刺激，搞出什麼名堂，最後就是精神病院、監牢和鉛製的骨灰罈等在那邊。面對這些狀況只有一種辦法，那就是把眼前看到的一切全部都砸碎，回歸原點，把一切變成廢墟。菊仔突然高呼：橋仔！彷彿突然想起什麼似的跑向會客室。警衛把他拖住。橋仔！那個聲音是心跳聲，聽到了沒有橋仔！那是生下你的女人的心跳聲啊！菊仔的聲音在走廊裡面繚繞。桑山，發瘋的是你才對吧，警衛說完笑了起來。

秋牡丹站在堤防上用雙筒望眼鏡觀察少年勇洋丸出港。菊仔到底打算要怎樣逃出來？

兩天前她辭掉蛋糕店的工作。理子失去玩伴哭了。四位同事替她辦了一個送別會，借了餐廳一個角落一一送她禮物。手帕套組或者是鑰匙圈。理子送她一本用色紙包住封面的書，說這本書的女主角和秋牡丹有一點像。女主角名字叫做潔魯妲，她嫁給一位年紀輕輕就名利雙收的小說家，四處玩樂最後發狂。秋牡丹問：哪裡像我呢？我的頭腦不好，可是不會去做什麼奇怪的事情，到底是哪裡像啊？理子思考了一會說：首先呢，妳和潔魯妲都很漂亮。雖然妳說自己不聰明可是我覺得妳腦筋很好，人又好看，可是總覺得好像缺了什麼重要的部分，就像是奶油蛋糕忘了加香草香精那樣。理子一邊吃杏仁豆腐一邊說。可是每個人應該都有自己缺少的部分吧？沒有人是完美的不是嗎？某位同事插話說，其他人跟著點頭。我的意思不是這樣，理子把卡在喉嚨的綠色果凍咳出來繼續說。從旁邊看的話，有些女生會讓人覺得她傻到讓人很恨知道她最後一定會不幸，可是卻打從心底羨慕她，不是嗎？我覺得秋牡丹可能是這樣的女生吧，這樣的女生感覺眞不錯。秋牡丹感覺自己好像被人稱讚，回了一聲謝謝。謝謝，可是我不會發瘋喔。

秋牡丹把菊仔交代的事情全部準備好。先準備十幾套便服、把不起眼的車子停在少年勇洋丸停靠預定地旁邊，做些標記讓菊仔一眼就能認出來。食物和水、最後是一艘大型的動力快艇，把它停在東京附近隨處可見的市民碼頭，並準備好潛水裝備。

少年勇洋丸航向遙遠的大海失去蹤影。秋牡丹從汗濕貼上皮膚的罩衫口袋裡拿出鑰匙，套在手指上轉呀轉地走向汽車。那是一台四輪驅動的越野車（Land Rover），車身是紅色的，側面寫著DATURA。菊仔要怎樣逃出來呢？秋牡丹驅動引擎，駛向勇洋丸第一個靠岸地。

打開窗戶。滿身大汗連內衣都濕答答。路面蒸騰，遠方的景色看起來都是歪曲的。每到這個季節，鱷魚就會非常開心用尾巴打水。第一次遇到菊仔也是在夏天。理子送的書放在副駕駛座。先前等待菊仔他們少年勇洋丸出港有點無聊她翻了翻書，可是字太小看起來頭很痛，讀一下就停了。窗邊的風翻弄書頁。交通號誌變紅的時候，秋牡丹看到右邊那頁第一行覺得很有趣，輕輕出聲讀了出來。認眞的女孩沒有魅力，所以我不想變認眞。

29

妮娃開始去上孕婦瑜伽班。巡迴公演全部結束之後中間休息三個禮拜才會開始灌錄新唱片，可是沒有想到橋仔的虛脫狀態比以前更嚴重，讓妮娃感覺壓力更大。妮娃怕精神壓力和睡眠不足導致流產，所以跑去練瑜伽追求精神平靜不要依靠藥物。橋仔把房間弄得一片漆黑，擱張躺椅成天躺在那什麼也不做。一直抱怨說：有人在追我。可是就算逃也逃不掉，最後一定會被抓。不過目前的橋仔不會造成任何傷害。既沒有發揮暴力，也沒有企圖自殺的傾向，雖然吃得很少但還是有在進食。妮娃再次相信橋仔只不過是巡迴公演累積太多疲勞。Mr.D聽到橋仔的狀況之後，建議妮娃讓他去住精神病院。說他會請電視台報導橋仔在精神病院的狀況。D的盤算似乎是透過橋仔發瘋的話題讓最近有點下滑傾向的唱片銷售量重新向上攀升。

Tooru和松山來家裡拜訪。橋仔難得離開他陰暗的房間，出來歡迎這兩位夥伴。Tooru帶了禮物來。是一支口琴。他說心情低落的時候演奏樂器是最好的選擇。橋仔非常開心，馬上吹了起來。是G調的藍調。松山把裝飾在牆上的吉他拿來彈，Tooru打起躺在地上的邦哥鼓。雖然這只是臨時的即興合奏，可是妮娃高興到快要哭出來。橋仔閉上眼睛怡然自得地吹起口琴。好久沒有看到橋仔這樣了。如果演奏可以讓橋仔打起精神的話，或許可以在更早的時間點試著舉辦演唱會，妮娃心想。Tooru順著藍調的旋律，唱起駕車四處走唱卻一直不紅的藝人之歌。我從火車車頂卸下破破爛爛的帆布旅行箱，深夜的車站空空蕩蕩。夜霧中，水泥月台亮得蒼白，我將行李緩緩卸下。太粗暴的話會碰壞裡面的黑管，原本簧片上就已經有裂紋。萬一黑管摔壞的話，我應該會用印弟安小刀割斷自己的喉嚨。如果把黑管從我身邊帶走的話，我就只是一個生著O形腿苟延殘喘的老頭。火車尾燈漸漸飄遠，兩盞燈，一紅一藍，紅的是我的心，藍的是過去情人的心。兩顆燈並列在一起，一點一點離我遠去。

妮娃掌聲一拍，Tooru就臉紅笑了，問說：橋仔什麼時候練起口琴來了？橋仔陶醉吹到好像沒聽見。松山說：這次演唱會如果來吹口琴應該不錯。橋仔輕輕點了點頭，用一種驚人的速度不停吹著〈Midnight Rambler〉的旋律。妮娃看橋仔弓著背吹口琴，體驗到一種久違的感受。那是第一次聽橋仔唱歌被他擁抱的感受，會讓人原諒自己、解放自己、對自己更溫柔。那時候橋仔會發光。不依靠任何人的力量就很閃亮。妮娃知道自己被一層和煦的光膜包著。這個年紀遠比自己年輕的小男生，竟然能夠發揮這樣的吸引力，真的令人非常難以置信。當時她腦海中突然閃過一個念頭：說不定這個年輕的小男生曾經經歷過我完全不了解的地獄。她以前認為橋仔會溫和對待地獄的記憶，不斷引發情緒波動，擴散到大家身上。現在不會這樣想。橋仔他不是親身經歷地獄，他是在自己體內培養地獄，把地獄當成一種身體器官。他用震動聲帶的方式秀出自己的地獄把它吐出來，大致維持一種平衡。「唉呀，我有點累了。」Tooru說完松山也點點頭。我去泡茶，妮娃去廚房燒起熱水。聽不見邦哥鼓的聲音，吉他也停了下來。只有橋仔的口琴繼續吹著。妮娃心想：他真的很開心。準備蘋果茶的時候松山跑進廚房來。他頭低低的表情很難過，說：橋仔到底怎麼了？他只是有點累啊，你們來看他真的是太好了，他已經很久都沒那麼有精神了。松山搖頭小聲說：他才不是有精神，他不正常。你過來看一下，他咬破嘴唇滿嘴是血在吹喔，Tooru叫他停他也不聽。松山和妮娃回到橋仔那邊，Tooru坐在沙發上高舉雙手表示投降。橋仔嘴邊一片血紅。橋仔！妮娃大叫。他沒反應。Tooru說：要動手讓他停下來嗎？再這樣下去嘴唇破破爛爛連飯都沒辦法吃喔。妮娃點頭。拜託你了。Tooru走近橋仔伸手要抓口琴，瞬間肚子被踢一腳。橋仔注意到松山從後面包夾，移到窗邊背靠牆壁。Tooru飛撲過來。抓住頭髮把他扭倒在地。橋仔就算倒地還是用力把口琴壓在嘴上雙手死抓不放。松山要搶口琴。橋仔繼續吹出聲音。不協和音和呻吟同步發聲，聽起來像是被掐死的動物在哀嚎，妮娃掩住耳朵不想聽。松山終於從額頭冒汗的橋仔手中搶走口琴。口琴上血跡斑斑。混蛋，說啊，幹嘛這樣。松山嗚咽對他說，用手帕擦橋仔的嘴唇。不可以那麼傻。橋仔動動破皮的嘴唇就這樣望著天花板說：

「流行巨星不是都這樣嗎？」

夜裡，橋仔望著窗外。妮娃心想讓橋仔住院是不是比較好。松山和Tooru也都建議住院，說只要去國外的精神病院就沒問題。妮娃覺得無論住進哪邊的醫院都會被Mr.D挖出來，派報社記者和電視攝影機潛入報導。橋仔已經沒有藏身之處了。橋仔是賣掉隱姓埋名的權利才成名的。妮娃心想：只剩下自己可以拯救橋仔了。我必須正視橋仔體內的地獄才行，必須和橋仔一起對抗它，我辦得到嗎？橋仔和我已經被地獄吞噬，我們不得不戰鬥。

橋仔盯著戶外馬路某個區塊看。那裡有一個灰色的汙點。是被車輾死的貓或狗的屍體。就體型來判斷應該是貓。橋仔注視了很久很久，忽然走出房間。妮娃知道他要做什麼。他要把貓的屍體從馬路上移開帶去埋葬。這陣子他已經埋過很多蛾、蟑螂，或者是老鼠的屍骸。一會，橋仔鐵青一張臉回來。妮娃視而不見走進臥房。她在讀一本關於懷孕注意事項的書，不知不覺之間睡著了。

一種奇怪的氣氛讓妮娃醒了過來。橋仔站在床旁邊。妮娃怕到要尖叫。橋仔全身微微顫動。妮娃鼓起勇氣反瞪回去。妮娃，我的孩子還好嗎？橋仔悄聲探問。你不覺得我的小孩死掉比較好嗎？我沒有辦法變成小孩的模範，也沒辦法陪他談心啊。妮娃，我的腦袋裡面有一隻蒼蠅，一隻人面蒼蠅，他在命令我說：殺掉妮娃。我跟妳說，有一種聲音，我很想要聽那個聲音，菊仔也說要殺掉心愛的人才有辦法聽見那種聲音，必須要殺掉心愛的人，接受殘酷的報應，成爲人面蠅的夥伴才有辦法聽到。我是爲了要聽那聲音才出生在這世界上。我把貓的屍體埋在花圃、啊，也把蛾埋在盆栽裡面，這樣就算把妮娃和孩子殺掉，罪過應該也會減輕吧。我的小孩還是死掉比較好。

　　橋仔腦後起雞皮疙瘩，望向妮娃高高鼓起的腹部。渾身打顫。我不想殺妳，我不想殺妳，妮娃，我不想殺妳可是不殺就聽不到那個聲音，我也沒有辦法變成人頭蒼蠅，反而會變成一張蒼蠅臉。橋仔圓睜的眼睛渾濁充血，妮娃怕得一句話也說不出來。拚命對抗恐懼，試著開口，喉嚨刺痛發不出聲來。妮娃心想被殺也沒關係，和胎兒一起死掉也沒關係，覺得自己已經不愛橋仔了。她發現自己先前的恐懼只是來自於不希望橋仔變成殺人犯。瞬間身體輕了起來。覺得橋仔的面貌很醜陋。一股力量從下腹衝上掠過喉嚨脫口竄出。妮娃叫了起來。你的孩子不會死的！橋仔大吃一驚身體僵住。你的小孩不會死的，就算受精卵被沖到水溝裡面他也會活下來。他老爸可是從寄物櫃裡面復活的男人，絕對不會死的。長大以後他就會去找變成蒼蠅的你，出現在你身邊，用腳把你踩爛。

30

少年勇洋丸航向太平洋，順著日本本州沿岸一路南下。受刑人十五名，船員則包含船長、輪機長、大副、報務主任、輔導長、兩名警衛一共七人，總計有二十二人在船上。水手科的九名學生輪流掌舵。舵房裡塞了六個人。江田船長、報務主任、學生們一個掌舵、一個觀察雷達和其他航海儀器、兩位閱讀海圖。菊仔第二天負責掌舵。山根負責航行雷達和方向探知器，中倉和林則處理海圖。過去航海實習主要是以捕釣魷魚之類的漁業訓練爲主，和漁會溝通之後廢除，現在訓練改以學習船隻操作與航海技術作爲目標。

救生訓練是船隻操作訓練的一種。要學會應付成員從自己船上落海的狀況。江田船長詢問中倉目前船隻的座標位置。東經一百四十二度三十九分，北緯四十度四十四分。剎那間水手開始用傳聲管通知大家救生訓練開始。「右舷有一位落水者。」菊仔大叫：了解！引擎保持中立位置，向右大幅轉舵。這樣做是爲了讓船尾避開落水者，以免人員被船隻本身的螺旋槳傷到。接下來驅動引擎微速前進，確認海上的落水者再丟下救生圈。必須讓落水者保持在視線範圍之內，從下風處前往救援。距離落水者二十到三十公尺的時候，引擎保持中立，以慣性接近他。這樣落水者就一定會靜靜靠向右舷旁邊。進行訓練的時候會把紅色的海灘球丟在海上漂代替落水人員。菊仔失敗了。他沒有考慮到風浪的影響。外海風浪很大，和港內的訓練環境不一樣。接近落水者的時候一定要讓左舷去承受風浪，但是菊仔用右舷，結果風浪一吹，船就離落水者越來越遠。

「桑山怎麼啦？很難嗎？」江田船長笑著問。菊仔辯說：我沒想到風浪會這麼強。江田船長要林報告天氣圖。林報告說：小笠原方向有一個穩定的高氣壓，現在正在吹南風。西伯利亞南方的冷高壓正在擴散，預計可能會南下。江田船長點頭問道：這時候最需要小心嚴防什麼？中倉大聲回答：暴風！報務主任向船長報告說釜第二管區本部發佈海上警報。似乎有一個輕度颱風出現，預測將會在沖繩南方的海上自然消失。

海面很滑順。飛魚群時而躍出海面。微風在甲板上吹拂著，可是舵房裡面非常炎熱。汗水從中倉和林的後腦勺滴到海圖上。菊仔用袖子擦額頭以免汗水滲入眼睛，不停盯著陀螺儀。

宮城縣，須之崎港，第三夜。少年勇洋丸在碼頭靠岸，灰色的倉庫成行羅列。下錨之後所有的受刑人都不知怎地心浮氣躁起來。今天晚上是會客日。那些家人或朋友有事先提出過申請的受刑人，晚飯過後會有一個小時的會客時間。夕陽西下的碼頭聚集了許多來會客的人。兩名警衛和輔導長站在碼頭背後的道路上，比對文件登記的人數和姓名。受刑人一一點名叫出去。除了菊仔之外，所有的受刑人都下船上岸。山根是和一個抱著小孩的女人碰面，大概是老婆吧。林則是有一對年輕男女來看他，看起來大概是姊姊或哥哥夫妻一起來。中倉是媽媽來看他，點名叫到他的時候他猶豫了一下，看起來一點也不開心。遠方的街燈下，碼頭上成排絮語的人群化成柔焦的影子。山根把小孩高高舉起。

橋仔獨自留在甲板上，船長走到他身旁。船長看他眺望歡笑呼聲此起彼落的碼頭，問說：會孤單嗎？菊仔端詳一下船長曬紅的側臉，一會才說：大家看起來很開心。你好像是孤兒對吧。街燈的光在水面上不停盪漾，反照在菊仔和船長臉上。孤兒應該很多時候都很辛苦吧。鮮明的光影在臉上晃蕩，讓人覺得表情似乎會隨著波浪一起改變。我認識的人裡面有兩個是孤兒，兩個人都是在很年輕的時候就走偏了。好久以前的事了，現在狀況應該會比較不一樣吧，以前那個時代光是因爲你是孤兒，大公司就會拒絕你去找工作。我認識那兩位都是非常彆扭的人，說他們不彆扭就沒辦法活下去。說到孤兒，似乎分成兩類，一種會不分青紅皀白全力反抗、一種會察言觀色討好別人，不知道桑山是哪一種人呢？

船長的聲音沙啞又低沉，不知爲何讓人感覺很放鬆。白天航海的倦意和身體的燥熱都被海風冷卻下來。我不曉得，菊仔回答。這樣啊，不曉得啊，不過這樣還是一樣會寂寞吧。菊仔不吭聲。桑山，你看。船長指向碼頭上重重並排的身影。那是家庭啊。我有兩個女兒，才剛有一個孫子，或許你一直以來都是自己獨自一個人，可是你可以創造自己的家庭喔。桑山，創造家庭，從你開始創造一個家吧。

菊仔在茫茫人影當中尋找山根、中倉和林。林坐在碼頭邊。手上拿著像是紙片的物品對著燈光照。似乎是張照片。山根把小孩揹在背上。揮手呼喚菊仔。喔咿！菊仔來一下喔！去吧，船長拍菊仔的肩膀說。菊仔，這是我兒子喔！山根驕傲地讓菊仔看看他的小孩。我曾經讓這傢伙搭上眞正的船，你知道嗎，這傢伙不到一歲就會游泳喔。山根笑逐顏開。菊仔靠近嬰孩，把耳朵湊向紗布包裹的小小胸膛。小朋友嚇一跳哭起來。聽得到嗎？山根問。菊仔點頭。山根大大擺盪嬰孩開始唱歌。我是大海的孩子，在白浪滔滔，海灘旁的松林裡……歌聲漸漸擴散。船長笑容滿面聽著，後來在甲板上挺起胸膛開始大聲跟著一起唱。菊仔也輕輕跟著唱。唱完之後，大家群起鼓掌。

菊仔注意到馬路上有強烈的光束掃過。倉庫的灰牆被頭燈打亮，又再度被碼頭濃稠的陰影吞沒。一台紅色的越野車迅雷不及掩耳衝了過去。港口煙霧迷濛一片灰暗，越野車瞬間打亂了這個潮濕的夜晚。菊仔想：應該是秋牡丹吧。秋牡丹濡濕、火燙又敏感的舌頭應該就在附近。

學生們在船艙設置的便床上就寢。九平方公尺的狹小空間裡擠進了三排五層的床架，完全沒有空間翻身。船員睡在上面的船艙。警衛輪流在甲板站崗。大家幾乎都睡不著。一方面是和睽違已久的家人碰面感到興奮，一方面是因爲船艙裡面又熱濕氣又重。船艙沒有窗戶。雖然艙門打開，可是風完全沒有吹進來。汗水浸潤內衣和寢具。十五個人的呼吸更是讓船艙的空氣變得越來越潮濕。微微的哭聲傳來。菊仔睡在中央列的第三層。隔壁山根伸手戳菊仔的肩膀，指指右側最下層的中倉。中倉撲進橡膠枕頭在哭的樣子。好像是奶奶過世了，山根靠近菊仔耳邊說悄悄話。那傢伙是奶奶養大的，好像媽媽跟他說了些什麼，眞可憐。菊仔表示自己對這種事情不感興趣很想要睡覺。就算很難睡，現在不睡明天會更痛苦。山根點點頭。中倉的哭聲持續了好久好久。

少年勇洋丸把這個港口當成是折返點準備回函館。如果想要脫逃的話，這個港口是最好的選擇。秋牡丹應該在前往東京的路上分別準備了三台車。菊仔等待大家睡熟，開始聽見四處有人打鼾。正當菊仔悄悄起身的時候，中倉左右張望溜出床位，橫越船艙。菊仔把手搭上他的肩膀。中倉大驚失色站定不動。你要去哪?菊仔小聲說。去小便，中倉回答。菊仔放手之後中倉沒往廁所走，反而是走上艙門的階梯。菊仔急忙搖醒山根。山根起床，中倉好像想要逃走，要阻止他。菊仔說完就下床離開，從艙門偷偷張望甲板。

中倉躲在艦橋的陰影中偷窺警衛的狀況。警衛在碼頭上。他和馬路對面派出所的警察兩人邊聊天邊釣魚。三不五時留意一下船的狀況。起床的山根小聲喊說：中倉，不要這樣。長官沒有下令，中倉待在甲板上會馬上被當成有逃獄嫌疑。這樣會連船員測驗都沒有資格參加。中倉隱匿行蹤，背部不停抽搐發抖。想要登上碼頭又不被警衛發現，這是不可能的。他靠到左舷想要跳進海中，結果船開始搖晃。船長一定感覺到了。車聲響起。糟了，菊仔心想。秋牡丹應該通宵在某間建築物上面監控勇洋丸的甲板。菊仔一旦出現她就要引開警衛的注意。那傢伙把我和中倉搞混了。越野車停在碼頭前面。秋牡丹的聲音傳來。不好意思，前面船員會館那邊有人喝醉打成一團。警察往秋牡丹聲音的方向跑去。可以聽見兩個人的腳步聲。菊仔陷入難關。秋牡丹應該會再跑回來跟警衛說：先生不好意思幫幫忙好不好。警衛通知交班人員之後會被她強行引去打架現場。要不要就這樣跟中倉一起逃走呢？還是有別的辦法？

秋牡丹的跑步聲。警衛從碼頭跳到路上。菊仔下定決心。不管中倉怎樣，現在不走說不定再來就沒有機會逃走了。正當菊仔從艙門走上甲板的時候，中倉挺身而出大叫啊啊啊啊啊啊啊跳進海裡。菊仔把頭縮回去。船艙開燈。船長和輔導長同時衝出，警衛也回到碼頭上。中倉持續發出啊啊啊啊的叫聲雙腳竄進海面。不行了，菊仔說著走上甲板。探照燈亮了起來。輔導長打亮中倉。山根和林也跑到甲板上。警衛衝過來高揮警棍喊：回到船艙裡面！秋牡丹臉色發青站在碼頭上。發現跳進海中的不是菊仔又望向甲板。菊仔揮手暗示她趕快躲起來。秋牡丹再度回到路上啓動汽車引擎。輔導長把菊仔和山根趕進船艙封上艙門。汽車駛遠的聲音，船長的咆哮。中倉，抓住船鉤！

隔天爲了跟中倉作筆錄並且和監獄作報告，出港延遲了四個小時。上面決定回到函館再確定怎樣進行處分。中倉被關在船艙裡。送飯的時候，他跟菊仔說他其實並沒有打算要逃跑。

中倉是被奶奶帶大的，非常討厭他生母。母親以前擔任護士，頭髮染色狐臭又很重，總是對奶奶很不好。那天母親賊賊笑說奶奶發生交通意外過世了，因爲拿到保險賠償，她要跟愛人一起去夏威夷旅行。中倉他不是打算要逃，而是想要殺掉母親再回船上。中倉垂頭喪氣說話的時候菊仔很想要揍他。都是你害的，現在不可能逃跑了，以後晚上都會監視更嚴。

少年勇洋丸正在全速前進。一方面是因爲延遲出航的關係，另一方面是因爲颱風改變行進方向。無線電的波長一直鎖定在氣象報告上。船長堅持要抵達靠岸預定地。就勇洋丸的身分而言，想要找到靠岸地點和宿舍都很不容易。

雨還沒開始下。遮蔽天空的烏雲在水平線上蔓延，正在蓄積熱能。低垂的雲層底面毫無陰影，像是一塊巨大的金屬板。金屬板蘊含熱能劇烈膨脹，灰色的鐵鏽和微生物的屍骸包覆在外，完全不反光。雲和海面之間狹長的縫隙開始起風。風頭在海面煽起泡沫，擦過熾熱的雲層摩娑溫暾的臉。信號旗飄揚到快要綳裂，學生晾在甲板上的制服一件一件被風捲走。狂風歇息那一剎那，暈船的徵兆開始撲向全體同學。肌膚表面溫暾的刺激在無風那一瞬間滲透到體內。

海面開始起伏。船長第一次親自掌舵。一邊避開橫波一邊下達指示。鉛色的巨牆排山倒海逼近。暴風竄行，船身大幅傾斜。強風打碎浪頭將雪白的飛沫扯向身後。

大雨落下，不一會甲板就泡在水中。雨水斜飛打來。掀翻尼龍外套、浸透制服黏在身上、拍打肌膚。每次浪濤舉起船身，菊仔的頸根就一陣發麻。船長下令準備海錨。大副接著命令同學進船艙。船艙裡，中倉滾在床上呻吟，壓著胸口在嘔吐。味道刺鼻。雖然長官命令大家到床架上躺好把身體固定住，可是船搖得實在太過激烈，完全爬不上去。一個學生踩到中倉的嘔吐物滑倒。甲板上溫暾的風灌滿整個船艙。菊仔牢牢抓住床架試著驅趕腦後根那股發麻的感覺。狹小的船艙裡，人滿為患的呼吸和嘔吐物的臭氣交融在一起，在身體表面覆上一層噁心的膜。皮膚失去感覺。痲痺感從腦後根爬上臉頰在腦袋裡擴散。肌膚表面和脖子以上的部分完全麻掉，內臟和肌肉反倒是騷動不停。大家一一倒在床上扯掉床單咬在嘴裡。腦袋變得像是磁鐵一樣，吸引著內臟、神經和肌肉。喉嚨裡積著什麼。一張嘴，酸澀的唾液就流到脖子上。菊仔望著天花板。一旦低頭，胃似乎就會受地心引力吸引衝上嘴巴。燈泡在眼前大幅晃盪。暗橘色的殘像描繪出奇妙的曲線。橘色的曲線疊合在一起化作星形。星星不停旋轉消失，又復現。已經搞不清楚船是不是在搖晃。懷疑自己的後腦勺是不是腫了起來。頭部的肉黏答答膨脹溶解，和燈泡的光芒混作一團擠上天花板。腦袋和往復擺盪的船之間好像被許多黏稠的絲線牽連在一起。有人在腳邊嘔吐。鞋底油油滑滑。燈泡晃動劃出的圖案在眼眶內側交錯重合。黃色、綠色、橘色的斑點，有人抓住菊仔的腳踝在吐。眼眶內的斑點像嘔吐物一樣開始汩汩流動。好想要把頭切下來。這樣不知道會有多舒服。倒在地上就完了，只要沾到嘔吐物就會失去力氣，再也站不起來。

菊仔高喊出聲。艙門有人在叫。桑山、山根、林，來舵房一下。菊仔雙手緊抓床架沒有放開，就這樣踏過那些倒在地上的同學的腳或者是背走向艙門。只剩菊仔、林、山根和兩個機關科的沒有倒在地上。菊仔他們像是用爬的那樣進了舵房。大副額頭流血倒在旁邊。

喔，來啦。船長看看菊仔他們，命令大家監看雷達、根據Loran導航（遠程無線電導航系統）確定船的方位。波濤接二連三漲到頂點爆開，飛散的水花彷彿震碎的玻璃般順風掃來。浪頭化作煙霧消散。完全無法分辨敲打舵房窗戶的水塊究竟是雨還是浪花。可是待在這裡比船艙好太多了。既沒有酸味也不會被關在裡面。直接面對暴風雨那種緊張感會把暈船的感覺全部消掉。

真糟糕。船長喃喃說。船完全沒在前進。單單只是在迴避一一侵襲過來的橫波。收音機廣播通報小型漁船前往距離最近的港口避難。船長命令林尋找最接近的港口位置。林大叫：最近的是睦郡。報務主任持續呼叫海上保安廳。可是空中頻道塞車完全沒人回應。和睦郡港的漁會總部搭上線了。請求進港緊急避難，申請駐留空間。漁會總部回答：漁船接二連三緊急進港，請盡快把握時間。

海面滿是雪白的泡沫。浪頭崩塌倒下，將白色的泡沫推往順風方向。山根在雷達上發現一個靜止不動的點。無線電裡同時傳來ＳＯＳ的連續電報信號。八噸的小型漁船，現在位在東經一百四十二度八分、北緯三十八度五十八分，現在發生意外，無法操縱，需要救援，現在位於本船東北方只有〇．八海里。船長無視報務主任的報告。所有的人都看著船長。就這樣直接進港，風雨越來越強，分秒必爭。睦郡港通報說一九〇五之前要通過防波堤，我們完全沒有餘力去救援。海上保安廳應該會去幫他們，趕快緊急連絡海上保安廳，如果頻道塞車的話就拜託睦郡港漁會進行陸上通訊。

「去救他們吧。」山根說。船長充耳不聞。睦郡港回覆：海上保安廳正趕去氣仙沼、廣田、大橋渡、松島、石卷各地進行救難工作，沒辦法特別派一艘巡邏艇過來睦郡港海岸。船長點點頭，可是完全沒有改變行進方向。

「船長先生，我個人認爲應該要前往救援。」山根敬禮重述一次自己的意見。江田船長大斥：閉嘴！林從海圖回過頭報告：再過三分鐘左右就會經過距離遇難漁船最近的位置。小型漁船的求救信號中斷了，報務局長嚷嚷。三名同學從船艙爬了上來。我們自己都是捕魚的，小漁船沒有辦法承受這種風浪，拜託，請去救救他們吧。三個人穿著沾染嘔吐物的制服跪地請求。給我聽好！船長瞪著大家說：你們的想法沒有錯，可是你們的生命安全是交付給國家在作保護，沒有餘力去插手其他人的事情。一個同學跪在地上紅著眼眶哭起來。船長先生你完全不知道打魚人的想法，萬一我們自己的船遇難我們也會希望其他的人來搭救，我是這樣想的。「我告訴你們，大副已經受傷囉，這個浪喔，要我自己來掌舵才行，沒有人手去救。」

「我們會去救。」山根說。

看到了，林叫起來。斜前方升起橘紅色的煙。那是避難信號。船長呼喚山根小聲跟他說悄悄話，山根點點頭，拜託林去船艙搬鋼纜，然後再找五個有力氣的人過來。菊仔和林先把繩子綑在肚子上，另一端固定在艦橋，開始向船頭船尾移動。林好好抓住扶手，可是菊仔被風吹倒摔在甲板上。菊仔拉住繩子爬起來。他們在揚錨機與艦橋間、艦橋與泊船絞盤間各自拉好繩索。沿著繩索兩人一組，各派兩組人馬前往船頭和船尾。大家腹部都纏好繩索，另一端則固定在絞盤和揚錨機上。中倉和菊仔分成一組。他臉色恢復正常，大概已經從暈船狀態稍微回復。菊仔抓住船鉤。小型漁船翻覆了，船上的成員抓著紅色的救生圈在波浪之間載浮載沉。少年勇洋丸一靠近，好幾個人就開始揮手。大家用船鉤尖端鉤住受難者的救生衣讓他們過來抓住船尾的梯子。一個年輕男子在露齒嚷嚷什麼，菊仔將船鉤伸向他的肩膀。就在差一點搆著的時候，海浪突然將遇難者高高舉起蓋住整艘船。菊仔和中倉牢牢抓緊扶手承受落下的波浪。感覺像是瞬間潛進激烈的海潮裡面。遇難者乘著浪頭拋出去，結果頭直接撞上甲板。額頭裂了。菊仔用船鉤挑住他的領子把他拖過來。不是日本人。這些人是非法漁民啊，中倉低聲驚嘆。他們都生著東南亞的臉孔。中倉把停止呼吸的非法漁工抱起來，感覺迷彩褲腰際有塊硬硬的玩意。是一把小手槍。

宮城縣、睦郡港，只看得見兩個光源：防波堤出入口的發光浮標和海岬尖端旋轉的無人燈塔。碼頭上原本設置了兩支探照燈，可是被海上撲來的狂風吹倒，燈泡和透鏡都摔碎了。原本玻璃碎片散在潮濕的水泥上，後來被打上岸的大浪帶走，乘著旋風向陰暗的天空飛旋而去。停電還沒恢復。

少年勇洋丸靠上碼頭時有四位警官前來迎接，穿著看起來很沉重的水藍色雨衣。漁會總部的人遠遠望著。警官和輔導長針對學生宿舍的事情討論很久。電話線被切斷了。警官們都用無線電相互連絡。他們解釋說漁會總部的禮堂已經塞滿一堆避難的漁船船員，有間小學，可是校長拒絕讓受刑人在那邊過夜。警官表示：要找宿舍的話大概就只剩魚市場的倉庫了。輔導長想要說服警官受刑人的生命受國家保護，可是警官並不接受。談話期間學生們沒有辦法上岸，全部被關在船艙裡面，嘔吐物在積水上漂。輔導長最後以借用換洗衣物和毛毯做條件，同意妥協讓學生們睡在倉庫地板上。想要快點移置這些學生，他們都已經非常疲倦了。警官方面表示：現在睦郡只有四位警官，希望大家等到縣警本部支援部隊抵達再動作。除了受刑人移置需要監視之外，你們救的那些外國人也都是非法入境分子，我們也必須要進行逮捕。

搭救的非法漁船乘員總共有七位。可能因爲太冷，僵在船艙角落不停發抖。每個人身上都有掛彩受傷。船艙裡面加入這些人變得更窄。船隻晃動再加上塞進來的學生擠壓，把中央的床架弄壞。菊仔他們完全沒有縫隙可以坐，所有的人都站著。水積到小腿高度，可以聞到重油洩漏和嘔吐物的氣味。雖然已經靠在碼頭邊，可是船艙還是在搖。剛開始大家都還很有活力，拯救一艘遇難船隻的興奮感還沒消退。再等一下就好，忍一忍吧，警衛和船長輪流從艙門探頭打氣，可是應答的人越來越少。船身無時無刻都在小幅晃動，有時候還會突然劇烈傾倒。所有的人都抓著床架的扶手，可是有好幾個人太累摔了一跤，倒在嘔吐物和重油漫流的汙水裡。大家就算看到有人抬頭散發酸腐的臭氣，或者是臉被重油沾得滑溜溜也笑不出來。船艙和室外隔絕，每次搖晃都會擾動溫暾的空氣，滿身大汗味道很噁心。

媽的，好想要回獨居房啊。山根開始抱怨頭痛。救難的時候他的後腦勺好像撞到絞盤。菊仔忍住想要吐的衝動，當船每次大力搖晃，他就努力一絲一絲回想過去看過的一張圖畫。孤兒院，那是禮拜堂牆上掛的一張畫。一個大鬍子把剛生下來的小羊舉向天空。一個男子跪在斷崖上俯瞰大海，人家說他是爸爸。那片海應該是驚濤駭浪連綿不絕水花四濺。他注意到角落畫了一艘小小的遇難船。菊仔心想：說不定我就坐在畫裡面那艘小小的遇難船上。加油，撐下去，只要離開船艙，說不定那位大鬍子先生就會在山頂上散發金光迎接我喔。輔導長從艙門探出頭來。

「大家出來，接下來我們要往宿舍移動。」

學生們歡聲四起交相擁抱離開船艙，外面等待他們的是一台裝設探照燈的吉普車、排成兩列的警察，還有帶著好奇眼光指指點點不知道在說些什麼的漁夫們。菊仔他們全部擠上卡車，每個人在車上都發到一條毛毯。非法漁夫們則被吉普車載到其他地方去。

卡車一直不發動。輔導長跟警察隊的負責人抱怨：先前說好的換洗衣物呢？如果是船員的話，身上沾一些嘔吐物也不會死啦！在旁邊看熱鬧的一個漁夫高喊。大家拍起手來。輔導長不理他們繼續說：受刑人是一種受到國家保護的身分。卡車裡面傳出受刑人的聲音：不用什麼換洗衣物啦！這時颳起一陣狂風，卡車的帆布發出剝裂的聲響，霎時飄揚飛去。探照燈直接打在受刑人身上。一個全身沾滿嘔吐物和重油的人站起身來，對警察隊和漁夫們大叫：誰想要麻煩你們啊！所有的人都起立。雨絲打在毫無防備的受刑人身上。警察隊警棍上手將卡車包圍。邊上一位受刑人用毛毯拍打貨架嚷嚷：警察大爺不要太小看人啊，我可不怕你們。有警察聽到不假思索就拔出警棍，被同僚趕緊制止。輔導長、船長和警衛不停怒斥：受刑人坐下！發放的薄毛毯吸附雨水，一下子濕答答沉重起來。

倉庫在港外。入口小到必須彎腰才進得去。裡面有好幾個體育館那麼大。水泥袋層層疊疊堆到天花板。學生們在堆高機並排停放的倉庫角落鋪上報紙躺下來。山根看起來狀況很糟。全身起雞皮疙瘩，額頭和脖子冷汗直冒。灰色的眉毛和睫毛細細打顫。橡膠般的臉上浮現好幾條痛苦的皺紋。

風雨沒有任何衰退跡象。船艙的晃蕩還殘留在菊仔體內。陰暗的倉庫裡只點五支蠟燭，感覺像是浮在海上。內臟還繼續在搖。飯糰和熱茶送到了。除了山根之外，大家都興奮歡呼。山根吃不下，只稍微喝一點茶。菊仔秋風掃落葉把切分成三塊的飯糰吃下去，對林說：暈船眞的很奇妙。林也點點頭。內臟脹得很不舒服但還是一定要吃。說不定腸胃蠕動可以讓食道變得更暢通，林笑著說。旁邊中倉插嘴：沒辦法吃東西就完啦。山根彎腰縮著頭，三個人都擔心地看他。

飯糰和熱茶重新喚醒學生們遭遇颱風的興奮情緒。大家回想輪機室進水、船艙裡面激烈的暈船症狀、救援遇難船隻等等狀況聊起來。江田船長在就寢之前召開航海反省會。就在這時候，倉庫的門打開了。開的不是工作人員用的出入口，而是堆高機或起重機出入的大門。風灌進來報紙掀飛蠟燭也熄滅了。一輛銀色的巴士開了進來。巴士沒有窗戶，屋頂上裝設著巨大的燈。菊仔看過這種車。這輛銀色的巴士和聖誕夜停在雪上那種車一樣。穿著帥氣logo防災工作服戴上黃色安全帽的男人們隨同十幾名警官出現。一位穿著西裝的男人手上拿著一閃一閃的細長棍棒。電視攝影機接連跟在這個男人身後。負責人和輔導長打招呼。他們想要拍攝採訪救助非法漁船的學生。電視台負責人拍胸脯表示已經取得少年輔育院院長許可。參加救援作業的學生背對電視攝影機坐著，背上附有編號。燈光全部打開，整間倉庫浮現在黃色的光線中。西裝男子開始說話：

「這裡是睦郡港第八倉庫現場。先前報導指出，第十二號颱風以相當快的速度沿太平洋北上，在關東、東北太平洋沿岸引發許多災情。氣象廳對於昨晚到今天凌晨的天氣預測太過樂觀，社會各界的批評聲浪越演越烈。在這樣的緊急狀況之下，這裡發生了一個難得可貴、令人感到溫馨的事件。少年輔育院的實習船拯救遇難的泰國非法漁船並且將之逮捕。今天晚上，我們特別請這些疲憊的學生們聚集在這裡跟我們說幾句話。有件事情必須請大家預先了解，爲了保護受刑人的人權，我們請他們背對鏡頭，採訪的聲音也基於相同理由會予以變聲處理。此外，由於揭露姓名會引發人權的問題，因此我們請他們戴上編號。那麼，這個嘛，三號你好，請談談你現在的心情。」

三號是林。林簡短回答：覺得很累。「這樣啊，唉呀大家眞的是非常辛苦，一號你的心情如何？」我啊，也覺得很累，遇到暴風雨的時候心情很緊繃，覺得還好，一進到港口之後，就，眞的沒力了。「原來如此，徹頭徹尾的大海男兒只要一上岸就會精疲力竭，應該就是像這樣的狀況吧。那麼六號你好，你們救援的船是非法漁船，當下你有馬上發現嗎？」六號是菊仔。菊仔沒有回答。強烈的光照得背上很熱。眼前有位年輕男子拿著反射板站著，一邊嚼口香糖一邊賊賊笑著望向菊仔。「這樣啊，似乎沒有辦法回答耶……五號，我想請教你一樣的問題，你覺得如何？」五號的學生縮起背看起來很不好意思，害羞地說：感覺好像上了問答節目一樣。

菊仔面前的反射板映出山根的身影。山根抱著水泥袋倒在那邊。輔導長說與其送他去醫院不如讓他這樣好好睡一下比較好，他吃完感冒藥就趴著睡。地上拉了好幾條粗粗的電視攝影機和麥克風纜線。每次移動攝影機，這些纜線都會跟著抽動。一條纜線輕輕打到山根的側腦。山根吃一驚雙腳動起來。掩著頭低低發出呻吟聲。然後昂首挺胸突然發出鳥叫般的尖嘯用手刀穿破水泥袋。這傢伙搞什麼，嚼口香糖的燈光師自言自語說。你在做什麼，現在節目正在進行喔。山根把水泥袋弄得破破爛爛雙手抱胸，無視於警察聚集在周圍。他閉眼咬唇似乎在忍耐什麼。菊仔心想：他應該是在回憶自己兒子的心跳聲。山根以前說過：當我抓狂到想要把誰殺掉的時候，我就會回想我家那小子的心跳聲。

一位警官碰碰山根的肩膀問：你怎麼了？是一位老警察。山根睜開眼睛，雙手合十請求說：請讓我自己靜一靜。山根咬緊牙關開始發出奇怪的低吟。電視台負責人用手指在頭旁邊旋轉問說：他是這個嗎？年輕警察看到狀況用警棍戳山根的肩膀。山根雙手抱胸搖頭說：不要這樣。怎麼啦，你會擾亂拍攝，停下來，喂，你怎麼了，喂，停下來，不要叫了，年輕警察用警棍戳了好幾下。菊仔聽到山根低聲唸著：啊啊不行了。之後山根的動作速度快到讓人看不清。山根輕飄飄起身迴轉身體出拳。才一秒，上了年紀的警官下巴就被打碎，倒在地上渾身沾滿水泥灰。年輕警官用警棍打來。山根避向右側旋轉腳跟向警官頸後踹下去。發出骨折的聲音。警官向前飛出撞上燈具倒地。燈泡碎片飛散似乎射進男主持人眼裡，只見他發出哀嚎雙腳跪地。山根向他掩目蹲下的位置大腳一踢。主持人仰身彈向空中。喉嚨撕裂。電視台工作人員奔逃出去。大家都發不出聲音。警察隊伸手準備持槍，對學生們和電視工作人員怒喝：趴在地上！山根衝向那位怒喝的警官。警官受恐懼驅使掏出手槍，可是沒有發射。山根用兩根手指正確戳進眼眶。指頭發出啪沙的聲響埋到根部。警官放開手槍。子彈在槍落地的瞬間發射，被巴士銀色的車體反彈打進水泥袋。全體警察都掏槍就位。船長衝出來大喊住手！山根回過頭。兩名警官瞄準山根的腳射擊。山根按住大腿搖搖晃晃倒在地上。山根另一隻腳沒被打中。他繞行旋轉推倒兩支燈，揮舞鐵製燈架丟向警察隊。警察隊以低姿移動徐徐逼近山根。山根按住腳傷想辦法要站起來。船長嚷嚷：不要開槍！一名電視工作人員在銀色巴士上怒吼：打死他！山根咬牙切齒全身抽搐，手扶燈桿做支撐站起來。有個警官踢倒那支燈桿。山根在失去平衡倒地之前用沒有受傷那隻腳把那名警官踹飛。腰帶被揪住。警察發出洩氣的呻吟，把槍托揮向山根的頭。山根用臉去承受。槍托打斷山根的鼻骨。可是山根在下一擊錘下之前用正拳打碎了警察的膝蓋。警察屈膝垮下來壓倒在山根身上，瞬間阻礙山根的行動。有人下令：瞄準手臂！三人開槍。一位子彈打中山根的右臂。混帳，林趴在地上輕嘆。山根依舊爬起來。他頂著出血的左腳膝蓋，用右腳和左臂把身體抬起來。電視台人員不知是否想要吸引他的注意力，把所有剩下來的燈都打向山根。山根起身半蹲。年輕警員拿警棍往他的腰敲下去。山根一動也不動。年輕警員瞪大雙眼肩膀隨喘氣上下擺動，接著揮下警棍以脖子作爲目標。山根用肩膀去接。雖然發出沉重的聲響，可是山根回瞪年輕警員連眉頭都不皺一下。警員全身起雞皮疙瘩開始死命毆打山根的臉。這時候菊仔跳了出來。倉庫很暗，直到他出現在燈光照亮的空間才被人發現。菊仔揪住年輕警員的領口把他摔倒在地。背後另一位警員毆打菊仔耳邊。林和中倉和其他兩位學生跳出來了。看到這種狀況有位警官朝倉庫天花板開了一槍。菊仔擒抱那位警官的腳。兩人爭奪手槍扭打在一起。菊仔騎上警官的時候面前伸出另一把槍。一聲槍響。菊仔滿臉是血。面前的警察縮著腰轉過身來向後傾倒。中倉手上握著槍。而且還頂住另外一位電視台工作人員的太陽穴。把你們手上的槍丟掉，中倉對所有的警察說。

中倉駕駛著銀色的巴士。菊仔和林一起在車上。巴士在風暴中奔向戶舐港。戶舐港是少年勇洋丸的停泊預定地，秋牡丹應該等在那邊。三個人在距離抵達戶舐港兩公里之前丟棄銀色巴士。雨已經停了。碼頭邊的商務旅館停車場裡，停著一輛寫著DATURA的紅色越野車。打電話把秋牡丹叫出來。秋牡丹對中倉和林自我介紹說是菊仔的情婦，開始驅動越野車。宮城縣全區施加道路封鎖的時候，越野車已經越過宇都宮。

隔天，菊仔、林、中倉被列爲凶惡逃犯在全國進行通緝，關東、東北主要道路設置臨檢，並在各旅館飯店進行地毯式搜索。同時，四個人身上正裹著純白的遊艇服，驅策配備兩座兩百六十馬力引擎的Hatteras動力快艇（powerboat）脫離大島。他們光明正大在八丈島加油，以唐木島爲目標，在颱風過後晴空萬里的海上全速前進。

31

我的羊、我的妹妹、我的船、我的公園、我被偷走的眼珠，我在尋找眼珠。我，和我的眼珠，被蒼蠅鼓翅的聲音切分開來，並非永遠相連。我沒辦法用手撫摸眼見的事物，也無法用眼睛觀察接觸的物體。我的眼珠在塔上，這座塔在監視我，塔主是蒼蠅，而塔則是面目模糊的父親。橋仔朗誦這首詩詢問妮娃的意見。妮娃什麼也不回，自顧自設計天使的衣服。這不是橋仔的服裝，而是肚子裡面小孩的外出服。妳覺得怎樣？橋仔再次大聲問。妮娃沉默。橋仔把桌上裝馬鈴薯和培根的盤子丟向妮娃。盤子擦過妮娃的頭髮摔碎在牆上，培根和馬鈴薯攤在白色的罩衫上把衣服弄髒。

妮娃把罩衫、脖子上的培根和馬鈴薯等等全部清掉丟到菸灰缸，走到寢室用柔軟的紙擦掉污垢換件衣服。她從櫃子裡拿出一個新的波士頓包——那是特地爲了去加拿大·阿拉斯加度蜜月買的。她把內衣、洋裝、化妝品和好幾本書裝進去。因爲培根沾到脖子，油味殘留在身上，所以淡淡搽了一些香水。接著梳頭，圍上一條領巾，上面印著小鹿踩踏麻雀的花樣。橋仔映在鏡子裡，正往這邊看。妮娃笑了。提著波士頓包從橋仔面前離開房間，一句話也沒說。當天妮娃沒有回家。隔天也沒回家。

起先橋仔覺得一個人生活很開心。他心想，只要不要和妮娃待在一起，想要殺掉她的強迫觀念就會慢慢淡化。但是他馬上就發現不是這樣。他的想法轉變成妮娃不在身邊的時間越長，就越應該趁下次見面馬上把她做掉。橋仔不想殺她。這是他在這個世界上最不想做的事情之一。因此橋仔害怕事情發展到不可收拾的地步。他被恐懼籠罩。橋仔細胞裡面記錄的並不是對於飢餓或者是對死亡的恐懼，而是對時間的恐懼。自覺飢餓、預期死亡的時間如此漫長，讓他感到害怕。對於嬰兒而言，他不可能了解原因，只是單單把那些恐懼的時間記錄在細胞裡面。橋仔被放在寄物櫃裡十三小時。夏日的，十三小時，狗吠聲、盲人拐杖聲、車站的廣播、車票或可樂從自動販賣機掉落的聲音、腳踏車警鈴、紙屑在風中飛舞的聲音、遠方收音機流洩的歌曲、八位小學生跳進池塘、一位戴眼罩的老人咳嗽、水桶拍擊溝渠裡的水、十字路口的緊急煞車、築巢鳥的啁啾、女孩摩娑皮膚、女人的笑聲，還有自己的哭聲……木頭塑膠鐵女人柔嫩的肌膚與狗舌的觸感，血排泄物汗藥香水與油的氣味……所有感官都連向恐懼。橋仔傾聽細胞記錄的聲音。那個聲音這樣說：你是多餘的，沒有任何人需要你。

Mr.D在公司屋頂上撫摸一位黑人嬌娃。屋頂設置了粉紅色的高爾夫人工草皮和藤架，Mr.D仰躺在藤花散落的樹蔭下。

橋仔走出電梯感到一陣暈眩。戴上太陽眼鏡。這支眼鏡是他買來打算送給桑山的。頂樓四周被超高層大樓包圍。左側大樓承受陽光，渾身玻璃牆面映出向西流逝的雲彩，使它看來像是一條巨大的瀑布。雲形邊緣閃耀橙色的光，如果把桑山帶到這屋頂上，他瞬間就會瞎掉吧，橋仔心想。橋仔走進藤架的陰影中。沒有流汗。他膚色很差又乾燥，表面帶著白粉。才曬太陽幾十秒皮膚就開始抽痛。在這大熱天裡，一對男女單單穿著泳衣打網球。

喂！橋仔，你哥逃走囉，他逃獄了，這傢伙眞是了不起。Mr.D指指身旁的報紙。凶惡逃獄犯目前依舊行蹤不明、殺害警察等五名死者，還有一名打鬥送醫傷重不治、有人協助逃亡？調查本部判定這是預謀犯案。橋仔只讀大標題。「不要急嘛再讀一下，他不是有寫歌手橋仔的哥哥嗎，託你哥的福，說不定你的唱片會多賣一些。」

找我有什麼事？橋仔問。Mr.D笑了出來。「什麼事？不要害我笑好不好笨蛋。錄音進行怎樣啦，已經延後一個月，曲子怎麼啦，作好了嗎？」Mr.D滿身大汗。黑人女用細長的手指掃掉他背上的汗，然後抹上灰色的粉末按摩。有股薄荷的氣味。曲子還沒好，可是我在寫詩，橋仔說。他從口袋裡面拿出紙片讀起來：我的羊、我的妹妹、我的船、我的公園、我被偷走的眼珠……「好了，停，很無聊。」才唸一半就被D制止了。

身後傳來笑聲。穿泳衣打網球那兩位腹部上下起伏笑著。女人頭髮妥貼梳在身後，身高遠遠高過橋仔。堅挺的乳房撐起輕薄的玻璃纖維乳罩。什麼我被偷走的眼珠……聽起來好蠢。女人肚臍積著汗水。橋仔被女人取笑耳根發熱。泳衣女這樣盯著觀察他，也讓他覺得不好意思。橋仔身著長袖金蔥罩衫、灰色燈心絨長褲和蛇皮靴。男人帶了一瓶透明的蘇打水給泳衣女。「橋仔，你的契約也快到期了，你有什麼打算，想要續約嗎？妮娃不在的話你什麼都辦不到吧。」黑人女用膝蓋和手肘騎在Mr.D背上，短褲裡的屁股翹得老高。她的大腿內側涔涔出汗，順著D的腰滑落下來。

右側的超高層摩天大樓在屋頂上切出一塊長方形的黑影。橋仔瞬間不太明白自己爲什麼會待在這麼熱的屋頂上。泳衣男女、Mr.D，和黑人女每個人都在任意對話。屋頂上的畫面霎時讓人感覺不太舒服。正方形的廣場加上對面巨大的玻璃塔樓讓橋仔產生錯覺，心想：眼前該不會是憑空突然出現的海市蜃樓吧。感覺這個正方形的廣場是自己身體裡面的某個點，譬如說像是從眼眶抽出中耳管路吸進一堆空氣膨脹才創造出來。「橋仔，你有什麼打算？我先前有叫你帶契約副本過來，喂，橋仔你有在聽嗎，你是來幹嘛的啊？」

橋仔把手伸向圓形陶桌拿了一杯蘇打水。他把表面凝結小水珠的杯子貼上額頭和臉頰。感覺一點也不冰。一口喝下去。啊，泳衣男出聲。那杯是我的啊。蘇打水溫溫的，牽著黏答答的絲灌進幾乎沒在進食的喉嚨與內臟。橋仔身體很不舒服，不知不覺伸手按住喉嚨。杯子摔破了。發泡顆粒滲進乾涸的混凝土裡。泳衣男女交相對望。大家都覺得我很麻煩，橋仔想。他開始喃喃自語。雖然我偷偷摸摸鬼鬼祟祟在這社會上爬，可是我並不是衣衫襤褸的乞丐。不對，我很可恥，爲什麼我可以這麼平心靜氣地說我很可恥？黑人女子體格魁梧，腋下的汗水應該非常酸澀吧。我在高處喝水看戲避免弄髒衣服，雖然我沒參觀過美術館或運動競技場，可是難道這是問題嗎？大家好像都把我當成是麻煩。

「怎麼啦，怎麼啦？」回過神來的時候，D在腰間纏塊浴巾正在搖晃橋仔。啊，D，我，有什麼用嗎？對你來說，我是一個有用的人嗎？「怎麼啦？你在說什麼啊，振作一點啊橋仔。」回答我嘛，欸，這很重要，回答我，我可以幫助大家嗎？大家會因爲我的關係獲得幸福嗎？我只有這個心願，不需要其他任何東西。D，我眞正想要的只有這個，我只希望大家可以快快樂樂歡笑，不需要錢。半年前我一開妮娃買的那台大車，大家都對我投以羨慕的眼光，然而我一點也不幸福。大家爲什麼不對我好一點呢？明明我都在努力讓大家幸福，欸，D，大家都在躲我。妮娃不知道到哪去了，菊仔也不在了，桑山變成蟲了，松山和Tooru也都從我身邊逃走，和代死了，修女們露出悲哀的表情。我對大家造成困擾，我只是希望大家喜歡我。只是希望別人說：和橋仔在一起就打從心裡覺得很幸福，就只是這樣。我沒想過什麼別的。明明就只是這樣，可是我被拋棄了，大家把我拋棄了，丟在好大好大好大好大好大好大好大好大的寄物櫃裡。

橋仔摟住D的腰。D的汗水沾到橋仔乾燥的皮膚上。放開，Mr.D說。很噁心啦放手。橋仔顫抖蹲下。他們有點怪耶，泳衣女和黑人女面面相覷。「叫你放開聽不懂嗎！」D把橋仔撞開。橋仔滾到太陽下。褲子口袋裡面掉出小小的瓶子。裝著安眠藥的瓶子反射亮晶晶的光在屋頂上滾。橋仔追上去，最後在頂樓邊邊追上，將瓶蓋打開。十三座玻璃高塔似乎馬上就會倒下來。視線扭曲，橋仔很想回到某個地方。雖然不知道要去哪，但是他很想回去。他手心放了三顆安眠藥，嚼碎瞬間開始吐，把黃色的汁吐到滾燙的水泥地上。橋仔發現D和泳裝男女在看這邊。黑人女走向電梯。結實的屁股包覆在短褲裡左右搖晃，消失在陰影中。那傢伙眞的瘋了，D的聲音傳來。我一點也沒瘋。橋仔咬碎藥片，順著白濁的口水吞下。我一點也沒有瘋，只是被大家討厭感覺很悲傷。

橋仔走在夏日假期的人群中。馬路傳來橡膠融化的氣味。柔軟泥濘，彷彿會拉出稠稠的絲。路上所有的人處在玻璃、鋼鐵和水泥之間，用腳底牽絲引線編織純白的繭。

這條街道是一個徐徐膨脹的銀色蟲繭。巨大的蝴蝶什麼時候會起飛呢？這顆繭將地表散發的熱氣包進去。總有一天應該會爆炸。雌蝶翩翩起舞綳裂腹部，數百萬隻人頭蒼蠅遍佈建築表面。橋仔耳邊已經聽見牠們鼓翅的聲響。我爲什麼要努力讓大家喜歡呢？如果沒有人在我身邊溫柔對待我，是不是就沒辦法繼續活下去？自從我被丟棄在置物櫃到現在，我想要的到底是什麼，我究竟要什麼，渴望什麼？應該是那個聲音吧，只有那個聲音吧。我什麼都沒有得到，我一點都沒變，還待在寄物櫃裡，就這樣肌膚腐敗被人關進箱子裡面。我不會再癡癡等導盲犬聞到我的氣味去叫人注意，可是我該怎麼做才好。

橋仔鑽過紅色的鐵橋。每次電車經過的時候紅色的鐵橋就會喘息冒出白煙。吸進灼熱的空氣喉嚨就會覆上一層泥濘的膜。行進的人頭起起伏伏，整條馬路看起來像是沸騰的濃稠液體。橋仔走到一座公園，裡面羅列著熱帶植物模型。他坐在長椅一角。隔壁盤坐的流浪漢搭訕問他有沒有帶菸。流浪漢一隻眼睛充血，鬍子上沾滿麵包屑，腰上掛著裝烈酒的牛奶瓶。明明是個大熱天，手上卻戴著毛線手套。橋仔在那手套上放張萬圓紙鈔。然後在他耳邊說悄悄話。要不要幫我舔那邊，之後讓我用磚塊打你的頭，我會再付你一萬圓。

流浪漢低頭開始笑。他點頭好幾下，說：先買個冰淇淋給我。他舔著棍上的綠色冰淇淋邁開腳步。向前挪挪下巴示意跟他走。越過公園進入小巷。在小巷裡拐了好幾個彎。走到一條滿是酒吧和居酒屋的馬路上。店都關著。小巷兩邊堆著潮濕的垃圾山。汽油桶塞滿眼珠掉出來的魚頭。咖啡色的水珠從傾倒的酒瓶滴下。流浪漢走進店與店之間的縫隙。盡頭有間公共廁所。木門破裂可以看到女人的腳踝。流浪漢指著那邊笑。單穿一件肉色睡袍的女人走了出來。她盯著橋仔和流浪漢看了一會，最後還是走進巷弄消失無蹤。兩人擠進狹窄的廁所。等一下，我要找磚塊等下用來敲你頭，橋仔說完話正想走的時候，流浪漢揪住了他的頭髮。什麼磚塊啊混帳，你們很骯髒，你們的身體髒透了，流浪漢抓住橋仔頭髮左右搖他。我不骯髒，在我面前跟我說十遍，像你這樣的傢伙在這世界上豬狗不如，難道你不瞭嗎？橋仔怕了起來。心想這邋遢的鬍碴鬼原形該不會是一隻空氣作的乖乖狗吧。現在天罰要降臨囉，大洪水要來解放一無所有的我們！像你這種低賤的傢伙會死在路邊變成老鼠窩吧，老鼠會在你的頭顱裡面鑽來鑽去。你這人妖。橋仔想要離開廁所。流浪漢毫無預警揍他的肚子。橋仔撞上隔板跌倒在地。流浪漢掏他褲子口袋。搶走他的錢和鞋子。公害聽好啦，你那麼骯髒，這可是淨化你的儀式，好好感謝我吧。原本你應該要下地獄，我會跟上天祈禱說讓你舌頭拔掉就好。你就在那邊用自己的血祈禱，祈禱吧！斬斷自己的汙穢根源。橋仔有生以來第一次挨揍。他以前從來沒有打過人，也沒被打過。流浪漢數著萬圓鈔回過頭來再怒喝一次：祈禱吧！

橋仔心想：那個人一定承受了我所難以想像的痛苦。該不會是我父親吧。他說不定是想要教導我什麼事情，不單獨忍受非比尋常的痛苦就無法克服恐懼之類的，沒錯，我從來不曾自己單獨面對侵襲而來的恐懼，總是會獲得其他人的幫助。導盲犬啦、孤兒院的修女啦、養父母啦，還有菊仔，都會來救我。所以我一直努力討好這些人，甚至連其他人，我都希望他們能救我、喜歡我。可是我模模糊糊感覺到，一定會有必須自己單獨作戰的時候，而且過去守護我的人們也一個接一個離我而去。我必須忍受痛苦，要接受最嚴峻的苦難，對，只要殺掉妮娃的話我就會變強。

當晚睽違四天的妮娃回家了。她為自己任性的行為跟橋仔道歉。

橋仔為了達成殺掉妮娃這個可怕的義務，要將自己的幻聽、耳鳴、血液流動、脈搏、鏡中倒映的另一個自我、窗玻璃反射的幻覺全部動員起來獲得勇氣。橋仔進入一間小房間，那間房間是由十公分的玻璃和橡膠打造而成，可以完全隔絕外界的聲響。橋仔特地打造這座房間用來尋找精神醫師過去播放的聲音。這是間完美的隔音房，音響嵌在橡膠護墊裡面，再細微的聲響都不會混雜到外界的雜音。橋仔一如以往縮在這間小房間裡。可是和過去不同的是，他完全不聽喇叭裡面的聲音。橋仔單單專心聆聽耳鳴和幻聽。我必須殺掉妮娃，這是非常可怕的一件事，請賜給我超越恐懼和痛苦的勇氣吧，橋仔在黑暗中閉上眼睛。無光的房間裡，只要雙眼一閉，就會發現黑暗在擴散。漆黑沉重的天鵝絨幕在眼睛內側延伸，距離自己越來越遠。當黑暗擴張到極限，遠方出現了灰色的斑點。細長的斑點叢集密布彷彿抓痕。色彩緩緩滲進點中。點點開始增加。增加不是像人群聚集到廣場那樣，也並不是卵細胞分裂的形式。單點色彩變化會引發刺激，讓新的點突然出現，像隱藏的燈泡那樣亮起來，看起來和煙火爆破影片倒帶一樣。點點的密度越來越濃，變成像是在田地裡發光的馬鈴薯，放大到像是結核桿菌的顯微照片，比指梢沾附的飛蛾鱗粉還要亮，像解剖貓的胸肌一樣交錯起伏，讓人想像熔岩漫流煮沸河水，泥巴底下的沙金飛濺水上的畫面。點點們最後化成瀕臨爆炸的巨大叢集。每個點都因怒氣而閃亮。所有的點都舉著火把在揮舞。狀況和過去一模一樣，橋仔心想。最後閃爍的巨大叢集會化作正午的汪洋。只有一件事情不一樣。沒有聲音。氣笛般的耳鳴聲不停持續，可是也就只有這個聲音。巨大的噴射機飛越正午的海面。陰影瞬間從海面移動到斷崖上。橋仔從斷崖墜落。在海面漂流片刻開始下沉。海水濕滑吸力很強，越靠近海底顏色越紅。海藻纏住雙腳。水藻生著人類的手指，攀在海中突起的岩石上把人抓住，讓人一動也不能動。

霎時間橋仔一驚，身體一抖睜開眼。他聽見聲音。沖刷自己身體的血液聲。驅動手臂血管的血聲。小小的波浪起伏著。波浪以固定的間隔出現。橋仔細細傾聽。喃喃說：就是這個聲音。要殺妮娃，果然就聽到這個聲音，這個聲音會帶給我無限的勇氣。我懂了，這是心跳啊。

橋仔衝出小小的房間。開始尋找妮娃。妮娃的洋裝丟在洗臉台。她在淋浴。橋仔到廚房抓住菜刀之後，心跳開始奏起歡樂的旋律。前往浴室途中被極致的幸福包圍。他緊握菜刀，身體散發奇怪的氣味。指甲燃燒的氣味。透過浴室玻璃門，可以看到大肚子的妮娃在裡面。橋仔跪在門前感激心跳聲。那個聲音撼動地板、房間，和整棟建築，在橋仔體內發出巨響像地震一樣。橋仔打開浴室的門。妮娃全身滿是水珠。橋仔舉起菜刀的瞬間心想：那時在精神醫師房間裡聽到的心跳聲到底是誰的呢？然而無所謂，菜刀還是往妮娃的下腹捅下去。妮娃在不停飄落的泡沫中睜大雙眼。就在細長的手臂向前伸出的時候，撼動空氣的心跳聲霎時消失。橋仔吃了一驚，激昂的喜悅瞬間變爲恐懼。橋仔想要縮回刺出菜刀的手。來不及了。菜刀尖端已經陷進妮娃的腰際。

32

秋牡丹心想：我終於抵達鱷魚王國了。啓程出海在甲板上待幾小時之後，皮膚不知不覺就變成像是被蒸熟的兔子一樣。

秋牡丹左手無名指戴著珊瑚戒指。那是菊仔在小笠原母島買給她的。母島上有座美軍駐留時期興建的小教會，菊仔和秋牡丹在那舉行了結婚典禮。中倉代替神父替他們獻上祝福。之後四人靜靜在海灣裡游泳。先前一直都在驅船前進，這還是第一次下水游泳。林游泳的速度眞的是太快，讓大家非常驚訝。過去在打撈船上工作的中倉教其他三人如何潛水。大海裡面有一個地方岩棚伸出桌形珊瑚，大家潛到那邊玩的時候，忽然之間，林大叫一聲用驚人的速度開始追趕什麼。中倉、菊仔和秋牡丹從海底眺望林在追趕的生物。橢圓形的生物從水面一口氣逃進漆黑的深海中。是一隻甲殼很美的海龜。林巧妙運用蛙蹼進行高速衝刺，好幾次都快要抓到，可是烏龜總是在快要被抓到的瞬間改變方向。林越來越喘，使出最終手段。他暫且遠離海龜，潛到比海龜更深十公尺的地方。然後往海底一蹬以傲人的速度飛上烏龜斜後方，就在烏龜警覺不對改變方向那瞬間，林從背後牢牢將牠抱住。林就這樣繼續上浮，興奮到連膝蓋都跳出水面，用水球射門的方式把烏龜扔向沙灘。

秋牡丹提議大家吃掉牠。說以前朋友跟她講過烏龜的烹調方式。欸菊仔，先幫忙生個火吧。點燃乾燥的海藻，把粗大的漂流木折來燒，再用燒紅的木頭尖端去摩擦龜腹。秋牡丹將烏龜翻身，汗水從鼻頭落到沙灘上，不停用熾紅的木棒摩擦。烏龜悠悠運動手腳，脖子拚命向前伸。彷彿想要留下燃燒的軀體單單讓頭逃走。指甲或毛線燃燒的氣味飄散出來。烏龜發出海綿吸水般的叫聲。感覺有點殘忍啊，中倉喃喃說。林點點頭吞了口口水。什麼嘛你們這些人，秋牡丹抬起頭來生氣地說。這裡是鱷魚王國喔，在鱷魚王國抓到獵物的話大家就要把牠烤來吃喔，你們眞笨。白色的腹部被烤軟了，可是烏龜還活著。一邊叫嘴巴一邊開開闔闔。秋牡丹又把烏龜翻回來趴著，叫男生們剝掉龜殼。菊仔快點啦，你比較有力氣，冷掉的話又會變得很難剝。菊仔拍中倉的肩膀說：你來吧。中倉說抓到的人必須負責看向林。饒了我吧，林回答。我沒殺過活的生物，從我小時候出生到現在，無論是多小的螳螂或者是蟲我都沒殺過。雖然我搶劫殺了一個老太婆，可是我希望那是第一次也是最後一次，饒了我吧。

秋牡丹嚴厲地盯著三個男生，回頭朝烏龜一望，「啊！」一聲大叫起來。烏龜跑向沙灘去了。每次龜殼搖晃都會晶晶亮亮反射陽光。四個人一起追上去。林在潮水邊上伸手想要抓的時候，烏龜碰到海浪發出「啾」的聲音。林停下手來。烏龜讓海浪冷卻身體之後緩緩回到大海。沒有人再去抓牠。這傢伙眞是了不起，林輕聲感嘆。你們都看到了吧，就算被抓，肚子被烤，都還是不可以放棄。所有的人都點點頭。

菊仔和秋牡丹遠眺巨大的夕陽沉落。強烈的橘色光線中，岸邊叢生的椰子樹和紅樹林更顯碧綠。海面上光彩奪目的泡泡一個一個消失，菊仔和秋牡丹躺在岸上的剪影也越來越濃。體內深處，距離古銅色肌膚非常遙遠的深處，亞熱帶的夏日黃昏在那醞釀冰涼的結晶。結晶會在比冰更冷的體內擴散，速度和夕陽西下一樣快。當它逼近皮膚正下方，自己的肌膚表面究竟有多熱就變得非常清楚。秋牡丹將舌頭伸進菊仔的耳洞。帶著鹽味的沙舔起來粗粗的。已經沒有鐵絲網了，秋牡丹想。欸，你看我說的是眞的吧，秋牡丹一邊把氣呼進菊仔耳朵一邊說。我的舌頭下面有一個鱷魚王國喔，那裡非常炎熱，一切都像冰淇淋一樣融化，工作室也會變回漂亮雪白的牆壁。聽不懂妳在說什麼，菊仔笑了。秋牡丹曬到紅熟的大腿死皮悄悄脫落。新生的肌膚濕濕映著螢火蟲和月光，不停在顫動。

動力快艇發出爆音船頭高高彈起，開始往母島破曉的海面行進。我身體裡面鱷魚王國的空氣正在撕裂，秋牡丹站上甲板說。她指向前方。看到一個黑點。北硫磺島。隨著距離拉近，島嶼周遭吞吐煙霧的岩石也隨之清晰起來。那是海底火山的突起。石上無數的裂痕不停噴出硫磺氣。瓦斯降到海面和清晨的水蒸氣摻雜在一起。越過北硫磺島的時候，船速必須降到非常慢的速度才行。因爲淺水到處都藏有暗礁。菊仔移到船頭的位置引導船行方向。硫磺的氣味覆蓋整艘快艇。煙霧從岩石裂縫和海中升騰。無波的海面不停滾出巨大的氣泡，灌飽渾濁氣體的半球越脹越大，最後發出沉悶的聲音破掉。瓦斯融進暖烘烘的水蒸氣裡，因應太陽照射的角度變換各種顏色。承受直射的煙是黃色的，陰影是暗紅色，逆光看的話會呈現渾濁的乳白。瓦斯開始低低飄散。變成一層積蓄熱能的膜。

爲了防止觸礁，快艇以走路的速度在前進。秋牡丹在男人面前拚命忍耐雞蛋腐臭的味道，最後還是掩著胸口和鼻子逃進船艙裡。太陽消失在黃濁的視線範圍之外。菊仔被熏得睜不開眼睛。戴上潛水面具。喉嚨刺痛。林把水肺和調節器搬過來給他。呼吸總算順暢多了。瓦斯悶在低空出不去，開始沉澱變成激烈的熱氣。陽光的熱在硫磺中提升到更高的溫度，直接貼覆在身體上。感覺人好像被埋到滾燙的泥巴裡。

突然之間，船底傳出波摳沉重一聲。震動延續到腳底。中倉臉色大變停船。菊仔，你搞什麼？中倉大罵。在這種地方觸礁會死人的。林拿著船鉤觀望船四周。那不是岩石，這裡絕對沒有暗礁，菊仔對自己說。快艇引擎熄火一邊搖一邊慢慢後退。引擎聲停止之後，周遭開始傳來硫化瓦斯噴發的詭異聲響。氣體在海中湧出的聲音，水面冒泡的聲音，沉重的飛沫與瓦斯噴發擦過岩石表面的聲音。

林喊：看那邊！右前方海面浮現一隻巨大的銀色的魚。是梭魚。不知牠是不是睡著的時候不知不覺迷路到這片硫磺之海。牠還有一點呼吸。戳牠膨脹的白色腹部尾鰭還會抽動。口中露出尖銳的牙齒。啓動引擎吧，那是梭魚，不用擔心，菊仔叫中倉。螺旋槳開始旋轉之後船身稍稍向右繞圈。就在這時候，銀色的魚瞬間被絞了進去。銳利金屬切割魚骨魚肉的聲音不停持續。梭魚的碎片飛散在黃濁的海面上。血液和脂肪的氣味霎時衝破瓦斯浮出來，動力快艇的航行軌跡上留下許多鮮紅漂浮的碎塊。

見利環礁是由四十餘個小島所組成。所有島嶼以及周遭兩公里的海域都歸某位日僑第二代所有。過去他在東南亞島國創立國內線的航空公司現在退隱江湖。他在見利環礁這個無人地帶建立了淨水設施和小型火力發電廠。採用見利三座超小型島的土壤做燃料。精煉一種顏色近似矽藻土的泥炭作爲燃燒的材料。

菊仔他們的動力快艇爲了加油跑去拜訪見利群島。星羅棋布的島嶼大部分都是無人島，在海上切割出複雜的水道。南硫磺島和唐木島之間總是吹南風，降雨量也相當豐富，因此島上遍佈著香蕉、椰子，以及紅樹林。見利環礁沒有海圖，因爲沒有公共運輸工具會抵達這裡。縱橫交錯的狹窄水道裡滿是水藻，會讓人誤以爲自己駛進熱帶沼澤或者是河流之類的水域。畢竟千奇百怪的島嶼遮蔽了所有的視線，水面又被濕滑的水草攪成綠色。雖然大家已經成功渡過北硫磺島的瓦斯海域，可是引擎反覆熄火發動，燃料用得遠比想像多上許多。接下來不知道會在唐木島遇到什麼狀況，所以菊仔決定在見利加油。見利的島主似乎擁有十幾艘船。聽說從水翼船、水晶船，到小型潛水艇應有盡有。這樣當地應該會有燃料吧。只是不知道對方賣不賣。這座紅樹林鬱鬱蔥蔥的島眞是太符合鱷魚王國的氣氛了，秋牡丹一個人自己樂在其中。

經過硫磺島的時候，自衛隊的輕航機跟了他們很長一段路。無線電出現呼叫：請問貴船打算前往哪裡？動力快艇回覆：唐木島。對方詢問：請問前往目的是？回答：去觀光。結果對方馬上告知請即刻返航。現在唐木島沒有任何居住設施，許多水域也禁止游泳，不適合進行觀光活動。請盡速返航。菊仔不管他，繼續前進甩掉輕航機。中倉和林首度露出擔心的表情，這樣不好吧。

環礁中央區域，交錯的水道深處出現了一座棧橋。架設在一個小海灣的沙灘旁邊。棧橋是鋼筋水泥的堅固結構，開闢叢林鋪了一條柏油路延伸通往小木屋的方向。快艇靠近沙灘。沙灘上擱著一艘斷成兩半的獨木舟。中倉把小型手槍塞進腰帶，從船頭跳上棧橋。林將撇纜擲上岸。菊仔將米和綜合維他命塞進背包打算拿來換柴油，秋牡丹全身噴滿防蟲液，大家紛紛登陸。

小屋感覺不到人的蹤影。滑水板、救生衣、氧氣筒、手投網，還有好幾捆繩索都受損、生鏽，或者是腐爛穿孔，破破爛爛散在那裡。沒有人的氣息。潮濕的地板角落有個螃蟹窩。菊仔感覺整座島瀰漫著一股古老的氣味。烈日將土壤烤出乾裂的紋理，那是金屬和木材正要回歸土壤的氣味，是黴菌在陰暗的混凝土上擴散的氣味。

腳下踏著黏答答的柏油路，兩側叢林開闢不多，可以依稀看出過去種過芒果和鳳梨。登上徐緩的坡道之後，整座小島的形貌就盡在眼前。島呈一個橢圓形，周長大概比兩公里多一些不到三公里。叢林盡頭並列著好幾棟房子。可以看到直升機停機坪、灰色的機庫、小型發電廠、燃料精製工廠、椰葉葺頂設有陽台的房舍以及排球場，然而一個人影也沒有。發電廠和工廠也是一片死寂，四下只聽到叢林裡的鳥囀和海浪聲。

秋牡丹小聲自言自語說：是不是沒人在啊。喂，過來看，窺視機庫的中倉大喊。隔著破裂的窗玻璃指向裡面。棚裡停著兩架蒙塵的直升機。中倉望向天花板說：往上看。昏暗的天花板倒掛著幾千隻蝙蝠。背後傳來開門聲。四人驚慌回頭。中倉拔出腰帶上的手槍。覆蓋椰葉的房舍門打開了。風再次將門帶上，然後門又打開。出現一頭黑山羊。牠的跳動使得陽台木頭地板嘰嘎作響。山羊叫了好幾聲，然後從陽台跳到院裡開始吃短短的草。眞是嚇人一大跳。正當中倉說完把槍收回腰帶時，秋牡丹望著房舍的窗戶發出哀嚎。玻璃上貼著一張人臉正盯著這裡看。老人賊賊笑了起來，向菊仔他們招手。

屋裡，蘇眉魚在巨大的水槽中悠游，老人替大家泡了很濃的咖啡。籐製的家具、收藏各式各樣貝殼的棚架、鯊魚齒架和大西洋藍槍魚的剝製標本、兩隻鸚鵡、手搖式留聲機。很熱吧？老人問。四人面面相覷搖搖頭。風從陽台吹來，只有偏離太陽直射的時候才會感覺比較涼。老人穿著長及膝蓋破破爛爛的褲子和純白的麻襯衫。眼睛斜視。濃稠的咖啡甜到嚇人。

菊仔拜託說：希望你能分一些燃料給我們的快艇。要我們付錢也行，我們有帶米和維他命，要用這來交換也可以。老人告訴他，在島另一邊菊仔他們靠岸的海灣正對面還有一座棧橋。那邊有繫纜碼頭和柴油地下儲油槽，大家自己高興要加多少就去加。不用給他錢，也不用什麼謝禮。不過，大家是想要去哪啊？唐木島，中倉回答。老人點點頭，目光被中倉褲頭露出的手槍槍柄吸引。籐編骨架承放玻璃的桌上放了好幾本相簿。老人打開其中一本，指指坐在小型噴射機操縱席上的自己秀給秋牡丹看。馬來西亞國會議員選舉的遊說包機全部都是我在開。老人得意地說。秋牡丹邊說邊起身：不好意思，我們趕時間。非常謝謝你的咖啡，氣味很香，味道也很棒，眞的是很棒的Espresso。老人露出遺憾的表情闔上相簿，和黑山羊一起送菊仔他們走。老人在熟爛的芒果園邊指著中倉的手槍問說：這是要打誰啊？「打壞人啊。」中倉對太陽比出食指回答。老人笑了。自從我變成一個人生活之後，你們是我第一次遇見的客人，從唐木島回來的時候順道過來坐坐吧，老人撫摸著黑山羊的背說。

一個人生活如果生病的話應該會很麻煩吧？林問。

「我先前腳被鯙魚咬傷曾經化膿，腫到像汽油桶一樣大。那時候盤尼西林剛好用完，我還想過說要把腳切斷，完全都不怕。當時我大略思考了一下要怎樣才有辦法自己一個人把腳切斷，發現斷頭台是最好的選擇。問題在於那片巨大的刀，我找切泥煤的鋼刀來用，把刀子削成斜面，組裝木頭支架，花了一點功夫做出自己拉繩子，刀片就會自動掉下來的效果。因爲剩下一些木板，我還連腳的棺材和拐杖都事先做好。最辛苦的步驟是挖那條安裝刀刃的溝槽，太窄的話不容易滑動，太寬的話刀刃會喀啦喀啦搖晃，沒有辦法維持刀刃落下的角度。原本我打算星期日來做這件事情，可是下雨順延一天。止血劑啦、繃帶啦、消毒液啦我全部都準備齊全，把腫脹的腳固定好讓刀刃可以直接落到大腿中央。那時候腳已經完全沒有感覺，像是一根黑色的棍子一樣，一點也不會讓人感到遺憾。雖然只切右腳，可是左腳要彎向旁邊保持姿勢也是很辛苦。」

「你說切右腳，可是現在腳不是還在嗎？」中倉說。

「嗯，我失敗了，刀子被骨頭擋住。我以爲刀刃已經磨到非常利了，可是還是切不斷。你們不曉得吧，人類的骨頭是很堅硬的，非常非常硬。」

「應該很痛吧？」秋牡丹問。

「不會，爲了避免那些從傷口溢出來的膿跑到眼睛裡面，那還比較辛苦，眼睛會瞎掉的。腳壞了還無所謂，眼睛瞎掉的話就眞的麻煩了。」

「爲什麼？」

「我是開飛機的。開飛機就算只有一隻腳還是可以想辦法，可是瞎掉的話就什麼都不能做了。」

黃黑相間的錦蛇橫越柏油路。老人讓大家看他右腳大腿的傷痕之後，拜託中倉說一槍就好，用手槍開槍讓我見識一下吧。中倉走進叢林隨意發射。成團的鳥群飛離叢林。再過來玩啊。老人說了好幾次。搭上快艇之後，菊仔突然抬頭問老人說。那架直升機啊，還能飛嗎？老人點點頭。「花一小時整理一下，想要上哪去都行。」

方才從叢林騰空飛起的鳥群還盤旋在空中。影子倒映在水草平敷的綠色海面。黑山羊搖搖尾巴揮趕蚊子，不停咩咩叫著。

唐木島形狀看起來像是隻女鞋。維護潛水裝備的時候，船開進了一個激烈的暴風圈。之後，動力快艇的引擎聲就開始變得怪怪的。掌舵的林將引擎熄火。菊仔和中倉鑽進輪機室檢查。柴油燒焦的氣味飄散開來。菊仔他們調整了一下燃料噴射幫浦、吸排氣閥、燃料閥，和噴射壓力。問題出在海藻混進冷卻器的海水管中。海水過濾器的濾網破了，結果讓生長在見利水道的海藻跑了進去。重新啓動引擎讓海水在管路裡面流動進行清潔。輪機室裡面非常炎熱，菊仔和中倉滿身大汗。兩人渾身都已經被太陽烤焦。

中倉一邊卸下破洞的過濾器一邊說：喂，弄到那個藥以後你有什麼打算？眞的想要把它灑在東京嗎？菊仔把鋼絲刷塞到海水管裡面攪動。不灑千葉嗎？我好想要灑在千葉啊。中倉把小瓶子塞進襯衫口袋，將故障的零件從機械上拆下來，並且安裝新的過濾器。因爲你媽在那邊嗎？菊仔笑著問。中倉點點頭。所以我剛剛才說要灑在千葉啊。碎裂的海草順著汗水從菊仔滿是油汙的胸前滑落。跑去千葉的話馬上就會被抓喔。鋼絲刷上密密纏著綠色的水藻。

林爲什麼會跟來呢？他是不是沒有家人啊。菊仔把積在輪機室地板上的海藻推到排水孔沖掉。細細的海藻生著纖毛在手指之間溜來溜去。沒有地方可以去啊。反正總有一天會被抓吧，總之無路可走，只能到海裡去。有片海草黏在中倉額頭上，菊仔伸手替他摘下來。我不會被抓的。菊仔說著蓋上海水管的蓋子。如果找不到達秋拉的話你有什麼打算？中倉問。菊仔正在清理渦輪增壓器的扇葉汙垢，聽到之後拍一下Hatteras的巨大引擎回答說：我會去馬里亞納群島和馬歇爾群島找。

這時空中傳來輕航機的爆音，兩人跑到甲板上觀察。是自衛隊的飛機。無線電反覆傳來通訊：請勿接近唐木島。由於機械故障的關係，現在正在進行修理，結束之後就會依據您的忠告返回小笠原。菊仔這樣回覆。輕航機在船隻上空盤旋了一會。等到飛機完全消失蹤影，菊仔才重新啓動引擎出發。秋牡丹在船艙睡午覺。中倉重新檢查氧氣桶的剩餘量，林在閱讀海圖。太陽開始沉落。唐木島就在眼前。

33

女鞋形的唐木島，在它腳跟和腳弓的中間有片宇和根岩礁。由於天色開始變暗，船隻開進了宇和根灣。前進的時候把引擎聲壓到最低，也不開燈。徐緩的潮水擾亂海面的月光。快艇在距離岩礁幾公尺的地方下了錨。

菊仔和中倉兩人先潛水繞行岩礁四周，尋找那條海底地震產生的裂縫。用水中探照燈照亮陰暗的岩塊。細細的光筒裡有各式各樣的魚經過。中倉提醒菊仔好幾次一定要馬上從後面跟上。中倉小心翼翼扶著岩壁前進。宇和根岩礁周遭會依據水深和地形出現高速水流。一旦被捲進去沖走就會陷入深海中。岩礁和海底近乎垂直聳立。有點像是座十二、三樓的建築物沉在水中只剩屋頂那樣。根據水深計顯示，面海最深那一側的岩石基部深達三十八公尺。中倉和菊仔在水深二十公尺的位置沿岩礁繞行，每三、四十公尺就用水中探照燈照亮附近的岩壁。海裡很暗，有好幾個岩石陰影看起來都很像裂縫。氧氣筒快要用完的時候，中倉指向前方。一隻體長三公尺左右的虎鮫出現在光線下。中倉制止慌慌張張舉起手中手槍的菊仔。虎鮫緩緩在兩人身邊盤旋。中倉把燈關掉。虎鮫變成一抹滑溜的灰色陰影，突然停止盤旋改變方向逼近過來。菊仔以逼近的牙齒作爲目標開槍發射。完全打偏，連邊都沒擦到。中倉搶過菊仔手上的水中探照燈和自己的兩支並在一起，對著虎鮫的眼睛交相閃爍。虎鮫游到距離兩人面前兩公尺的時候迅速改變方向。中倉持續閃燈。虎鮫暫時觀察了一下兩個人的狀況，最後朝相反方向游去。

就在這時候，菊仔發現了那道裂縫。因為岩壁有個什麼物體在反射探照燈的燈光。杜拉鋁管（DURALUMIN，一種硬度極高的鋁合金）和粗鐵絲網固定在岩石基部，將裂縫封了起來。因為氧氣剩餘量已經跑到零的位置，兩人把識別浮標繫在一支杜拉鋁管上，暫時先回到船上。

秋牡丹用船艙的電熱器煮了義大利麵。吃飯的時候，中倉同時確認大家的工作順序。秋牡丹一個人留在船上。雖然秋牡丹抱怨說想要一起去，可是聽到鮫魚在附近打轉就猶豫了。首先，中倉先下潛，在底下接那些繫在錨繩上的器具。三台水中推進器、海底作業電池、兩台電動挖掘機、十二支氧氣筒、六把水中手槍，以及繩索等等。在林和菊仔下潛抵達之前，中倉要負責剪斷鐵絲網。裂縫入口處堵了兩層拼裝杜拉鋁管的鐵絲網結構。纏在岩石上的鐵絲結了很厚的鐵鏽，雖然切斷器有咬進去可是柄卻壓斷了。中倉改用短刀，把刀插進岩石和鐵絲網之間的縫隙，把鐵絲網撐起來鋸。鐵絲拆除作業進行得很不順利。中倉發現杜拉鋁管的結構裡面有灌水泥固定，決定啓動電動挖掘機。菊仔把纜線接上電池。巨大的聲音響起，中倉開始破壞水泥。岩礁微微震動。沉睡的魚群從岩石陰影處一起衝了出來。水泥很厚。中倉交棒換林接手。瞄一眼氣壓計。在這種地方耗下去的話再多空氣都不夠用啊。

秋牡丹交相眺望天空和海面，聽到海底正下方傳來岩石碎裂的聲音。是高樓大廈建築現場或者是道路工程那種熟悉的活塞爆破聲。漆黑的海把震動全部都吸收掉，船身只是靜靜在搖，承受遠方吹來的海風。

海面出現發光的物體。在浪潮間忽隱忽現數量越來越多。秋牡丹直覺握緊菊仔給她的手槍和水中手槍。光線交相閃爍，以非常快的速度在海面移動。是海豚。一大群全身貼滿夜光藻的海豚。秋牡丹先前瞬間感到極其恐懼，現在大聲對自己說：什麼嘛，原來是海豚啊。發光的海豚接二連三出現，以青白色的鱗光渲染海面向大海奔去。好像兒童樂園的娃娃車啊。秋牡丹心想。說不定最後還會出現裸體聖誕老人穿著滑水板拉著海豚微笑登場呢，眞希望也能讓菊仔看看這個景象。海豚們流線型的輪廓閃閃發亮跨海而去。渺渺的殘像在眼裡盪漾。秋牡丹泫然欲泣。心想，如果可以和菊仔一起看就好了。菊仔待在監獄的時候，也有某件事情非常非常想要讓他看。現在忘記到底是什麼事了，需要花一些功夫想想。是自己做的窗簾啊。今後無論是任何事情，兩個人都可以一起體驗了，秋牡丹想。

中倉左手抱著電動挖掘機用右手操作水中推進器。林在搬用橡膠綁帶綑起來的六瓶氧氣筒，菊仔則在搬電池和水中手槍。水中推進器前面裝設的探照燈是唯一的光源。越往洞窟深處移動空間越寬敞。看到身長五十公分的石斑魚和圓尾絢鸚嘴魚出現在岩石陰影下，就知道這個洞窟除了被封死的裂痕之外還有其他出口。洞窟的水底沉積層是軟土，大家小心翼翼前進，就算擾動底土也不會把水弄濁。這裡住著數都數不清的鯙魚。只要被燈照到就會齜牙咧嘴嚇人。大家兩手都抱滿東西，假使刺激到牠們受到攻擊根本逃不掉。林好像很討厭鯙魚。有隻和人手腕一樣粗的傢伙抬起脖子從陰影中現身，咬了中倉的腳一口，把蛙蹼都咬裂了。林親眼目擊之後怕得不敢前進。中倉和菊仔試著實驗好幾次給他看，說鯙魚不會離開巢穴攻擊我們，最後才終於把林說服。洞窟上下左右都彎彎曲曲。中倉在每個看不到盡頭的拐角都擺了一盞水中照明燈。這是記號。洞窟非常非常大。菊仔回想起過去廢礦島的那些坑道。橋仔怕那些掛在天花板上的蝙蝠。牠們會瞪紅雙眼發出討人厭的叫聲。中倉緊急回頭做手勢要大家趴下。中倉關掉水中推進器的開關把電動挖掘機放出去讓它沉到洞底。正當菊仔和林想要模仿他的時候，前方灰色的岩壁動了起來。那是一堵魚牆。條石鯛的巨大魚群。牠們把光源當成目標衝了過來。菊仔感覺危險。牠們不是被我們嚇到，在這座魚牆對面還有某些東西。中倉伸手把水中手槍遞給菊仔。三人面朝前方擺好發射姿勢。奔逃的條石鯛有些腹部破裂內臟拖在外頭還繼續在游泳。灰色的鱗片漫天紛飛。

一隻迷彩色的鮫魚出現在探照燈的圓形照明區。雖然體型不大，可是血盆大口露出的牙齒很銳利。中倉開槍命中帶頭的鮫魚喉嚨。痛苦掙扎的鮫魚身後出現另外三條。一隻朝正在吐血的同伴白肚子啃下去，另外兩隻往這邊游過來。菊仔開槍。打偏了。鮫魚露出牙齒衝了過來。菊仔扭曲身體想要拔出嵌在腳踝上的小刀。鮫魚的下顎擦過菊仔的背，牙齒似乎勾到調節器的橡皮管。牠激烈揮動尾鰭扭轉身體把管線撕裂。洞窟裡到處都是煙塵什麼也看不見。聽到噗咻一聲。有人發射水中手槍。綠色的魚血漂過眼前，一隻鮫魚腹部不停抽動，半邊下顎撞進軟土裡面正在用力掙扎。菊仔調節器的膠管被扯得四分五裂，氣泡劇烈湧出。正當菊仔要拔出腳踝上小刀的時候，輸送的空氣停了。四下搜尋預備的氧氣筒。洞窟裡的視野相當有限。他往四面八方照，探照燈三個光輪裡面只出現翻滾的細沙、魚的內臟、鮫魚的綠血，還有調節器管路冒出的白色氣泡。越來越難呼吸了。菊仔叫自己冷靜。記得預備氧氣筒是林負責在搬。開始搜尋林的蹤影。總之先往水中探照燈的方向前進。太陽穴越來越痛。

突然之間面前出現一隻鮫魚。雖然背上插著魚叉，可是牠還是往菊仔的脖子衝來。菊仔抓住調節器管線的斷頭對著鮫魚噴出水泡。鮫魚的喉嚨微微向上偏移。菊仔捅進小刀向上頂。小刀完全陷進白色的喉嚨裡面。這時菊仔喝進了大量的水。鼻子也進水了。他開始咳嗽。胸腔痙攣，咳嗽之後嘴巴和鼻子又把水吸進去。水和自己的意識完全無關不停湧進體內。菊仔陷入極度的恐慌。慌慌張張想要阻止自己咳嗽。使盡全身力量掩住鼻子和嘴巴。痛苦到胸口彷彿要裂開。心想，要找到預備氧氣筒才行。腦中不停想著氧氣筒、氧氣筒，自己變得完全搞不清楚自己身在何處在做什麼。連自己爲什麼這麼痛苦都搞不清楚了。陳舊的空氣腐敗膨脹，好像要把身體撕成兩半。眼前瞬間一黑。菊仔下巴的力量鬆掉了。他放棄了。水取代空氣流了進來。只要喝水就會消除痛苦。海水發出聲響傾盆灌進五臟六腑。器官都泡在水裡。菊仔心想，我要死了。一點都不痛苦。他對感受不到痛苦的自己有點生氣。發現自己沒有抵抗到最後就放棄投降。全身開始麻痺。可是心臟還拚命在跳。菊仔激烈生起氣來。後悔自己爲什麼這麼簡單就同意要去死。心跳聲沒有停。他把所有殘存的力量凝聚起來不再繼續喝水。不行了。胸腔完全不聽使喚在動。連把手舉起來都辦不到。這時有人把新的調節器塞進他嘴裡。空氣來勢洶洶灌了進來。他在停止喝水的同時感到痛苦，彷彿所有的細胞都被針刺一樣。菊仔無意識卸下調節器開始大鬧。想要拿刀殺死那個莫名其妙把空氣送來的傢伙。不知是誰用力按住他的胸口。菊仔的肺受到壓迫吐出空氣。新的空氣在胸部枯涸之後又衝了進來。空氣讓人感覺刺痛。好像肺部氣泡一顆一顆在哮喘。他吐了出來。眼前漸漸亮了起來。中倉和林盯著他看。你還好嗎？用手指比手勢問。菊仔微微點頭回應大家。

菊仔從鮫魚綠色的血液中學習到兩件事。一是只要停止對抗死亡，身體的痛苦就會消失。一是在聽見心跳的時候，必須要繼續和痛苦對抗不可以放棄。

大家等到菊仔冷靜下來，才繼續向洞窟裡面邁進。中倉和林也用完空氣換了新的預備氧氣筒。三隻鮫魚死掉了，另外兩隻在啃食內臟把牠們撕碎。洞穴裡只聽見水中推進器的聲音。中倉指向前方。有兩具殘留些許腐肉的人骨埋在沙裡。生鏽的潛水刀扔在身旁，頭骨變成了耳帶蝴蝶魚的家。紫色的海草晃盪著，遠方是一片廣闊的黑暗。黑暗的空間大到探照燈探不到底。中倉提升了水中推進器的速度。

鑽過紫色的海草之後就進到岩棚。中倉告訴兩個人說：絕對不要拿掉調節器啊。岩棚上有數百隻巨大的龍蝦。一旦光打到龍蝦身上，甲殼就會泛出彩虹的光澤。龍蝦們牢牢附在階梯狀的岩壁上一起揮舞觸角。簡直就像交響樂團的器樂演奏家全體都在揮舞指揮棒。角落群聚著一群眼睛潰爛的鯙魚。體態彷如鳳蝶的獅子魚和虎紋海蛇被燈光驚動逃竄。某種渾身是刺的深海魚嘴巴吐出黃色的絲，一被光線照到就脹起肚子，鼓到讓人覺得肚子好像會爆炸。

這座岩棚感覺像是一座蓋有高塔的寺院空間。挑高的天花板、龍蝦列隊的祭壇、紫色海藻是搖曳的華蓋、盲目的鯙魚是祭司、五彩斑斕的魚群是祈求寬恕的信徒們。越過這一切，空間深處開著三道裂縫的開口彷彿聳立的神像。中倉謹慎靠近。一一用探照燈照個仔細。中倉觀察中央的裂縫，招手叫菊仔和林過去。那個分歧洞穴以陡峭的角度從地面傾斜深入。中倉指著深處一點，有塊岩石顏色和周遭明顯不同，而且剖面看起來像是被巨大的刀刃切得乾脆俐落。中倉看看水深計。現在所在地是二十九公尺。那塊灰色的石頭恐怕有四十公尺深。中倉比較一下減壓說明標籤和減壓電腦表進行計算。空氣還夠嗎？在水深四十公尺的地方可以工作多久？中倉秀出六隻手指。六分鐘。中倉和菊仔兩人抱著電池和挖掘機鑽進裂縫，繫上繩索一路前進到灰色岩塊所在地。林好好看守繫留的繩索，在岩棚戒備以防萬一。

分歧洞穴的底層沉積是珊瑚蟲的屍骸，不是軟土。表面覆蓋著薄薄的紫菜。水壓讓身體變得很沉重。不過感覺比較像是水的黏性增加，而不是身體受到什麼東西壓迫。好像海水黏糊糊裹在身上。珊瑚屍骸會讓人聯想到骸骨。菊仔回想起過去在火葬場領取和代的骨灰，瞬間覺得很不舒服，或許油滑包覆身體的水壓也是造成不舒服的原因之一。這種感覺和殺死自己生母之後的虛脫感很類似。彷彿體內血液緩緩凝固又或者是在流失那樣。糟了，他想。待在海底，有時候枝微末節的不安就會引發恐懼。畢竟各式各樣的聲音和氣味都被隔絕在外，不安瞬間就會膨脹。萬一空氣用完的話怎麼辦？這麼一想，驚悚的畫面就開始在腦中迴繞，開始顫抖、嘔吐、急著想要浮上海面、然後失去意識。菊仔努力去想其他的事情。腦中浮現秋牡丹的舌頭、腋下，和性器。陽光曬熟的肌膚底層、一碰就會拉出透明絲線的鱷魚王國入口……他把這些和漆黑的海底疊合。

檢查水深計。三十八公尺。中倉用探照燈打亮灰色的岩石。證實這是一塊披著貝殼和紫菜的水泥。水泥四處都裂了。縫隙間伸出白色的突起，似乎是珊瑚。中倉把挖掘機的纜線接上電池，把挖掘機的鑽頭對上最大的裂縫啓動開關。洞穴開始震動。沉睡在珊瑚和岩石裡的熱帶魚驚慌失措從窩裡跑出來。起初水泥一動也不動。中倉一邊看表一邊把裂縫挖大。可以依據震動狀況判斷水泥有多厚嗎？中倉用雙手做了個手勢。大概三十公分左右吧。水泥碎片四散紛飛，劃出拋物線緩緩下沉。中倉讓兩條縫隙相交，集中挖掘交叉點。持續鑽進去開了一個手掌大的洞。中倉趴下用燈照亮朝裡面看。抬起臉來搖搖頭。菊仔也看了一下內部，看不太清楚。白色的珊瑚正在繁殖。中倉繼續把洞擴大，挖到人可以進入的大小。將挖掘機的轉速調到最高不停作業，這時候，混凝土平面大約有三分之一發出濃煙和聲響陷落崩塌。中倉也一起掉了進去。菊仔拿著水中探照燈緊跟在後。

空間裡滿是瓦礫和珊瑚。中倉被滑溜溜的海藻纏住，正在掙扎。他抓住繩子拖出身體，舉燈照亮內部。這個水泥塊似乎是座大型的碉堡。三個方向挖有槍眼，底部是黏稠的軟土。扳開瓦礫只看到兩株巨大的腦珊瑚，沒有任何其他東西。中倉苦笑起來。菊仔看著腦形珊瑚，回想起山根。山根曾經說過：我曾經撥開一部分的頭蓋骨看見自己的大腦，感覺簡直就像是充滿彈性的豆腐喔。心想，原來自己在思考在感受，都是多虧這塊像是豆腐一樣的傢伙在幫忙，覺得自己變成一塊豆腐，不管發生什麼事情都無所謂。豆腐和腦珊瑚……菊仔喃喃說，啓動掉在地上的挖掘機開始破壞柔軟的腦珊瑚。珊瑚一下子就斷裂亂飛。中倉阻止菊仔。指向水中白濁碎片的空隙，有個物體在發光。中倉搶過菊仔手上的挖掘機，小心撥開腦珊瑚的殘骸。銀色的筒子出現了。是鉻鉬鋼的瓦斯筒。筒身什麼刻痕都沒有。直徑和人類大腿差不多，總共堆了十六支。筒與筒之間夾著很厚的橡膠。這些鋼筒身上都綑著鎖鏈，固定處被封在水泥裡面。中倉鑽碎水泥把鎖打開，鋼筒山就緩緩垮下來。菊仔他們用橡膠綁帶把筒子三支三支綑在一起，一次搬六支。拉拉繩子打信號，請林把大家拉上陡坡。林手邊的燈光從戒備的岩棚漏出來，很像在一片漆黑的夜路上張望大樓窗戶的光。先前繩索在珊瑚礁上打了好幾個結，現在牢牢綳緊。看到林了。可以看到他使勁拚命拉繩索。挖掘機和電池都放在碉堡裡面。菊仔和中倉身上只抱著鋼筒。現在上升到碉堡和岩棚中間一半。兩尾獅子魚好像受到驚嚇從菊仔面前快速游過。

就在這時候。中倉的叫聲和泡沫噴發的聲音傳了過來。菊仔回過頭。中倉把調節器從口中拿下按住額頭痛苦呻吟，左手就這樣抱著瓦斯筒滾下陡坡。菊仔跟不清楚狀況的林比手勢，請他放鬆繩索去救人。中倉躺在碉堡上手壓著額頭。發現菊仔之後他抬頭指指附近的獅子魚。他被刺了。獅子魚美麗的背鰭有一些尖銳的突起，只要被刺就會全身麻痺。被刺的部位則會劇烈疼痛。中倉用手模仿動作請菊仔小便淋一下。因爲這是酸性毒素，請你把小便灑在我的額頭上。看到菊仔扭扭捏捏的樣子，中倉直接把他乾式潛水衣的拉鍊打開，硬是把他性器拉出來，前端按在傷口上，按著菊仔的大腿說快一點。菊仔拚命引發尿意。看中倉把頭探到自己胯下，覺得姿勢太荒謬肚子沒有辦法用力笑了出來，反而更不想尿。中倉把粉紅色的尖端放在額頭磨蹭，好像不管什麼時候尿出來都無所謂。菊仔原本覺得又要笑出來，按住腹部忍住。

突然間，中倉放開了菊仔的性器。怎麼回事呢？菊仔仔細盯著他的臉。隔著潛水面罩，中倉的表情看起來突然開始扭曲。眼睛牢牢閉上，緊咬嘴唇。下巴不停在顫抖。牙齒咬進嘴唇開始微微出血。揪住菊仔大腿不放。手臂像金屬一樣僵硬。菊仔注意到一件事，中倉被獅子魚刺到的時候應該已經從嘴巴把調節器拿掉了才對。菊仔注意中倉懷裡的瓦斯鋼筒。鋼筒尖端某種嘴形的氣閥被扭開正在噴綠色的泡泡。泡泡一下就擠破散開。液化混進海水裡面。中倉睜開眼睛，瞳孔大開。隔著潛水面罩眼球看起來像是乾涸枯萎的果實那樣，眼瞼邊緣充血腫脹。口中呼出淡綠色的氣泡。菊仔的大腿被他摟到筋好像快要斷掉。中倉突然放手。呼出泡泡對什麼大吼。聲音像是一邊咳嗽一邊大笑那樣。菊仔努力驅動麻痺的大腿逃跑。中倉拉住繩子阻止他。菊仔用小刀把綁在兩人之間的繩子切斷。對林作信號說：把我拉上去。然後全力擺動蛙腳。大腿麻了沒辦法照自己想要的方向前進。水壓黏答答地糾纏不清，菊仔心想：以前夢過好多次這類的夢。夢到雙腿麻痺身體很沉重的時候被朋友或者是親人追殺。中倉自己爬上陡坡從後面追來。嘴裡不斷發出噁心的聲音。聽起來像是一邊咳嗽一邊笑。林把繩索拉緊。菊仔喘氣登上岩棚。海裡因爲有水壓所以身體會感覺比較輕，加上溫度又比地面低，就算做劇烈運動也不會感覺到自己的能力極限，有時候甚至會累到沒辦法呼吸。站上岩棚的瞬間菊仔眼前一黑，意識漂流而去。昏倒的話就會忘記呼吸。菊仔蹲下拱背壓縮肺裡的氣泡用力吸氣。命令自己：呼吸。心跳聲傳來。空氣堆進肺裡。再命令自己：吐氣。反覆持續。心臟還沒停。慢慢睜開雙眼。看到眼前蝦子正在揮舞觸鬚。他聽見背後傳來呼吸聲。林對爬上來的中倉伸出手。菊仔大叫：不要！可是沒辦法發出聲音，只是咕波咕波吐出一堆水泡。中倉抓緊林的手。林面罩之下的表情開始扭曲。中倉右手拔出潛水刀。林設法揮手掙脫。菊仔撿起水中手槍擺好姿勢。瞄準把刀戳進林腹部的中倉。發射。銀色魚叉拉出飛機雲般的絲線納進中倉的喉嚨裡。

34

橋仔就這樣坐在浴室。他發現自己的手指被水氣泡軟，關掉不停流水的蓮蓬頭。手上握著菜刀。鮮血正被流水沖走。刺殺妮娃是在作夢嗎？橋仔全身濕答答回到房間呼喚妮娃的名字。尋找妮娃回家待在房間的痕跡。他檢查菸灰缸、牛奶糖包裝紙、梳妝台化妝品、玄關雜亂的鞋子，還有桌上餐具乾不乾淨。把手上的菜刀收回廚房架上。感覺什麼都沒變，橋仔心想。那件事情果然只是一個怪夢。

菜刀尖端陷進妮娃雪白膨脹的肚子裡，滲出皮膚的黑色血液……把它當作夢，這些畫面反而更清晰地留在腦海中。你瘋了，他想起Mr.D說這句話的聲音。我真的發瘋了嗎，橋仔變得很緊張。作夢夢到像是現場看到一樣，那應該就是發瘋的證據，這麼一想他就頭皮發麻。他回憶起自己小時候在垃圾場觀察的那位老太婆。那位老太太是個瘋子。明明天空什麼也沒有她就這樣指著大喊：有飛機！然後趴倒在地。我也會變成那種人嗎？爲什麼呢？我應該是那瘋狂乞丐婆棄養的小孩吧？說不定是因爲我切斷舌頭所以現在開始接受報應。我看到的東西其他的人都看不到，對於其他人來說明瞭清晰的事物對我來說卻是歪斜的。

橋仔從冷凍庫拿出冰塊。一直握著握到手麻痺發痛爲止。接著他點燃瓦斯爐。把手伸到火裡面。哀嚎跳了起來。掌心微微燒焦。他在紙上寫數字。隨意列一些數字把它們加起來。攤開報紙出聲唸訃文欄的報導。行浦義雄，Gyoura Ushio，書法家，十一日上午兩點二十分，因爲心臟衰竭在松山紀念醫院過世，享年八十三歲，告別式將在松山市本町九－三行浦書藝塾舉行。主祭者爲妻子吉枝女士，地址是松山市神入町三之四。全部一字一字唸完。心想，一切都很正常嘛。

他察覺廚房流理台放著透明垃圾袋。裡面透著一些紅紅的物體。是沾血的脫脂棉。橋仔全身爬滿雞皮疙瘩。刺殺妮娃並不是夢，他被恐懼籠罩。說不定馬上警察就要來逮捕他了。被抓的話就會像菊仔那樣接受審判，送進設置鐵絲網、鐵窗，和高牆的灰色建築裡面。我那麼脆弱不知道人家會對我做什麼。我明明是廢礦島的光榮，現在變成恥辱了。

有人在敲玄關的門。橋仔怕到快要昏倒。不過他反過來想，這是確定自己是否眞正發瘋的一個好機會。又是敲門聲。他從窺視孔向外看。是身穿制服的警察。橋仔渾身發抖。一邊發抖一邊開鎖請警察進門。內心做好被人一把抓住銬上手銬的心理準備。兩位警官看到橋仔跟他敬禮。大半夜前來拜訪眞是抱歉，年紀較大的那位說。夫人遭遇那樣的事，百忙之中眞是不好意思，可是還是必須前來進行調查。我完全不清楚狀況，是這樣啊。請進，菊仔帶他們進了屋裡。警察環視屋內對菊仔招呼說：眞的是辛苦你了。橋仔苦笑點點頭。警察從架上找出菜刀秀給橋仔看跟他請教說：夫人是用這個自殺的對吧？橋仔又點點頭。不過這種自殺方式眞是古典啊，刀上好像沒沾血。橋仔起身大聲說：我洗過了。可是你們夫妻爲什麼會引發這樣的爭執呢，是因爲這個嗎？警察說著立起小指秀給菊仔看。唉，有一個女歌迷跑來找我，胡說八道說什麼跟我發生關係之類的，吹牛也吹過頭，妮娃就當眞發起脾氣來。橋仔這樣回答。用的是和接受訪問相同的技巧。就算不知道自己在說什麼，只要盯住對方的眼睛用一種孤單的笑容回答，這樣對話就可以成立了。啊是這樣啊，名人私底下也是很辛苦，電視上看到的時候總是看起來一副很開心的樣子。夫人不是懷孕了嗎？她是因爲你說了什麼重話才自殺的吧，像是叫她把孩子拿掉什麼之類的。

橋仔從冰箱拿出柳橙汁讓警察們喝，拉椅子請他們坐下，警察一下就乾脆答應了。他們想要了解藝人的生活。某位知名女歌手在彩排的時候爲了讓自己平靜下來一定都會放屁。一說這類的八卦警察就很開心。橋仔也跟著一起笑。笑的時候腦中開始產生這一切都是夢的想法。接著確認自己一直一直都在作夢。警察笑完抽完兩根菸要回去的時候，橋仔問他們說：這個，全部都是作夢對吧。像你們這些夢中世界的人出現在我的夢裡面以後，最後會跑到哪裡去呢？是咻一聲消失掉嗎？警察搔搔頭笑了起來。唉呀就像你說的，我也希望大家彼此都作個好夢啊。敬禮準備關門。等一等！橋仔大叫。警察們驚訝回頭，橋仔撫摸他們的臉。請告訴我事情眞相，這是夢吧？這是夢裡的世界，所以就算我刺殺妮娃也不會有罪對不對？警官瞬間變了臉色。兩人面面相覷，抓住橋仔的手臂問：是你刺殺夫人的嗎？橋仔很害怕。搖搖頭。就是因爲我不知道所以才問你們啊，他小聲地說。兩名警察說悄悄話不知道在說些什麼。橋仔又碰了一次警察的臉頰。皮膚沾滿汗水和脂肪油油滑滑的。橋仔心想：這個警察之夢的模型做到這麼細緻，到底要怎樣才有辦法離開？欸，橋仔先生，現在已經半夜了。我們沒辦法陪你開玩笑了。幸好肚子裡面的小孩好像沒有受到影響，你去醫院探望一下怎麼樣？

兩位警官的身影在電梯裡面消失。橋仔把玄關的門關上。用掌心摩娑金屬門。感覺不到質地。摸摸床上的毛毯。指間積滿塵埃和毛球。摸摸桌子表面抓起柳橙汁的瓶子，舔掉另一隻手手背上流下來的一滴黃色果汁。他想起金手指的故事。那個貪心的人碰到的物品全部都會變成黃金。橋仔心想：那個人應該很寂寞吧。一切事物的質感都會在伸手觸碰的那一瞬間消失，這樣下去，那傢伙在地球上最後就會變成孤單一個人。橋仔有點鼻塞。心想說不定是因爲空氣太熱。啓動冷氣開關。噪音響起，油膩的氣流吹過臉頰。他把臉貼在窗玻璃上。涼涼的感覺很舒服。起霧的玻璃溫度很快就變成和體溫一樣。

橋仔回憶起小時候。那時他還待在廢礦島。覺得當時自己身體的輪廓很清晰。自己身體表面總是有點刺痛。就像摩擦破皮的傷口或者是被夏日陽光曬到脫皮的粉紅新皮那樣有點刺痛，單單風或光的方向改變，全身就會產生反應。有一層膜隔著，現在的我身上敷著好幾層薄膜把空氣都隔離了。類似薄薄的塑膠、粉末或者是油那樣，讓我沒有辦法確定自己碰到的是什麼物品，我的眼球、耳朵、鼻子也從身體分離。橋仔想要讓身體再度感覺到刺痛。試著離開夢境。想要離開這裡，只要死在這邊就可以了。他緊握左手。用桌上的菜刀往手腕的血管唰地切過。拉出一條紅線，鮮血剎那間噴了出來。他突然覺得非常害怕。因爲他感覺不到痛。心想，就算死在這個夢境裡面也還是沒有辦法再次回到那個刺痛的世界。

他跑出屋子。衝過走廊跳進電梯，驅動電梯以後按下緊急通話鈕。電梯停了下來。喂喂喂聲音傳來。發生什麼事，停電了嗎？男子的聲音從小小的塑膠盒中傳來。讓我出去，無論多少錢我都會付給你，橋仔按按鈕大吼。火災了嗎？停電了嗎？電梯到底怎麼了，現在是什麼狀況？男人的聲音像壞掉的收音機一樣。是一種被壓縮在電波裡面傳來的聲音。告訴我這座電梯會帶我去哪裡？門一打開外面會不會是地獄？趕快讓我出去！橋仔用腳踹電梯的牆。到底發生什麼事故，請跟我仔細說明一下，現在電梯停在十二樓和十一樓中間。請問電梯裡面燈還亮著嗎？橋仔開始捶那個小小的塑膠盒。把它打爛。他覺得有小人躲在裡面。電梯開始下降。門在一樓打開。兩位抱著滅火器的人站在那裡。手上提著工具箱。他們看到橋仔的手喊出聲來。怎麼一回事？哪裡受傷了？橋仔視若無睹離開電梯走出室外。移動到馬路上。血流沒有停止的跡象。他找到外科醫院。按了門鈴。燈光熄滅但是什麼反應也沒有。他敲玄關的門。你是誰呀？年輕男子從二樓窗戶探頭。橋仔讓他看看流血的左手腕。這裡被切到了。男人發出嘖嘖聲，大叫：去死吧！把窗關上。

橋仔走在路中間。感覺只有左手活著。遠方可以看到十三座塔。眼前有點朦朧。這個街區是一個巨大的銀色的蛹。吐著濕滑的絲線作著繭。繭將外界的空氣隔絕。讓觸感變遲鈍。什麼時候蛹才會變成蝴蝶呢？巨大的繭什麼時候會起飛呢？不管是絲還是繭，那些遠方的塔什麼時候才會倒塌呢？橋仔在道路的中央分隔島躺下。只有左手在呼吸。植栽的縫隙中，刺眼的車頭燈瞬間閃過。他呼吸泥土的氣息。乾燥的粉末沒有任何味道。睡吧！橋仔命令自己。身體某處有某種物體在沸騰。他想要撕裂身體把沸騰的物體挖出來，砸向這座肥嘟嘟的夜蛹之城。橋仔漸漸陷入夢鄉。

菊仔站在沙灘上。好像正在挖洞。光線太亮看不清楚。菊仔身旁有具身穿潛水服全身僵硬的屍體。菊仔正在挖洞埋葬屍體。女人的聲音傳來。乳房和臀部前凸後翹的年輕女人。秋牡丹撐著紅色的塑膠傘唸著祈禱的話。把沙填進洞裡。沙粒被風吹起，秋牡丹掩住眼睛。菊仔將屍體埋好之後，走到海岸上凸出的紅樹林折了一枝粗枝。扳除細小的分岔用小刀開始削。好像在做一根棒子。他拿起來和自己的身高比一比判斷一下長度，插進沙裡試著將體重壓在上面測試韌度。老人和黑山羊一起下到海灘上。老人捧起一把沙摩擦沾染油垢的雙手，再用海水沖掉。油從沉澱的沙礫分離浮上，在海面攤開七彩的薄膜。

直升機修理完成了，老人告訴他。秋牡丹起身面對菊仔大叫。菊仔！我們要去轟炸東京囉！菊仔朝兩人的方向舉起手，做做手勢：稍等我一下。那傢伙在幹嘛？老人喃喃說。乳白色的汁液從黑山羊鼓脹的乳房滴下。發出聲響滲進沙灘裡。菊仔要用那根棒子做撐竿跳。

黑山羊流下的乳汁甜味四散。蒼蠅群聚過來。菊仔確認棒子握起來的感覺。秋牡丹站在潮水邊際高高舉起傘。飛過我的正上方吧，菊仔。菊仔盯著紅色塑膠傘的頂點。開始衝刺。把秋牡丹的身體剪影當作目標邁開腳步。肌肉繃緊。踢起的白沙向後飛騰。菊仔攪亂整條海岸線蒸騰的空氣。木棒尖端微微晃動。汗水脫離菊仔的身體。秋牡丹閉上眼睛，感覺菊仔的呼吸似乎傳到自己身旁。過去吹進耳窩和腋下那道溫熱的氣息包覆全身。腳步聲越來越近。秋牡丹睜開雙眼。粗大的棍子插入純白的沙。氣流呼嘯而過，似乎讓汗水瞬間凍結。傘飛了起來。滾到沙灘上。紅色的傘反射閃光飄在珊瑚礁的水面上。塑膠小紅點在濃綠的背景裡緩緩旋轉，秋牡丹盯著看了很久。

蝙蝠開始起鬨。牠們覆在天花板和牆壁上，整座機庫都好像在發出沙沙的聲響。直升機引擎開始嗡嗡運轉。螺旋槳動了起來。菊仔打開機庫大門。光線照了進來。空氣一片煙霧瀰漫。天花板的蝙蝠像是下雨一般掉了下來。啪搭啪搭落地。一同發出噁心的叫聲。地板完全被埋住。

直升機緩緩離開機庫。機輪輾過蝙蝠。螺旋槳速度提升。染血的蝙蝠都被颳跑。活下來的都聚到機庫一角仰賴僅存的濕氣與陰影，抖著縮成一團的羽毛，齜牙咧嘴囓咬同伴，還用腳爪交相推擠。想要盡可能鑽進同伴們積聚的陰影深處。直升機漂浮起來。距離那個縮在零餘暗角嘈雜顫動的黑色團塊越來越遠。菊仔喃喃說：等等我，橋仔，我很快就會去找你了。腦海中浮現這樣的畫面：橋仔正被一些素昧平生的人威脅，感覺很害怕。

橋仔抱著膝蓋在顫抖。想要說些什麼卻發不出聲音。橋仔經常認爲比自己高的人都會去虐待他。橋仔全身散發藥味，等待善良的導盲犬現身。可是完全沒有狗出現。這城市早上的幹道只會有被壓死的狗屍乾乾貼在馬路上。某人戳戳橋仔的肩膀。起來，喂，不可以在這裡休息，起來。橋仔想要逃。地面升起的汽車廢氣熏得喉嚨和眼睛表面很痛。他被車窗探出來的臉包圍。手腕流出的血凝結在草地上。

兩旁道路塞得很嚴重。橋仔抬起頭。警察戳他肩膀。不可以睡在這裡，你不是受傷了嗎？遠方響起救護車的警笛聲。卡車司機吐出嘴裡嚼的口香糖。什麼嘛，不是常上電視那個棄嬰歌手嗎，怎麼啦，變成乞丐了嗎？橋仔起身。左手腕依舊黏在草地上。血凝固了拉不開。他發現血被吸進土裡。這樣全身不都變樹枝了嗎？橋仔把左手手腕拉起來。發出薄皮撕裂的聲音。好幾根草黏在傷口上。

喂，你什麼時候變乞丐啦？卡車司機大喊。警察揮手叫他快點前進。駕駛座的窗戶遞出週刊雜誌和原子筆。大哥不好意思啊，請幫我簽名好嗎，那邊不是有張洋妞露奶翻白眼的彩頁嗎？請幫我在那一頁簽名。他走下卡車把週刊雜誌遞給橋仔。橋仔搖搖頭，低聲說不要。後面的車拚命按喇叭蓋過他的聲音。司機在指尖沾點口水翻開週刊雜誌的頁面，就是這邊，秀在橋仔面前。是張巨乳洋妞在中世紀拷問刑具前面倒立的彩頁。欸，快幫我簽吧，我會去買唱片。警察阻止司機。趕快把卡車開走，這樣阻礙到別人啦。後面的車無法前進，車上下來兩個男人踹卡車的載貨區。你們在幹什麼混蛋東西，裡面堆的都是蛋啊。橋仔看著彩頁上的外國女人。搖晃乳房的女人表情看起來好孤單啊。司機們肩膀相互衝撞，一個男人拿金屬球棒去敲卡車載貨區。門栓被震開。有兩三顆蛋掉到馬路上摔破。

救護車的警笛接近。橋仔站了起來。空氣白茫茫一片迷濛。十三座塔閃耀著。馬路被蛋弄得濕濕滑滑。救護車鳴響警笛開過去。戴安全帽的年輕男子笑著。風中帶著汽油的氣味，撥弄著週刊雜誌的書頁。表情寂寞的洋妞消失了。數不清的蛋在馬路上滾動。橋仔撿起兩顆蛋。向高塔扔去。距離不夠掉到汽車的引擎蓋上摔破。潮潤的黃色半球徐徐溜下車身。移動的黃色半球倒映著建築玻璃窗。

病房窗玻璃上映著室內的觀葉植物，閃耀綠色的光。印度榕的盆栽裡，肥厚的葉子在空調的氣流中擺盪。臉色蒼白的女人用凡士林擦著這些厚葉片。她身披紫色半透明的睡袍，兩腳浮腫，可以穿透衣服看到肚子纏著繃帶。有人敲門，女人回到床上。拉毛毯蓋上肚子，肩膀披上毛巾。請進，門沒鎖，妮娃說。橋仔和護士一起走了進來。妮娃發出哀嚎大叫：趕快把這個男人趕出去！橋仔悲傷地搖搖頭。伸出左手腕讓妮娃看。我已經不瘋了妮娃，我懲罰了自己，反省了一整個晚上。妮娃在發抖。護士想要把橋仔趕出去。五分鐘就好，橋仔說。妮娃縮到床角指著門。出去。護士抓住橋仔的手想要把他帶走。橋仔揮開她的手。護士踉蹌跌到地上弄倒消毒水。咖啡色的瓶子滾到地上撞牆碎了。酸味壓縮了病房的空氣。妮娃摀住眼睛和鼻子。結果到最後，還是沒有存在的價值，一直都是這樣。橋仔被酸氣熏得眼睛紅腫說著。我知道每一個人都不需要我，我一直都不被需要，所以我想我應該要成爲不需要其他人的人。可是，妮娃，不只是我這樣。不可或缺的人根本就不存在，所有的人類都沒有價值。這樣實在是太寂寞了，所以我就生病了。昨天晚上啊，我的血不停被吸進地裡去喔。身體變輕了，小蟲們聚集過來在我的手臂上休息。我把牠們一隻一隻捏死，蟲排成一條黑線死掉了。我認爲有人在壓我，就像我壓蟲那樣。說不定小蟲把我的手臂當成是公園，被我殺掉的蟲應該不知道我是人類吧，說不定把我當成是獅子，應該至少知道我不是蝴蝶。就像蟲那樣，有某一個就算我被壓死也不知道那是什麼的傢伙存在在這個世界上。那傢伙的身體一定是用空氣做的，是一個像輕飄飄的氣球的傢伙。那傢伙也用黏土創造我的生母把我丟棄。

「爲什麼你要刺我？」

我應該是想要討好那傢伙吧。

「爲什麼非得要刺我呢？」

我很害怕，我想不這樣做說不定會換成我被壓死，我怕。

「橋仔，你去醫院比較好。我對那玩意完全沒有辦法。」

Mr.D走進病房。戴頭盔和穿白衣的男人們接二連三跟上，從兩邊腋下架住橋仔。橋仔擺動身體想要掙脫。逃到房間角落把消毒瓶的碎片丟過去。白衣男子們壓住橋仔的雙手、雙腳還有頭。Mr.D你是胖嘟嘟空氣人的手下吧！橋仔大叫，嘴裡被塞進一粒橡皮球，下顎被綁帶綑住牢牢固定。橡皮球滑進橋仔的舌頭下抵住牙齒一動也不動。橡皮的觸感讓橋仔陷入恐慌狀態。我什麼也沒做請饒過我吧，他想要喊叫。可是言語被橡皮阻礙發不出來。只能發出嘎嘎嘎嘎嘎嘎嘎嘎嘎嘎嘎這樣的聲音。橋仔雙腳亂踢。浮現恐懼的表情。他聽見妮娃啜泣的聲音。白衣男子們替橋仔穿上灰色的怪服裝。與其說是衣服不如說是綴有超長衣袖的袋子。上面還附皮帶。橋仔被袋子完全罩住，叮叮噹噹的扣環收緊之後全身就完全沒辦法動。橋仔怕到尿了出來。啊，這傢伙好髒啊！男人捶了橋仔的頭一下。住手！他是在害怕，妮娃從床上下來。Mr.D阻止妮娃靠近。這傢伙精神不太正常，雖然可憐但是精神不正常。橋仔倒在Mr.D腳邊。只能看到妮娃的腳和肚子。透過紫色的衣服，可以看到妮娃的肚子在動。鼓起的腹部肌肉三不五時顫動突出。橋仔試著接近自己小孩的方向。全身用力。他想摸摸妮娃的肚子。身體被袋子和皮帶綁住連爬都不能爬。白衣的男子們把橋仔抬起來扛到肩上。

不可以難過啊，妮娃，這傢伙已經燒掉了，都變黑燒焦了，讓他稍微休息一下或許還可以想點辦法。橋仔被搬到走廊去了。妮娃心想，不能讓他休息。他沒有休息的時間也沒有地方可去。妮娃按著肚子追在橋仔後面，拔下戒指塞進拘束衣裡面。這是翡翠喔，橋仔聽到嗎？是以前你說過你很喜歡的翡翠喔，橋仔有聽到嗎？妮娃在橋仔耳邊說悄悄話。電視攝影機包圍橋仔。燈光的陣列和閃光籠罩橋仔和妮娃。橋仔蒼白的表情被打亮。電視攝影機拍攝妮娃鼓起的肚子。橋仔不可以休息，不能逃，不管你逃去哪這些人都會追上，繼續燃燒變成翡翠吧，繼續燃燒就會變成寶石喔。橋仔瞪著電視攝影機。鏡頭表面顯現黯淡的虹彩。映出橋仔的臉。嘴裡堵著皮球流著眼淚枯瘦的臉，這是我，這是我的臉。橋仔在那塡滿橡皮的喉嚨深處低聲反覆說著。他呼喚那張鏡頭裡面扭曲哭泣的臉。你去哪裡了，我找你好久了。

橋仔的頭髮纏著玻璃碎片。那是消毒瓶的碎片。味道很嗆。他被帶去的那間建築物也發出一樣的氣味。建築中庭有著巨大的櫻樹。穿著浴衣的少女在樹蔭下做編織。穿睡衣在打排球的男人們，還有圍著風琴唱歌的女人們一起看著橋仔。橋仔就這樣被扛著橫越中庭。臉上汗水口水橫流。白衣的男子每次踏步太陽都在搖。他們穿過中庭末端的鐵拒馬。建築物裡很暗。入口擺著人形模特兒。是一座揹書包戴帽子的小朋友模型。手上握著塑膠的紙片。上面寫著：爸爸媽媽，我會打起精神等你們喔。褐色光滑的臉和手臂上都有裂痕。進了一間牆壁和天花板雪白的房間。橋仔被放在床鋪上。束縛大腿的皮帶被解開。剪刀經過眼前。似乎是要剪開褲子。大腿接觸到柔軟的物體，清爽的風灌了進來。

針頭尖端滴下一滴藥。針戳了進來。身體暖起來。緊咬的下巴放鬆。變得分不清楚嘴裡面橡皮球、舌頭或牙齒之間的差別。發現自己身體深深陷進床裡面。天花板並排的日光燈管有一支故障。管身發黑反覆微弱閃爍著。每次陰影都瞬間擴散消失，顏色稀薄邊緣帶著鋸齒。拘束裝扣環解開的聲音響起。黑色的橡皮球拿出來。被口水泡濕了。白色的泡沫滑過橡皮表面。

有人抓住橋仔兩隻手把他放下床。白衣男子拖著他在走廊上走好像要把他拗斷一樣。架設鐵柵欄的房間並列在兩旁。橋仔被放在一塊潮濕的榻榻米上。房間角落堆著毛毯。對面的患者看著橋仔。一位身體滿是斑點的老人，開敞浴衣露出透明的塑膠尿布。他對橋仔說：你，你是好人嗎？橋仔把手肘撐在榻榻米上爬起來。老人看到哇哇大叫逃到房間角落。背抵牆壁肩膀隨喘氣不停上下抖動。他面朝天花板不知道在說些什麼。偷偷摸摸瞄向橋仔，一旦視線相交又發出哀嚎。你，你是那個吧，我知道喔，你，你是壞人吧。踩過影子讓好人不幸那種，我會忍耐所以我曉得，多少錢五百塊嗎？你要用錢解決嗎？我身上沒有五百圓喔，雖然沒有可是我無所謂，總是感謝神明感謝感謝。老人興奮起來。額頭浮現血管。他聲音太大最後終於引看護人員過來。一踢鐵柵欄，老人就怒斥：不可——以！老人指著橋仔跟看護人員求救。那個人是壞人，會踩我的影子讓我不幸。請不要帶壞人到這裡來，電燈都劈哩劈哩劈哩劈哩了，壞人交給警察好人才來醫院，正義不一定會勝利所以神明會讓電燈劈哩劈哩，如果被踩影子抓到一定會完蛋喔。看護人員又踢鐵柵欄一腳。不可——以！他拿腳上的拖鞋敲水泥地板。不可——以！喂，不可——以爺爺，你要嚐嚐這個嗎？看護人員在老人面前掏出黑色橡皮球秀給他看。老人看到橡皮球馬上把手塞進嘴裡。把右拳含進去。發出咳咳的聲音然後開始哭。哭聲相當尖銳。看護人員生氣了。喂，老爺爺，你聽不懂嗎？不可——以！不可——以！老人繼續哭。我要叫醫生過來囉，喂，我真的要叫醫生過來囉，好喔？老人聽到醫生這個字背部發抖停止出聲。咬住掌心忍耐。發出嗚咽聲。牙齒都咬進手裡。喂，放開手。不可——以！不要咬手。血好像滲出來了。老人拚命搖頭。看護人員開鎖走了進來。想要讓老人的手離開嘴巴。老人用拖鞋敲榻榻米。不可——以！看護人員用拖鞋打老人的臉。老人終於好像恢復神智。看護人員拉住他的耳朵怒吼：不可——以！老人怯怯點點頭。是，是，是，是。看護人員又再度舉起拖鞋。住手，橋仔不知不覺出聲。看護回過頭來。你想怎樣，剛剛說什麼？橋仔沉默。剛剛說什麼啊？橋仔害怕起來。看護雙眼上吊瞪著他。橋仔低頭。老人被拖鞋毆打的聲音傳來。是，是，是，是，是，發出微弱的聲音。橋仔感覺很不舒服。想要喀嚓喀嚓剪掉自己的舌頭，後來覺得該剪斷舌頭的應該是那個白衣男子。他閉上眼睛，一邊唱孤兒院學過的祈禱文一邊說住手。請住手，再次說完然後睜開眼睛。看護正望著他。他鬆開老人的耳朵說：你真了不起啊。

看護慢慢走出老人的柵欄。打開橋仔房間的鎖。走了進來。叫我住手你是誰啊，你在對誰說話啊？看護穿著拖鞋拔出腰際的警棍，橋仔低下頭。警棍從他面前抽出。橋仔偷偷捏一下手背。沒有感覺。心想就算被打應該也不會痛吧。他抬頭望著看護。是對你說話。看護苦笑搖搖頭。衝撞橋仔的肩膀讓他摔在榻榻米上然後抓住他左腳腳踝，把他拉起來。橋仔右腳拍打榻榻米想要逃。你很厲害嘛，看護說著用警棍打橋仔的腳掌。劇痛傳透全身。再來一棍。橋仔後腦勺的皮膚都抽搐起來。疼痛從腳踝直接撼動下巴。即使如此橋仔還是不作聲。緊咬牙根。一旦出聲就必須說對不起才能了結。第三記打在腳弓上。大腿根部開始發抖。他這才曉得打擊和打擊之間會醞釀恐懼感。因爲自己會去想像有多痛所以會害怕。下巴一點也沒放鬆。腳踝開始麻。第四棍大腿肌肉發生痙攣，性器裡也積滿小便。心想，下一棍小便一定會尿出來吧。開始想要跟他道歉。這時候恐懼瞬間塡滿體內。連牙齒內側都被塞滿。下巴開始發抖。對不起要出口的時候咬到舌頭。突然想起：我有切過舌頭。我連那種痛苦都忍過去了，他跟自己說，超越了自己的恐懼。不行了。已經忘記切舌頭那時候有多痛了。都是那個怪老頭害的，爲什麼我非得承受痛苦不可呢，這時候他突然發現身旁其實只有老人在看。

就算尿出來也沒有什麼好害羞的。來吧。他低聲說。爲了驅走挨打之前的恐懼他再度喃喃。快點，快打。發出聲音感覺稍微放鬆一些。挨揍疼痛的預感淡化了。尿意漸漸消失。這時第五記揮下。他咬緊牙關忍住。只有一點點小便漏出來。把力量灌到全身忍住。準備迎接下一棍。來吧，快打，他再次喃喃說。聲音越來越大。快點啊，快打啊，來啊，打看看啊，我不會輸的，用拳頭敲打榻榻米。快打！橋仔大叫。看護人員放開緊抓的腳踝。橋仔的肚子在打顫。腳底發熱。爬起來望著看護。臉頰通紅。警棍高高舉起。在那瞬間，橋仔再次大叫：打看看！警棍在看護人員的頭上停住。寂靜降臨，看護說：你沒有辦法離開這裡喔，你知道嗎，我會讓你吃不錯的藥，相當有效喔，可以讓腦袋清潔溜溜的藥，他會幫你清除爛掉的腦漿，很爽喔。

橋仔腳底腫起來。老人看著橋仔。等到看護人員走到走廊盡頭之後他就開始笑。你眞是一個不錯的人。橋仔不作聲按摩腳底。壓在牆上冰冰涼涼感覺很舒服。喂，喂你啊，好人，好人啊，老人一邊舔手心一邊叫他。吵死人啦，橋仔睥睨老人。和你沒有關係，安靜一下好不好。老人露出悲傷的表情點了好幾個頭，是，是，是，是，是，橋仔望向房間角落嚇了一跳。層層疊疊堆積如山的毛毯下面露出纖細的腳趾頭。後面藏著一個女人。毛毯疊在腳上。只有頭髮、額頭、左手和腳趾從裡面伸出來。手腳指都很細，顏色很白，橋仔心想應該是女人吧。老人告訴他說女人頭壞掉了。不是好人也不是壞人是高麗菜。爛掉的高麗菜畢竟還是高麗菜，不是好人也不是壞人。不過她不讓人吃。高麗菜左手小指上戴著一個金戒指。她蓋著毛毯不熱嗎？柵欄裡面沒有窗。走廊兩側雖然傳來風扇的旋轉聲可是到處都沒有風吹來。橋仔靠在牆上。裡面這麼悶熱，高麗菜卻完全不流汗。天花板上掛著黃色的燈泡，燈罩的陰影恰好落在高麗菜左手邊。高麗菜左手的戒指會隔一定的間隔發光。橋仔望向天花板。燈泡和燈罩都沒在搖。是高麗菜自己手指在動。只要移到某個角度戒指就會反射光線發亮。高麗菜的手指在毛毯表面游移。反覆的速度是固定的。

看護人員送飯來。是裝在管子裡的流質食物。加了牛奶、米、蔬菜粉還有鹽。橋仔觀察看護人員把管子插進高麗菜的嘴裡擠出流質食物。高麗菜臉上戴著奇怪的面具看不到長什麼樣子。面具遮住整張臉。橋仔在廢礦島看過很多類似這樣的面具。嘴巴延伸一根伸縮管路的防毒面具。管路的封口打開，看護人員把管狀的食物伸進黑洞裡。因爲喉嚨會發出聲音，應該是有吃進去。

吃完之後看護人員把毛毯全部拿走。果然是女人。看護替她換塑膠尿布，擦大腿並且塗上痱子粉。不管做什麼她都不動。結束之後再把毛毯披上。她只有在抱住毛毯的時候低低出聲。看護對橋仔說：高麗菜的頭已經清得很乾淨了，很快你就會大吃一驚喔。高麗菜又動起手指。橋仔一直盯著她移動的手指。時而聞到痱子粉的氣味。高麗菜在發出啵。手指微微的動態擾動空氣。房裡沒有開窗，只有紫外線燈掛在天花板上。完全搞不清楚到底是晚上還是白天。橋仔一點一點接近高麗菜。每次橋仔在潮濕的榻榻米上前進，高麗菜手指的動法都會變。橋仔想起藥島公園裡那位肌肉痙攣的可憐男子。他和那位罹患舞蹈症的男子練習唱歌。橋仔會在那不停跳舞，在那彷彿腳下遭受機槍掃射的男子身旁連續唱好幾個小時。腦中轉著好幾萬種旋律。橋仔在榻榻米上匍匐前進到可以摸到高麗菜的距離。毛毯裡伸出來的腳似乎血液循環不好，乾乾帶著褐色浮腫起來。橋仔偷偷碰一下趾尖。沒有反應。輕輕捏腳趾。感覺好像是裝什麼濃稠液體的塑膠袋。只要用針戳一個洞就會消下去。和佐世保河畔公共廁所那個幫橋仔吹的流浪漢一樣。橋仔心想：把我從寄物櫃救出來的狗下場就和這個女人一樣。他想報恩。我唯一能做的只有唱歌。女人的臉應該面朝毛毯東邊，橋仔對她發出類似低音木管樂器的聲音。起初高麗菜完全沒有反應。說不定耳朵聽不見。橋仔逐步微微改變。從橫越密林的角笛，到軟葉飄落湖面的聲響，進而是擴散的細波沾濕岸邊砂礫，接著用像鳥囀一樣的三連顫音開場，哼起舞蹈症的敘事詩。旋律籠罩整間房間。毛毯動了一些些。她有聽見歌聲，橋仔提高音量，高麗菜手指動作變快，手心微微出汗。這時候，背後傳來叫聲。

打起精神啊！

患者們牢牢攀在走廊對面並排的柵欄上。呼叫的是那個老人。橋仔停止歌聲。喂，好人，果然是你，沒有聽到天氣預報所以知道聲音應該不是廣播，好人就是會唱歌，你是好人，再大聲一點唱遠足或者是生日快樂歌應該很不賴。妹妹死掉了嗎？很沒精神啊，你的歌沒有精神。高麗菜不喜歡。好人唱這種沒有精神的歌會讓人更沒精神。

橋仔停止唱歌之後高麗菜的手指又開始照原本那樣動。你說她不喜歡？真的是這樣嗎？

喂，好人，你沒有生病嗎？

病患們望著橋仔，從柵欄裡探頭排成一排。每個人表情都很不安。

如果生病的話我會告訴醫生，會拜託他打針。

你們不喜歡我的歌嗎？橋仔問病患們。大家面面相覷。老人似乎有點難以啓齒，代表大家開口說話。

嗯，我想要振作起來。

橋仔小聲說，我知道了，離開高麗菜身邊。走到房間相反的角落躺下。病患們觀察橋仔一會，最後把頭縮回柵欄，趴回紫外線燈照不到的地方去。只有老人一直望著橋仔彷彿很擔憂的樣子。晚安，橋仔半抬身體說。老人開心點點頭，終於把頭縮回自己的柵欄裡。打起精神……嗎，橋仔用任何人都聽不見的聲音自言自語。這麼說來我還眞不曉得什麼樣的歌可以讓人打起精神，這樣一想不禁苦笑起來。沒辦法啊，喃喃說，出聲笑了。每件事情都變得很愚蠢，讓人想要發笑。創造好幾萬種旋律，記住各式各樣的聲音，甚至連舌頭都剪掉，卻什麼都沒有改變。只是和眞實的自我相遇。只找到那個嘴裡塞進皮球、全身被皮帶束縛、痛哭喃喃請求饒恕的自己。高麗菜發出窸窣摩擦毛毯的聲音。橋仔望向她的方向，心想再唱一次看看張開嘴巴，可是放棄了。他發現自己膩了。眞想忘掉。想要把過去內在累積的音色和旋律全部吐掉。想要唱新的歌。他閉上眼睛，搜尋唱新歌的靈感。他把過去學會的，數量龐大的旋律和音色還有相關的記憶從腦海中一一驅除。耗費很長的時間試了好幾次。空曠的眼眶裡剩下來的總是同一幅畫面。幾小時之前，倒映在電視攝影機鏡頭上的自己，那張動彈不得又噤若寒蟬的表情。橋仔沒有消除那張臉。不只是因爲感到熟悉。他不太清楚理由，但是他認爲是那張臉想要唱新歌。決定把姓名、意義、服裝、行動全部剝離追尋那張恐懼的臉。

心想，今後無論發生什麼事他都不要放開那張臉。就算被人面蒼蠅呑沒他也絕對不會忘記自己，不會排斥怯懦哭泣的自己，因爲除此之外，任何地方都找不到自己。

遠方響起直升機的爆音。蝙蝠血乾掉黏在高速直升機的交叉管和起落架上。以對角線斜斜切過天空。掌控操縱桿的老機師開心笑著。唉呀，老實說已經有四年沒讓這傢伙飛了。直升機在東京灣海埔新生地的停機坪降落。進行加油和整備。菊仔和秋牡丹小心翼翼抱著裝瓦斯鋼瓶的旅行袋下直升機。兩人在開闊的機庫角落喝可樂。老機師和兩位整備員好像認識，正在聊螺旋槳可以收進機身的新型直升機。那種直升機高速飛行時可以變成完全用噴射引擎推進，可以加速到０．８馬赫（MACH，計算飛行速度單位。一馬赫約每小時六六七英里）。菊仔等大家聊到一個段落出聲打個招呼。我們還有一些事情要辦。老機師點點頭。不要拖太晚喔，塔台很麻煩的，四個小時之後就要回米露利囉。菊仔和秋牡丹手牽手邁開腳步回過頭說：

四小時很夠啦。

兩個人一言不發走在幾乎沒有車的海岸道路。夏天還沒結束。東京和唐木島見利島一樣熱。不同的是道路遠方會飄來汽油味，洶湧的人聲像耳鳴一樣匯聚傳來。鑽進直線隧道。長長的隧道蓋成銀色，偶爾會有大型卡車轟轟開過。秋牡丹回想起那隻在空中撕裂的鱷魚。

那時候心裡想說：天空如果下雨就好了。爲什麼呢。以後再也不希望自己會期待天空下雨了。秋牡丹觸碰菊仔的背。汗濕的襯衫平整貼在背上。隧道出口交叉道路旁有座機車維修廠。小工廠招牌上的油漆都在剝落。菊仔和秋牡丹全身曬黑，身上穿著白色麻質西裝和連身裙。年輕店員禁不住一直打量他們。店員髮梢染成紅色。蒙塵的櫥窗裡展示著兩台中古車。秋牡丹指指排氣量大的那台。

我要買那個。兩百五十ＣＣ的越野車。請幫我把引擎蓋上，秋牡丹說。她想要聽聽引擎聲，穿著白色連身裙就騎上去。跑出馬路十公尺左右之後讓雙手離開握把。眞厲害，年輕店員喃喃。買中古車的時候非常需要注意檢查車身穩不穩。菊仔在秋牡丹秀駕照等等文件簽名的時候把那個裝瓦斯鋼瓶的行李袋綁上機車載貨區。話說回來，你們顏色都曬得很漂亮耶，是衝浪客嗎？店員看菊仔一身合身的帥氣白西裝，一邊數錢一邊問：你們是Surf City Babies（衝浪之城二人組）吧？菊仔收緊安全帽扣環說：不對。

我們是Coinlocker Babies（寄物櫃的孩子們）。

高速公路塞得很嚴重。秋牡丹騎機車穿梭在車與車之間。中途被兩台大卡車擋住慢慢騎。菊仔在隔壁並列前進的計程車裡看到自己的照片。旁邊是中倉和林。粗體字寫著：發現照片上男子的人……等字樣。用的是警局拍的照片。殺害自己生母那個聖誕夜，隔天早上他被帶出拘留所拍的。不要碰我，菊仔不停嚷叫。揪在地板上，哭著呻吟說好幾百次請饒過我。照片上表情很可怕。熱淚盈眶的眼睛對不到焦。嘴唇鬆弛半開，露出牙齒。表情眞慘。菊仔對著照片喃喃說。不能害怕，要生氣，迷惑就完了。就算只有一瞬間猶豫，厚重的玻璃也會把人隔絕封閉起來。馬路突然不塞了。發生事故的車靠在單邊的車道上。是運送牛奶的奶槽車。水槽破裂，附近積滿一大片白濁的水。搭載菊仔相片的計程車急速飛馳而去。奶味裡、計程車消失的道路盡頭出現了十三座塔。塔柱醞釀熱氣湮沒在煙霧中。橙色的光在塔頂閃爍。太陽曝曬之下顯得很微弱。或許是因爲遠眺的關係，塔群看起來像是聚在一起喘氣。感覺石壁和金屬窗比燒烤的烏龜腹部還要柔軟。柔軟的箱子們溶化在夏季，乳香瀰漫，小孩一個一個被關進箱裡。菊仔鬆開載貨區的皮帶打開旅行包，確認鋼瓶在裡面。秋牡丹收緊節流閥。機車在宏偉的高架道路上衝刺，彷彿就要被遠方的塔樓吸收。什麼都沒變。每個人都期望劈開胸口迎接嶄新的空氣，讓自己的心跳怦怦作響。想要活得像是個機車騎士，在堵塞的高速道路上全速穿梭。我會繼續跳高，橋仔應該也會繼續唱歌吧，嬰孩在夏日柔軟的箱子裡沉睡，我們全身都聽見那聲音，那是在接觸空氣之前持續傳來的母親的心跳。不能忘記那晝夜不停傳來的訊號，那訊號只有一個意義。菊仔握住達秋拉。十三座高塔逼近眼前。銀色的團塊遮蔽視線。巨大的蛹應該要孵化了。孩子們沉睡在夏日的軟箱中不停編織玻璃、鋼筋，與混凝土的蛹，他們應該全部都會一起孵化。

走廊盡頭傳來打破玻璃的聲音。看護人員叫著。快點搬！送進柵欄裡面！走道的門突然打開，一位穿著拘束裝的男人被運了進來。放進橋仔這個柵欄裡。男子掉到榻榻米上整間房間都在搖，好像鐵做的人形雕刻從天花板掉下來那樣。高麗菜怯怯撥掉毛毯發出低吟。防毒面具垂下的管路也在顫動。可怕的聲音充斥整個房間。腦袋內側響起像是在刮自己骨頭那樣的聲音。聲音發自拘束裝男子磨牙的口中。勞動了醫生和看護四個人才把這男人押進來。醫生拿出一支很粗的針筒，液體從針頭啪搭啪搭滴下來。拘束裝男子額頭浮現好幾條血管，眼珠盡可能睜到最大赤紅凸出。橋仔覺得男人好像有畫眼線。因爲眼皮邊緣瘀血變成黑黑的。突然之間男子就這樣穿著拘束裝彎曲身體。力量相當驚人。固定肩膀的看護人員被揮到牆邊。橋仔非常清楚拘束裝會把身體綁到什麼程度。被那硬布裹住再用厚皮帶綁起來，手指連一公釐都動不了。其餘伸長身體旁觀的病人們開始起鬨。這傢伙精力眞是太充沛了，加油，加油啊！浴衣開開的老人這樣叫。看護人員瞪著老人正要對他開罵，可是醫生的驚呼讓他停了下來。男人用頭和腳做起拱橋的姿勢翻身。皮帶要裂開了！醫生手上握著針筒聲音越來越尖銳。厚實的皮帶順著男人的肌肉輪廓貼附在身上，發出劈哩劈哩劈哩劈哩的聲音好幾條出現裂紋。他的牙齒咬得太用力好像連根折斷。皮帶終於彈開來。一個看護好像被扣環打到眼睛在地上打滾。橋仔聞到奇怪的味道。源自於男人的嘴巴。像是指甲燒起來那樣的味道。他心跳加速。他在刺殺妮娃的浴室裡面聞到過相同的味道。菜刀尖端帶著一樣的氣味。

鋼鐵巨人醒過來囉，很久很久以前他肚子流血從海裡現身，被人參、雷電和巨石陣掩埋，鐵巨人從沉睡中醒過來囉，腐臭的魚肉時代結束囉，鋼鐵和炸彈的時代終於再度降臨囉。神從彼岸把他遣來，他會帶給我們活力走出這個柵欄，就像能夠再次打乒乓棒球那樣。目光炯炯有神的老人大叫。就在醫生把針筒刺進男人喉嚨中那一刻，男人的手臂穿破了拘束裝。手臂揪住一名看護的頭，手指塞進喉嚨。看護一邊呻吟一邊拔出警棍敲打男人的手臂，發出像是敲打硬橡膠之類物品的聲音。撕破拘束服的男人笑了起來。笑聲像是嘴巴含水在漱口那樣。醫生試著把針打進男人露出的手臂。針刺不進去。只是戳凹皮膚但是刺不進去。醫生用力壓。針從根部折斷。喉嚨被抓住的看護嘴巴和鼻子開始滴黃色的液體。舌頭發白垂到下巴。醫生拿一支針更粗的針筒瞄準男人頸後。企圖狙擊浮現在脖子上的粗血管。針雖然戳破皮膚，可是注射液的幫浦卻完全按不下去。完了，醫生自言自語說。他似乎完全聽不見病人們的呼喚，不斷搖頭碎唸。完了，到底這傢伙是怎麼一回事。

橋仔離開柵欄跑到走廊。診療室的地板黏答答沾上腳底，因為藥瓶打破融進地板的油毯裡面。聽診器、血壓計、口塞、點滴管線、白衣、鑷子，還有藥片弄得亂七八糟。

外面是正午。橋仔鑽過鐵絲網穿越中庭。四周非常寧靜。他走向圍牆。花圃的向日葵上聚集了好幾萬隻飛蟲。杳無人跡的中庭只聽見牠們拍動翅膀的聲音。精神病院的中庭不見病患人影，佈置得像是一個還沒完全佈置好的刑場。死刑犯是誰呢？橋仔走進噴水的橢圓形水池。想要喝水。穿透拘束衣那位男子嘴巴發出的氣味，那種指甲燃燒的氣味讓橋仔的喉嚨隱隱作痛。橋仔環視周遭兩手捧起池水，湊近一看大叫，上面滿滿漂著飛蟲的屍體。

通往牆外的鐵門開著。門邊棄置了一台玻璃粉碎的小轎車。明明到處看起來都沒有發生衝突的跡象，後座的座椅上沾著血，左側車門一半被拉裂。橋仔走到住宅大樓和煙火工廠之間的路上。風中時而帶著強烈的臭味。酸味非常濃，刺激鼻子深處讓眼睛睜不開。然而橋仔非常感謝這股臭味。不論沿路走多久都遇不到人，不管是工廠還是住宅社區都完全沒有人的氣息。說不定自己還處於瘋狂狀態，內心開始這麼想的橋仔只能依賴這股強酸的臭氣引領他前進。萬一這刺激眼睛的臭氣不流動，他就會站在馬路正中間一動也不能動吧。十字路口停著好幾台車，可是車上沒人。也沒有發生什麼事故的跡象，交通號誌也正常閃爍。橋仔走進一台留有鑰匙的轎車試著打開收音機。男子的聲音傳來，橋仔把音量轉到最大。男子用一種像是播報氣象一樣的聲音緩緩說話。不停反覆相同的台詞。請鎖緊瓦斯開關、避難時請不要攜帶家具行李，避難道路請禮讓六歲以下的小孩以及八個月以上的孕婦，只有六歲以下的小孩和八個月以上的孕婦車隊會有裝甲車引導，請鎖緊瓦斯開關、避難時請不要攜帶家具行李……無論轉到哪一個電台內容都一樣。橋仔繼續跟著臭氣前進。越過學校的運動場。喃喃說：都一樣。和殘留在廢礦島上的無人學校一模一樣。脫下來的小鞋子、體操服，和裝著教科書的書包散落一地。排球場周圍畫的石灰白線在劃出直角的兩邊中途就斷了。穿過狹窄的商店街。銀行中，魚和肉在客人逃走忘記帶的購物袋裡面腐爛。餐廳櫃台躺著一塊叉子叉在上面的漢堡。唱片行的唱機寂靜無聲繼續旋轉。水果店店頭被踩爛的葡萄、梨子和香蕉還沒乾掉，上面聚集了很多蒼蠅。

橋仔繼續追蹤臭氣來源。他到了一座周圍種滿竹子的公園，酸臭的氣味似乎來自於遍佈地面的白色粉末。橋仔按住眼睛衝過這裡。看到公園有一半都蓋著藍色的塑膠墊。蒼蠅群聚在那邊就像聚集在爛掉的水果上。橋仔靠近偷偷掀開塑膠墊角落。出現人的腳趾頭。橋仔大叫把右手伸到嘴裡。他咬自己的手背。橋仔沒發現手背淡淡發出了指甲燃燒的氣味。竹林傳來蟬鳴聲。橋仔就這樣用手掩嘴逃進竹林。忍著嘔吐奔跑。竹林中太陽曬不進來很潮濕，鞋子踩進柔軟的泥土腳變得很重。竹林盡頭死著一隻狗。頭被打碎。橋仔立定，心想，把狗埋了吧。挖一個深深的洞把牠埋了，挖洞的時候說不定就不會想吐了。現在完全搞不清楚周圍發生什麼事情，說不定也可以冷靜下來好好思考一下。泥土很鬆軟很容易挖。他想起過去在藥島空地埋葬死嬰的回憶。微風徐徐，竹葉嘩嘩作響。噁心的感覺消退了。喉嚨乾涸也淡去，橋仔心情好多了。他聞到指甲燃燒的氣味。非常濃厚。微微感到暈眩。他挖完洞穴，抓起狗的後肢，就在這時候，身體被一股迅速膨脹的感覺籠罩。突然之間有股強烈的衝動，想要一寸一寸撕裂右手抓住的狗屍。橋仔大驚失色。這股赫然湧上的衝動在橋仔體內爆散，無論是閉上眼睛、搖頭或者是咬嘴唇都無法消除。橋仔實在是太害怕，放開右手的狗。太陽穴在這瞬間突然發生劇痛。抓狗的手反射性用力抓緊。結果太陽穴的疼痛就消失了。左手抓住狗另一隻腳。他聽見有個聲音說：撕裂牠。覺得毛骨悚然。張望四周。都沒有人。把牠撕成一片一片，撕吧。他又再次聽到聲音。橋仔起雞皮疙瘩，嘴巴牢牢閉上。是他自己在說話。幹嘛，怎麼回事，我又瘋了嗎？腦袋好像開了一個洞，熱水正往裡面灌進去。一放開狗太陽穴就好像要破裂一樣。撕吧，自己的嘴巴不聽使喚發出聲音。橋仔歪曲嘴巴自言自語：別開玩笑了。以前是狗把我從寄物櫃裡面救出來的，怎麼可以隨隨便便對待痛苦死掉的狗！橋仔哀嚎著放開狗。在太陽穴劇痛之下全身痙攣跌跌撞撞走出竹林。眼睛睜不開。只能模模糊糊感覺自己腳踩在燃燒的柏油上。他摸摸頭。確認頭上沒有開洞。因爲他覺得熱油好像咕嚕咕嚕不停灌進去。那油是種點燃的動物脂肪，會加速血流、貼附肌肉、讓人抽筋全身僵硬。大腿在發燙。燙到讓人難以忍受。橋仔就這樣閉著眼睛開始奔跑。接連撞上白楊樹、汽車保險桿、垃圾袋、水泥磚圍牆、電話亭，和電線桿。知道額頭刮破流血可是完全不痛。每次撞到東西肌肉硬度都會增加。橋仔跌進狹窄的水溝裡面，透過微溫的水感受到人類的氣息。他微微睜開眼睛。看到泡在水裡的人腳。先前狗屍引發的衝動再次湧上體內，一口氣掀開橋仔的眼皮。眼前出現林蔭道和建築物。地面熱氣蒸騰。失神的女子單腳掉進水溝坐在地上。橋仔發現自己全身爬滿火燙的脂肪，變成了一個巨人。嘴巴冒出綠色的汁，想要用小指指尖殺掉坐在地上的女人。橋仔靠近她。女人懷孕了，身穿點點圖案的連身裙。左邊肩膀受了傷。她用腳攪拌溝裡的水，望向橋仔無力笑著對他說：孕吐已經好多了，再來繼續喝啤酒沒有關係吧醫生。醫生我孕吐已經沒那麼嚴重，一直忍著沒有喝啤酒喔。每跨一步接近女人，橋仔臉上的肌肉就鬆弛一些。他腦中浮現畫面，自己兩隻手搭在女人嘴上撕開她的臉。撕碎吧，撕吧，橋仔想。女人喉嚨嚥口口水在發抖。橋仔笑了起來。笑得像是在漱口一樣。橋仔把手放在雙腿之間。一股快感從柏油衝上腰際讓橋仔射精。射到停不下來。彷彿全身毛孔都會激烈噴出白色的液體一樣。橋仔摸摸孕婦的頭髮。揪住頭髮把她從水溝拉上來。在女人出聲之前把右手塞進她嘴裡去。女人喉嚨嘔出酸臭的汁液，舌頭僵硬蜷曲。橋仔將揪住女人頭髮的左手蓋到她的上顎。這時精液終於射完。全身被柔和、清涼又舒爽的空氣包圍。被徹底的幸福籠罩。女人嘴唇微微撕裂。這時候橋仔一驚身體震了一下。他聽見心跳聲。聲音從遙遠的遠方傳來。對了，在高度快感和幸福極致中殺害孕婦的時候，這個聲音一定會把我包圍。只不過這是誰的心臟呢？是我的嗎？還是這個女人的？橋仔讓女人嘴巴張開，窺探女人的喉嚨深處。漆黑的洞穴裡筋絡交錯，血管分佈，最內側可以看到一層薄膜。半透明的黏膜滿滿附著白色的斑點。這時腦中浮現出一個記憶中的形象。不停飄落的白雪下，美麗之鳥開展羽毛，那是孔雀，菊仔殺害女人那個聖誕夜出現的孔雀。孔雀翅膀綠銀交錯，在它的陰影下，一位年邁有疾的女人站在那裡。生病的老作家沉靜微笑，橋仔憤怒發狂剝下她的皮膚。一個沒有見過的女人潛藏在她皮膚底下。原來是這樣，是妳把我丟在寄物櫃裡面啊，橋仔喃喃說。橋仔撕碎棄養自己的女人。剝開內臟鑽進裡面。裡面有顆柔滑、溫暖、濕潤、又不停抽動收縮的紅色固體。那是心臟。終於找到妳了，橋仔大叫。就是這顆心臟的聲音啊，生下我的女人的心跳聲，我在接觸空氣之前一直都在傾聽這個聲音。橋仔感謝這聲音。感謝那聲音帶來體內高漲的力量與極致的幸福。他無法憎恨這聲音。橋仔原諒母親。接著感謝那片半透明黏膜呈現出老作家、孔雀以及所有這些畫面。黏膜、血管、黑暗洞穴、僵硬蜷曲的舌頭都在手中，橋仔不想殺眼前這個女人。把我的力量抽走吧，把血全部抽走吧，替我穿上那件堅硬的拘束衣，不要讓我殺害這個女人。橋仔開始尋找，開始搜尋自己身上沒被指甲燃燒味支配的器官，沒被火燙脂肪侵入的器官。從腳趾末端到頭髮一根一根找。到處都找不到。火燙的脂肪支配了所有的細胞。某個部位瞬間顫動了一下。在哪裡？橋仔拚命搜尋。是舌頭，舌頭尖端。那是記憶，是橋仔過去剪掉的舌頭尖端的記憶。橋仔在緊咬的牙齒縫隙之間偷渡舌頭尖端的記憶。舌頭末端的記憶製造疼痛，一步一步讓整根舌頭投降。我不會輸的，我不殺這女人，絕對不會讓心跳聲消失。柔軟的舌頭從牙齒之間伸出來。牙齒想要咬斷舌頭。舌頭的痛楚非常明顯。疼痛僅僅在嘴裡擴散。聯繫聲帶的脂肪緩緩融化。對了，心臟的聲音不停在傳輸訊號，這個神智失常孕婦肚裡的胎兒也在接收相同的訊號。橋仔吸一口氣。清涼的空氣冷卻舌頭和聲帶。告訴自己母親心跳傳給胎兒的訊號是獨一無二的，訊號的意義只有一個。橋仔再次吸氣。冷冽的空氣瞬間喚醒連接喉嚨和嘴唇的神經，橋仔出聲。起初發出的聲音和剛接觸到空氣的嬰兒哭聲一樣。我沒有忘記，我沒忘記媽媽傳給我的心跳訊號，不要死，不可以去死，訊號告訴我說：活下去。心臟就是這樣一邊叫著一邊打節拍。肌肉、血管、聲帶都沒有忘記那個節奏。

橋仔的手鬆開孕婦的下巴。發出和嬰兒一樣的聲音拋下女人離去。他走向無人都市的中心。叫聲轉換成爲歌聲。聽見了嗎？橋仔對著遠方的塔喃喃說。

聽見了嗎？這就是，我的新歌。

【解說】

是一種隱喻，也是一種寓言。

三浦雅士[1]

《寄物櫃的嬰孩》初版發行於一九八〇年十月。距離一九七六年《接近無限透明的藍》、一九七七年《海對岸的戰爭開始了》，村上龍已經有將近三年沒有新書問世。當然，這段期間村上龍並沒有停止創作活動。他自行將《接近無限透明的藍》翻拍成爲電影，發表了好幾篇短篇，並與中上健次[2]等多人進行對談。與談者甚至還包含DJ之類的人物。此外，他的旅行足跡遍及海外許多國家順帶爲作品取材。但是他還是沒有發表任何正式的小說作品。他活躍的狀態與其說是位作家還不如說更像是位明星，對於那些熱愛村上龍文學才華的人來說，不得不說心裡帶有幾分恐懼。他會不會就此不寫小說？已經沒有非寫不可的必要性了不是嗎？他無法滿足於小說這種表現領域了不是嗎？在這種憂慮開始越演越烈的時候，長篇大作《寄物櫃的嬰孩》出版發行了。這一定是一種巧妙的策略吧。《寄物櫃的嬰孩》深

1 三浦雅士：1946~，編輯、文藝評論家，曾任日本重要文藝雜誌《ユリイカ》、《現代思想》總編輯、哥倫比亞大學客座教授。

2 中上健次：1946~1992，小說家。出身於受社會歧視的少數族群村落，是戰後世代第一位拿下芥川獎的小說家。初期風格近似大江健三郎，後受柄谷行人推薦學習福克納的筆法描寫紀州熊野，創造出獨特的鄉土世界。

深打進擔憂的核心，將陰霾揮之一空。

我在發行前幾個月終於拿到校對版的樣稿。當時有急事不得不前往水戶，到車上才開始讀，可是一下子就陷進這部小說。我從傍晚花一整晚解決狀況之後，回宿舍躺下繼續讀，一路讀到天亮把書看完。隔天雖然睡眠不足精神恍惚，可是讀完小說之後的興奮感驅走了身體狀況的不適。心裡覺得非常開心。我很喜歡村上龍的文學才華，說實在眞的感覺有點不安。擔心說：「這傢伙不會出問題吧」，心想假使自己不覺得感動的話該怎麼辦。不過這件事情終究只是杞人憂天一場，眞的是沒有什麼事情比這更令人感到開心了。

新書發行之後我再次重讀，寫了篇評論名爲〈自閉與破壞〉。這篇文章現在收錄於《主體的轉變》這本評論集當中，內容主要是在討論《寄物櫃的嬰孩》這部小說。現在重新檢視覺得那篇文章有很多缺失，論述開展也過於急促，覺得不太滿意，然而基本概念直到現在都還是沒有改變。由於我不想要再重新作一次相同的事情，若是大家對這篇文章感興趣願意自行搜尋參考的話，那是我的榮幸。

〈自閉與破壞〉是《寄物櫃的嬰孩》這部作品的主題。不僅只如此。它也是《接近無限透明的藍》，還有《海對岸的戰爭開始了》的主題。若是將這幾本書各自稱之爲首部曲、二部曲、三部曲的話，在首部曲邁向三部曲的過程當中，雖然主題同爲「自閉與破壞」，重心卻由自閉慢慢往破壞偏移。舉例來說，《接近無限透明的藍》的主角終究只是一個被動的存在，相對而言，《寄物櫃的嬰孩》的主角們則是主動性的存在，這部分對照起來相當明顯。無論菊仔還是橋仔都很有行動力帶有攻擊性。波狀反覆的破壞性語言更加深了這個印象。《接近無限透明的藍》雖然也潛伏著破壞性的元素，可是再怎麼說那都還只是一種無意識的狀態。《寄物櫃的嬰孩》則主動意識到這個部分，無論是菊仔還是橋仔，他們自己在進行破壞的時候都很清楚自己在幹什麼。

你知道，人類爲什麼要製作工具嗎？知道爲什麼要堆積石頭嗎？是爲了要破壞，是破壞的衝動讓人創造物品，只有被選上的人才能夠進行破壞，菊仔，你就是那種人，有那個權力，想要破壞的時候就唸咒語，「Datura」，想要將人一個一個宰掉的時候，就唸「Datura」。

菊仔是外向的橋仔是內向的。菊仔是肉體性的橋仔是精神性的。就算同樣都受攻擊衝動驅使，一個是直接面對憎恨，另一個是藉由愛婉轉表達。然而不管怎麼說，「破壞」這個聲音都籠罩著兩個人，我們可以藉由上面引用的段落窺探這個聲音背後支撐的思想。這個思想就是：人類之所以建造事物，是爲了要破壞已經建造好的世界。

這個思想不斷反覆變奏。深深浸透到肉眼看不到的部分，最後開始影響讀者的心。事實上，我們甚至可以說《寄物櫃的嬰孩》的魅力有一部分來自於它用很巧妙的方式在滿足讀者的破壞欲。

當然，不管怎麼說，破壞這個行爲之於現代社會而言是一種惡。世界上有善的行爲和惡的行爲，破壞可以說是惡行的極致。傷害性命或者是損毀器物都會受到法律制裁。簡而言之破壞是一種大家最不期望見到的行爲，可是《寄物櫃的嬰孩》卻迫使角色進行這些大家不想要採取的行動。因此，這部小說其實可以說是一部反社會的作品。這也是它的魅力之一。

這個事實當然會讓有良知的知識份子感到困惑。爲了掩蓋這些困惑，他們必須面對現代社會，將這些破壞賦予適當的意義。首先躍入腦海的念頭，就是菊仔和橋仔眞的是貨眞價實的寄物櫃嬰孩。他們兩人一出生就被遺棄在寄物櫃裡。

十七年前自己還是嬰兒，對抗著寄物櫃的悶熱與稀薄的空氣放聲爆哭。當時支撐自己的力量、當時呼喚自己的力量逐漸開始現形。他想起是什麼樣的聲音在支持自己才得以活下來。殺吧，破壞吧，那聲音這麼說。那聲音與眼下延伸的混凝土街道及變成小點的行人車輛的喘息重疊在一起響著。破壞吧，殺吧，將一切都破壞吧，想要變成口吐紅色汁液的僵硬人偶嗎？不停破壞吧，將城市化爲廢墟。

單單閱讀這一段，兩人的破壞衝動應該是直接源自於過去被遺棄在寄物櫃的經歷。並非毫無緣由。被當成累贅的人反過來頂撞所有其他的人，認爲其他人才是累贅，這種心情我們多多少少可以理解。然而就算可以理解，也毫不減損《寄物櫃的嬰孩》的破壞力。這是因爲寄物櫃的嬰孩可以說是現代人的隱喻，至少可以想成是現代年輕人的一種隱喻。

話說回來，你們顏色都曬得很漂亮耶，是衝浪客嗎？店員看菊仔一身合身的帥氣白西裝，一邊數錢一邊問：你們是Surf City Babies（衝浪之城二人組）吧？菊仔收緊安全帽扣環說：不對。

我們是Coinlocker Babies（寄物櫃的孩子們）。

這簡直就是電影的經典場面。這段是菊仔爲了破壞大都會從南方孤島翩然回歸，準備買摩托車的時候說的台詞。「我們是Coinlocker Babies。」的「我們」指稱的當然不只是菊仔和橋仔。還包含對菊仔和橋仔產生共鳴的所有讀者。狹隘悶熱的寄物櫃和狹隘悶熱的混凝土街道究竟有什麼不同呢？我們所有的人都是寄物櫃的孩子。是嘴巴不停喃喃：「破壞吧，殺吧，將一切都破壞吧」的Coinlocker Babies。

> 我知道每一個人都不需要我，我一直都不被需要，所以我想我應該要成爲不需要其他人的人。可是，妮娃，不只是我這樣。不可或缺的人根本就不存在，所有的人類都沒有價值。這樣實在是太寂寞了，所以我就生病了。

這段話是橋仔近乎尾聲的自白。

這個世界上根本沒有誰眞的那麼重要——這是顛撲不破的眞理。若是眞有某一種人是不可或缺的，那一定是一種角色身分，而所謂的角色身分一定可以進行代換。因此無可取代的人等同於不重要的人，這種說法簡直是一種悖論。

小孩被人遺棄在寄物櫃，表示他不被需要。因此寄物櫃的孩子等同於不重要的人。然而仔細想想，所有的人類都沒有那麼重要嘛。這樣一來，所有的人類都彷彿像是寄物櫃的小孩，我們可以建立起這樣的思考脈絡。

順著這樣的思路針對貫串這部小說的破壞性主題來思考，首先，我們可以基於寄物櫃是現代社會的隱喻來替它賦予意義。現代文明等同於寄物櫃，我們必須從根本上將之破壞才行，這樣一來這種論述就至少可以被接受成爲一種思考角度。就算是有良心的知識份子也無法直接正面加以否定。變成說雙方其實具備相同的思想，只是方法不同。這樣一來思路就會轉向不可以使用暴力，一定有什麼其他的解決辦法去前進。

然而寄物櫃除了是現代社會的隱喻之外也同時是人類自身的隱喻、是「人類何以爲人」的隱喻，我們可以試著用這種角度來檢視一下。根據引用的段落，這個角度也相當值得思考。人類的性命原本就浸淫在某種狂暴的環境裡，在這段把肉身託付給驚濤駭浪的短暫時光當中，人類還是希望自己的存在有價值。人類之所以建造事物，是爲了要破壞已經建造好的世界——這種思想不僅涉及現代文明或現代社會，還涉及人類所有的歷史。如果一般人相信的是生產與勞動塑造人類的歷史，在這裡我們所陳述的正是完全相反的概念，亦即：消費與破壞塑造人類的歷史。這樣一來，破壞的呼喊就會變成是從歷史根基迸發出來的聲音。論述走到這一步，良善的知識份子也只能噤聲不語。因爲價值完全翻轉。破壞既不是通往美好未來的手段，也不是方法，它本身就是目的。

*

這個故事結束在達秋拉空投都市完成破壞行動的那一刻，同時，也出現了橋仔發現心跳聲的場面。假使《寄物櫃的嬰孩》其中一個主軸是破壞，那另外一個主軸就是心跳聲，這兩個主題從故事一開始就不停交織，旋律彼此呼應。菊仔和橋仔被當成自閉兒童帶去治療，其中一個療程是讓他們傾聽「胎兒在母體內所聽到的母親心跳聲」。治療成功之後兩個人因爲年紀還小完全不曉得那是什麼聲音。不過與其說是不曉得，不如說是這個記憶被人抹消。依據閱讀的經驗，我們可以說《寄物櫃的嬰孩》其實是主角們在「母親的心跳聲」被抹消之後，耗費漫長的歲月重新追尋這段記憶的故事。兩位主角真的是在各式各樣的場合回想起這個聲音，尋找那聲音究竟是什麼。

「母親的心跳聲」不用特別指明也知道意味的是生命。「訊號只有一個意義」，作者透過橋仔開口說：「我沒忘記媽媽傳給我的心跳訊號，不要死，不可以去死，訊號告訴我說：活下去。心臟就是這樣一邊叫著一邊打節拍。肌肉、血管、聲帶都沒有忘記那個節奏。」

這就是最後的結局，最後一行是：「聽見了嗎？這就是，我的新歌。」追尋的目標終於真相大白，而且答案就是生存下去，「新歌」正是爲此而唱。

如果破壞象徵的是死亡，那這個結局代表的就是生命的主題戰勝了死亡的主題。「心跳聲」戰勝了「破壞一切」的呼吼。

然而整個故事卻顯露出完全相反的意義。「破壞一切」的呼吼和「活下去」的呼吼聽起來幾乎一模一樣。硬性說來，現代文明就根本上而言，生活本身就帶著死亡的意涵，因此呼喊「活下去」彷彿等於是在呼喊「破壞現代文明」。故事內部讓人感覺隱含著這樣的思考脈絡。

我們當然不用拘泥於現代文明。因爲如前所述，《寄物櫃的嬰孩》顯示的破壞思想不僅適用於現代文明。這樣一來我們甚至可以猜測，作者說不定是試著想要在這部作品當中把破壞和生存結合在一起。「活下去」和「破壞吧」這兩種呼喊乍看之下讓人感覺矛盾，可是一點也不矛盾，而是同一種激情的正反表裡。生存就是破壞，破壞就是生存，作品顯示的就是這樣的思想。

在此，我們必須針對「人類是爲了破壞而建造」這個概念再繼續思考下去。

舉例來說，人是爲了死亡而生。假使我們認定死亡是最後的終點，最後下結論說死亡就是生命的最終目的，好像也沒有錯。沒有是非對錯的終點等同於一種沒有是非對錯的目的。然而簡而言之，我們可以把這種說法單純當成是一種修辭問題擱置一旁。因爲我們必須討論目的和手段這些詞彙本身的定義。相較之下，「人類是爲了破壞而建造」這個思想概念卻沒有辦法被當成是修辭問題懸置不理。

人類創造了各式各樣的事物。食衣住行領域所有的產物都是人類的創造結果。然而，我們可以說人類是爲了破壞才創造這些食衣住行的成果嗎？就我們的實際感受而言並不是這樣。人類害怕這些成果被破壞，反而會保護它。爲了保護甚至會挺身攻擊。這表示說自己害怕自己遭受破壞甚至會主動進行破壞行動。這個自相矛盾的狀況可以明顯呈現出人類對於破壞有多麼恐懼。

我們當然可以就此依據精神分析的思路來描述這個故事，說它表達的是對破壞的恐懼反過來變成對破壞的憧憬。不必運用什麼潛意識，只要稍微根據原理來思考就會了解。

人類創造了各式各樣的事物。這樣作究竟爲的是甚麼？爲什麼人類要編織衣裳、栽培食物、儲蓄金錢、住在超乎生存所需的房屋當中呢？

這個問題乍看之下似乎很簡單。我們爲了禦寒所以編織衣裳、爲了預防將來所以儲備食物、然後爲了遮風避雨建造房屋。任何人都會這樣想。然而，只要稍微思考一下就會發現這完全不成理由。因爲其他動物完全不作這樣的事情也活得很好。當然動物也會有類似這方面的行爲，可是完全不像人類這麼誇張。爲什麼只有人類會作這樣的事呢？

據說人類是從動物演化而來，一般而言大家都這麼相信。可是這樣一來，第一個開始編織衣服、栽培作物、建造住處的人究竟是出現什麼樣的需求促使他要這樣作？這就成爲問題所在。不是只有人類會冷，也不是只有人類必須爲了預防將來作準備。如果人類是從猿猴演化而來，人類展開的這些行爲對於猿猴而言卻是完全多此一舉的舉動。當然，人類繁榮的景況遠遠凌駕猿猴之上。眞的只能說是相當了不起。然而猿猴也還繼續生存在世界上。如果單單以生存作爲目標，人類眞的是在突然之間才開始發展這些多此一舉的行爲。

人類是爲了消費和破壞才創造這些各式各樣的物品，這種思想就是從這一點開始萌芽。如果單單生存本身就是目的，就不會有這些發展的需求。需求是發明之母這種說法是一種似是而非的謊言。閒到不知道該怎樣打發時間才是發明之母，那些需求只要熬得過其實都可以解決。閒暇、殘餘讓人開始創造物品，然後再用物品剩下多餘的材料做更好的物品。這些物品就根本而言都沒有必要存在。爲什麼呢，生物從最初的有機物一路進化到人類，可以說是殘餘中的殘餘，多此一舉中的多此一舉。人類的創造物只是在這殘餘中的殘餘之上，再堆積更多殘餘。在多此一舉中的多此一舉之上再堆積更多的多此一舉。

如果有神或者是什麼超越性的力量存在，或許可以用完全不同的觀點來眺望整體概況。不過，假使我們認爲人類生存本身沒有目的的話，這個世界上就沒有任何事情有其存在價值。說起來，在無機物混和的過程當中偶然產生出有機物，這件事情本身就非常多此一舉。宇宙產生生命這個起源本身，其實也只不過是一種消費殘餘、破壞殘餘的過程。我們可以將物種演化的系統描述成一種消費殘餘物的連續反應。從植物到動物，從草食動物到肉食動物，最後到人類，演化發展的步調彷彿配合著不停擴充的殘餘物——更充實的生命圈，發展出更會消費也更會破壞的物種。大量滅絕生命正是人類所擔當的角色，這實在是有一點諷刺。

當然，這只不過是其中一種思考方式。不過，人類是爲了破壞才建造這種思想背後其實有相當堅實的根基，不能把它單單只當成是一種自相矛盾的悖論視而不見。《寄物櫃的嬰孩》這部作品背後也潛藏著相當堅實的基礎。

*

「地球上的生命史完全是一種瘋狂放肆的結果。」喬治・巴塔耶（Georges Bataille）[3]如此描述。「因此主要的事件只不過是發展奢侈，然後接著生產耗費資源的生命型態。」

前面引的是巴塔耶的文字，尤其和他《被詛咒的部份（La Part mauDite）》一書所傳達的思想有很深的關係。巴塔耶是連接生命與破壞的思想家，而《被詛咒的部份》則是他嘗試連接思想和經濟學的作品。

消費／破壞沒辦法和生產／勞動一樣在經濟學當中占據重要的一席之地，表示「經濟現象從來沒有被全盤檢驗過」。巴塔耶如此表示。

> 經濟學僅只於爲個別的狀況進行概括，它限定自身的討論對象，只以特定的目標，也就是所謂的經濟人作爲標準來進行推演。不論是因應什麼特殊目的，它都不會將無限的能量運作納入考慮——那些在光的運動過程當中所產出的所有生物能量運作。地球表面上就全體生物而言能量總是處於過剩的狀態，問題總是用奢侈的術語來設定，選擇則限定在富裕的浪費型態當中。只有個別的生命體，或者是生命體的少數集合才會感覺到匱乏的問題。（生田耕作譯）

「光的運動」指的是太陽的能量。太陽只會單方面施與，絕對不會接收什麼。這表示

---

3 喬治・巴塔耶：Georges Albert Maurice Victor Bataille，1897～1962。法國思想家，對後世德希達的解構主義等思潮有相當影響。

太陽能量過剩是生物能量過剩的源頭。既然陽光總是過剩，那就表示「不管怎麼樣我們所居住的大地都只是一個破壞紛陳的場域。」而在這個破壞的場域當中，人類享有特權般的地位。

簡而言之，地球人的存在，只是以一種迂迴、補充的形式針對成長問題提出一種概括性的解答。就是這樣，藉由勞動與技術，人類超越自身天賦的極限，得以進一步進行擴張。雖然人類在這段燃燒的過程中——這個燃燒過程與能量運作的太陽源頭一致——激烈、豪氣十足地消耗著沉重生命壓力所供給的殘餘能源，但是人類在芸芸眾生當中還是競爭力最強的物種。就像草食動物與植物相比、肉食動物與草食動物相比是一種奢侈那樣。

然而人類對於浪擲財富會感到一種異常的愧疚。對於戰爭、殺人、浪費、與破壞會感到強烈的憎惡。儘管在現實當中財富單向不停累積，爲何我們還是會感覺這些該被消耗掉的財富彷彿帶有詛咒。巴塔耶告訴我們，這是因爲我們意識到不安。那麼，這個不安的來源究竟是什麼？

當事人自身的自我滿足感鬆懈下來的時候，就會感到不安。這個現象揭示不安帶有孤立、個別性的意義。就整體而言，生命物質非常富饒，普遍性的觀點是奠基在這富饒之上。我們只有從個人、個別的觀點來看才會感到不安，這和普遍性的觀點完全相反。對於生氣勃勃的人來說，或者是對於生命總體這個本質上精力無窮無盡的總和來說，不安完全沒有意義。

不安源自於個人的意識，而這個個人意識是受生命的不完整所引發。在此把它直接解讀成一種現代性的批判有點太過輕率。因爲一般都認爲強烈的個人意識是現代的產物。巴塔耶思考的其實是現代性會妨礙生命完全燃燒，這樣解讀或許比較妥當。

當然，我們的意思不是說應該要去解讀《寄物櫃的嬰孩》背後所暗含的巴塔耶思想。只不過巴塔耶所描述的生命和《寄物櫃的嬰孩》裡面怦然鼓動的「心跳聲」可以說是相似到驚人的程度。

「心跳聲」明顯和個體的意識之間是有距離的。無論是菊仔還是橋仔，在這部分既非個人也非個體。他們只不過是脈搏跳動、是生命總體其中一部分的化身。這個脈搏聲命令他們「活下去」，同時也命令他們「破壞一切」。雖然兩個命令看起來好像自相矛盾，可是它正是這樣浮現在現代意識當中。如果我們拋開個人、個別性的觀點，從生命總體來觀察，就會發現這兩個命令既沒有矛盾也並非相互排斥。它正是恣意橫行的生命本身。如果問巴塔耶的話，我們一定會得到這樣的答案吧。《寄物櫃的嬰孩》這部作品明顯可以由這個角度來進行解讀。

我們不知道村上龍是否熟習巴塔耶的思想。就我個人的猜想，他恐怕完全沒有受到任何影響。因此我也才會爲他們兩者思想的相似程度感到震驚。

驚人的還不只這些。巴塔耶《被詛咒的部分》第二部的「歷史資料」引用了阿茲提克族獻祭和戰爭的例子，並且還引用誇富宴（potlatch）[4] 這種競爭性的贈與案例，這些都廣爲周知。說不定這兩個個案比巴塔耶的思想更加爲人所知也不一定。

巴塔耶在文中陳述阿茲提克的世界觀與歐洲現代的世界觀——亦及我們當代的世界觀可以說是完完全全對立。「散盡家財在他們的思考當中的地位與生產在我們思考當中的地位同等重要。我們將勞動惦記於心，就像他們將犧牲惦記於心。」

就這樣，他舉了墨西哥活人獻祭的例子。

神官們在金字塔頂端殺害牲禮。他們將牲禮橫放在岩石祭壇上，用黑曜石短刀插進牲禮的胸口，挖出還在跳動的心臟，然後將之舉向太陽。牲禮幾乎都是戰爭的俘虜，戰爭對於太陽的生命來說是不可或缺的，他們透過這樣的儀式將這種思考邏輯正當化。這表示說戰爭並不是征服，反而帶有虛擲財富的意義，因此他們認爲若是墨西哥人不再打仗，太陽就會停止閃耀發光。

「還在跳動的心臟」被人「舉向太陽」，生命與破壞在此距離相當接近。與其說是接近還不如說是合而爲一。巴塔耶這段墨西哥活人獻祭的描寫不禁讓人回想起《寄物櫃的嬰孩》的最終場面。橋仔發現「心跳聲」的場面。那個場面只能說是生命與破壞合而爲一。

橋仔將揪住女人頭髮的左手蓋到她的上顎。這時精液終於射完。全身被柔和、清涼又舒爽的空氣包圍。被徹底的幸福籠罩。女人嘴唇微微撕裂。這時候橋仔一驚身體震了一下。他聽見心跳聲。聲音從遙遠的遠方傳來。對了，在高度快感和幸福極致中殺害孕婦的時候，這個聲音一定會把我包圍。只不過這是誰的心臟呢？是我的嗎？還是這個女人的？橋仔讓女

4 誇富宴：北美太平洋岸印第安人的傳統習俗之一。藉由贈禮的闊綽來彰顯社會地位，甚至不惜傾家蕩產。

人嘴巴張開，窺探女人的喉嚨深處。漆黑的洞穴裡筋絡交錯，血管分佈，最內側可以看到一層薄膜。半透明的黏膜滿滿附著白色的斑點。這時腦中浮現出一個記憶中的形象。不停飄落的白雪下，美麗之鳥開展羽毛，那是孔雀，菊仔殺害女人那個聖誕夜出現的孔雀。孔雀翅膀綠銀交錯，在它的陰影下，一位年邁有疾的女人站在那裡。生病的老作家沉靜微笑，橋仔憤怒發狂剝下她的皮膚。一個沒有見過的女人潛藏在她皮膚底下。原來是這樣，是妳把我丟在寄物櫃裡面啊，橋仔喃喃說。橋仔撕碎棄養自己的女人。剝開內臟鑽進裡面。裡面有顆柔滑、溫暖、濕潤、又不停抽動收縮的紅色固體。那是心臟。終於找到妳了，橋仔大叫。就是這顆心臟的聲音啊，生下我的女人的心跳聲，我在接觸空氣之前一直都在傾聽這個聲音。橋仔感謝這聲音。感謝那聲音帶來體內高漲的力量與極致的幸福。

橋仔做的事情和墨西哥神官們作的事情相當類似。橋仔就像神官那樣，將孕婦當作牲禮，取出她還在跳動的心臟。接著就像神官們將心臟舉向太陽感謝生命存續那樣，橋仔也感謝那個聲音，感謝生命的鼓動。兩者雷同的程度可以說是相當驚人。

如果把生產與勞動當成是現代社會的原理，那麼消費與破壞就是反現代的原理吧。若是將巴塔耶的思想視爲是對現代的一種批判，那麼《寄物櫃的嬰孩》這部作品也會變成另外一種對於現代的批判吧。事實上，村上龍看起來彷彿是在運用遠遠超越古代現代這種時代分別的生命原理來批判、解體蒼白的現代都市文明作到一個極致。

然而，我們當然沒有辦法更細緻地去檢驗這個批判的內容。因爲村上龍呈現的是一種意象、一種觀察角度。作品是一種隱喻也是一種寓言。即使可以用更精細的理論來代換，它還是比較貼近寓言。面對貫串這部作品的破壞意象和觀點所呈現出來的激情，我們該用自己的全身去感受，這才是最重要的。行筆至此這是最後我想要說的話。

國家圖書館出版品預行編目資料

寄物櫃的嬰孩／村上龍著；張致斌、鄭衍偉譯.
——初版——臺北市：大田，民100.05
面；公分.——（日文系；039）

ISBN 978-986-179-210-1（平裝）

861.57 100005603

日文系 039

寄物櫃的嬰孩
作者：村上龍
譯者：張致斌・鄭衍偉

出版者：大田出版有限公司
台北市106羅斯福路二段95號4樓之3
E-mail:titan3@ms22.hinet.net
http://www.titan3.com.tw
編輯部專線（02）23696315
傳眞（02）23691275
【如果您對本書或本出版公司有任何意見，歡迎來電】
行政院新聞局版台業字第397號
法律顧問：甘龍強律師

總編輯：莊培園
主編：蔡鳳儀 編輯：蔡曉玲
企劃行銷：黃冠寧 網路行銷：陳詩韻
校對：陳佩伶／蘇淑惠／鄭衍偉
承製：知己圖書股份有限公司・04-23581803
初版：2011年（民100）五月三十日
定價：新台幣 450 元

總經銷：知己圖書股份有限公司
（台北公司）台北市106羅斯福路二段95號4樓之3
電話：(02)23672044・23672047・傳眞：(02)23635741
郵政劃撥：15060393
（台中公司）台中市407工業30路1號
電話：(04)23595819・傳眞：(04)23595493
國際書碼：ISBN 978-986-179-210-1 / CIP: 861.57 / 100005603

廣告回郵
北區郵政管理局登記證北台字1764號
免貼郵票

From：地址：

姓名：

請沿虛線剪下，對摺裝訂寄回，謝謝！

To：大田出版有限公司　編輯部收

地址：台北市 106 羅斯福路二段 95 號 4 樓之 3
電話：(02) 23696315-6　傳真：(02) 23691275
E-mail：titan3@ms22.hinet.net

大田精美小禮物等著你！

只要在回函卡背面留下正確的姓名、E-mail和聯絡地址，
並寄回大田出版社，
你有機會得到大田精美的小禮物！
得獎名單每雙月10日，
將公布於大田出版「編輯病」部落格，
請密切注意！

大田編輯病部落格：http://titan3.pixnet.net/blog/

智　慧　與　美　麗　的　許　諾　之　地

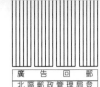

＊請沿虛線剪下，對摺裝訂寄回，謝謝！

閱讀是享樂的原貌，閱讀是隨時隨地可以展開的精神冒險。

因爲你發現了這本書，所以你閱讀了。我們相信你，肯定有許多想法、感受！

讀 者 回 函

你可能是各種年齡、各種職業、各種學校、各種收入的代表，

這些社會身分雖然不重要，但是，我們希望在下一本書中也能找到你。

名字／＿＿＿＿＿＿＿＿性別／□女 □男　出生／＿＿＿年＿＿＿月＿＿＿日

教育程度／＿＿＿＿＿＿＿＿＿＿＿＿＿

職業：□ 學生　□ 教師　□ 內勤職員　□ 家庭主婦

□ SOHO族　□ 企業主管　□ 服務業　□ 製造業

□ 醫藥護理　□ 軍警　□ 資訊業　□ 銷售業務

□ 其他＿＿＿＿＿＿＿＿＿＿＿＿＿＿＿＿＿＿＿＿＿＿＿＿

E-mail/＿＿＿＿＿＿＿＿＿＿＿＿＿＿＿＿電話/

聯絡地址：＿＿＿＿＿＿＿＿＿＿＿＿＿＿＿＿＿＿＿＿＿＿＿＿＿＿＿＿

你如何發現這本書的？　書名：寄物櫃的嬰孩

□書店閒逛時＿＿＿＿書店 □不小心在網路書站看到（哪一家網路書店？）＿＿＿＿

□朋友的男朋友（女朋友）灑狗血推薦 □大田電子報或網站

□部落格版主推薦＿＿＿＿＿＿＿＿＿＿＿＿＿＿＿＿＿＿＿＿＿＿＿＿＿＿

□其他各種可能 ，是編輯沒想到的＿＿＿＿＿＿＿＿＿＿＿＿＿＿＿＿＿＿＿

你或許常常愛上新的咖啡廣告、新的偶像明星、新的衣服、新的香水……

但是，你怎麼愛上一本新書的？

□我覺得還滿便宜的啦！ □我被內容感動 □我對本書作者的作品有蒐集癖

□我最喜歡有贈品的書 □老實講「貴出版社」的整體包裝還滿合我意的 □以上皆非

□可能還有其他說法，請告訴我們你的說法

＿＿＿＿＿＿＿＿＿＿＿＿＿＿＿＿＿＿＿＿＿＿＿＿＿＿＿＿＿＿＿＿＿＿＿＿

你一定有不同凡響的閱讀嗜好，請告訴我們：

□ 哲學　□ 心理學　□ 宗教　□ 自然生態　□ 流行趨勢　□ 醫療保健

□ 財經企管　□ 史地　□ 傳記　□ 文學　□ 散文　□ 原住民

□ 小說　□ 親子叢書　□ 休閒旅遊　□ 其他＿＿＿＿＿＿＿＿＿＿＿＿＿＿＿

一切的對談，都希望能夠彼此了解，

非常希望你願意將任何意見告訴我們：

大田出版有限公司編輯部 感謝您！